中华学人丛书

诗与意识形态

从西周至两汉诗歌功能的演变与中国古代诗学观念的生成

◎ 李春青 著

北京师范大学出版集团
BEIJING NORMAL UNIVERSITY PUBLISHING GROUP
北京师范大学出版社

目　录

上篇　西周意识形态建构与诗之功用

导论：文化诗学的研究路向

我之所以选择这样一个课题，简单来说就是想实践一下近年来对"文化诗学"这种研究方法的新理解，同时也是想对多年来我一直思考的关于儒学的若干问题进行总结，譬如，孔孟之学与西周初期的国家意识形态之间究竟是什么关系？二者的一致性何在？差异性何在？为什么偏偏是儒学从诸子百家中脱颖而出最终获得话语霸权地位？《诗经》在周初至两汉这段时间的社会政治、文化生活中究竟占有怎样的地位，发挥过怎样的功能？

一种新的研究方法在研究工作中究竟能够发挥怎样的作用？我认为这与研究者对该研究领域的熟知程度和体验感悟程度成正比——只有在大量占有材料并且对研究对象有深刻体悟的基础上，研究方法才是有效的。在这里希望依靠新方法来轻而易举地获得成果的想法是幼稚可笑的。然而这并不意味着方法不重要。实际上离开了有效的方法，任何真正的研究工作都无法展开。研究者如何确定具体的研究对象，如何搜集材料，如何寻找探索的视角直至剖析材料，得出结论，都是在一定的方法指导下进行的。正是基于这样的考虑，北京师范大学文艺学研究中心多年来一直极为重视对研究方法的探讨，并且试图确立一种有效的、灵活的、具有普遍性的研究方法。我们现在提倡的"文化诗学"就是这一努力的产物。就理论背景来说，我们所说的"文化诗学"对19世纪末俄国的维谢列夫斯基的"历史诗学"、苏联批评家巴赫金的"社会学诗学"以及第二次世界大战之后在西方渐次兴起的"西方马克思主义""文化研究""新历史主义"等批评方法均有所吸取，甚至也不反对借用一些"精神分析主义批评""新批评""结构主义诗学""解构主义批评"乃至现代社会学、文化人类学的方法或视角。但是，我们的"文化诗学"又绝对不是对任何一种现成方法的照搬或模仿，我们有一套独立的原则与操作体系，而这些又永远是与研究对象直接相关的。在这里，我准备结合西周至两汉时期诗歌功能的演变以及相关的儒家诗学的若干问题来谈一谈文化诗学研究方法的特征及有效性问题。

一、重建文化语境——文化诗学之入手处

任何一种言说或者文本的形成都必然是各种关系的产物。言说者、倾听者、传播方式构成这种关系最基本的维度，而言说者面对的种种文化资源、社会需求、通行的价值观念、占主导地位的思维方式等都对其言说产生重要影响。这一切因素共同形成的特定文化氛围、环境是一种话语产生、存在、实现其意义的必要条件。对此我们称之为文化语境或者文化空间。我们从事研究工作的主要目的之一就是要揭示一种文本或话语系统的意义，而任何意义只有在具体的文化语境中才是可以确定的。不顾文化语境的研究可以称为架空立论，只是研究者的臆断，或许会有某种现实的意义，但算不上是严格意义上的学术研究。所以文化诗学的入手处就是重建文化语境。

在《诗经》研究中那种离开文化语境的架空立论曾经是一种普遍现象。清儒皮锡瑞尝言：

> 后世说经有二弊：一以世俗之见测古圣贤；一以民间之事律古天子诸侯。各经皆有然，而《诗》为尤甚……后儒不知诗人作诗之意、圣人编诗之旨，每以后世委巷之见，推测古事，妄议古人。故于近人情而实非者，误信所不当信；不近人情而实是者，误疑所不当疑。①

这是对那种不顾具体文化语境而仅凭自己的判断来言说的情形的有力抨击，而这种情形可以说是历代皆然的。我们不妨对这种"主观化"的说诗情形略做回顾。

先秦儒家对《诗经》作品的理解可以说开了这种"主观化"说诗

---

① （清）皮锡瑞：《经学通论·诗经》，19～20 页，北京，中华书局，1954。

的先河。孔子、孟子、荀子那种在言谈中的随机性引诗、解诗大都是断章取义式的。他们固然是受了春秋时期"赋诗"风气的影响，但更主要的原因则是建构儒学话语体系的需要。诗歌对他们来说乃是一种带有权威性、神圣性的话语资源，利用它们可以使自己的言说更具有合法性。而对于诗义的把握则完全出于儒家价值观。例如，《小雅·小弁》和《邶风·凯风》这两首诗的内容都涉及子女与父母的关系，有人对孟子说《小弁》是小人之诗，因为它表达了子女对父母的过失的怨恨；《凯风》就不这样，父母有过失也不怨恨。孟子讲了一番道理，大意是说：《凯风》中言及的父母之过小，《小弁》中言及的父母之过大。对父母的小过不怨恨与对父母的大过怨恨都是"亲亲"的表现，都符合"仁"的标准（《孟子·告子下》）。这种议论就纯粹是为了宣传儒家伦理而对诗义的"主观化"解读。尽管孟子提出了"知人论世"的说诗原则，但他本人说诗时却往往是与之背道而驰的。

汉儒对《诗经》作品的解释基本上继承了先秦儒家说诗的习惯，只是在"主观化"的道路上走得更远了。如果说以"美刺"说诗在先秦已然开始，那么汉儒的独到之处就是进一步在附会史实的基础上指实了某诗刺某人或美某人。这也正是他们为后人所诟病之处。其实只要看一看毛诗说某诗美某人，鲁、齐、韩三家诗却说是刺某人①，或者毛序说刺幽王，郑笺却说刺厉王，我们就可以明白，汉儒那样煞有介事、言之凿凿地说某诗美某人、刺某人，并且举出大量史实来证明，实际上都不过是主观猜测而已。史实是真的，某诗具有讽刺或赞美之意也是真的，但二者间的联系却是主观的想象。

宋人在治学的路向上以反汉学著称，但他们的说诗同样充满了臆测。例如，朱熹的《诗集传》，除了提出"淫诗"说这样充满道德说教的观点以及很多地方沿袭汉儒成说外，对一些诗的独特解释也都是"近人情而实非者"。他的方法不过是比汉儒更加注重诗的文本义而已，这样看上去似乎较之汉儒更近理一些，然而焉知一千多年前的古人没有在诗歌表面的文本义中藏有深刻的意蕴呢！

---

① 例如，对《关雎》这首诗，毛诗说是"美后妃之德"，三家诗却说是"刺康王晏起"，迥然不同。

清儒善于考据，凡事都喜欢找证据，但是由于他们过于关注文字训诂而同样忽视文化语境的意义，因此他们的《诗经》阐释同样离不开臆测。例如，以疑古著称，对后来的"古史辨"派发生过重大影响的崔述，对古人的"采诗"之说不以为然，其理由之一是：

> 盖凡文章一道，美斯爱，爱斯传，乃天下之常理；故有作者，即有传者。但世近则人多诵习，世远则渐就湮没……不然两汉、六朝、唐、宋以来并无采风太史。何以其诗亦传于后世也？①

这种观点完全脱离《诗经》时代的文化语境，是用后世眼光臆测古人。西周时期的诗歌与唐宋时期的诗歌无论从功能上还是传播方式上看都不可相提并论，岂能用"美斯爱，爱斯传"这样文人雅士的经验来猜度《诗经》时代的情形！崔述是很优秀的学者，其《考信录》乃是公认的名著，其《读风偶识》也是很有见地的著作，但一旦离开了对文化语境的关注就也不免于发出片面之论。

那么应该如何来重建文化语境呢？曾经存在过的文化语境亦如一切曾经发生过的事件一样都已经永远隐没于深邃的历史之中而不可能重现了，留下来的只有各式各样的文化文本。已经逝去的文化语境的种种线索、印记就散落于这些文本之中。所以尽管今天的研究者们永远不可能重现已经逝去的东西，但是他们完全可以借助于古代留下来的文本重建这些东西。"重建"之物肯定不同于它们的母体，正如任何模仿之作都不可能与原作丝毫不差一样，但是对于研究来说这已经够用了。因为文化语境的意义就在于将研究对象置于一个具体的坐标系之中，使之可以衡量、可以把握。重建的文化语境只要大体上接近其母体，就可以发挥这种"坐标系"的功能了。如果一个文本，一种言说根本无从知晓其产生的文化语境，那就只能为其假设一个，否则就是不可言说之物。可以说，不知其文化语境，就应该保持沉默。

即如"诗言志"这个古老的、人人耳熟能详的诗学命题，如果出

---

① （清）崔述：《通论十三国风》，见《读风偶识》，35 页，北京，中华书局，1985。

于不同的文化语境，同样也会有迥然不同的含义。① 例如，它如果是西周以前就产生的，那么那个"志"字就可能是闻一多所说的"记忆、记录"之义；如果是西周后期产生的，这个"志"就可能是闻一多所说的"怀抱"之义；如果是春秋时期"赋诗"大兴之时产生的，则"诗言志"很可能是"赋诗言志"的另一种说法，与通常我们理解的"诗言志"之含义是判然有别的。所以如果想知道"诗言志"的本义，就必须重建文化语境。

清儒对采诗之说的怀疑还有一个重要理由：《诗经》作品绝大部分都是西周后期和平王东迁之后的，如果确有采诗之制，不应该前少后多，相差如此悬殊。这种怀疑同样是脱离了具体文化语境才会产生的。从文化语境角度看，西周初期的诗歌从来都不是独立存在的：它们都要入乐。配了乐的诗也同样是不能独立存在的：它们乃是各种礼仪形式的组成部分。礼仪形式在当时是国家政治制度的一部分，具有法定的权威性，因此也有相当的稳定性——一旦确立就不会轻易更改。由于礼仪不变，也就不需要新诗新乐，所以在成、康之后的一百多年中基本上没有诗歌被收入《诗经》中。在西周时，作为乐章的诗歌之功能有一个转移的过程：先是由祭祀大典而移为朝会、聘问之礼，又由朝会、聘问之礼移为燕享、房中之乐。这个过程也可以表述为：由人神关系语境转而为君臣关系语境；由神圣庄严的集体仪式转向个体性生活空间；由宗教、政治功能转而为娱乐审美功能。民间歌谣进入官方话语系统肯定是在这种诗歌功能的转换过程中发生的事情。也就是说，采诗活动应该是在西周中期诗歌的娱乐功能凸显之后才可能出现的事情。如此则"前少后多"的现象也就是自然而然的事情了。清儒以此来否定采诗之制也就站不住脚了。

由于史料的缺乏，对于《诗经》和先秦诗学观念的研究最容易陷入妄自猜度、望文生义。所以一首诗究竟诗义何在，常常是永无休止的话题。有些学者干脆采取类似英美新批评的做法：根本不去理睬诗

---

① 最早记载"诗言志"之说的《尚书·尧典》究竟是何时的文献一直没有定论。有人说是战国时人所作；有人认为是西周初年整理过的古代文献；还有人认为是经过后人改窜的古代文献。

的作旨，只就文本义来进行解说。这种阐释方式当然也有其意义在，但毕竟是无可奈何的举措，不能算是恰当的文学史研究方法。从文化诗学的视角来看，那种猜谜式的研究肯定是不合适的，这种只顾文本、不及其余的研究方式也同样是不可取的。文化诗学所关注的是能够放到具体文化语境中来考察的问题，并且认为只有这样的问题才具有研究价值。从这种标准来看，对于《诗经》中大多数作品来说都是不能追问其"何为而作"这类问题的。这类问题是无解的，除非又发现了像楚竹书《孔子诗论》这样的古代史料。那么是不是对于《诗经》就不再有研究的空间了？当然不是，可以研究的问题很多，例如，对《诗经》作品功能之历史演变以及与此直接相关的儒家诗学观念生成轨迹的考察就是远没有完成的工作。

从现代诗学的标准看，《诗经》作品大都是当之无愧的文学作品，这一点是毫无疑问的。但是从历史的角度看，这些文学作品却在很长的历史时期内并不是凭借文学作品最主要的品格——审美功能而获得主流话语地位的，它们甚至并不是作为文学作品而生产的。从西周初期周公"制礼作乐"的文化语境看，诗歌承担着建构国家意识形态话语系统的重任。彼时的诗歌——《周颂》和被汉儒称为"正雅"的那些作品无一例外地是为了证明周人政权的合法性而被专门制作出来的。其功能是政治性的。这类作品在今天看来除了史料价值基本上就不再具有其他价值了，且所以越来越受到文学史研究的冷落。而从文化诗学的角度看，这类作品正是研究周初文化话语建构最有价值的材料。它们浸透了周初文化主导者们的憧憬、焦虑、自勉、谋划等心理的和意识的因素，也体现着他们对社会人生某些层面的集体性体验。历史学家只从中看出周人的世系与创业活动；文学史家仅从中看出韵律、节奏以及文辞之美；文化诗学却试图借助于它们了解三千年前的政治家、思想家以及整个新兴贵族阶层的文化心态、心理焦虑、价值观念、体验与愿望——这是文化诗学与其他研究方法在研究对象方面表现出来的差异之处。这样的研究对象和目标就要求文化诗学必须重建诗歌产生并实现意义的那种文化语境。其他诸如《诗经》作品是如何由早期的表现集体性经验向后期的表现个体性经验转换的；春秋赋诗风气是如何形成并包含着怎样的文化意蕴；春秋贵族的引诗与战国纵横策士们的引诗有什么不同，其原因何在。这类问题都只有在具体的文化空间中方能得到合理的解释。

那么应该如何来重建文化语境呢？简单说来，就是要通过对历史的、哲学的、宗教的、民俗的等各类文化文本的深入分析，确定特定时期占主导地位的文化观念的基本价值取向，把握这个时期话语意义生成的基本模式——各种有着不同方向的"力"之间构成的关系样式。这样我们就可以大体上掌握这个早已逝去的历史时期文化方面的基本格局，为准确揭示所研究的文学文本隐含的意义世界提供前提，从而弥补我们在细节方面对历史事实的无知。一种研究工作能够获得怎样的成果，在很大程度上正是取决于研究者对这个文化语境把握的准确程度。文化语境对于理解特定文化现象的重要性可以从下面的例子中充分体现出来。

孔子和孟子都是先秦儒学的代表人物，但实际上二者的社会理想、人格理想都存在着重要差异。例如，在社会理想方面孔子的核心范畴是"礼"，孟子则是"仁政"，后者的乌托邦色彩要浓厚得多。这原因正在于文化语境的不同。孔子的时代，文化话语权虽然已经开始转移到民间的士人思想家手中，但政权和社会价值观却依然在传统的贵族阶层控制之下，"尊王攘夷"是当时最具有合法性和号召力的口号，所以孔子的社会理想主要是以西周时期的贵族制度为基本蓝图的；孔子的人格理想也主要依托古代的贤明统治者，尤其是周公这样集政治才能与文化修养于一身的人物。孟子的时代则不同了：传统的贵族阶层已经被新起的权力集团所取代，以"世卿世禄"为标志的贵族制度已经消亡，士人阶层不仅完全控制了文化话语权，而且也成为诸侯君主们必须依赖的强大政治力量。当时普遍的社会要求是结束战乱，实现统一。在这样的文化语境中，儒家的社会理想也就变得更富有乌托邦精神。孟子的"王道""仁政"与孔子的"复礼"是大不相同的。他们都把"三代之治"奉为楷模，但他们各自理解的"三代之治"相距甚远。在人格理想方面，孟子那种善于养"浩然之气"，并且能够"反身而诚，乐莫大焉"的"大丈夫"与孔子心目中那种"颠沛必如是，造次必如是"、谨小慎微、循规蹈矩的"君子"也有着很大区别。

二、尊重不同文类间的互文本关系——文化诗学的基本原则

这个标题的确切意思是：历史、哲学、宗教、文学等不同门类的文化文本之间事实上存在着普遍的互文性关系，文化诗学不仅充分认识到这一现象的存在，而且将互文性研究视为最重要的原则之一。也可以说在各种文化文本中普遍存在的互文性乃是文化诗学研究方法合理性与必要性的主要依据。简单说来，"互文本关系"或"互文性"是指不同文本之间相互渗透、互为话语资源的现象。在后现代主义语境中，这个术语通常被用来指称任何一个事物都相关于其他事物这一复杂现象，为的是否定人们的习惯思维中因果观念的统治地位。而所谓互文性研究视角实际上就是跨文本研究，即打通不同学科之间的文本界限，进行综合的、比较的研究。这里这种跨文本研究视角不仅关注不同文本之间在词语和修辞手法等形式层面的相互包容关系，而且更加关注不同门类的文本之间在文化意蕴、价值取向层面上的交互渗透关系。

一个多世纪以来，中国学术现代性生成、演变的历史，也就是中国现代人文社会科学学科建立和发展的历史，同时也是中国学人放弃几千年的综合性思维传统而接受西方 18 世纪、19 世纪形成的科学主义的分科研究方法的历史。20 世纪前二十年，中国学术界各种前所未有的新学科雨后春笋般相继出现，人们就像跑马圈地一样凭着一部浅陋空疏、漏洞百出的"××史""××大纲"开创了一个个学科，占据了一个个地盘。这种科学主义的分科研究正如科学主义在其他领域的作用一样，大大提高了研究的效率，在某种意义上的确推动了中国现代学术的快速发展。但是现在看来，这种研究方法的局限性也是十分明显的：它割裂了研究对象自身的整体性存在方式，人为地画出了许多疆域，导致研究的彼疆此界、支离破碎。

在《诗经》研究领域这种分科研究同样造成了严重的后果。人们

按照西方的分类原则，将《诗经》研究归入文学研究领域，其他学科虽也不免涉及，但都是作为史料看待，绝不展开研究。这样一来，人们自然就倾向于对那些文学性强的"风诗"和"小雅"作品进行研究，而对"颂诗"和"大雅"之作就很少有人关注。即使是受到关注的那些作品，研究者也只是从现代文学观念的角度予以分析，所揭示的也仅仅是它们对于今天来说还存在的价值与意义。这些当然是必要的，但是还远远不够。从历史与文化史的实际功能来看，《诗经》是不可以与唐诗、宋词相提并论的。《诗经》不是作为文学而被生产出来的精神产品，它们与思想史、文化史、意识形态史乃至政治制度史有着比与文学史更为密切的关联。这说明，文学史学科根本承担不起像《诗经》这样的研究对象。事实上不仅对《诗经》这样复杂的研究对象，即使对那些文学性更强的、作为文学而被创造出来的诗词歌赋，我们以往那种画地为牢式的文学史研究也只能在某些层面上给出有限的解释。由于这类作品与其他文化文本之间同样存在互文性关系，因此无视互文性现象的研究方法就不可能对它们进行全面深入的把握。文学史给自己设定的任务或研究范围不允许研究者将目光投向更远的地方，否则就会被视为越界。所以对中国古代文学作品、古代文学观念的研究只有打破了人为设置的藩篱，以更加宏通的眼光、采用跨文本研究方式方能有所进步。我们提倡的文化诗学研究思路正是试图在这方面做一些尝试。

不同文类间的互文性是古今中外存在的普遍现象，但是中国古代的情形更加突出。这大约是因为中国古代知识话语以经、史、子、集四部分类阻滞了更加细密的学科划分；也可能和中国古人对天地自然与社会人生之间，以及一切事物之间的一致性都予以高度重视，而对事物间的差异性则比较忽视这样一种思维特点有关。总之，文学与历史不分，政治与宗教不分，认知性与价值性不分，哲学与道德不分乃是中国古代文化文本的显著特征。这就要求研究者必须坚持互文性的研究视角才可以使研究获得合理性。下面关于《诗经》与儒家诗学观念研究方面的例子足以说明这种研究视角的重要性。

《周颂》和被郑玄称为"正雅"的那些作品在西周之初曾经具有非

常重要的政治意义。这种重要性仅仅从诗歌文本中很难看出来，但是只要将诗歌文本与西周初期遗留下来的各类文化文本进行比较就可以清楚地看出，当时的诗歌乃是一个系统的话语建构工程的组成部分，而这个话语建构工程所负载的是国家意识形态建设的重任。这就是说，《周颂》和"正雅"这类作品都是作为意识形态话语而存在的。翻开《周书》《逸周书》中那些学界公认为周初的篇章，我们就会发现，其所涉及的内容、所运用的词语，特别是所蕴含的价值观念与言说策略均与《周颂》等有着惊人的相似性。仅就言说主旨而言，这些文本都只说了三件事：其一，周人的祖先和当下的君主都是大智大慧、品德高尚并且与民共休戚的圣贤君主。天命归周不是偶然之事，而是周人长期艰苦努力的结果。其二，天下诸侯，特别是殷商遗民必须从心里服从周人的统治，因为只有周人靠着自己的品德和业绩而得到了上天的眷顾。其三，现实和后世的君主以及所有周朝的贵族们都要小心谨慎、严于律己，将道德修养当作自己的重要任务，切不可掉以轻心。这也就是说，《周颂》与部分"正雅"之诗和那些政府文告之类的文献一同承担着证明周人政权合法性，从而巩固这一政权的意识形态功能。毫无疑问，这类诗歌与《周书》《逸周书》等历史叙事文本有着明显的互文性关系。这种互文性关系最明显不过的表现是许多核心性词语在使用上的一致性。如德、敬、天、命、民等在《周颂》《大雅》与《周书》《逸周书》《周易》《周礼》中都是负载着重要价值内涵的核心词语。这说明，只有从互文性角度才可以发现《周颂》等作品在当时文化语境中真正具有的功能意义。

"王者之迹熄而诗亡，诗亡然后《春秋》作"是孟子一句很有名的话，但对它的解释，从汉代的赵岐到宋代的朱熹直到现代的"古史辨"派，却是言人人殊。那么为什么会造成这种解释上的诸多分歧呢？在我看来最主要的原因是古今论者都没有充分注意到《诗经》与《春秋》之间的互文性关系。所以赵岐认为"诗亡"是指"颂诗"消亡；朱熹则认为是"雅诗"消亡。到了顾颉刚、钱玄同两位先生那里，孟子此说就成了胡说八道了。① 在钱玄同看来，将《诗》与《春秋》联系起来是一种很荒唐的做法，因为二者之间没有什么关系可言。我们如果从儒家的言说语境入手，仔细分析这两个不同门类的文本之间的关系，就不难发现，对于儒家士人来说二者的关系是极为密切的。《诗》原本是西周贵族社会中礼仪制度的组成部分，曾经承担过国家意识形态的重大使命。但是到了战国时期，统一的周朝统治已经消失，传统的一体化国家意识形态也不复存在。《诗》早已沉落民间，成为只有儒家士人珍惜的文化文本。然而也正是儒家士人在这部文化文本上寄托了太多的希望，把它当作修身、齐家、治国、平天下的有力武器。儒家的逻辑很有趣：既然《诗》是周文王、周武王、周公这些圣哲统治者时代的国家意识形态，那么后人通过学习《诗》的精神，提升人格境界，也就可以达到恢复西周那样理想社会的目的了。儒家为什么对《诗》《书》《礼》《乐》这些西周遗留的典籍那样推崇？正是出于这样一种逻辑。这就是说，《诗》在孔孟的时代已经成为儒家士人的意识形态。

那么《春秋》的情况如何呢？在儒家的所谓"六艺"之中，《春秋》是唯一一部非西周典籍。根据现代学界的共识，这部中国最古老的编年体史书是孔子在鲁国史书的基础上修订而成的，在这部书中孔子不动声色地融入自己的价值评判，使那看上去像流水账簿一样的史实记载具有了"微言大义"。但在先秦两汉的儒家看来，这部书的意义实在非同小可。例如，孟子认为这部书的出现使"乱臣贼子惧"，并且强调说这部书所具有的功能乃是"天子事也"，即周天子才具有的对于诸侯的奖赏与征伐之大权。如此看来，"《春秋》作"具有十分明显的象征意义：儒家士人已经不满足于利用原有的古代典籍来承担重建社会秩序的伟大使命，他们要直接进行自己的话语建构了。所以自孟子以降，历代儒家皆认为是"孔子作《春秋》"，并且对它的价值做了过分的夸大。特别是汉代的"公羊学"与"穀梁学"，简直将这部《春

---

① 例如，钱玄同说："'王者之迹熄而诗亡，诗亡然后《春秋》作'之说实在不通。《诗》和《春秋》的系统关系无论如何说法，总是支离牵强的。"（顾颉刚：《古史辨》第一册，79页，北京，北京书局，1930）顾颉刚在《论诗序附会史实的方法书》一文中也有类似的说法。

秋》看成世间一切价值之源了。他们甚至以为，孔子是靠着这部书来接续天道之运演的：周道崩坏，王纲解纽，天下混乱，唯有这部《春秋》将天地之大道承担了下来，使人世间还有善恶是非之准则，人伦不废，道义得存，都靠这部史书了。也正是因为《春秋》具有如此重要的救世价值，后世儒家才理直气壮地称孔子为"素王""布衣之王"，认为其历史地位绝不逊于周文王、周武王与周公。这种观点是否符合历史的实际我们可以不去管它，但从中我们可以看出儒家士人一种伟大的历史使命感和社会责任感，却是不容置疑的。他们相信自己对这个世界负有义不容辞的重要责任：他们必须为这个社会提供价值准则，否则这个社会就会沉沦为野兽的世界。所谓"天不生仲尼，万古长如夜"就正是这个意思。

这样来看《诗》与春秋间的关系就比较清楚了：他们都是儒家士人实现重新确立社会秩序这一伟大政治目标的手段。通过话语建构来达到政治目的——这是先秦士人阶层共有的策略，也是他们不得已的选择。中国古代精神文化的基本格局与主要价值取向的形成与这种策略密切相关。儒家有取于《诗》的是这一文化文本中原本包含的道德价值以及他所提供的较大的意义生成空间；他们有取于《春秋》的是其在历史叙事过程中暗含着褒贬，也承载着儒家的政治观念与道德观念。这就是说，《诗》与《春秋》这两个文本尽管在文类上毫无共同之处，但在文本所包含的价值意义上却是相通的。从这个角度看，孟子说"诗亡然后《春秋》作"乃是指诗歌这种言说方式由于文化语境和历史语境发生了变化（儒家认为，西周时期君臣之间、贵族之间常常通过诗歌来表达意见，从而达到彼此沟通，使人与人之间和睦友爱的目的，这种美好状况随着西周的结束与贵族阶层的衰落而破坏了），不能像以前那样来承担维系社会价值秩序的重任了，于是就由《春秋》来代替它继续承担这种任务。这样看来，孟子的这一说法不仅不像"古史辨"派所批评的那样"不通"，而且最恰当地体现了儒家士人一以贯之的思想逻辑与政治策略。这些都只有在深刻把握《诗》与《春秋》两种不同门类的文本之间深层的互文性后才能够了解。

我们再看一个可以证明互文性视角对于文本研究之重要性的例子。

《毛诗序》的作者、写作时代一直是《诗经》研究领域十分关注而又争论不休的一大公案。从汉代以来一直聚讼纷纭，莫衷一是。人们绞尽脑汁搜寻材料，试图证明这篇文献出于何人之手，但总是难以如愿。实际上从文本的互文性关系角度来看这个问题也许并没有那样复杂。

例如，《诗大序》有一段著名的话："诗者，志之所之也，在心为志，发言为诗。情动于中而形于言……"如果将这段话的用语与先秦两汉时期相关文献进行对比研究我们就很容易发现，把诗与"志"联系起来是孔、孟、荀及《尚书》《庄子》均有之的，乃先秦之成说，故这里的"诗者，志之所之也"之论显然是继承前人而来。但是将诗与"情"联系起来却是在先秦古籍中从来未见过的。先秦古籍中有"乐"与"情"相连的例子，如《孔子诗论》有"乐无隐情"之说；《荀子·乐论》中有"夫乐者，乐也，人情之所必不免也"之说。成于汉初的《礼记·乐记》更说："情动于中，故形于声，声成文，谓之音。"《诗大序》显然是受了《荀子·乐论》和《礼记·乐记》的影响。另外"变风""变雅"之说、"吟咏情性"之说也只是汉儒才有的，并不见于先秦典籍。这说明《诗大序》肯定不是先秦旧籍。

从《诗大序》各种提法的来源看，这一文本应该是西汉后期或东汉时期的儒者杂取各家说法综合而成。对此看下面两段话的情形即可明白：

　　《关雎》，后妃之德也，风之始也，所以风天下而正夫妇也。

这种对《关雎》的解释不同于"三家诗"①，应是《毛诗》作者自己的见解。假如他有先秦儒家典籍，例如，子夏或荀子的论述为根据，"三家诗"的作者不可能都没有看到。同理，"三家诗"如果有确凿的证据证明自己的解释，毛诗也没有理由标新立异。这说明无论是毛诗，还是鲁、齐、韩"三家诗"的任何一家，对于《关雎》以及其他大多数《诗经》作品都没有确凿的证据说明其创作本意。汉儒之所以那样言之凿凿，完全是为了某种意识形态的目的而进行的大胆猜测与史实

---

① 三家诗都认为《关雎》是一首"刺诗"，是为讽刺康王晏起而作的。

比附。

> 情发于声，声成文，谓之音。治世之音安以乐，其政和；乱世之音怨以怒，其政乖；亡国之音哀以思，其民困。

相近的说法有三。一是《荀子·乐论》："凡奸声感人而逆气应之，逆气成象而乱生焉。正声感人而顺气应之，顺气成象而治生焉。唱和有应，善恶相象，故君子慎其所去就也。"二是《礼记·乐记》："凡音者，生人心者也。情动于中，故形于声，声成文，谓之音。故治世之音安以乐，其政和；乱世之音怨以怒，其政乖；亡国之音哀以思，其民困。声音之道，与政通矣。"三是《史记·乐书》，其言与《礼记·乐记》完全相同。根据史书记载以及这几个文本的比较分析，我们可以确定，从产生顺序来看，应该是《乐论》最早，其次是《乐记》，最后是《乐书》。这说明这种说法发生于战国后期而大兴于两汉时期。《诗大序》只是借用了当时人们现成的说法而已。这也足以说明《诗大序》必定是汉朝人所为。

以上分析说明从互文本关系的角度来分析某个文本生成的轨迹不失为一种有效的方法。任何一个文本的形成都不是一件孤立的事情，它必然与其前后左右一大批形形色色的、不同文类的文本发生密切关系，因此从与这些文本的比较中就可以看出这个文本形成的过程。事实上这也正是清代考据学奉行的一条原则。只不过清代的考据学家们只注意不同文本间某些文字、词语、音韵、语法习惯方面的异同，而对不同文本包含的文化意蕴不感兴趣——这正是清代考据学的局限所在。倘若他们除了渊博深厚的文献学的学养之外还都是思想深邃、目光宏通，并且志向高远的大儒，那么清代学术的局面就大不相同了。

三、在文本、体验、文化语境之间穿行——文化诗学的基本阐释策略

那么面对一个具体文本，文化诗学究竟应该如何进行阐释活动呢？我们的基本策略是：在文本与文化语境之间进行"循环阅读"，而二者

间的"中介"则是文本中蕴含的心理的与精神的诸因素。

作为文化诗学研究对象的文本主要包括两大类：一是文学文本，包括按今天的分类标准属于文学作品的一切书写形式。二是文化文本，包括文学文本之外的一切文类的书写形式。文本永远是文化诗学阐释活动的基本着眼点。这就决定了文化诗学不可能是一种理论建构，而只是一种阐释策略。它从不离开文本而凭空设论。在这里，作为研究对象的文本对这种阐释策略具有很大的制约性，甚至具有决定性的作用。在文化诗学的视野中，文本的如下方面将受到特别关注。

首先，语词的使用。一个独立的文本往往在语词使用上表现出独特之处。对这些特征进行分析可以发现许多关于文本作者和时代意义的信息。尤其是从互文本关系的研究视角看，对文本语词层面的关注是非常重要的。例如，前面所举的《诗大序》的例子，通过将这个文本关于"情""诗""志""声""乐"这类词语的使用情况与其他文本的使用情况进行比较，我们就可以断定它不可能产生于先秦，只能是汉儒的作品。又如在对思孟之学与荀学这先秦儒学两大流派进行比较研究时，我们可以通过分析二者语词使用上的差异而发现其根本价值取向上的不同。比如，在《孟子》以及《中庸》的文本中"仁"字用得较多，"礼"字较少，"法"字基本不用；而在《荀子》的文本中则"礼"与"法"用得较多，"仁"字则相对较少。这种词语上的差异恰好体现着这两大学派在基本文化策略上的不同倾向：思孟之学主要把发掘人身上潜藏的道德自觉性来作为改造社会的入手处，是一种由内而外的思路；荀学却是要依靠建立有效的礼法制度来限制人的自然欲望，使人成为有道德的人，这是一种由外而内的思路。这两种学术上的差异也表现在他们的诗学观念上：孟子强调对诗义的体验涵泳，所谓"以意逆志"是也；荀子则重视诗的传道功能，所谓"圣人也者，道之管也……诗言是，其志也"。前者是说应该通过深入体会诗歌文本上的意义，进而了解诗人作诗之意；后者则是说圣人的所思所想乃是"道"之根本所在，诗歌所表现的就是圣人之志，也就是"道"的根本之处。

其次，文本语词所负载的意义世界。无论是文学文本还是文化文本，一般来说都要通过语词的关联构成一个意义世界。一部文本如果不能在阐释者那里被理解为一个完整的意义世界，阐释活动就无法进行下去。文化诗学在面对一部文本时则不仅要揭示语词之下蕴含的这个意义世界，更重要的是要通过分析这个意义世界中存在的逻辑断裂、意义冲突、各意义项之间的关系模式、这个意义世界的整体倾向等"文本症候"揭示更深层的文化逻辑。一般来说重建文本的意义世界不是什么困难的事情，这项工作完全可以通过对文本进行独立的分析来完成。至于通过"文本症候"揭示深层文化逻辑则是更为复杂的事情：必须将文本与具体文化语境联系起来。从文本意义世界到具体文化语境，进而再到文本的意义世界所包含的文化逻辑——这就完成了一次"循环阅读"的过程。这正是文化诗学不同于其他研究方法的根本之处。

让我们还是以关于《诗经》的研究为例来说明这种方法的有效性。汉代经学大师郑玄在《六艺论》中论诗歌功能的转换时云：

> 诗者，弦歌讽喻之声也。自书契之兴，朴略尚质。面称不为谄，目谏不为谤，君臣之接，如朋友然，在于恳诚而已。世道稍衰，奸伪以生，上下相犯。及其制礼，尊君卑臣。君道刚严，臣道柔顺，于是箴谏者希，情志不通，故作诗者以诵其美而讥其恶。①

这是一个意义完整的诗学文本。我们面对这样一个文本应该如何开始阐释活动呢？由于这段话中没有特别的词语值得关注，故而我们首先来看它的意义世界。很清楚，这里共有四个意义单位：其一，诗是什么；其二，文字初兴之时的君臣关系；其三，衰世的君臣关系；其四，诗的功用。这四个意义单位之间的逻辑是贯通的。第一个意义单位实际上是放到前面的结论，意思是诗歌生来就具有美与刺两种功能。"弦歌"即"颂美"之义；"讽喻"即"讥刺"之义。古人属文常常喜欢先摆出结论，然后再来证明它。所以这里的逻辑关系是这样的：

---

① （汉）毛亨传，（汉）郑玄笺，（唐）孔颖达等正义：《毛诗正义》，见（清）阮元校刻：《十三经注疏》，262页，北京，中华书局，1980。

文字初兴之时，人们淳朴无伪，君臣之间的关系就像朋友一样，完全是以诚相待，无须绕弯子、讲方式。后来世道衰微了，为了加强控制力，在制定礼仪制度时人们有意突出君主的地位，使之越来越尊崇；故意贬低臣子的地位，使之越来越卑下。这样臣子在君主面前就噤若寒蝉，再也不敢随意表达不同意见了。在这种情况下人们才想出用诗这种方式来委婉地表达赞美与讽刺的意见。

我们把握了这个文本的意义世界之后就可以做出一些判断了：首先，这是一种历史叙事，讲述了世道人心的历史演变及其对君臣关系造成的严重影响；其次，这又是理论话语，说明了诗歌产生的历史原因。有了对文本意义世界的认识，我们就可以对这个世界背后隐含的文化逻辑进行深入探索了。当然，这种探索不是凭空想象，而是需要在文本的意义世界中发现可以追问的线索。

我们如果对这个文本进行细读就不难发现，郑玄在这里隐含着一个预设的前提：诗只可能有"美"与"刺"这两种功能，非"美"即"刺"，别无选择。这是不是从实际的阅读经验中归纳出来的呢？显然不是，因为《诗经》之中至少有二分之一的作品并无所谓"美"与"刺"，完全是别有用途的。即使是极力标榜"美刺"之说的《毛诗序》与《郑笺》也无法将每首诗都归入"美刺"范畴。那么郑玄的这种预设来自何处呢？这是一个值得追问的话题。另外，在这段话中郑玄将诗歌的产生与君臣关系的变化紧紧联系在一起，是出于对史实的归纳还是某种政治观念呢？民歌民谣本是诗歌之重要来源，它们都是自生自灭并且大都与君臣关系毫无关联，郑玄何以对之视而不见呢？这都是值得追问的话题。但是要找到这些问题的答案，仅仅限于文本提供的意义世界是远远不够的，我们必须离开文本世界而进入言说者所处的文化语境中去，从一个新的视角对文本进行另一种阅读。

只要对郑玄生活的东汉末年的情形稍加了解我们就不难发现，原来这是君臣关系极为紧张的一个时代。士族出身的清流领袖以及追随他们的那些太学中的莘莘学子与君权之间的矛盾冲突达到空前激烈的程度。① 两次"党锢之祸"就是这种矛盾的集中显现。郑玄正是数百个被"禁锢"的清流官员之一,可以想见他对那种权力的压迫是有着切肤之痛的。通过史书的记载我们知道,这位以博学著称,以训诂章句之学为后世尊崇的经学大师并不是一个皓首穷经的腐儒、陋儒,而是一个有着高远志向的儒家思想家。他后来弃绝仕进,遍注群经,并不是退缩,而是欲以另外一种方式干预社会,实现政治理想。故而在他的经学研究中贯穿着强烈的价值关怀。明白了郑玄的境遇与心态,我们对他赋予诗歌的政治功能就不感到奇怪了。因此这段《六艺论》的文本所隐含的深层意蕴也就不难窥见了:郑玄向往着一种和谐有序的君臣关系,希望士大夫能够合法地参与国家大事。这正是从孔子开始形成的古代士人阶层伟大的历史使命感与社会责任感之表现,是中国古代士人阶层引导、制约君权的政治理想之表现。在诗学文本中蕴含着政治内容,在貌似客观的历史叙事中包含着价值关怀——这就是这一文本生成的文化逻辑。

上面分析的是诗学文本,下面让我们看一个文学文本的情况。《周颂·昊天有成命》云:

> 昊天有成命,二后受之。成王不敢康,夙夜基命宥密。於缉熙,单厥心,肆其靖之。

这首诗《毛诗序》认为是"郊祀天地也"。朱熹《诗集传》认为是祭祀周成王的诗,今人多从朱说。无论信从哪家说法,这首诗产生时间的下限不晚于康王之世,即属于西周初期的作品是没有疑问的。从我们的阐释角度来看,有了明确的文本义,再加上可以确定的文化语境,阐释工作就可以进行了。我们借助于古今注家的有效工作可以很容易地了解诗中每个词语的含义,因此也就可以了解其意义世界。这里的意义单位有下列四项。第一,上天之明命。第二,文王和武王秉受天命而创立周朝。第三,成王继承父祖大业,不敢

---

① 当时君权不一定是在君主手中,而是在外戚、宦官、权臣与包括皇帝在内的皇室宗亲各种组合构成的最高权力集团手中,怀有儒家乌托邦精神的士大夫阶层在当时是作为一种批判的力量存在的。

有丝毫懈怠。第四，天下在成王的精心治理下得以安宁。考之历史我们可以知道，周天下是武王在周公、召公和姜尚等人的辅佐下，联合了天下数百家诸侯打下来的。周朝得到天下的第二年武王就去世了，当时成王年幼，由周公执政。在此期间周公不仅平定了"三监"之乱，迁徙了殷商遗民，使政治局面安定下来，而且组织了大规模的制度建设与文化建设，这就是所谓的"制礼作乐"。周公领导的这项伟大工程的根本目的是确定周人统治的合法性，建立统一的国家意识形态系统，从而达到长治久安的目的。到了康王之时，周公的措施已然收到很好的成效，《古本竹书纪年》上说"成康之时，刑措四十年不用"。但是武王、周公所开创的那种唯谨唯慎、小心翼翼的治国精神和时刻以殷纣为戒的忧患意识在成康之时都得到了继承。这样，康王时期为了祭祀活动而进行的音乐与诗歌制作，也同周公时期一样，始终贯穿着一种意识形态建构。我们看这首颂诗从文本义上看是歌颂成王之勤勉的，实际上却处处隐含着深层的意识形态含义：第一，周人的江山是上天赐予的，天命归周，这是周人统治之合法性的最重要的依据。第二，周文王、周武王都是因为自己的崇高品德才得到上天眷顾的，因此他们的伐灭殷商，建立大周乃是"顺乎天而应乎人"的正义之举。第三，成王虽然没有开创之功，但是只要他做到了严于律己、勤勉治国，也就顺应了天命，继承了先王遗志，他的统治因此是合法的。第四，眼下的天下太平、人民安居乐业都是周人历代君主顺应天命、克勤克俭、品德高尚的结果，因此无论是殷商遗民还是天下诸侯，都要一心一意服从周天子的号令，做大周的顺民。由此可知，这首小小的颂诗是大有深意存焉的。

这样通过对文本意义世界的把握，进而将这个意义世界置于特定文化语境之中，就可以发现文本更深层蕴涵或者文本意义世界生成的文化逻辑。从文本的意义世界到文化语境，再从文化语境反过来看文本的意义世界，在这样的"循环阅读"过程中，文本意义就得到了增值——这就是文化诗学最主要的阐释路向之所在。

另外文化诗学还非常重视对文本蕴涵的"体验"层面的挖掘①，并从而与古人达成一种心灵的碰撞。孟子的"知人论世"之说乃是为了"尚友"，即与古人交朋友，这正是文化诗学所追求的目标之一——以文本为中介与先贤大哲沟通，使古人的精神、智慧、情感进入我们心灵世界。要想达到这一目的，我们在阐释过程中就必须关注一种隐含于文本之中，若隐若现的因素：体验。所谓体验是指人们面对某种对象时产生的整体的综合性的感受，包括情感、认知、理解、领悟、评价等许多复杂的心理内涵。任何人对他身边的事情都会产生这样那样的体验，一个思想深邃、胸怀宽阔的哲人更会对社会人生乃至生命本身都产生深刻的体验。在阐释活动中，尤其是对文学文本的阐释更需要体验这个重要环节。

那么应该如何把握文本的体验层面呢？由于体验是包含着感性与理性、意识与非意识因素的整体性心理内容，故而我们也无法仅仅用分析、推理的逻辑思维来把握。在这方面中国古人的智慧可以给我们很大启示。宋代理学家在论及通过格物致知来进行人格修养时常常提到两个词语，一是"体认"，二是"涵泳"。这两个词语在明清的诗文评中也可以经常看到。什么是"体认"与"涵泳"呢？简单说来就是全身心地投入到对象之中，仔细体会、领悟、感觉对象，将自己想象为对象本身，忧其所忧，乐其所乐。其结果是在自己的心灵世界中开拓出一个前所未有的空间，使自己的精神世界得以丰富，使自己的人格得以提升。作为一种阐释行为，"体认"与"涵泳"最重要的作用是可以使阐释主体真正深入地、全面地理解对象。这是任何科学的分析方法都无法比拟的。让我们看一看《周颂·我将》：

> 我将我享，维羊维牛，维天其右之。仪式刑文王之典，日靖四方，伊嘏文王，既右飨之。我其夙夜，畏天之威，于时保之。

《毛诗序》以为这首诗是"祀文王于明堂也"。孔疏谓："祭五帝之

---

① 北京师范大学文艺学研究中心历来重视文本中蕴含的体验内涵。童庆炳的中国古代美学与文论研究、王一川的中国形象与现代性体验研究、我的古代士人心态与诗学观念之关系的研究，都是从体验入手的。

神于明堂，以文王配而祀之。"从诗的文义看，此说成立。从表面看，这首诗只是说了一些祭祀时的套话，并无深意。但仔细体味涵泳，我们就可以感到其中蕴含的某种焦虑与不安。这里诗人讲了三重意思：一是说我献上肥羊、肥牛来求神灵保佑。诗中两个"右"字都是保佑或佑助的意思。神灵则包括五帝之神与文王的在天之灵。二是说我们严格恪守了文王定下的治国之道，使天下安定，所以有理由求得神灵的佑助。三是说如果能够得到神灵的保佑，我们就会愈加敬畏神灵，日日夜夜小心谨慎，以保持天下的太平。从诗的文本义中我们可以感到深深的忧虑与惶恐——这是刚刚得到政权的周初政治家们时刻萦怀的心理焦虑，是他们所谓"忧患意识"① 的表现。只有理解了这一层，我们对于这首诗的阐释才算是比较接近诗中本有之义了。

四、文化诗学的其他方法论问题

除了上面所论及的方面之外，文化诗学还有一些方法论方面的问题需要注意。

（一）对知识与意义的双重关注——研究立场问题

我们为什么要研究古代诗学（究竟是要获得知识还是获得意义）？这个看上去再简单不过的问题实际上并未得到很好的解决。许多研究者看不出古代诗学研究对现代生活究竟存在着什么意义，于是就认同一种实证主义态度：研究就是求真。揭示古代诗学话语中可以验证的内容就构成这种研究唯一的合法性依据。这种研究强调以事实为根据，以考据、检索、梳理为主要方式，以清楚揭示某种术语或提法的发生演变轨迹为目的，这当然是真正意义上的研究，可以解决许多问题，也完全可以成为一个学者毕生从事的事业。但是这种研究也有明显的局限性：大大限制了阐释的空间。古代文论话语无疑是一套知识话语系统，具有不容置疑的客观性。但同时它又是一个意义和价值系统，具有不断被再阐释的无限丰富的可能性。对知识系统的研究可以采取

① 这是徐复观在《中国人性论史》（先秦篇）中对周初政治家心理体验的概括。

实证性方法以揭示其客观性；对意义系统则只能采取现代阐释学的方法，以达成某种"视界融合"，构成"效果历史"。"效果历史"的特点在于它不是纯粹的客观性，而是"对话"的产物：既显示着对象原本具有的意义，又显示着对象对阐释者可能具有的当下意义。正是这两方面意义所构成的张力关系使"效果历史"尽管不具备纯粹的客观性，却也不会流于相对主义。例如，我们研究"意境"这个古代文论的核心范畴，实证性的研究只能够揭示其产生和演变的线索，列出一系列的人名、书名和语例，对其所蕴含的意义与价值以及文化心理和意识形态因素，就无能为力了。意境作为一个标示着中国传统审美趣味的重要范畴，是与古人对自然宇宙以及人生理想的理解直接关联的，可以说它就是一种人生旨趣的表征。作为现代的阐释者，对于意境的这层文化蕴涵，我们只能从被我们所选择的人生哲学的基础上才能给出有意义的阐释。这种阐释实质上乃是一种选择，即对古人开出的，对于我们依然具有意义的精神空间予以认同和阐扬。这才是真正的"转型"，才是对人类文化遗产的继承。对于这样的任务纯粹实证主义的研究方式显然是无力承担的。不仅要梳理知识生成演变的客观逻辑，而且要寻求意义系统的当下合法性——这应该是中国古代诗学研究的基本出发点。

将古代诗学话语当作一种知识系统还是当作一种意义系统，可以说是完全不同的两种研究立场。前者是科学主义精神的体现，后者是人本主义精神的体现。本来科学主义精神与人本主义精神是西方现代性的两个基本维度，前者张扬客观探索的可能性，后者探讨人生的意义与价值。然而，对理性的绝对信赖所导致的那种无休无止的探索精神在自然科学领域所取得巨大成功使人们误以为以客观性为特征的科学主义精神乃是理性的全部内涵，甚至也是人本主义精神的基本特征；于是出现了科学主义的立场、方法、思维方式向人文社会科学领域大举入侵的状况，甚至在人文社会科学领域也出现了对实证精神的呼唤，好像那些无法实证的形而上学的、乌托邦式的、浪漫的、诗意的、带有神秘色彩的言说都是毫无意义的梦呓。在这种科学主义精神的影响下，人文社会科学的研究也越来越学科化、知识化、实证化。这样人类追求意义与价值的天性就受到极大的压制，人也就越来越成为缺乏诗意、想象力与超越性的机器。例如，古代文论话语，如飘逸、典雅、淡远、闲适、空灵所负载的本来是古人的审美趣味与人生体验，是最富诗意、最灵动鲜活的精神存在，然而它们一旦被确定为客观知识，并被一种科学主义态度所审视时，就完全失去了它的固有特性，成为没有生命的躯壳。如果我们在承认古代文论话语的知识性的基础上还将其视为一个意义系统，通过有效的阐发而使其还原为一种活的精神，那么我们就与古人达成了真正的沟通，"效果历史"就产生了：古人的意义也成为我们的意义，而这才是任何人文社会学科研究的真正价值所在。

（二）在文本与历史之间穿梭——研究方法问题

阐释学的理论只是为我们的古代文论研究提供了一种基本态度。至于具体的研究方法则应该在不断的理论反思与研究实践中获得。如前所述，关注各种学术文化话语系统对于文论话语的影响现在已经成为研究者的共识。但是这里依然存在着有待解决的问题：从话语到话语、从文本到文本的阐释真的能够揭示古代文论的文化底蕴吗？那种在不同话语系统的联系中确立的阐释向度，当然较之过去那种封闭式的阐释方式具有更广阔的意义生成空间，但是，这也仅仅能够揭示一种不同话语系统之间的某种"互文性"关系，尚不足以发现更深层的学理逻辑。我们认为，在文本与历史之间存在的复杂关系应该是古代诗学话语意义系统的又一个重要的生长点。在这里我们不同意某些后现代主义历史观将历史等同于文本的主张。历史的确需要借助文本来现身，但历史并不是文本本身。历史作为已然逝去事件系列的确不会再重新恢复，但通过对各种历史遗留（主要是各种文本）的辨析、鉴别与比较，人们还是能够大体上确定大多数历史事件的大致轮廓。也就是说，人们无法复原历史，却可以借助于种种中介而趋近历史。通过文本的历史去接近实际的历史——这正是那些优秀的历史学家们毕生致力的事业。实际的历史就像康德的"自在之物"、弗洛伊德的"无意识"以及拉康的"真实界"一样从不以真面目示人，它因此也就具有某种神秘性，对这种神秘性的理解恰恰提供了意义生成的广阔空间。

毫无疑问，这个来自历史阐释的意义空间应该作为理解古代文论意义系统的基础来看待。在这方面我们的研究还很不够。

而且文本是各种各样的，有些文本属于历史叙事，有些文本则是思想观念与精神趣味的记录。历代的史书、杂记属于前者，而文论话语属于后者。相比之下，作为历史叙事的文本较之文论文本就更接近实际发生过的历史事件。所以古文论的研究要关注历史之维就不能不将这些历史叙事纳入自己的视野之中。这里的关键在于，只有将一种文论话语置放在具体的历史联系中才有可能对其进行准确的把握。这里的所谓"准确"不意味着纯粹的客观性，对于现代阐释学来说这种客观性只是一种无意义的假设。"准确"的真正含义是符合阐释学的基本规则，即任何阐释行为首先必须尽量包容阐释对象能够提供在我们面前的意义，也就是说，阐释行为首先是理解，然后才是阐发。所谓"视界融合"的前提应该是对对象所呈现的意义视界的充分尊重。如果将"视界融合"与"效果历史"理解为对对象的任意言说，就是对现代阐释学的极大误解。就古代文论研究而言，要尊重文论话语自身的意义视界，就不能仅仅停留在文论话语本身的范围之内，就不能不引进历史的维度。离开历史情境阐释者就根本无法真正把握对象的意义视界，而所谓阐释也就只能是单方面的任意言说了。

例如，"诗言志"这个古老的说法对我们来说似乎是没有任何理解障碍的。但实际上依然有许多问题值得追问。比如：在诗与礼乐密不可分、文学远不是作为文学而存在的历史语境中，这个颇与现代文学观念相合的提法究竟是如何被提出来的？在个性基本上被忽视的宗法制社会中，"志"是否是后人所理解的情感与思想？这些问题都涉及一个历史语境问题：诗是在怎样的范围内生成与传播的，促使它产生与传播的动因是什么？这些问题都得到解决了吗？显然没有。又如，在古代文论的话语系统中"作者"或"读者"概念是何时出现的？他们的出现意味着什么？要回答这些问题也同样必须进入历史的联系中不可。

以上分析说明，离开对其他文化学术话语与文论话语的"互文性"关系的关注，就无法揭示文论话语的文化底蕴；而离开了对历史关系网络的梳理，就不可能揭示一种文论话语生成演变的真正轨迹。

（三）在中西汇流中审视——研究视点问题

研究视点是研究活动的关键。所谓研究视点也就是发现问题、提出问题的眼光或角度。研究视点当然与专业学术知识的积累程度有关：一般说学识越丰富就越是能够发现问题。但是也有这样的情况：虽然满腹经纶，却提不出任何有意义的问题。可见仅仅拥有专业知识尚不足以形成有效的研究视点。那么对于我们的古代文论研究来说应该如何形成有效的研究视点呢？

首先要大量阅读西方人文社会科学著作，特别是 19 世纪后半期与 20 世纪以来的著作。在这里我们的古代文论研究存在着一个很大的误区：既然是中国古代文论的研究就根本无须关注西方人的研究成果。这是极为狭隘的研究态度。在这里任何民族主义的、后殖民主义的言说立场都应该摒弃，我们必须诚心诚意地承认西方人在人文社会科学领域一如他们在自然科学领域一样都取得了巨大的成绩，为全人类创造了宝贵的精神财富。西方文化传统中有一种极为难能可贵的精神，那就是反思与超越。正是在不断的反思与超越中西方人不断将思想与学术推向深入。他们的许多研究成果都可以启发我们形成有效的研究视点。例如，结构主义尽管存在着许多片面之处，但这种研究并不是像有些批评所认为的那样，仅仅是一种形式主义的技巧，这种研究所探索的是人类某种思维方式如何显现于文本之中。这是极有意义的探索，如果我们将对思维方式的理解置于具体的历史语境中，就会发现结构主义方法可以帮助我们发现许多有意义的问题。例如，我们可以在古代诗歌文本中发现古人的思维特征，可以在古代叙事文本中发现存在于古人心灵深处的意义生成模式，这对于探索古代文化与文论的深层蕴涵都是十分有益的。又如，哈贝马斯的"公共领域"和"文学公共领域"的理论也可以启发我们对中国古代文人的交往方式予以关注，从而揭示某种古代文学观念或审美意识产生和演变的历史轨迹。再如，布尔迪厄的"场域"理论也可以启发我们对古代文学领域的权威话语和评价规则的形成与特征进行探讨。而吉登斯的"双重阐释学"观点也有助于我们对古代文论话语生成的复杂性的关注。

就诗意的追求而言，西方学术也同样具有重要的启发性。19 世纪以前的"诗化哲学"不用说了，即如 20 世纪以来存在主义者对"诗意的栖居"（海德格尔）、"生存"（雅斯贝尔斯）、"自由"（萨特）的追问；人本主义心理学对"自我实现的人"的张扬；法兰克福学派对"爱欲""自为的人"与"人道主义伦理学"的呼唤；乃至后现代主义对"自我技术"的设想无不体现着一种知识分子的人文关怀，无不具有某种诗性意味。这些都有助于我们重新审视中国古代文人的人生旨趣与审美追求。即使是俄国"白银时代"思想家、文学家们关于人性与神性之关系的探讨对我们也是极有启发意义的。

我们借鉴西方人的学术见解并不是以它为标准来衡量我们的文论话语，也不是用我们的文论话语印证别人观点的普适性。我们是要在异质文化的启发下形成新的视点，以便发现新的意义空间。对意义的阐释在很大程度上取决于视点的选择与确立。同样是一堆材料，缺乏新的视点就不会发现任何新的问题，也就无法揭示新的意义。例如，对于《毛诗序》这样一个古代文论的经典文本，如果从现代西方马克思主义的意识形态批评的视点切入，再联系具体历史语境的分析，就可以揭示出从先秦到两汉时期士人阶层与君权系统关系的微妙变化，也可以揭示出士人阶层复杂的文化心态。而没有这样的视点，我们就只能说这篇文章表现了儒家的伦理教化文学观而已。从现代阐释学的角度来看，欲使千百年前的文论话语历久弥新，不断提供新的意义，唯一的办法就是寻求新的视点。一个时代有一个时代的文化观念，也就有一个时代的新视点，只有把握了这种新视点，古代的文本才会向我们展示新的意义维度。从某种意义上说，人文社会科学的研究不是要一劳永逸地揭示什么终极的真理或结论，而是要提供对于自己的时代所具有的意义。作为阐释对象的文本中隐含着这种意义的潜质，新的研究视点使其生成为现实的意义。人类的文化精神就是在这样连续不断的阐释过程中得以无限丰富化的。

但是仅仅从西方学术研究成果中产生的研究视点来进行研究，也存在着一个明显的不足，即容易导致研究者的话语与研究对象的话语之间的错位。这还不仅仅是一个表述方式的问题，因为话语同时又是运思方式的显现。古代文论的话语形式与现代汉语的表述方式的巨大差异绝不仅仅是一个语言形式（文言文与语体文）的问题，这里隐含着运思方式上的根本性区别：运用现代汉语思考和表述的现代学者在运思方式上接近于西方的逻辑思维，至少是在最基本的层面上是接受了西方形式逻辑的基本规则的。古代文论话语却完全是按照中国古代特有的思维习惯运思的（有人称为"类比逻辑"，有人称为"无类逻辑"，有人称为"圆形思维"）。这种植根于不同思维方式的话语差异就造成了某种阐释与阐释对象之间的严重错位：阐释常常根本无法进入阐释对象的内核中去。对西方学术研究方法的借鉴很容易加剧这种错位现象。于是对古代文论的研究就处于两难之境了：借鉴西方学术观点、运用现代学术话语进行研究，就会导致严重误读（不是现代阐释学所谓的"合理误读"）；完全放弃现代学术话语和方法而运用古人的运思方式和话语形式去研究，即使是可能的，也是无效的，因为这种研究完全认同了研究对象，实际上已经失去了研究的品格。那么如何摆脱这种两难境地呢？造成这种两难境地的根本原因在于现代的研究者对古人的运思方式和古代文论的话语特征不熟悉，所以在研究中简单地用从西方移植过来名词术语为古文论话语重新命名。所以要摆脱这种两难境地首先要做的是真正弄懂古人究竟是如何思考和表述的，与我们究竟有何差异，然后用描述的方式而不是命名的方式尽可能地呈现古人本来要表述的意义。在此基础上再运用我们的思维方式与话语形式对其进行分析与阐发。也就是说要建立一种中介，从而使古人的话语与现代话语贯通起来。

古人设论往往不像现代人那样从一个设定的概念或观念出发，而常常是从体验出发。所以古人理解文本之义每每标举"体认"二字。"体认"与现代汉语的"认识"的根本区别在于：后者是对文本的理解，即明了其所指；前者则是对文本的体会、领悟与认同。例如，孟子所讲的"四端"，在他那里这是一种实实在在的存在，即心理的状态，而在我们的现代语境中却成了一种设定的概念（例如，许多哲学史家将其解释为"先验理性"之类）。又如"良知"一词，无论是在孟子那里，还是在王阳明那里，都是指涉呈现在心理上的一种活泼泼的状态，而现代的阐释者往往将它理解为一种毫无内涵的空洞概念。甚至于像老庄的"道"这样似乎高度抽象的概念，也绝不像西方哲学史上诸如"逻各斯""理念""本体""实体""绝对同一性""绝对精神""存在"之类的概念那样纯粹是逻辑的设定，看老庄的描述，我们可以感觉到"道"首先也是呈现在他心理上的一种朦朦胧胧的体验。古人就是以体验的方式去面对外在世界的，所以他们理解的外在世界总是包含着人的影子在里面。在古代文论话语中这种情形就更为突出了。例如，雄浑、飘逸、清新、淡远等称谓都是指涉某种感觉或审美体验，根本没有，也不可能有明确的定义，因为古人创造这些语词时是从体验出发而不是从定义出发的。对它们只能结合具体诗文书画作品进行描述，让人"体认"到其所指，如果非要用精确的概念确定其内涵，就难免谬以千里。其他如"神韵""意境""滋味""妙趣""神采"之类的古代文论语词也都是如此。鉴于古代文论话语的这一特征，现代的阐释者必须首先去体认其所包含的感性内涵，然后用具有表现性的话语将体认的结果尽可能准确地描述出来，通过一种"迂回"的表述方式整体呈现其蕴涵，然后方可进行归类、评判、比较和阐发。离开了"体认"这一中介，就难免郢书燕说了。

以上三个方面的思考实际上不仅仅关涉古代诗学的研究，还同样关涉整个古代文化学术的研究。这意味着，文化诗学的方法论意义应该不仅仅限于对古代诗学或文学的研究。

五、"古史辨"派《诗经》研究之反思

中国现代学术传统是整个中国文化传统的一部分，而且是非常重要的一部分，其之所以重要，一则距离我们今日最近，与当下文化状态联系最为密切；二则因为现代学术传统乃是中西对话交融的产物，是一种新的熔铸，而当今我们依然处于这样的文化语境之中，故而现代学术传统对于我们可资借鉴之处良多。因此重新梳理、反思现代学术传统，对于中国学术的发展而言是极为重要的工作。此前已有一些有识者做了一些有意义的研究，但亦毋庸讳言，其深度、广度都是远

远不够的。对于今日中国学人而言，欲建立具有独特性、原创性之学术，最佳途径就是总结现代学术的"得"与"失"，进而在其基础上"接着说"。

"古史辨"派是现代诸多学术流派中最具影响力，也最有学术方法论意义的一派。其影响不仅在于史学范围，而且也及于文学领域。例如，其《诗经》研究的影响至今尚存。尤其是"古史辨"派的研究方法对于我们今日的文学研究依然具有重要启发意义。当然，这种方法也有其局限。在下面的讨论中，我们就以"古史辨"派的《诗经》研究为例，探讨一下古代文学思想的研究方法问题。

（一）从历史角度看文学

正如有论者早已指出的，在现代，对《诗经》的研究大体分为三派，一是传统经学的，二是文学的，三是历史的。"古史辨"派是一个历史研究的学术流派，当然主要是由历史学家组成。对于《诗经》他们也是从历史的角度来研究的。从历史的角度或者用史学的方法研究文学是一个十分重要的研究路径。就中国现代学术传统来说，这一研究视角可以说是由"古史辨"派开创的。传统经学的《诗经》学研究可不置论，此前的章太炎、王国维、梁启超、刘师培等人在研究文学问题时尽管也时而会引进历史的维度，但一以贯之者却或者是文字训诂，或者是社会政治研究，或者是纯文学研究，都不是历史研究。真正从历史的角度看文学乃自"古史辨"派始。在以"疑古"为标志的"古史辨"派看来，《诗经》是少数可信的先秦典籍之一。这一见解最早由胡适提出，后来为"古史辨"派普遍信从。① 然而在他们看来，这样一部可信程度很高的典籍，在两千多年的传承中却被蒙上了厚厚

---

① 胡适说："古代的书，只有一部《诗经》可算得是中国最古的史料。"因为《诗经》中关于日食的记载可以得到现代科学的证明，故"《诗经》有此一种铁证，便使《诗经》中所说的国政、民情、风俗、思想，一一都有史料的价值了"。（胡适：《中国哲学史大纲》卷上，24 页，北京，商务印书馆，1930）顾颉刚说："《诗经》这一部书，可以算做中国所有的书籍中最有价值的……我们要找春秋时人以至西周时人的作品，只有它是比较的最完全，而且最可靠。"（顾颉刚：《诗经在春秋战国间的地位》，见《古史辨》第三册，309 页，上海，上海古籍出版社，1982）

的尘埃，就像一座被蔓藤层层包裹的古碑，上面的文字都无法看到了。因此寻求"真相"就成了他们研究《诗经》的首要任务。顾颉刚说：

> 《诗经》是一部文学书……就应该用文学的眼光去批评它……因为二千年来的《诗》学专家闹得太不成样子了，它的真相全给这一辈人弄糊涂了。
>
> ……
>
> 我做这篇文字，很希望自己做一番斩除的工作，把战国以来对于《诗经》的乱说都肃清了。①

这就清楚地说明，他研究《诗经》的目的首先是为着"祛蔽"，从而还《诗经》以本来面目。至于用文学的方法研究《诗经》，那只能是第二步的事情了。对于一部古代文学作品，由于年代久远，研究者所要做的首先就是尽量弄清楚它究竟是怎样一部书，是为何而作的，无论是文学的研究还是历史的研究，这都是前提，是研究的第一步。

然而如何能揭示"真相"呢？顾颉刚认为，"我们要看出《诗经》的真相，最应研究的就是周代人对于'诗'的态度"②。根据对《左传》《国语》等先秦史料的分析，顾先生逐层揭示了周代人"作诗的缘故"与"用诗的方法"。就作诗而言，认为《诗经》作品"大别有两种：一种是平民唱出来的，一种是贵族做出来的"。就用诗来说，则"大概可以分做四种用法：一是典礼，二是讽谏，三是赋诗，四是言语"③。顾先生从历史的角度考察《诗经》作品的产生，以"诗何为而作"为切入点，这应该是恰当的追问路径，因为只有弄清楚诗歌的社会功用才能进而揭示其作者。

根据现存《诗经》作品的情况以及先秦典籍关于诗歌功能的记载，

---

① 顾颉刚：《〈诗经〉在春秋战国间的地位》，见《古史辨》第三册，309～310页，上海，上海古籍出版社，1982。

② 顾颉刚：《〈诗经〉在春秋战国间的地位》，见《古史辨》第三册，320页，上海，上海古籍出版社，1982。

③ 顾颉刚：《〈诗经〉在春秋战国间的地位》，见《古史辨》第三册，322页，上海，上海古籍出版社，1982。

我们认为顾先生认为《诗经》中的作品"一种是平民唱出来的，一种是贵族做出来的"的观点是具有合理性的。所谓"唱出来"是说这类诗歌是自然而然产生的，即所谓"饥者歌其食，劳者歌其事"，后来才被王室派出的采风官吏采集上来；所谓"做出来"是说这类诗歌是贵族们为着某种礼仪或讽谏的需要，专门写出来主动献上去的。根据现在学界的研究成果，说《诗经》作品一部分是从民间采集而来，另一部分是贵族们专门制作的大体是没有问题的。只不过民间那些作诗的人是"平民"还是贵族阶层，依然是聚讼纷纭的问题。

关于《诗经》的四种用法的见解，根据现有材料来看，也是具有合理性的，只不过这四种用法不一定都是共时性存在的。从历史的角度看，诗歌功能的演变轨迹似乎应该是这样的：对于周代贵族来说，典礼或许是诗歌最早的用法，特别是在祭天祭祖的仪式中，诗歌就成为沟通人与神的特殊言说方式。《诗经》中那些"颂诗"大抵是此类，这类诗歌也是《诗经》中最早出现的。开始时诗歌很可能仅仅用于祭祀仪式之中，久而久之也就推衍于朝会、宴饮及婚丧嫁娶等礼仪之中了。这类作品大约都是"定做的出来的"①，属于贵族创作。讽谏应该是从典礼中引申出来的一种诗歌功能。因为在典礼中的诗歌具有某种神圣色彩，用于臣子向君主或下级贵族向上级贵族的讽谏也就具有了一种庄重的性质，较之一般的口头表达也更具有说服力。由于诗歌在贵族生活中越来越具有重要性，于是在贵族教育中"诗教"就成为重要内容，随之也就出现了比较固定的诗歌集本，都是从各种礼乐仪式中提取出来的，通过修习，受过教育的贵族子弟人人可以随口吟唱这些诗歌作品。于是就自然而然地出现了赋诗与言语现象——在聘问、宴饮、交接等贵族交往场合借助于诗歌来表达某种不便或不愿直白说出的意思。这类作品则有可能是贵族们主动做出来的，也可能有一部分是从民间采集来的。根据我们现在可以看到的材料，以及现代学者们的研究成果，这一由祭祀到庙堂，再由庙堂到贵族日常交往的《诗经》功能演变的历史轨迹应该是可以成立的。当然这一历史轨迹也许

---

① 顾颉刚：《〈诗经〉在春秋战国间的地位》，见《古史辨》第三册，第321页，上海，上海古籍出版社，1982。

还很粗疏，例如，何定生先生关于十三国风与"房中之乐""无算乐"的关系的看法也许是重要补充。① 但总体言之，顾颉刚先生关于先秦诗歌四种基本功能的勾勒是具有重要学术意义的，可以说从历史的角度看文学的重要收获。

钱穆先生亦尝运用历史的眼光考察《诗经》，可以说与"古史辨"派是同一路径。在著名的《读〈诗经〉》一文中，钱先生亦从追问诗之功用展开自己的研究。他认为"盖《诗》既为王官所掌，为当时治天下之具，则《诗》必有用，义居可见。《颂》者，用之宗庙，《雅》则用之朝廷。《二南》则乡人用之为'乡乐'，后夫人用之，谓之'房中之乐'，王之燕居用之，谓之'燕乐'"。② 这与顾颉刚先生的见解相吻合。基于这一历史观察，钱穆认为《诗经》原来的排列顺序应该与今本相反：

> 惟今《诗》之编制，先《风》，次《小雅》，次《大雅》，又次乃及《颂》，则应属后起。若以《诗》之制作言，其次第正当与今之编制相反；当先《颂》，次《大雅》，又次《小雅》，最后乃及《风》，始有当于《诗三百》逐次创作之顺序。③

这是很高明的见解，唯有从历史的角度方可得之。盖诗歌作为一种历史现象，自有其产生与演变的客观轨迹，从历史角度考察，紧紧扣住诗歌功能问题，自然会对其产生演变轨迹有所揭示。顾颉刚和钱穆都是这样做的，也都有独到发现。抓住了典礼、讽谏、赋诗、言语这四个环节，《诗经》作品在西周至春秋时期的实际功用就被揭示出来了，进而诗歌在彼时政治生活、社会生活中的重要地位也就清楚了。那种跳出历史语境，仅仅就文本而谈诗歌意义的做法也许有其价值，但不可视为真正意义上的研究，只能算是个人化的欣赏。

"古史辨"派的《诗经》研究是一种"历史的"研究，目的是揭示

---

① 何定生：《诗经今论》，8页，台北，台湾商务印书馆，1968。
② 钱穆：《读〈诗经〉》，见《中国学术思想史论丛》（一），100页，合肥，安徽教育出版社，2004。
③ 钱穆：《读〈诗经〉》，见《中国学术思想史论丛》（一），100页，合肥，安徽教育出版社，2004。

真相。但是这种研究与史学界备受推崇的"以诗证史"是根本不同的。所谓"以诗证史"就是把诗歌作为研究历史的材料，从诗中发现可以说明历史问题的内容。而"古史辨"派从历史的角度研究《诗经》则是把这部现代以来被视为文学作品集的典籍作为历史现象来审视，看它在怎样的历史语境中产生，应和着怎样的历史需求，发挥着怎样的社会历史功能，等等。前者是纯粹的历史研究，与文学研究几乎不相干；后者则是对文学的历史研究，是属于文学研究的一种视角和路径。这一研究视角和路径与美国的新历史主义有诸多相似之处：二者都是从历史的角度研究文学，都是把研究对象置于复杂的社会历史语境中进行综合性考察，都突破了那种狭隘的审美诗学或文本诗学的研究框架。对于《诗经》研究来说，"古史辨"派这种历史的研究视角和路径是非常重要的，甚至可以说是唯一正确的。因为《诗经》作品，从其创作、搜集、整理、运用、传播的整个过程来看，都与周代贵族的意识形态建设密切相关。诗歌始终是周代礼乐文化的重要组成部分，而礼乐文化正是浸透了周代贵族等级制社会意识形态的文化符号系统。对于这样一部属于占统治地位的意识形态之组成部分的诗歌总集，如果仅仅从审美的或者文本的角度进行研究，那肯定是有问题的。只有把它放回到特定历史语境中予以审视，我们才有可能对它进行恰当的阐释。

（二）对汉代《诗经》阐释的否定与质疑

"古史辨"派是以"疑古"名噪学界的。他们对于记载着上古史的那些典籍，特别是对典籍的传注大都持怀疑态度。其中最受他们诟病与嘲笑的就是那部汉儒的《毛诗序》。如郑振铎说：

> 我们要研究《诗经》，便非先把这一切压盖在《诗经》上面的重重叠叠的注疏的瓦砾爬扫开来而另起炉灶不可。
>
> ……
>
> 在这重重叠叠压盖在《诗经》上面的注疏的瓦砾里，《毛诗序》算是一堆最沉重、最难扫除，而又必须最先扫除的瓦砾。①

---

① 郑振铎：《读毛诗序》，见顾颉刚：《古史辨》第三册，385页，上海，上海古籍出版社，1982。

顾颉刚则用戏谑的口吻嘲笑《毛诗序》的比附史实：

> 海上（海上生明月），杨妃思禄山也。禄山辞归范阳，杨妃念
> 之而作是诗也。
>
> ……
>
> 吾爱（吾爱孟夫子），时人美孟轲也。梁襄王不似人君，孟子
> 不肯仕于其朝，弃轩冕如敝屣也。①

从这些引文中不难看出，在顾先生眼中《毛诗序》的作者和那些注释过《诗经》的汉儒是何等可笑！于是如何看待汉儒的《诗经》阐释就成为现代学者提出的一个重大的学术问题。总体言之，在"古史辨"派的强势影响之下，现代学者几乎没有敢于为汉儒辩护的，因为从现代的文学经验出发，汉儒对《诗经》的解读确实令人难以接受。"古史辨"派对汉代《诗经》学的否定与质疑主要基于三种思想资源，现简述如下：

一是现代文学观念，即认为文学是表情达意的，《诗经》作品，特别是《国风》，主要是民歌，根本不可能负载那么多的政治含义。例如，钱玄同说：

> 《诗经》只是一部最古的"总集"，与《文选》《花间集》《太平乐府》等书性质全同，与什么"圣经"是风马牛不相及的。
>
> 研究《诗经》只应该从文章上去体会出某诗是讲什么。至于那什么"刺某王""美某公""后妃之德""文王之化"等等话头，即使让一百步，说作诗者确有此等言外之意，但作者既未曾明明白白地告诉咱们，咱们也只好阙而不讲——况且这些言外之意和艺术的本身无关，尽可不去理会它。②

显然钱先生是把《诗经》当作一部纯文学的作品集来看待了。毫无疑

---

① 顾颉刚：《论时序附会史事的方法书》，见《古史辨》第三册，405 页，上海，上海古籍出版社，1982。
② 钱玄同：《论〈诗经〉真相书》，见顾颉刚：《古史辨》第一册，46～47页，上海，上海古籍出版社，1982。

问，作为一般阅读欣赏，《诗经》，特别是《国风》和大部分《小雅》的诗歌完全可以当作纯文学作品来看待，从字里行间，从其意象与意境中我们确实可以体会到审美的愉悦。但是作为研究就不同了，对于《诗经》作品何为而作，如何传承，在彼时历史语境中有何功能以及如何发挥其功能等问题就不能不予追问。如果脱离了具体历史语境，抛弃知人论世的说诗原则，仅就诗歌文本来谈论其意义，就只能是臆说，算不得真正意义的学术研究了。清儒皮锡瑞尝言：

> 后世说经有二弊：一以世俗之见测古圣贤；一以民间之事律古天子诸侯。各经皆有然，而《诗》为尤甚……后儒不知诗人作诗之意、圣人编诗之旨，每以后世委巷之见，推测古事，妄议古人。故于近人情而实非者，误信所不当信；不近人情而实是者，误疑所不当疑。①

这虽然是对经学传统的批评，却何尝不是对现代《诗经》研究的警示呢！从今天的眼光看上去应该如此的，或许在古代刚好相反，反之亦然。要对《诗经》这样的"历史流传物"有恰当的阐释，就必须尽可能地重建其产生、传承及使用时的历史语境。顾颉刚先生关于《诗经》在春秋战国间的社会功能的论述正是一种历史化、语境化的研究，符合历史的实际，可惜的是当他把目光转向汉儒的说诗时就不大顾及他们何以如此说诗的文化历史原因了，他是从诗的字面意思出发对《毛诗序》的解读予以否定的。如此把《诗经》作品看成纯粹的文学作品，完全不顾其产生与使用时的历史语境，就难免有"我注六经"与"妄议古人"的偏颇了。现代学者受到西方 18 世纪以来形成的文学观念的影响，对中国古代诗文倾向于做纯粹审美意义上的理解，这对于魏晋之后的诗文来说似乎问题不大，但对于汉代以前来说就不那么恰当了。

"古史辨"派所依据的第二种思想资源是宋代以来逐渐形成的"疑古辨伪"精神。就《诗经》学而言，宋儒欧阳修的《诗本义》、郑樵的《诗辨妄》、朱熹的《诗集传》都对《毛诗序》提出质疑。到了清儒疑

---

① （清）皮锡瑞：《经学通论·诗经》，19～20 页，北京，中华书局，1954。

古大家崔述的《读风偶识》对《诗序》的批评更是空前的精辟而尖锐。上述诸家都是"古史辨"派否定《诗序》的有力支撑。顾颉刚尝辑录久已散佚的郑樵《诗辨妄》，编订崔述的《崔东壁遗书》，在重建疑古辨伪传统方面下了很大功夫。此外，清初大学问家姚际恒的《古今伪书考》、清季今文家康有为的《新学伪经考》《孔子改制考》以及乾嘉学派在对古籍的校勘、辨伪、考订中显示出的求真与怀疑精神也都对"古史辨"派形成了重要影响。从这个意义上看，可以说"古史辨"派是对中国古代疑古辨伪传统"接着说"的。

给"古史辨"派以重大影响的第三种思想资源是来自西方学术传统的科学主义倾向。我们知道，"古史辨"这一学术流派的形成得益于胡适的影响，而胡适正是西方科学主义精神的中国传人。早在 1919 年胡适就提出"整理国故"的著名主张，提出要用科学的方法，做精确的考证，把古人的意义弄得明白清楚。他的著名的"大胆的假设，小心的求证"的"十字诀"也是作为科学的方法提出的。1925 年在一次演讲中他说："我觉得用新的科学方法研究古代的东西，确能得着很有趣味的效果。一字的古音，一字的古义，都应该拿正当的方法去研究的。"① 具体到对《诗经》的解读，胡适的所谓"科学方法"就是抛弃一切前人的传注，专门涵泳于诗歌文本之中，体察其含义。在此过程中他特别强调对"文法"与"虚字"的关注。他对《诗经》中"言"字的用法的考辨就是这一方法的具体实践。胡适的科学方法固然受到乾嘉学派的影响，但究其实质还是来自西方的科学主义传统，他说：

> 我治中国思想和中国历史的各种著作，都是围绕着"方法"这一观念打转的。"方法"实在主宰了我四十多年来所有的著述。从基本上说，我这一点实在得益于杜威的影响……杜威对有系统思想的分析帮助了我对一般科学研究的基本步骤的了解。他也帮助了我对我国近千年来——尤其是近三百年来——古典学术和史学家治学的方法，诸如"考据学""考证学"等等。……在那个时

---

① 胡适：《谈谈〈诗经〉》，见顾颉刚：《古史辨》第三册，577 页，上海，上海古籍出版社，1982。

候，很少（甚至根本没有人）曾想到现代的科学法则和我国古代的考据学、考证学，在方法上有其相通之处。我是第一个说这话的人；我之所以能说出这话来，实得之于杜威有关思想的理论。①

顾颉刚是胡适的弟子，对老师所倡导的"科学方法"极为信服，他那堪称"古史辨"派标志性主张的"层累地造成古史说"正是在胡适所倡导的这种科学方法的影响下形成的。应该说，科学的实证精神是"古史辨"派的基本旨趣。

另外"五四"前后形成的"反传统"思潮也为"古史辨"派的"疑古"提供了有利的文化空间。

基于上述这三种思想资源而形成的"古史辨"派的《诗经》阐释学当然无法忍受以《毛诗序》为代表的汉儒《诗经》阐释学方法与结论。于是就出现了如前面引文那样对汉儒激烈的批判与嘲讽。然而以追问真相为职志的"古史辨"派也许没有追问过下列问题：《诗经》真的仅仅是一部《文选》那样的文学总集吗？果真如此，那么春秋时的贵族们何以都是在政治、外交场合引诗、赋诗，从来没有在欣赏的意义上用诗呢？《诗经》或称《诗三百》真的是被汉儒推崇为经典的吗？在西周至春秋的数百年中"诗"在贵族文化中究竟居于何种地位？诗歌作为礼乐文化系统不可或缺的组成部分，它是不是具有某种权威性，甚至神圣性的特殊价值与功能？包括《毛诗序》在内的汉儒说诗是凭空产生的吗？汉儒是不是继承了某种历史久远的说诗传统？这都是应该追问的问题。如果弄清了这些问题的"真相"，"古史辨"派或许对汉儒的说诗就不那么轻蔑了。

（三）"古史辨"派《诗经》研究方法之反思

"古史辨"派是中国现代学术领域少有的具有重大影响的学术流派之一，其学术影响至今依然存在。那么，我们应该如何看待他们的学术成就呢？从研究方法的角度其启示意义何在呢？

其一，如何看待"古史辨"派的"疑古"。"疑古"是"古史辨"

---

① 胡适：《胡适口述自传》，唐德刚译注，94~96页，台北，佶记文学出版社，1981。

派开宗立派的旗帜，也是其《诗经》研究的基本精神。在我看来，对于他们的怀疑精神应该充分肯定。毫无疑问，近几十年的考古发现确实证明了许多古代典籍的可靠性，古史的记载也大都有其依据，因此学界提出"走出疑古时代"之说是有其合理性的，也是十分必要的。但这并不意味着"古史辨"派的怀疑精神就毫无价值了。怀疑是一切学术研究的起点，没有怀疑就没有问题，而提出有意义的问题正是学术研究最重要的环节。对于汗牛充栋的古代典籍，研究者务必抱着质疑、审视的眼光，鉴别其真伪，探其本，溯其源，梳理其脉络，考察其流变。对于前人的成说更不能轻率接受，而是要分析其产生之原因，弄清楚决定其不得不如此说的逻辑链条，如此才能推进学术的进步。具体到《诗经》研究，"古史辨"派对于《诗序》的质疑大都是站得住的，特别是《诗序》对某诗"刺某王""美某公"的解说，确实大多乃附会史事，缺乏切实的材料支撑，顾颉刚、钱玄同、郑振铎等人的批评是有力的。

但是"古史辨"派的"疑古"也确实存在严重问题。首先，尽管他们大多是历史学家，但在对《诗序》的质疑时往往不能用历史的、语境化的眼光去看问题，对汉儒缺乏"了解之同情"，只是站在今天的立场上褒贬古人。汉儒说诗实际上乃是彼时士人阶层意识形态建构工程的重要组成部分，是"大一统"政治格局中知识阶层制衡君权的一种手段。他们说诗的目的其实并不是追问"真相"，更不是发掘诗歌的审美意义，而是在建构和弘扬一种价值观，是一种特殊的"立法"——为社会提供价值秩序——的行为。其实不独《诗经》以及整个汉代经学研究是如此，看汉初的黄老之学，陆贾著《新语》，贾谊著《新书》，贾山著《至言》，淮南王编《淮南鸿烈》，乃至司马迁作《史记》都莫不如此。可以说，意识形态建设是汉儒问学致思的首要目的，是他们与由帝王、宗室、功臣、外戚、宦官等组成的统治集团争夺权力的主要方式。后来儒学的胜利即可视为统治集团与知识阶层相互"协商"与"共谋"的结果，也是他们合作治理天下的标志。"古史辨"派从追问"真相"的科学实证角度固然可以发现汉儒的诸多错误，却对其"苦心孤诣"毫无体察。这显然不仅仅是"疑古太过"的问题，而且也是"以今释古"的问题，关键之点在于对历史语境的重要性关注不够。我们今天反思"古史辨"派的研究方法，就应该既要尊重并继承其怀疑的、批判的精神，又要运用"语境化"的研究方法，把研究对象之所以如此这般的原因梳理清楚，揭示其在历史上曾经具有的意义与价值。如此面对古人方庶几近于公允。轻率地否定不是我们面对古代学人的恰当态度。

其二，如何看待"古史辨"的方法与后现代主义研究路向的异同问题。当年阅读七大册《古史辨》，特别是顾颉刚先生《古史辨》第一册上的长篇自序，颇有一种感觉，似乎顾先生倡导的方法与半个多世纪之后福柯的"知识考古学"以及格林布拉特、海登·怀特所代表的"新历史主义"颇有异曲同工之妙。然而葛兆光先生则认为"古史辨"应该属于"现代性史学"，并指出其与后现代史学的差异：

> 第一，古史辨派毕竟相信历史有一个本身的存在，他们的看法是，历史学的目的是要剥开层层包装的伪史而呈现真实的历史。可是后现代史学是"无心"的，是"空心"的，认为所用的历史都不过是层层的包装……
>
> 第二，正是因为以上的差别，古史辨派的中心目标是"辨伪"，剥掉的东西是随口编造的废弃物，它们与本真的历史构成了反悖，所以要寻找本真的东西，其他的可以甩掉不要。后现代好像对"垃圾"特别感兴趣，特别关注那些层层作伪的东西，它的主要目的是清理这一层一层的包装过程……
>
> 第三，古史辨派的历史学方法基本上是针对"过去"的存在，"过去"是很重要的。他们在当时确实瓦解了传统史学，而且与当时反传统的激进主义吻合与呼应……我觉得它仍然是在"六经皆史"的延长线上……可是，后现代则直接从"六经皆史"走到了"史皆文也"，这是很不同的。①

这里的比较大体上是言之成理的。略可辨析与补充的有下列几点：一

---

① 葛兆光：《思想史研究课堂讲录：视野、角度与方法》，93 页，北京，生活·读书·新知三联书店，2005。

是关于"古史辨"派"相信历史有一个本身的存在"的问题。我们知道,"古史辨"派的基本观点是对中国上古史提出颠覆性质疑,提出了著名的"层累地造成古史说"。按照他们的观点,中国传统史学建立起来的从"三皇"到尧、舜、禹的上古史都是后代史家一代一代想象编造出来的。因此才会出现越是后面的人反而对古史知道的越久远越详细的怪现象,就像滚雪球一样越滚越大。如此看来,在"古史辨"派心目中其实根本就不存在一个可以复原的上古史,这一点和后现代史学是很相近的。如果把"历史"理解为"发生过的事情",则无论是"古史辨"派还是后现代史学都是绝对不会否认的。他们的共同点在于:我们见到的历史都是人写出来的,不是"发生过的事情"的本来面貌。他们的区别是:后现代史学不相信任何历史文本可以接近"发生过的事情"的本来面貌,因为历史叙事在本质上也就是一种文学叙事。"古史辨"派则认为我们之所以不能恢复上古史的真相乃在于文献不足,或者说根本就没有可靠的文献。这就意味着,"古史辨"派也已经意识到我们可以看到的历史其实都是人写出来的,都是文本而已。至少对于中国的传统史学来说,他们是这样认为的。就这一点而言,"古史辨"派确实很接近后现代主义史学了。二是"古史辨"派只管"剥去包装"而后现代史学专门对这一层一层的"包装"感兴趣的问题。事实确实如此。这是古史辨派与西方后现代史学的根本性差异。"古史辨"立意在质疑,在推翻旧说,至于"真相"究竟如何,他们也知道是无法探究的,所以他们追问的"真相"其实就是指出古史是造出来的,不可信。所以鲁迅先生批评顾颉刚有破坏而无建设,将古史"辨"成没有了,应该说是很准确的评判。在福柯的知识考古学影响下的后现代史学家(如海登·怀特)则不然,他们知道包括历史在内的任何知识系统都是人为地建构起来的,所以在他们看来恰恰是这"一层一层"的"伪装"才有追问价值,对他们来说,研究这些"伪装"是如何产生的,其背后蕴含着怎样的权力关系等,正是学术研究的主要任务。在这一点上,"古史辨"派是远远不及的。在后者看来,汉儒说诗是胡说八道,急于弃之而后快,哪里管他们为什么如此说,其背后隐含的文化逻辑与意识形态是什么呢!从这个意义上说,"古史辨"

派确实没有达到后现代史学的深度。三是关于"六经皆史"与"史皆文也"的问题。诚然，在"古史辨"派眼中，六经都是作为史料来看待的，其中最为可信的大约要算《诗经》了。但章学诚等人的"六经皆史"之谓似并非从这个意义上说的。章氏的意思主要并不是说六经都可以作为史料来运用，而是说它们原本不过是对于古代政事的记载，并不像后世儒家理解的那样是什么圣人垂训的经典，并没有那么神圣。而在"古史辨"派看来，六经不仅谈不到神圣，而且其作为史的记录也大都是不可信的，是质疑的对象。因此说"古史辨"派是对"六经皆史"说的继承并不准确。另外，即使"古史辨"派信从章学诚等人的"六经皆史"之说，也不是其与主张"史皆文也"的后现代史学相区别的关键所在，就是说，承认"六经皆史"与主张"史皆文也"并不矛盾，二者是可以并存的。事实上在"古史辨"派那里，我们可以看到到处都流露着"史皆文也"的观点。让我们看看顾颉刚所拟的论文题目：

> 春秋战国间的人才（如圣贤、游侠、说客、儒生等）和因了这班人才而生出来的古史。
> 春秋战国秦汉间的中心问题（如王霸、帝王、五行、德化等）和因了这种中心问题而生出来的古史。
> 春秋战国秦汉间的制度（如尊号、官名、正朔、服色、宗法、阶级等）和因了这种制度而生出来的古史。①

从顾先生拟出的这些题目中可以看出，他是要从言说主体、文化问题、政治制度三个层面对"古史"被建构起来的具体过程与原因进行深入解剖，这是很了不起的史学意识。较之福柯的"知识考古学"、海登·怀特的"新历史主义"在思考的深度上毫不逊色。故而对于顾颉刚的史学观，我们至少可以说他坚持的是"古史皆文也"。

根据上述分析我们可以说，"古史辨"派固然不能算是"后现代史学"，但他们的许多见解已然超出了以揭示历史真相为职志的传统史

---

① 顾颉刚：《古史辨自序》，见《古史辨》第一册，59 页，上海，上海古籍出版社，1981。

学，与福柯的"知识考古学"、海登·怀特的"新历史主义"有着诸多相近的历史洞见。

其三，在现代中国历史语境中如何建构自己的研究方法的问题。"古史辨"派在中国现代学术史上有着极为重要的地位，即使今天学界已经宣布"走出疑古时代"，而且考古发现也不断证明着"古史辨"派"疑古"的偏颇，但是我们依然要说，这个学派对于现代以来的中国学术，特别是今日中国学术的启示意义是巨大的，而且这种意义远没有被充分认识到。对此，我们可以从下列三个方面来看。

首先，当下的中国人如何做学问？今天的中国人有资格做学问吗？不管承认不承认，今日中国学人是存在着这种惶惑的。相当一批学者一谈起中国的学术文化，是不屑一顾的，在他们看来只有西方才有学术，中国自古及今根本就谈不上真正的、现代意义的学术研究。有相当一批做中国学问的人在西学面前感到自卑，无地自容，感觉一张嘴就说的就是别人的话，一句自己的话也说不出，于是只好"反对阐释"，躲到考证学、考据学中去保持自身的纯洁与独立。这样一来，真正有价值的中国学术在今天就很难建立起来。在这种情况下，"古史辨"派就显得极为可敬了。其最可敬者，他们的研究方法不是简单照搬别人而来，更不是凭空想象出来，而是针对中国历史存在的问题而总结、提升、建构起来的。因此以"层累地造成古史说"为标志的"古史辨"派的研究方法是中国式的，是适合中国的研究对象而生成的，因而是有强大生命力的。其再可敬者，他们并不讳言对古人和外国人的吸纳与借鉴，但也绝对不唯前人或西方学术马首是瞻，真正做到了广采博取与独出机杼相结合，造就了独特的，又具有前沿性的学术研究思路。

其次，在"信古"与"疑古"之间。做中国的学问，面对的是汗牛充栋、卷帙浩繁的古籍，今日的学人应该采取怎样的立场？"古史辨"派的"疑古"精神是极为可贵的，因为一切学问都是从怀疑开始的，没有怀疑就不会有问题，没有问题也就不会产生有价值的学术研究。因此对于"古史辨"派的怀疑精神是应该充分肯定的。然而，"古史辨"派的问题在于：他们似乎先设定了古史的虚假，然后想方设法找材料证明其虚假。这就有问题了，如此便不能客观地审视研究对象，特别是不能体察古人何以如此说的原因。即如《诗经》研究而言，顾颉刚、钱玄同等人对汉儒的说诗采取了简单否定的态度，对于他们说诗传统的形成过程及其原因不予深究，这就遮蔽了许多值得追问的学术问题。他们未能意识到，在人文领域中的学术问题常常是不能简单地用"对"和"错"来判定的，这种判定是缺乏学术意义与思想蕴含的。真正的学术研究不仅要追问"是什么"，而且要追问"为什么"。汉儒说诗传统的形成本身就是一个极具学术史、思想史意义的话题，用几句简单的否定甚至嘲笑来了结这一话题太可惜了。因此，无论"信古"还是"疑古"都不能作为学术研究的前提，只有根据研究对象的自身特点，通过重建历史语境的方式，揭示其背后隐含的文化逻辑，揭示之所以如此这般的文化历史原因，这样的研究才令人信服。

最后，今日学人对包括"古史辨"派在内的现代学术传统应该予以高度重视与深刻反思。我们一提到中国传统文化就会想到从先秦到明清，近年来开始重视近代。其实对于我们今天的学术研究来说，现代传统具有更重要的借鉴意义。这是因为从清末民初到新中国成立的近半个世纪，是中国古代传统文化与西方文化大碰撞、大融合的时期，是确立今日中国学术文化之根基的时期。即如我们现在使用的学术语言也是现代学人融合了古代汉语、日常白话、从西方或通过日本引进的新学语几个部分而成的。因此现代学术传统既不是中国古代的，也不是西方的，而是一大批现代学人建构起来的新传统，这一传统与我们今日学术话语可谓一脉相承。对于这一学术传统的得与失进行深入研究与反思，对于我们当下的学术研究无疑是极为重要的。

上篇

西周意识形态建构与诗之功用

第一章　西周初期的意识形态建构

约公元前 11 世纪，周武王率天下诸侯伐灭商纣，建立了一个新的政权，定都于镐，史称西周。周本是一个历史悠久，却地域狭小的部族，长期处于殷商的统治之下。到了古公亶父、季历、季昌这三代手上，周强大起来，成为殷商统治区域内最有实力的地方政权，并受封为"周侯"。武王姬发在父祖打下的基础上一举推翻商政权，将中国历史推向一个灿烂辉煌的新时代。

伐纣胜利的第二年武王就去世了，继位的成王年幼，由武王的弟弟周公执政。周公是一位伟大人物，在中国文化史乃至于民族性格的塑造方面起到过极为重大的作用。他在创立政治、文化、教育制度，确立国家意识形态方面的贡献都是无与伦比的。后来孔子所创立的，在中国古代两千余年中居于主导地位，并且在今天依然具有重要影响作用的儒学，就是在周公政治文化思想的基础上形成的。所以中国古代总是"周孔"并称，他们被看作是儒学的两大创始人，因之也被看成是中国文化精神的缔造者。孔子无疑是中国古代读书人心目中的偶像、楷模；而周公却是孔子极为崇拜的人物。我们甚至可以说，周公主持确立的"礼乐文化"乃是与政治制度融为一体的儒学；孔子开创的儒学则是与政治制度分离开来成为纯粹话语形式的"礼乐文化"。因此讲到儒学而不及于周公，那肯定是有问题的。

当然，从今天的眼光看，周公之所以能成为中国文化史上如此重要的一个人物，不仅是由于他个人高尚的才能和品德——尽管后世儒家都极力将他塑造成一个品德高尚、雄才大略的圣人，而主要是由于他处于一个特殊的历史关节点，又恰好具有特殊的政治地位。可以这样来表述：中国可以理解的历史应该说是从西周才开始的。所谓"可理解的"指用后世具有普遍性的价值观和文化习俗来看是正常的、亲切的、较为熟悉的、能够接受的。我们知道，相比于殷商社会来说，周代尽管在政治体制上与后世依然有着较大的差异，但是在文化观念上却与后世有着很密切的关联。对于周人的所思所想后世比较能够认同，而对于商人的思想意识，后人却有明显的隔阂。简言之，在以周公为首的周初统治者的努力下，周人在文化上进行了革命性的创造。从而使西周文化成为中国古代文化的一个源头，就像古希腊文化成为西方文化的一个源头一样。

以周公为代表的周初统治者所进行的一系列制度的、文化的建设活动都是出于迫切的政治需要，或者说是对某种历史需求的回应。这主要有三个方面：一是使包括殷民和一同伐纣的诸侯国在内的天下百姓（主要是贵族阶层）承认并服从新的政权；二是周人内部合理的权力分配与政治伦理秩序的确立；三是使新政权在吸取殷商灭亡的教训的基础上实现更加有效的统治。这三项政治需求被以周公为首的周初统治者概括为两项重大任务：一是制度建设，二是意识形态建设。前者的目的是使周王室成为比殷商更加合理、更加巩固的政权，从而对天下实现更为有效的控制；后者的目的是使这个新的政权获得无可置疑的合法性，从而使新政权永远立于不败之地。

一、周初的封建与贵族阶层的形成

周初的文化建设是与政治建设配套的。在政治体制上西周建立之后所采取的一件最重要的举措就是分封诸侯。① 武王伐纣成功伊始，立即封纣王之子禄父（武庚）于殷，又封弟叔鲜、叔度于管、蔡之地以监督之。吕尚、周公、召公等功臣亲贵，以及古帝王之苗裔一时并封。② 后来周公东征还归，再次进行大规模分封。据史籍载，两次封

① 王国维先生在《殷周制度论》中认为"封建子弟之制"与"君天子臣诸侯"之制均由"立子立嫡之制"派生而来，而"立子立嫡之制"正是周人制度大异于殷商制度的根本之处。

② 据《史记·周本纪》，武王时的分封包括神农、黄帝及尧、舜、禹等古代帝王的后裔。这类分封如果真的存在过，大约也仅是象征性的。

建共封异姓诸侯四百人、宗亲兄弟十五人、同姓诸侯四十人。① 武王、周公等为什么如此急迫地进行分封呢？只有一个目的：巩固刚刚获得的统治权力。显然他们是吸取了商人的经验教训才采取这样的措施的。根据史书的记载我们知道，殷商是没有分封制度的，其政治形式似乎是一种诸侯国之间的联盟。尽管殷人也对其所征服的诸侯封以某种爵位或官职，例如，封周人为"周侯""西伯"等，但肯定不同于后来周人的封建制。殷人在天下数百个诸侯中最为强大，用武力迫使其他诸侯服从于他。② 在王室强大之时诸侯们都唯命是听，甚至任凭宰割，而一旦王室的控制松懈，诸侯们就各自为政，完全是一个独立的政权。例如，周本是偏于一隅的小诸侯，后来居然联络了八百诸侯举兵反商，而商人竟毫无察觉，可见当时中央政权与地方政权之间的联系是相当松散的。由于各诸侯国都是自然发展起来的，并不是殷人封建的，故而他们对于殷商政权只是畏其威，而不怀其德。就是说，诸侯们对中央政权只有不得已的服从而没有道义上的责任。周人的分封天下从根本上改变了殷商政治体制，使中央与地方的关系建立在血缘亲情的基础之上，大大加强了国家的一体化。春秋时周大夫富辰尝言封建的意义云：

> 大上以德抚民，其次亲亲以相及也。昔周公吊二叔之不咸，故封建亲戚以蕃屏周。管蔡郕霍，鲁卫毛聃，郜雍曹滕，毕原酆郇，文之昭也。邘晋应韩，武之穆也。……周之有懿德也，犹曰"莫如兄弟"，故封建之。其怀柔天下也，犹惧有外侮，扞御侮者莫如亲亲，故以亲屏周。③

"封建亲戚以蕃屏周"——这正是周初封建的本意所在。这是汲取

---

① 参见（晋）皇甫谧：《帝王世纪》，35～36 页，沈阳，辽宁教育出版社，1997。

② 据司马迁《史记·殷本纪》《商书》《帝王世纪》等史籍，殷商王室与诸侯之间的关系很简单，只是发令者与服从者的关系，对于不服从号令者便以武力征服之，从来没有像周人那样复杂的伦理道德的约束。

③ 《左传》，76 页，长沙，岳麓书社，1988。

了商人的教训之后而进行的政治革新。可以说西周开创的封建制实在是中国历史上一次极为重要的、具有革命性的政治事件。其结果是大大强化了中央对地方的有效控制，使国家上下一体。更为重要的是，从文化史的角度看，周人的一切文化建设都是基于这种政治改革的。而这种文化建设对于后来中国近三千年的历史发展，特别是文化精神的发展演变起到了至关重要的，甚至是决定性的作用。① 可以说，没有周初的封建，便没有周代的礼乐文化；没有周代的礼乐文化，也就没有在中国古代两千余年间居于主导地位，至今依然影响着中国人心灵的儒家文化。钱穆先生曾说：

> 封建之要义，在文教之一统。故推极西周封建制度之极致，必当达于天下一家，中国一人。太平大同之理想，皆由此启其端。故周公制礼作乐之最大深义，其实即是个人道德之确立，而同时又即是天下观念之确立也。②

如此对封建与礼乐文化之关系的论述是十分精当的。但是钱穆先生似乎没有注意到，西周封建制度的实际作用其实并不是什么"达于天下一家，中国一人"，而是凭空造就了一个新的社会阶层——贵族。当然如果从广义的角度，我们完全可以说夏商之时也有贵族，甚至原始氏族社会后期即已经开始出现贵族了。但是这些所谓的"贵族"实际上只是指社会上那些享有某些特权的人：或者是掌握与天地神灵沟通的巫觋，或者是掌握杀伐征战的军事领袖，抑或是二者兼之的酋长与君主。从现代知识话语的严格意义上说，这些人与西周的贵族阶层是有着重要区别的。一般来说贵族阶层至少应该具有相互关联的三大特征：一是合法性，即关于这个阶层的种种特权必须有明确的政治的

---

① 近年来许多文化史家受到德国存在主义思想家雅斯贝尔斯"文化轴心"论的影响，对春秋战国时期的文化学术之于中国古代文化的影响极为重视，这并不错。但是春秋战国的文化学术，特别是儒学亦渊源有自，其直接的源头便是西周初期周公主持下建立的官方文化。

② 钱穆：《周公与中国文化》，见《中国学术思想史论丛》（一），88页，台北，东大出版公司，1976。

或法律的规定。二是身份性，即这个阶层拥有不同于其他任何阶层的独特身份，并且为法律所确定，为其他阶层所认可。三是世袭性，即这个阶层的身份性以及政治、经济上的权利是代代相传的，也就是所谓"世卿世禄"。夏商的情形究竟如何，由于缺乏相关文献，已经难以确知，我们至少可以说，周初的封建创造了一个新的贵族阶层，一个完全符合上述三大特征的真正的贵族阶层。正是这个贵族阶层创造了光辉灿烂的西周文化，从而为嗣后三千年的中华文化之发展演变做出了巨大贡献。

殷商时期天下诸侯并非由王室封建而成，这些早已存在的地方部族对王室的臣服乃是处于强势地位的商人武力征服的结果，因此商人的政治控制一是靠鬼神和天命，二是靠残酷的武力镇压。周人鉴于商人的失败，反其道而行之，封建兄弟宗亲和少数功臣于富庶冲要之地。这样就形成了一个新的贵族阶层。由于这个贵族阶层是以血缘为纽带建立起来的，故而周人采取了以亲情关系为基础的道德伦理控制来代替直接的政治控制。这是一种极为高明的控制方法——人们在不知不觉之中认同了既定的社会秩序。周人的礼乐文化就是这种高明的社会控制方法的产物。

二、"制礼作乐"与意识形态建构

周公"制礼作乐"史有明文，乃是不争的事实。《左传》载鲁宗室季文子之言云：

> 先君周公制《周礼》曰："则以观德，德以处事，事以度功，功以食民。"作《誓命》曰："毁则为贼，掩贼为藏，窃贼为盗，盗器为奸。"①

《礼记》亦云：

> 武王崩，成王幼，周公践天子之位，以治天下，六年，朝诸

---

① 《左传》，116 页，长沙，岳麓书社，1988。

侯于明堂，制礼作乐，颁度量，而天下大服。(《礼记·明堂位》)

尽管史籍的记载只是寥寥数语，看上去似乎"制礼作乐"是一件很简单的事情，而实际上我们可以想见，这肯定是一项十分艰难、十分浩大的工程，因为它涉及一个国家政治体制的根本性变革。那么所谓"礼""乐"究竟有哪些内容呢？

从广义上来看，"礼"主要包括三个方面：一是官制。《史记·周本纪》中关于"制礼作乐"的史实是这样记载的：

既绌殷命，袭淮夷，归在丰，作《周官》。兴正礼乐，度制于是改，而民和睦，颂声兴。

《鲁周公世家》则说：

成王在丰，天下已安，周之官政未次序，于是周公作《周官》，官别其宜。作《立政》，以便百姓。百姓悦。

这里的《立政》乃是《尚书》篇目，今古文皆有，肯定是先秦旧籍，其中也包含了许多周代官制内容。《周官》则是梅赜《伪古文尚书》篇目，所记与今传《周礼》多不合，古人对此颇为疑惑，然只能曲为之解。① 自清初阎百诗考定《伪古文尚书》之后，这个问题才算解决了——司马迁所言之《周官》并非指《尚书》的篇目，而是指《周礼》而言。这部书以前称为《周官》，到刘歆之后方称为《周礼》。当然，今存之《周礼》未必就与周公所作之《周礼》完全一致，在千百年的传承中很可能会有增删改窜。但是今存《周礼》保存了当时周公对于官制的基本构想应该是无可怀疑的。② 不管《周礼》记载的官

---

① 例如，宋人蔡沈《书集传》论《周官》之篇云："此篇与今《周礼》不同。如三公、三孤，《周礼》皆不载……是固可疑，然《周礼》非圣人不能作也。意周公方条治事之官，而未及师保之职……要之，《周礼》首尾未备，周公未成之书也。"

② 有关专家早就指出，《周礼》所记与周代铭文所在官制多有不合。这一方面说明此书的确经过后人改写，另一方面也说明《周礼》所记与实际实施的官制是不能等同的，仅仅是一种构想而已。

制如何庞杂细微，就西周官制的核心而言无疑是宗法制与"世卿世禄"之制——这是保证贵族阶层形成并居于统治地位的最重要的制度，也是各种礼仪规范产生的基础。

二是礼仪制度。官制是根本性的政治制度，是社会政治结构的骨架。礼仪制度则是各种政治、外交、宗教、军事、民俗等活动的仪式，用之于朝会、聘问、丧葬、庆典、祭祀、祝捷、迎送、嫁娶等场合之中。礼作为一种仪式起源甚早，在人类初民的原始宗教活动中就已广泛存在。从文化人类学的研究成果来看，原始人的各种巫术仪式毫无疑问就是后来种种礼仪形式的最初来源。当然，不同的是巫术仪式具有直接的功利目的，例如，甚至现在在某些偏远地区还存在的求雨仪式，而礼仪活动则没有这种直接的功利目的。据史籍载，周代礼仪极为繁杂细微，有所谓"礼仪三百，威仪三千"或"经礼三百，曲礼三千"之说。① 今存《仪礼》一书所记仅仅是"士礼"，即士阶层所遵行的礼仪而已，但从中已经可以看出当时礼仪在贵族生活中占有何等重要的地位。可以说，礼最基本作用乃是使人们的行为形式化、规范化，从而将人们的生活纳入一个统一的系统规则之中。因此在西周的礼乐社会中，作为一个贵族如果不懂得礼仪制度，那真是寸步难行。

三是道德规范。《周礼·师氏》云：

> 以三德教国子。一曰至德，以为道本；二曰敏德，以为行本；三曰孝德，以知逆恶。教三行，一曰孝行，以亲父母；二曰友行，以尊贤良；三曰顺行，以事师长。

可知周人的道德规范就是以"孝"和服从师长为核心的。这是宗法制社会结构的必然结果。只有"孝"——自觉地敬爱长上——成为核心的价值规范，以血缘关系来维系的宗法制政治体制方能得以运作。另外还有一系列其他的道德规范。

周公所制之"礼"大体上就是上述三个方面。可见这既是政治制度的确立，同时也是国家意识形态的建构。在这里关于"礼"的意识

---

① （元）陈澔：《礼记集说》，1 页，上海，上海古籍出版社，1987。

形态内涵我们有必要稍稍加以阐述。

目前学术界对"意识形态"这个概念的使用常常有不同的含义。而事实上这个概念在其历史的演变中也的确曾经拥有各种各样的理解。我在这里不准备对这个概念意义演变的历史进行描述，而只想指出，在我们的语境中，"意识形态"是指那种居于主导地位的，以为之提供合法性的方式来维护现存秩序的观念体系。这样我们就没有必要检讨意识形态是真实的还是虚假的这类问题，因为它作为一个观念体系本来就不是要反映什么现实，它是功能性的，目的在于让人们相信现存的一切都是应该如此的。这个概念是与"乌托邦"概念相对立的，后者指那种处于边缘地位的，旨在颠覆现存秩序而指向未来的观念体系。从历史实际的角度看，"意识形态"大致有三种情形：一是制度化的意识形态，其特征是不以纯粹观念形态存在，而是融会于政治制度之中，借助于某种仪式的力量来实现其功能。二是半制度化的意识形态，特点是部分地融于政治制度之中，同时保持自己独立的观念形态，二者相互为用。三是纯粹观念形态的意识形态，特点是与政治制度没有直接的联系，而是以各种看上去远离政治利益的文化形式存在。现代资本主义社会的意识形态基本上属于第三种情形，中产阶级是其主要承担者①；自两汉以降的中国古代社会以及西方中世纪的意识形态基本上属于第二种情形，士大夫阶层是其主要承担者；我们所要探讨的西周以礼乐文化的形式存在的意识形态则属于第一种情形，贵族阶层是其主要承担者。

首先，从功能论的角度来看，我们可以说"礼"就是行为规范。然而这并不是一个确切的定义，因为法律条文也同样是一种行为规范。那么"礼"和"法"的区别何在呢？我们知道，"法"是关于人们应该享受的权利与必须遵循的规则的种种规定。它告诉人们什么是你的责任，什么是你的义务，如果违反了规定你将受到什么惩罚等。"礼"也

---

① 现代西方学界，例如，法兰克福学派有一种观点认为科技就是一种意识形态或者说大众文化也具有意识形态的性质，这种见解是很有道理的。所以我们所说的"纯粹的观念形态"主要是指其在与政治制度的关系上保持相对独立性而言的。

同样告诉人们应该怎样做，不应该怎样做，否则你也会受到指责甚至惩罚。但是"法"的任何规定都直接地与人们（个人的和他人的）政治的或经济的利益挂钩，本质是在某种利益面前人们应该如何有序地分配它。而"礼"则看上去似乎永远远离利益，它只是和人们的身份、尊严直接挂钩，本质上是人的社会地位在没有直接功利性的情况下的自我确认。"礼"的仪式看上去似乎是在做一种可有可无的游戏，但是在这种游戏中人们真实地找到了自己在社会中的确切位置并对它产生深刻的认同感。"法"只是令人知道什么可以做，什么不可以做；"礼"除此之外还让每个人都感受到自己在社会中能够享受到的尊严和归属。所以，"法"是建立在人的畏惧心理的基础上的，"礼"则是建立在人的自尊心理和归属需要的基础上的；"法"在对人进行规范的过程中是依靠时时提醒他不如此就会失去什么，"礼"在对人进行规范的过程中是依靠时时告诉他如此做就会实现什么或成为什么。前者是抑制，后者是鼓励。我们当然可以说"礼"和"法"本质上都是一种社会对于个体的"暴力"，因为实际上个体都是被规范和受压制的。但不同的是，对于"法"这种"暴力"人们非常清楚，因而时时怀着畏惧心理而避免触犯它；但对于"礼"这种"暴力"人们在心理上却不认为它是一种"暴力"，并且心安理得地遵循它。《礼记·曲礼上》说：

> 人有礼则安，无礼则危。故曰，礼者不可不学也。夫礼者，自卑而尊人。虽负贩者，必有尊也，而况富贵乎？富贵而知好礼，则不骄不淫；贫贱而知好礼，则志不慑。①

这是说，"礼"可以令人感到受尊重，产生做人的尊严感。这显然是"法"所无法达到的效果。在"礼"中如果人人做到"自卑而尊人"，则人人都会受到尊重。孔子说"君使臣以礼，臣事君以忠"（《论语·八佾》），也是要求君主尊重臣下之意。所以"礼"可以让人人都感到自己的价值。

其次，我们可以说"礼"是关于社会等级的规定。然而为什么

---

① （元）陈澔：《礼记集说》，2～3页，上海，上海古籍出版社，1987。

必须用"礼"的方式来规定社会等级呢？社会等级的本质乃是关于人在社会中的地位与权利的秩序，这完全可以通过政治和法律的种种制度和规定来确定。甚至动物世界中也有等级，那是靠直接的力量来维系的。那么"礼"的必要性何在呢？事实上，周人在制礼作乐之时，通过分封与任官等政治措施已经划分出了社会等级，因此"礼"并不是关于社会等级的原初规定而是在业已存在的社会等级的基础上对这种既定事实的确认。所以"礼"的作用主要不是直接的政治制度层面的，而是意识形态层面的，就是说"礼"的根本功能是使已经存在的社会等级获得确认，即获得合法性。《荀子·乐论》说"乐合同，礼别异"，正是礼的这种使社会等级合法化的功能。《礼记·礼器》云：

> 先王之立礼也，有本有文。忠信，礼之本也；义理，礼之文也。无本不立，无文不行。①

《郊特牲》云：

> 礼之所尊，尊其义也。失其义，陈其数，祝史之事也。故其数可陈也，其义难知也。知其义而敬守之，天子之所以治天下也。②

这些话都是对孔子"人而不仁，如礼何"以及"礼云礼云，玉帛云乎哉"的发挥，是说"礼"的真正意义不在于形式本身，而在于其所蕴含的意义。用我们今天的话来说就是意识形态话语功能。当然这里又不可以用内容与形式二分法为之分类。因为礼的意义虽然不等于礼仪形式，例如，钟鼓玉帛之类，但它又离不开这形式。意义不是礼仪形式的内容而是它的功能。这里的关键在于礼仪形式存在的历史条件：在人们还相信它存在的合理性的时候，例如，西周时期，它的形式本身就蕴含着意义，这时仪式本身就是意识形态性的；当人们普遍

---

① （元）陈澔：《礼记集说》，132页，上海，上海古籍出版社，1987。
② （元）陈澔：《礼记集说》，149页，上海，上海古籍出版社，1987。

认为这种仪式已是过时之物时，例如，战国时代，它即使被使用着，也仅仅是一种纯粹的形式，已不复有昔日的意识形态功能。因此，"礼"的意识形态性是一种历史性功能，只有在特定的历史条件下才会具有现实性。事实上任何仪式无不如此。例如，"早请示，晚汇报"在中国的"文化大革命"时期是一种极为严肃认真的仪式，具有丰富的政治意义，现在如果有人进行这种活动，就完全失去了当年的意义而成为一种"戏拟"了。"礼"作为一种仪式实际上乃是政治、经济等级关系的象征形式，而在人们习惯了这种象征形式之后，也就对其所象征的东西视为理所当然了。这恰恰是"礼"的意识形态功能之根本所在。应该说以"礼"这种形式化的、没有直接功利性的方式作为主要统治手段实在是周人的一大发明，是极为高明的政治策略。其高明之处就在于从表面上看它既非政治性的，亦非意识形态性的，而在实际上却无处不是政治性的，无处不浸透着意识形态因素。我们并不认为离开了"礼"的意识形态，西周时期那种通过封建和其他政治手段确立起来的等级秩序就会土崩瓦解，但是我们可以说，有了这种意识形态的确使这种等级秩序大大巩固了。应该承认，意识形态的功能从来都是有一定限度的。

最后，"礼"是使贵族成为贵族的方式。这话听上去有些奇怪，因为谁都知道，贵族作为一个社会阶层根本上乃是政治经济地位决定的，而不是"礼"决定的。但是政治经济的地位可以使人成为实际上的贵族，却不能使之在精神上确认自己的身份，所以这种实际上的贵族就像尚未确立自我意识的孩童一样，处于拉康所谓的"前镜像阶段"。西周的"礼"本质上乃是贵族的身份性标志，是将在政治经济上获得统治地位的那个社会阶层塑造成在行为方式、文化观念、道德修养，甚至一举手、一投足都不同于其他社会阶层的特殊人的最佳方式。"礼"使政治经济上居于优势地位的阶层，在一切人的行为中都显现这种优势地位。"礼"通过使这种优势地位形式化、感性化以及无处不得到显现而大大强化了它。所以"礼"也是贵族们对贵族身份进行确认的最佳方式。《礼记·曲礼上》云：

　　国君抚式，大夫下之。大夫抚式，士下之。礼不下庶人，刑不上大夫。

注者云：

> 君与大夫或同途而出，君过宗庙而式，则大夫下车；士于大夫，犹大夫于君也。庶人卑贱，且贫富不同，故经不言庶人之礼。古之制礼者，皆自士而始也。……一说，此为相遇于途，君抚式以礼大夫，则大夫始下车；大夫抚式以礼士，则士下车。庶人则否。①

此二说无论哪种都是说"礼"为士以上阶层所遵，无涉庶人。"礼"的作用正是要将人的贵贱高下分清楚。《荀子》云：

> 乐合同，礼别异。礼乐之统，管乎人心矣。穷本极变，乐之情也；著诚去伪，礼之经也。②

荀子又回答"曷谓别"的问题说：

> 贵贱有等，长幼有差，贫富轻重皆有称者也。③

这里"礼别异"值得细究：既然曰"异"，就是说已然是有差别的了，为什么还要"别"呢？对此可以这样来理解："异"是指自然的差异，例如，君臣、父子、长幼之类；"别"则是使这种自然的差异固定化、合法化。那么"礼"如何做到这一点呢？这就要借助仪式的作用了——在那种庄严的、集体性的、有严格程序规定的活动中，任何一个个体都要受到一种"场力"的压迫，并因此而产生某种敬畏感与认同感。这种活动的最主要的特征就是严格的等级性。每个参加者都根据自己的身份地位而在整个程序中获得相应的位置。即使是衣、食、住、行之类纯粹私人性的活动，由于处于"礼"的"文化场"中，也都进行了极为严格的规定。在"礼"的秩序中，没有人是完全自由的，

---

① （元）陈澔：《礼记集说》，13 页，上海，上海古籍出版社，1987。
② （清）王先谦：《荀子集解》，382 页，北京，中华书局，1988。
③ （清）王先谦：《荀子集解》，347 页，北京，中华书局，1988。

即使是天子也首先要受到限制，然后才得到尊崇。所以每个人都同时得到两个方面的感受，一方面是受到限制，时时处处都在提醒着个体关注自己的身份，不能有丝毫越礼行为，这时"礼"就近于法律；另一方面是得到肯定，使个体时时刻刻感到自己属于一个受到尊重的社会阶层，在社会序列中有自己不可动摇的优势地位。这时"礼"象征着特权。简言之，"礼别异"的含义是：使人们在政治、经济、辈分、年龄、性别上存在的差异形式化，并贯穿于人们的一切行为方式之中。其意识形态意义在于：由于"礼"的作用，人们误以为社会等级是天经地义的，是从来就有的。在仪式的独特作用下人们会忘记对原因的追问，他的主体性被同化于仪式营造的"场力"之中。如此看来，"礼"亦与其他意识形态一样，对于现实的实际情况有某种"遮蔽"作用。

由于"礼"的作用，社会的统治阶层就不仅仅是在政治经济上占有优势地位的一群了，他们成了在任何方面都不同于被统治者的特殊人群，任何人所必需的事情，哪怕仅仅是满足生理需要的活动，也无不带有身份性标志。结果这个特殊的阶层成了符号化的人，他们的一言一行都被符号包裹了。正是在这个意义上，我们说"礼"使贵族成为贵族。

至于"乐"，那是"礼"的仪式中最主要的组成部分，对此我们将在后面关于诗歌功能的时候论及，这里暂不置论。

三、"敬"与"德"的意识形态意义

周初的意识形态话语建构是一件综合性的、复杂的工程，除了"制礼作乐"之外还包括其他的方面。这主要是《周书》里记载的那些官方文告和《周易》里的卦辞、爻辞。如果说"礼"的意识形态功能主要通过仪式这种文化形式来实现，那么《周书》《周易》的意识形态功能则靠书写，即直接的话语形式来实现。对于这个方面的意识形态话语建构，我们打算通过剖析两个核心性的价值范畴来略加阐述，以求窥一斑而知全豹之效。

　　"敬"是周公时时宣之于口的一个词汇。在《周书》《逸周书》等周初文献中随处可见。我们分析几则这个词汇的具体用法，对其所蕴含的意义就明了了。武王即位之始，担心商纣会不利于周，遂访诸周公，周公劝告武王说：

　　　　兹在德敬。在周其维天命，王其敬命。……维文考恪勤战战，何敬何好何恶？时不敬，殆哉！①

　　意思是说，这里的关键是以敬为德，即谨慎小心地恪守天命，凡是文王严肃认真地对待的事情就一定严肃认真地对待，稍有懈怠就危险了。这个"敬"是"谨慎小心、严肃认真地对待"之意。这里的"敬命"之说值得重视。《逸周书·命训解》云：

　　　　天生民而成大命，命司德正之以祸福，立明王以顺之，曰大命有常，小命日成。成则敬，有常则广。广以敬命，则度至于极。②

　　这篇文字据说是文王所作，目的是为了移风易俗。这几句话的意思是：上天生育万民是要靠他们来完成大的使命的。上天用祸福来匡正人的行为使之符合天之大命，又选立聪明睿智的君主来主动地顺应天之大命。天之大命有其常则，民之小命则日有所成。日有所成主要靠对于大命的敬畏与恪守，天命的常则可以显现于广大的范围。在天下广大的范围中都能够严肃认真地对待天命，那么人间的法度就可以达到最好的状态了。这里的"敬命"是指个体的小命要服从天之大命的意思。如果联系到历史的语境，我们可以说文王是在为推翻商纣统治、建立新政权做舆论准备：让他的臣民相信天命属周，从而增强灭商的信心，而为了实现这一宏伟目标，大家都要严格检点自己的行为，这便是"敬"的真义所在。《逸周书·寤儆解》载周公告诫武王：

---

① （晋）皇甫谧：《逸周书》，19～20页，沈阳，辽宁教育出版社，1997。
② （晋）皇甫谧：《逸周书》，2页，沈阳，辽宁教育出版社，1997。

　　天下不虞周，惊以寤王，王其敬命！①

　　武王做梦被商纣所惊，怕商将不利于周，十分忧虑。访诸周公，周公劝他"敬命"——相信天命所归。意思同样是要武王坚定灭商信念，不要动摇。可见"敬命"的含义是很丰富的，除了"谨慎小心"之义外，还有"笃信恪守"之义。所以在这里"敬命"表面上是谨从外在神秘意志的意思，实际上却是坚决恪守自己既定的政治理想之义。这既是周人自信心之来源，亦为其自我警策之方式。

　　在《周书》中，"敬"更是大量使用的词汇。让我们先来看看《康告》。周公平定三监之乱后，将原属武庚的封地转封给弟弟康叔，是为卫君，并写下这篇文告以教导康叔勤勉治国。全篇"敬"字凡五见：

　　王曰："呜呼！小子封，恫瘝乃身，敬哉！天畏棐忱；民情大可见，小子难保。"

　　王曰："呜呼！，封，敬明乃罚。小人有罪，非眚，乃惟终自作不典；式尔，有厥罪小，乃不可不杀。"

　　汝亦罔不克敬典，乃由裕民，惟文王之敬忌，乃裕民。

　　王曰："呜呼！封，敬哉！无作怨，勿用非谋非彝蔽时忱。"

　　王若曰："往哉！封，勿替敬典，听朕告汝，乃以殷民世享。"

　　这里的"敬"有二义：一是小心谨慎，二是尊敬。周公告诫康叔对待政事、刑罚务必谨慎小心，不可掉以轻心。对于已经确立的法典则要以敬畏的态度认真遵照执行。此时周人已然取得天下，周公依然如此强调"敬"的意义，完全是为了新政权的长治久安。又周初文告中多有"敬德"之说，如《召诰》云：

　　呜呼！天亦哀于四方民，其眷命用懋。王其疾敬德！
　　王敬作所，不可不敬德。
　　惟不敬厥德，乃早坠厥命。
　　宅新邑，肆惟王其疾敬德。

---

　　① （晋）皇甫谧：《逸周书》，23页，沈阳，辽宁教育出版社，1997。

《无逸》云：

> 厥或告之曰："小人怨汝詈汝。"则皇自敬德。

《君奭》云：

> 其汝克敬德，明我俊民，在让后人于丕时。

所谓"敬德"就是要谨慎小心于自己的德行的意思。《召诰》和《无逸》分别是召公和周公劝诚成王的文辞；《君奭》则是周公言于召公的文辞。他们反复强调"敬德"，可见在他们的心目中，作为执政者，谨言慎行简直是头等重要的事情。那么周初的杰出政治家们作为"马上得天下"的胜利者，何以会如此如履薄冰、如临深渊呢？这主要有如下两个原因。

其一，周人的胜利过于巨大，以至于胜利者自己都感到惶惑不安。殷商曾经是一个非常强大的王朝，统治天下四百余年。即使到了纣王之时，也还对天下诸侯具有巨大的威慑力。周本是一个地处偏僻的小邦，居然一举而灭商，其中有许多侥幸的因素，故而周初统治者时刻提醒自己必须谨慎小心方能保住这巨大的胜利果实。

其二，所谓"殷鉴不远"——纣王的所作所为正是"敬"的反面。纣王本人是个很有才智的君主，据史书载："帝纣资辨捷疾，闻见甚敏；材力过人，手格猛兽。知足以距谏，言足以饰非。矜人臣以能，高天下以声，以为皆出己之下。"（《史记·殷本纪》）这样一位才能超群又贵为天子的人很容易养成妄自尊大、唯我独尊的性格，其行为可以说是任意妄为，毫无节制。周人深知商纣灭亡的原因，为了不重蹈覆辙，当然要处处反其道而行之了。这是他们将"敬"字作为行为准则的一个最重要的原因。

从意识形态话语建构角度看，"敬"的意义实在非同小可。这是周人为自己确立的一种基本政治态度。它表现于王室与诸侯的关系中，王室内部上下关系中，诸侯内部上下关系中，诸侯之间的关系中，可以说是协调各种关系的基本准则。"敬"不仅要求执政者时时自我警戒、谨言慎行，更重要的是要求他们在处理各种人事关系时要谨慎小心，处处按照既定的规范来做，所以"敬"实际上也是"礼"的精神之所在。孔子说："居上不宽，为礼不敬，临丧不哀，吾何以观之哉？"（《论语·八佾》）这是说，"礼"是以"敬"为基本精神的，倘若"为礼不敬"，"礼"也就不成其为礼了。

　　这个"敬"字后来成为儒家学说的基本价值范畴之一。所谓"敬以直内，义以方外"① 成为儒家处事的基本信条。作为民自然要敬其上，而作为执政者同样要敬其事，所谓"敬事而信""执事敬"是也。到了宋儒那里，"敬"更被理解为一种人格修养的主要功夫范畴，所谓"居敬穷理"成为道学家们的基本信条。久而久之，这种"敬"的精神渐渐渗透到整个民族文化的血液之中，成了民族性格的一个基本维度。

　　"德"是周初文献中另一个最为常见也最为重要的价值范畴。"德"这个词语本来在殷商的文献中已经常常使用。《商书·盘庚》就有"施实德于民"及"用德彰厥善"等说法。但这都是在一般的意义上使用的，意思是"美好的意愿"②，并未将其视为基本的价值范畴。在周初，这个概念得到了空前的弘扬。郭沫若先生曾说："这种敬德的思想在周初的文章中，就像同一个母题的合奏曲一样，翻来覆去地重复着，这的确是周人独有的思想。"③ 这一个"母题的合奏曲"真是一个极为形象而准确的比喻，可以充分体现"德"这个价值范畴在西周初期的重要性。下面我们摘引数例并略加分析，以说明"德"在周人的意识形态话语系统中的重要地位。

> 天降威，我民用大乱丧德，亦罔非酒惟行。
> 聪听祖考之遗训，越小大德。
> 丕惟曰尔克永观省，作稽中德，尔尚克羞馈祀。
> 兹亦惟天若元德，永不忘在王家。（《酒诰》）

① （魏）王弼、（晋）韩康伯注，（唐）孔颖达疏：《周易正义》，见（清）阮元校刻：《十三经注疏》，19 页，北京，中华书局，1980。
② 例如，《盘庚》："非予自荒兹德，惟汝含德，不惕予一人"，联系上下文意，这里的两个"德"字均应该作"美好的意愿"解。正文中所引之句亦然。
③ 郭沫若：《先秦天道观之进展》，见《郭沫若全集·历史编》第一卷，335 页，北京，人民出版社，1982。

所谓"小大德"是指大大小小的德行;"中德"即中正之德;"元德"即大德。这里的"德"都是指美好的品行而言。又有"明德"之说:

> 惟乃丕考文王,克明德慎罚,不敢侮鳏寡,庸庸,祗祗,威威,显民,用肇造我区夏,越我一二邦,以修我西土。(《康诰》)
>
> 今王惟曰:先王既勤用明德,怀为夹,庶邦享作,兄弟方来。亦既用明德,后式典集,庶邦丕显。(《梓材》)
>
> 予小臣敢以王之仇民百君子越友民,保受王威命明德。(《召诰》)

"明"是明白、明了之意,故所谓"明德"即"自觉地遵循美好德行"的意思。周初的执政者如此强调"德"之重要,正是要人们自觉地进行道德自律,完善自己的人格,从而和睦人际关系,使"礼"的原则得以顺利贯彻。从个人的道德修养入手以求达到确定社会价值秩序之目的——这就是周人标举"敬"和"德"的根本目的。这与后世儒家的所谓"内圣外王"之道一脉相承。所不同的是,对于周公、召公等周初政治家来说,现实的等级制已经通过分封诸侯和制定礼仪制度而确立,"敬""德"等意识形态话语只是为了进一步巩固这种既定秩序并使之合法化而已;对于孔、孟等春秋战国之际的儒家思想家来说,则原有的社会等级制度已然遭到破坏,他们的目的是要借助于意识形态话语的建构重新建立一种合理而有序的社会制度。相比之下,周公等人的目的达到了,孔、孟的理想对春秋战国的社会现实却未曾有过任何实际的影响,在当时只能是一个美好的乌托邦。值得一提的是,周初官方意识形态中包含的以"敬"和"德"为代表的这种精神对后世儒家基本文化性格乃至整个士人阶层的文化性格都有根本性影响。徐复观先生将这种精神称为"忧患意识",他说:

> 周人革掉了殷人的命(政权),成为新的胜利者;之但通过周初文献所看出的,并不像一般民族战胜后的趾高气扬的气象。而是《易传》所说的"忧患"意识。忧患意识,不同于作为原始宗教动机的恐怖、绝望。……"忧患"与恐怖、绝望的最大不同之点,在于忧患心理的形成,乃是从当事者对吉凶成败的深思熟考而来的远见;在这种远见中,主要发现了吉凶成败与当事者行为

　　的密切关系，及当事者在行为上所应负的责任。忧患正是由这种责任感来的，要以己力突破困难而尚未突破时的心理状态。①

这是对周初官方意识形态特征的准确把握。这种"忧患意识"后来经过儒家的继承与发扬，成为一种"文化基因"深深积淀于中华民族文化的血液之中，为历代士人阶层所恪守，至今依然发挥着重要作用。

　　以一个"敬"字和一个"德"字为代表的周初意识形态话语的功能首先在于使周王朝获得合法性。在周公等人看来，"敬"和"德"所能提供给新政权的合法性依据甚至超过"天"或"天命"。这也就是《君奭》篇中所说的"天不可信，我道惟文王德延"，以及《大雅·文王》中"天命靡常"之说的真正含义。周公等人由于殷商覆灭的教训，实际上已经成为政治上的理性主义者——他们清楚地知道：周人要巩固政权、使周王室为天下信服，最重要的是反商纣之道而行之，做克勤克谨的有德之人。这里的逻辑是这样的："敬"和"德"固然是对西周贵族阶层的价值规范，是梳理其内部关系的准则，但这一切又同时具有意识形态功能——将作为现实统治者的贵族阶层塑造成文质彬彬、严于律己、宽厚仁慈、动止有礼的有教养的人，这本身就是周人统治合法性的依据。所谓"周虽旧邦，其命维新"，"新"在哪里呢？就新在文明有礼、品德高尚上。相对于殷人的骄奢淫逸、横行无忌，周人能够做到掌握大权却战战兢兢、唯谨唯慎，这便是得到天下诸侯和百姓认可的资本，故而以"敬"和"德"为代表的一套价值范畴既是周人自我约束的信条，又是征服天下人心灵的国家意识形态。

　　总之，西周初期的"制礼作乐"与"敬""德"等价值范畴的确立是极为高明的意识形态话语建构策略。一旦天下诸侯接受了这套礼乐制度与价值范畴，他们就在庄严肃穆、繁复细微的仪式中被真正征服了，就在惊愕于如此伟大的人文创造的同时不知不觉地认同了它。如果说殷商统治者主要是依靠上帝和鬼神的神秘力量维持统治的合法性的，那么周人则主要依靠礼乐文化空前的文明程度来震慑人心。

----

　　①　徐复观：《中国人性论史》（先秦篇），18～19页，上海，上海三联书店，2001。

第二章　诗产生的文化空间

　　在进入正文之前我们有必要对"文化空间"这个概念略做解释。所谓"文化空间"与时下人文社会科学研究中常常见到的学术用语"文化语境"含义相近，是指某种话语系统生成、存在、传播、演变的各种文化条件，包括先在的思想资源、人们普遍的心理焦虑与精神需求、各种流行的观念等。文化空间为话语系统的生成提供了动力、基本生成规则以及种种其他方面的限制。离开了具体的文化空间，任何话语系统都必然失去确定的意义域限而变得不可理解或可以任意解说。通过重建文化空间的方式来进入对一种话语系统的解释，正是我们倡导的"文化诗学"研究方法的基本原则之一。

　　礼乐文化作为"制度化的意识形态"对于确立周人统治的合法性起到了至关重要的作用，作为礼乐仪式中唯一一种以话语形式存在的构成因素，诗歌所具有的重要性自然是不容忽视的。看记载西周及春秋时代历史事件的史籍我们就会发现，诗作为"礼"的仪式系统中不可或缺的组成部分，在彼时的贵族生活中占有极为重要的位置，并不像有些学者认为的那样，"诗"是在被汉儒推崇为"经"之后才获得权威性的。实际的情况应该是：诗在西周初年周公"制礼作乐"之后就渐渐获得某种权威性，甚至神圣性，在春秋之时诗的这种权威性和神圣性依然得到普遍的认可，只是诗的功能发生了某些变化。《周官》《仪礼》《礼记》《左传》《国语》等古籍所载西周至春秋时的贵族政治活动是处处离不开诗的：西周时凡是大型的公共性活动都必有一定的仪式，凡有仪式，必有乐舞伴随，有乐舞就必有诗歌。到了春秋之时，贵族们在正式的外交、交际场合都要赋诗明志，诗于是又变为一种独特的交往语言。所以孔子的"不学诗，无以言"之谓具有十分现实的根据。只是到了战国时期由于统一的政治体制与总体性的意识形态均不复存在，因而人们对诗的看法才开始出现分化：墨家、农家很少言诗，道家、名家不屑于言诗，法家、兵家无须言诗，纵横家偶尔言诗也完全是出于说服别人的目的而不是为了诗本身的价值。只有儒家还坚定地维护着诗的神圣性与权威性。汉儒的作用只是借助于官方之力，将战国时期这种只有一家尊奉的特殊话语重新恢复为普遍的权威话语而已。

一、关于"诗言志"

在西周时代诗是如何形成这种言说的权威性的？是怎样一种文化空间造成了诗这种被后世当作闲情逸致之呈现形式的特殊话语如此巨大而又如此独特的功能的？传统的《诗经》研究比较关注"诗何为而作"的问题，故而"诗言志"之说被视为中国古代诗学的"开山的纲领"。但是"诗言志"之说究竟何义？究竟何时提出？都是没有解决的问题。《诗三百》中的确有不少抒怀之作，但这些基本都是王室东迁之后的作品。被学界认定是周初之作的都不是书写个人情怀的，并不符合后人所理解的"诗言志"的含义。所以，这里存在有两种可能，一是"诗言志"之说晚出，即不会早于变风变雅产生的时代，也就是西周末年，因为这时大量表现个人情怀的诗才涌现出来。二是"志"不是后人理解的意思，即不是个体性的思想情感之义。闻一多先生在《歌与诗》一文中就提出过诗的"记忆、记录、怀抱"三义说。清代著名文字训诂学家王念孙注《汉书·司马相如传》"诗大泽之博"句云："诗者，志也。志者，记也。谓作此颂以记大泽之溥博……"[1] 以"志"训"诗"本是汉儒的共识。《说文解字》的解释是有代表性的："诗，志也。志发于言，从言，寺声。"[2] 但是"志"是什么呢？汉儒大都主张"在心为志"[3]，这或许是从《荀子》"志也者，藏也"（《荀子·解蔽》）之说而来。但是藏在心里的未必就是"情"，所以汉儒的

---

① （清）王念孙：《读书杂志》，324 页，南京，江苏古籍出版社，1985。
② （汉）许慎：《说文解字》，51 页，北京，中华书局，1963。
③ 《毛诗序》云："诗者，志之所之也，在心为志，发言为诗。情动于中而行于言。"

进一步解释，即"情动于中而形于言"之说就离"志"的本义甚远了。其实，"志"就是古"识"字，而"识"字的本义就是记住。① 如果"诗言志"之说是西周前期的说法成立，那么这个"志"就不应该理解为情怀，而只能理解为记忆或记录。也就是说，诗最初是为了记录某些有意义的东西，后来才发展为抒怀的。在上古时期，记录本身就是一件极为重要的事情。人类初民为生计所困，无暇顾及许多无直接功用之事，其所记者，必为有重大意义者。故而无论是记录于口头，还是记录于文字，都又使记录的内容增加了神秘性与神圣性，这就是话语与文字的力量。

"诗言志"无疑是先秦时期关于诗歌本体和功能最为普遍，也最为概括的认识，同时也是中国古代最具有影响力的诗学命题。朱自清将其理解为中国古代诗学方面"开山的纲领"是不无道理的。尽管这个提法究竟起于何时已经难以确知，但是由于它的产生年代与其所蕴含的意义有着直接关联，所以又是一个无法回避的问题。这里的关键是如何认识记载这句话的《尧典》的产生年代。对于汉初伏生所传《今文尚书》中的《尧典》一篇的产生年代，现代以来比较有影响的有两种说法，一是战国说，以顾颉刚等"古史辨"派为代表；二是周初说，为近年来许多论者所持。如果信从顾说，则"诗言志"之说应是在春秋时期"赋诗言志"之普遍社会现象的背景下提出的，因此，其所谓"志"即应理解为赋诗者所欲表达的言外之意，与诗歌本身的蕴含根本无关。例如，《左传·襄公二十七年》载，郑伯率七位大夫宴请晋国的上卿赵孟一行，席间赵孟请七大夫赋诗以观其志。其中伯有赋《鹑之奔奔》。这是《鄘风》中的一篇。其原文为："鹑之奔奔，鹊之彊彊。人之无良，我以为兄。鹊之彊彊，鹑之奔奔。人之无良，我以为君。"毛序云："刺宣姜也。"郑笺："刺宣姜者，刺其与公子顽为淫乱也。"对于毛、郑的这种解释，历代注家，均无异词。至少我们可以肯定这是一首卫国的卿大夫或国人讽刺其君的诗。宴会之后，赵孟对他的助手晋国大夫叔向说："伯有将为戮矣！诗以言志，志诬其上，而公怨

---

① 《论语·述而》："默而识之，学而不厌，诲人不倦，何有于我哉？"

之，以为宾荣，其能久乎?"这里的"诗以言志"之志显然是指赋诗者所欲表达的意思而非作诗者之原意。所以，如果可以确定《尧典》为战国时所作，则对"诗言志"之说的解释就不能不考虑到春秋时在贵族阶层中普遍存在的赋诗言志的风气，也就是说，《尧典》的"诗言志"与《左传》的"赋诗言志"含义相同。然而如果从现代诗学的角度看，"赋诗言志"与"作诗言志"是完全不同的两回事。自朱自清等人以来，今人对"诗言志"的理解大多是从现代诗学角度出发的，即将"诗言志"理解为"作诗言志"，而非"赋诗言志"。

　　如果可以确定"诗言志"之说为西周初期所提出，则"诗言志"之"志"即可理解为"识"，即"记录"之义。因为当时并没有出现春秋时那种在贵族政治生活中普遍存在的"赋诗"风气，也没有借作诗来抒发个人情怀的习惯，故对于"志"就只能像闻一多先生那样从文字意义的演变角度进行理解了。这样一来，"诗言志"之说就可以有两种迥然不同的解释——一是对诗歌创作普遍原理的概括，二是对诗歌在特定时期独特功能的认定，所以说这里的关键在于记载这种说法的《尧典》产生的年代。

　　徐复观先生尝以为，对于《今文尚书》的文章宜分三类观之：一是根据口头传说整理、记录的，如《尧典》《皋陶谟》等；二是经过整理的典籍，如《甘誓》《汤誓》等；三是传下来的原始材料，如《商书》中的《盘庚》及《周书》等。他认为第一类文章必定成于孔子之前。① 这应该是比较合理的看法。我们看在《论语》中孔子那样称赞尧的丰功伟绩和个人品格，即可断定他必然掌握大量关于帝尧事迹的记载。因此即使传世的《尧典》或许经过后人改写删窜，但其基本面貌应该是在孔子之前即已成型。如果徐先生此说成立，再联系我们前面的观点，则"诗言志"之说无疑应该产生于孔子之前。近年的考古成果也为此种说法提供了依据。上海博物馆藏战国楚竹书首批资料于2001 年 11 月整理出版，其中《孔子诗论》是一篇《诗经》研究和孔子诗学思想研究方面极为珍贵的原始文献。其中有"孔子曰：'诗亡隐

---

① 参见徐复观：《中国人性论史》（先秦篇），465～469 页，上海，上海三联书店，2001。

志，乐亡隐情，文亡隐意。'"① 之句。"诗亡隐志"的意思是诗歌应充分地表达心意。李学勤先生认为《孔子诗论》的作者很可能是孔子的弟子子夏，如此说成立，就足以证明孔子是认同"诗言志"的说法的，如此，则说孔子之前已经有了"诗言志"的说法或者观念，就具备了充分的理由。

这样一来，对于先秦"诗"与"志"之关系的看法就必须做一个清晰的区分：在诗歌本体论和创作论意义上的"诗言志"和在工具论意义上的"诗以言志"。前者具有真正的诗学意义，是中国古人对于诗歌最本真的意义的理解；后者则仅仅是关于诗歌在特定时期所获得的某种独特功用的概括，并无普遍的诗学意义。就前者而言，"诗言志"是对诗歌本体和功能的双重认定：从本体角度看，其说明确指出诗歌的基本构成或曰根本之处在于"志"；从功能角度看，"诗言志"等于说"诗是用来抒发怀抱的"，或者说"诗可以用来抒发怀抱"。这种具有原则性的诗学观点在理论的深刻和精确方面丝毫也不逊于柏拉图诗的奥秘在于"回忆"或"神的凭附"之说，以及亚里士多德在《诗学》中为悲剧下的定义。

当然我们也不能完全排除另一种可能，即"诗言志"之说实际上就是"诗以言志"的意思，是春秋时某位好事者在整理、修订《尧典》时依据普遍的"赋诗"现象添加进去的。换言之，在春秋之前并没有关于诗歌本体与功能的根本性认知，"诗言志"之说只是对春秋时期普遍的"赋诗"活动的概括总结。如按此逻辑，则《孔子诗论》的"诗无隐志"之说也是"赋诗言志"之义。然而即使如此，"诗言志"的提法后来毕竟还是被阐释为关于诗歌本体的理论话语，从而成为真正的诗学观念。那么这种转换是如何发生的呢？

这首先是以"志"这个语词的多义性为前提的。如前所述，闻一多先生认为"志"与"诗"原是一个字，本义是"记忆""记录"和"怀抱"的意思，但这只是一家之言，虽然影响很大，却并没有得到普

___
① 此据李学勤先生释文。见《〈诗论〉的体裁与作者》一文，载《上博馆藏战国楚竹书研究》，51～62 页，上海，上海书店，2002。其中"隐"字竹简作"隱"。饶宗颐先生释为"吝"。见《竹书〈诗序〉小笺》一文，载同书，228～232 页。

遍的承认。事实上在先秦典籍里，很难找到"志"与"诗"可以互通的例子。① 而"志"的含义则是十分丰富的。这里我们随意举几个例子来大略梳理一下"志"在先秦典籍中的各种义项。

在《左传》中"志"是一个使用广泛的语词。《左传·襄公十六年》荀偃谓"诸侯有异志矣"。此"志"是打算、图谋之意、《左传·襄公二十五年》载孔子之言："《志》有之，'言以足志，文以足言。'不言，谁知其志?"前一个"志"是史书之名，后一个则泛指心意、想法。《左传·昭公九年》载晋屠蒯之言曰："味以行气，气以实志，志以定言，言以出令。"这个"志"是指意志而言。《左传·昭公十六年》载韩宣子言"二三君子请皆赋，起亦以知郑志"。这个"志"与《论语·公冶长》中"盍各言尔志"之"志"相近，盖指志向而言，只是一指国家的志向，一指个人的志向而已。此外，《墨子》有《天志》之篇，是指天之意愿。《庄子·达生》有"用志不分，乃凝于神"之说，是指心意、心思而言。《孟子·公孙丑上》说："夫志，气之率也；气，体之充也。夫志至焉，气次焉；故曰'持其志，勿暴其气'。"这里的"志"实际上乃是指一种道德意识，可以说是"志"最为晚出的义项。

"志"的这种多义性就使其发生意义转换不仅是可能的，而且是必然的。

在先秦典籍中将"志"与"诗"相联系的提法除了前面提到的《尧典》"诗言志"之说与《左传·襄公二十七年》的"诗以言志"之说以及《孔子诗论》中的"诗亡隐志"外，还有三处：一是《庄子·天下》，其云："《诗》以道志，《书》以道事，《礼》以道行，《乐》以道和，《易》以道阴阳，《春秋》以道名分。"这里的"道"既可以理解为"言说"，亦可理解为"导向"或"引导"。而这个"志"也不同于《左传》中"诗以言志"的"志"——不再是指某种意见、观点，而是泛指人的精神活动，当然可以理解为思想和情感。二是《孟子·万章上》所云："故说《诗》者，不以文害辞，不以辞害志。以意逆志，是为得之。"这个"志"与《庄子》意近，乃指作诗者的思想感情。三是

---

① 《左传·昭公十六年》有"赋不出郑志"之谓，有学者认为这里的"志"即与"诗"相通。此外再无例证可言，所以这种说法似很难成立。

《荀子·儒效》中所云："圣人也者，道之管也。天下之道管是矣，百王之道一是矣。故《诗》《书》《礼》《乐》之归是矣。《诗》言是，其志也，《书》言是，其事也，《礼》言是，其行也，《乐》言是，其和也，《春秋》言是，其微也。"这里的"志"与《孟子》已大不相同，而是指圣人的思想意趣，或曰儒家的精神。

通过了解先秦典籍中有关"志"的使用以及"志"与"诗"连用情形，我们不难看出，无论"诗言志"的提法究竟如何形成以及它原本的含义究竟怎样，都不影响这样一个事实：它至迟在战国中期已经被理解为一种具有普遍意义的诗学原理了。汉儒的所谓"诗者，志之所之也。在心为志，发言为诗，情动于中而形于言"云云，乃是对《孔子诗论》《孟子》《庄子》有关诗与志关系之观点的具体发挥。

总结上面充满矛盾的说法可以得出下列结论：第一，"诗言志"之说的本来含义可能有三：一是"诗"与"志"或"识"通，是指"记忆"或"记录"。如果"诗言志"之说产生于西周之初甚至更早就只能是这种含义。二是"赋诗"意义上"诗以言志"之义。如果"诗言志"之说产生于春秋战国之时，就极有可能是这种含义。三是后人通常的理解。如果此说产生于西周后期到春秋赋诗普遍出现之前这段时间，则很有可能是这种含义。第二，无论"诗言志"原本的含义如何，至迟到了战国中叶，这种说法已经被普遍理解为今天我们所理解的含义，即诗是用来表达思想或抒发情感的。这是现代诗学意义上的原理性的诗学命题。第三，不论"诗言志"的本来含义究竟如何，这种说法的提出和意义演变都是特定文化空间的产物，离开了对特定文化空间的把握就不可能正确理解"诗言志"的含义与意义。

从以上分析我们不难看出，诗的产生与发展，特别是诗学观念的生成与演变绝非诗人或言说者个人之事，而是某种独特的文化空间之"结构性因果关系"的产物。如果我们不把诗看成像穿衣吃饭那样的自然存在，而是看成一种人们有意为之的意义建构，那么，我们也就必须承认最初诗不可能是纯粹的主观宣泄或自言自语。诗能够成为具有普遍性的言说方式需要有言说者、听者、传播方式与渠道、评价系统等。也就是说，需要形成一种以诗为核心的特殊文化空间或者特殊

"场域"。离开了这样的文化空间或场域，诗就没有任何可以确定的意义①，绝对不会成为普遍的言说方式。下面我们就试图通过对西周至春秋时代文化空间的考察，梳理出诗作为一种特殊的言说方式形成与演变的历史轨迹。

二、诗作为人神关系语境的言说

诗是一种言说方式，但不是一般的言说方式，它必然有一个从自然形态向文化形态的转换生成的过程。《淮南子》所谓"举重劝力之歌"的"邪许"② 与何休所谓"男女有所怨恨，相从而歌，饥者歌其食，劳者歌其事"③，以及《诗大序》的"在心为志，发言为诗，情动于中而形于言"④ 之说，甚至朱熹在《诗集传序》中回答"诗何为而作"的问题时所谓"人生而静，天之性也；感于物而动，性之欲也。夫既有欲矣，则不能无思；既有思矣，则不能无言……"之论，都是讲诗的自然形成，强调的是诗的自然形态。盖中国古人以自然为上，自然之物即为天经地义。即使是人为的东西也要为之寻找一个自然的依据。故而诗论中也充斥着一种"自然生成论"。⑤《诗经》又被历代儒者奉为权威话语，其功能远出于文学的范围，所以论者就更强调其自然性。在古人眼中，最自然的才是最神圣的。

然而无论古人如何强调诗的自然性，却也无法掩盖一个基本事实：

---

① 即使那些自生自灭的民间歌谣也需要这样的文化空间，否则就不可能传播开来。

② （汉）刘安：《淮南子》，123 页，上海，上海古籍出版社，1989。

③ （汉）何休解诂，（唐）徐彦疏：《春秋公羊传注疏》，见（清）阮元校刻，《十三经注疏》287 页，北京，中华书局，1980。

④ （汉）毛亨传，（汉）郑玄笺，（唐）孔颖达等正义：《毛诗正义》，见（清）阮元校刻：《十三经注疏》，270 页，北京，中华书局。1980。

⑤ 古代那些谈及诗歌发生的有代表性的诗论著作如《文心雕龙》的《原道》、钟嵘的《诗品序》、韩愈的《送孟东野序》、苏洵的《仲兄字文甫说》、苏轼的《南行前集叙》、苏辙的《上枢密韩太尉书》，乃至李贽的《童心说》、王夫之的《姜斋诗话》等，都主张"自然生成"。似乎诗都是自然而然地"流"出来的，而非"作"出来的。

诗是一种很特殊的言说方式，就是说，它有异于人们日常生活中的言说方式。那么，诗是如何获得这种特殊性的？这里蕴含着怎样的深层文化逻辑？这个问题首先是诗作为言说究竟是谁在言说与向谁言说的问题。进言之，也就是具体的言说语境的问题。可能的言说语境根本上是由言说者与倾听者的关系维度构成的。对于《诗经》时代而言，可能的关系维度主要有两大类：一是人与人的关系，二是人与神的关系。下面我们分别分析诗是如何在这两种关系中生成演变的。

先看人与神的关系。这无疑是古人最重要的言说语境。为什么要先说人神关系呢？因为在时间顺序上，这是有文字记载的最早的书面言说语境。事实上，中国古代以文字为载体的文化形式正是在这样的语境中孕育发生的。中国现存最古老的文字形式的言说——甲骨卜辞所记录的就是这种人神关系：人向神求教，神给人答案。尽管在这个关系维度中神是人设定的，他们实际上只存在于人的心中，但毕竟是"异化了的人的本质"，所以能够与人确立一种现实性关系。也就是说，神是人的意识的产物，但是人与神的关系却是现实的存在。它在很大程度上决定着人的思想方式与行为方式。例如，《周易》是西周时期人神关系的真切记录，它不仅决定着当时人们的行为，而且还对后世（甚至今天）许多人有着重要影响。《周易》与甲骨卜辞本质上具有同样的功能，它们的言说主体都不是人，而是某种神秘力量。尽管归根到底还是人在言说，但在形式上实际的言说主体将言说的权利交给了既非说者亦非听者的"第三者"。让他来言说，也就等于让他做决定，于是话语真的具有了实际的权力。但二者也有显著区别，这就是甲骨卜辞只是对一次性的具体行动具有决定作用，《周易》则被提升为一种普遍言说模式而对任何具体行为都具有决定作用。如果说甲骨卜辞作为一种带有神圣性的言说方式，肯定与殷商之时人们的日常言说方式有很大区别，那么，《周易》的卦辞、爻辞作为普遍性的行为准则，就更获得了某种修辞上的独特性。如果我们将《尚书·周书》中篇目的语式与卦辞、爻辞的语式加以比照就不难发现，二者的区别是极为明显的。前者更接近口语，句子较长，而后者更简洁而凝练，有些句子与当时的诗歌十分接近，有些学者还因此专门而研究卦辞、爻辞的文学性。盖《周书》是人对人的言说，而卦辞、爻辞则是神对人的言说，是不同语境的产物，故而有所不同。

我们这里所说的"神"是广义的，既指周人心目中那种主宰宇宙世界的神秘力量，又指山川日月之人格化，也指能够遗惠于子孙的先人们的在天之灵。

在人与天地自然之神的关系中通常具有两种情形，周人一方面通过占卜判断神的意旨从而确定自己的选择，另一方面也通过某种仪式沟通人神关系，并希冀得到神的庇护与赐福。在前一种情形中生成的话语系统以《周易》为范本；在后一种情形中生成的话语系统则以诗为代表。在与祖先之神的关系中，周人通常是通过追述、颂扬祖先的功德以达成某种沟通，从而得到祖先的福佑。在这种关系中生成的话语系统也以诗为代表。总之，诗首先产生于人与神的关系所构成的语境，这种"诗"就是《诗经》中的《颂》以及《大雅》的部分作品。因此如果说《周易》本质上乃是原始巫术思维方式的产物，那么《颂》诗则是原始宗教思维方式的产物。前者是人们通过某种程式化的活动揣测神的意愿，没有偶像崇拜之义；后者是人们通过某种仪式来求得神明的欢心，已带有偶像崇拜的味道。在西周这两种思维方式同时存在，并且都居于能够影响政治生活甚至日常生活的重要地位，就是说，都具有巨大的话语权力。

在《诗经》作品中以《颂》诗为最早，《颂》诗中又以《周颂》为最早，这经过许多专家的考证已成定论。① 这意味着，《周颂》亦与《周易》及《周书》一样乃是西周最早的文化文本，因此也具有同样的重要性，绝非可有可无、任意为之的东西。实际上，在一个书写远非后世那样方便、普及的时代，凡是能够成为文本的东西都不仅是重要的，而且必定是神圣的。看西周传下来的这几部书，《周书》是政府文

---

① 古人囿于"周公制礼作乐"之说，以为《周颂》为周公所作。现代学者亦多认为三十一篇《周颂》大多为西周初年的作品。但近年来有的学者提出新的观点，认为《周颂》中属于周初的作品不足三分之一，大部分均为西周中期，特别是穆王、恭王两朝所作。参见李山《诗经的文化精神》一书的第六章《〈雅〉〈颂〉诗篇创作年代通考》。

告，是对国家大政方针的记录，其重要性自不待言；《周礼》涉国家政体，相当于后世的宪法①；《周易》是决策国家大事的依据，都是不可一日无之的东西。除了这些都具有直接的现实意义的文本之外，还有一种其重要性丝毫不逊于它们文本，这就是沟通人神关系的《颂》诗。杨向奎先生尝指出：

> 中国古代历史，从原始社会到奴隶社会，都是巫祝的专职，这时无论有没有文字，历史作为诗歌保存在巫祝的心中、口中。"巫"本来是"以舞降神者"（见《说文》），也就是代神立言，在他们的历史中遂使神话与历史不分，表现形式是史诗与乐舞的结合，这是《诗经》中《颂》的起源……②

以此观之，巫祝当是最早的诗人。所以史籍中所谓舜帝命夔典乐，以求"神人以和"（《尚书·尧典》）之目的记载绝对是有根据的。诗最初产生于人神关系的语境，是人向神的言说的独特方式，这应是不争的事实。这种独特的言说语境也就赋予诗这种言说形式以种种独特性：由于它肩负的是沟通人神这样一种在当时最为至高无上的使命，故而其言说方式必须有别于一般的口语，这与甲骨卜辞，《周易》的卦辞、爻辞是一致的。又由于诗作为仪式的组成部分是与乐舞紧密相连的，也就渐渐具有节奏与韵律上的要求。这就意味着，从其起源上来看，诗并没有被赋予后世诗歌那种审美的功能，尽管在仪式的具体过程中也许在庄严肃穆的神圣性背后也潜在地存有审美的性质。后人，特别是现代以来的研究者都从后世的文学观念出发来看待《诗经》作品，故而都重视"风""雅"之作而轻视"颂"诗，然而在西周的文化语境中，"颂"的地位远远高于"风"与"雅"。

如此看来，先秦儒家将伦理教化功能视为诗的首要功能，也并不是仅仅出于儒家救世的政治目的，也可以说是对诗的固有功能的理解

---

① 对于《周礼》产生的年代历来都有争论。我们认为这部书虽然经过战国甚至汉初儒者的改造，但其中也包含了大量西周时期的内容，绝非纯然由后儒任意编造。

② 杨向奎：《宗周社会与礼乐文明》，348 页，北京，人民出版社，1992。

与阐扬，而《毛诗序》"正得失，动天地，感鬼神，莫近于诗"之谓也就不显得那样不着边际了。诗作为被周王室书写的话语形式，它本来就是与国家政教密切相关的，本来就是用来"动天地，感鬼神"的。

仅从 31 首《周颂》来看，有半数以上与宗庙的祭祀仪式直接相关，都是祭祀先王的。此外有 7 首是祭祀山川、社稷、天地之神的。① 被学者们揣测为《大武》之乐各章的《昊天有成命》《武》《酌》《桓》《赉》《般》② 等诗篇究竟是否为祭祀之乐，颇有争论。依据《左传·宣公十二年》载楚庄王的说法，《大雅》的《时迈》和被后人判定为《大武》之乐章的《武》《桓》《赉》等诗乃武王克商时所作。也有人认为诗中"武王"这样的称谓应为谥法，故疑其为武王死后人们祭祀他的时候所用之乐。后经王国维与郭沫若的考证，认为周代尚无谥法，所以"武王""成王"等都是生前的称号，学界遂将这几首所谓《大武》乐章判定为武王生时的颂德之作。最近著名史学家赵光贤教授在一篇题为《武王克商与西周诸王年代考》的文章中认为"以金文与文献对照，自文武下至宣幽皆应是谥而非生号"，李山博士亦通过详细考证认同赵光贤教授此说。③ 依据人神关系的言说语境观点，我们亦赞同赵说。所以我们认为作为《大武》乐章的几首诗也都是用于宗庙祭祀的，是人向神的言说，《周颂》之中并没有赞颂在世诸王的诗。另外《敬之》和《小毖》二首，古今论者均认为是成王自警之作。从诗的文意上看，这是不错的，但是自警之辞既然用严肃的方式说出来，并且成为书写的文本其意义就不同寻常了。这样做是为了郑重其事，使之具有庄严的色彩，以便与倾听者的身份相符。那么谁是倾听者呢？有的研究者认为是群臣。成王在群臣面前作自警之辞，这是不确的。成王不大可能在臣工面前表现得那样谦恭，像"予小子"这样的自我谦抑之辞在当时虽极为普遍，但帝王们也只是在面对上帝、祖先或长辈时才会用，例如，《尚书·大诰》周公有"予惟小子，不敢替上帝命"

---

①　即《时迈》《臣工》《噫嘻》《丰年》《载芟》《良耜》《丝衣》。

②　关于《大武》之乐的各章情况历来说法不一，上列为王国维在《周大武乐章考》一文中的说法。

③　李山：《诗经的文化精神》，157 页，北京，东方出版社，1997。

之句。《洛诰》中成王在周公面前才自称"予小子"。所以，这两首诗同样也是向着神——祖先在天之灵言说的，是"告庙之辞"，目的是通过自我警戒、自述辛苦而博得先祖在天之灵的同情与庇佑。

由是观之，作为《诗经》中最早的作品，《周颂》都产生于人神关系语境，是人向神的言说。这原本是古人的共识，只是现代以来才出现不同的说法。如《毛诗序》说："颂者，美盛德之形容，以其成功告于神明者也。"宋人李樗等的《毛诗集解》也说："《颂》者，告神之乐章也。"即使那些并不直接用于祭祀活动的乐章也同样是在人神关系中的言说。宋人范处义指出："《颂》，专用于美功德以告神明，而《周颂》有助祭、谋庙、进戒、求助之诗，似若非为告神明而作意者。诗，乐章也，凡诗皆可歌以为乐。如美其助祭，是以助祭之事告之神明也；美其谋庙，是以谋庙之事告之神明也；美其进戒，是以进戒之事告之神明也；美其求助，是以求助之事告之神明也。"这是极为通达的看法。这样看来，像《敬之》《小毖》这样的诗的确是自警之辞，但是并非将自警之辞直接告之于群臣，而是告之于神明，这样自然同样能够收到笼络群臣之效，因为成王的告于神明之辞群臣亦会知晓。

在《周颂》产生的时代，构成文化空间最基本的维度即是人神关系。所以沟通人神的主要方式——祭祀，就成为贵族们最主要的文化活动之一。由于当时人们相信人间的一切祸福，尤其是王朝的兴衰均与神的意志直接相关，所以对神极为恭敬，祭祀活动因此也成为庄严肃穆的仪式。出于这样一种语境的言说当然不能是平庸凡俗的日常话语，为了凸显言说的神圣性，诗也就获得一种能够体现神圣性的修辞方式，例如，句式的整齐，言辞的简洁凝练以及用韵等。而且如前所述，在当时书写并不是一种像后世那样具有普遍性的交流方式，只有被认为具有重大意义的话语才会以书写的形式记录下来。所以言说一旦获得书写形式也就自然地具有了某种权威性和神圣性。可以说，正是居于彼时文化空间之核心地位的人神关系造成了诗的言说方式，诗性最初是以神性的面目出现的。神性使诗得以书写，而书写又强化了诗的神性。在这个时候，作为文本的诗出现了，但是作为这种文本之灵魂的诗性却并未产生。诗性文化是在神性文化退位之后才"出场"

的。是先有"诗"，然后方有"诗性"的，这种似乎不大合乎逻辑的情形却恰恰是历史的实际。

由以上分析可以看出，人神关系语境在古代诗歌的发生过程中起到了决定性的作用。正是这一语境造成了那种与日常生活的言说方式迥然相异的独特话语系统，并且使之著于简册，传诸后世。人神关系孕育了诗歌，但诗歌的实际指向却在于现实。在这种语境中产生的诗歌所具有的重要的现实性功能主要表现在如下几个方面。

其一，诗歌这种特殊的言说方式本身就具有强烈的意识形态功能。作为最庄严神圣的仪式之组成部分的诗歌，即使不管其词语内含，也已经在发挥着肯定既定社会秩序的重要作用了。因为这种言说方式的创造者与运用者只能是政治上居于统治地位贵族们，是在特殊语境中产生的特殊话语，所以言说本身就是对言说者特权地位的肯定与强化。诗所带有的那种仪式性并不完全来自其言说的内容，而且也来自其书写形式，可以说，在人神关系语境中，书写也就成为一种仪式，有着神圣不可侵犯的崇高地位。诗的这种地位当然是来自言说者的政治地位，因为在西周的礼乐制度中言说方式是与言说者的政治地位相符合的。但同时诗又能够使言说者的政治地位进一步合法化，因为这种特殊的并且经过书写的话语带有不容置疑的神秘力量，这种力量既与其最初产生的人神关系语境有关，也与它的仪式性密切相关。因此，诗在当时有着重要的意识形态功能。

其二，西周人神关系语境的形成固然有原始巫术的遗留因素，也固然包含人们得到上天眷顾的心理期待，但是这些都被整合到贵族阶级的政治意识系统之中了。所以，沟通人神关系的仪式也就同时成为确认等级制度的绝佳手段，这种仪式本身就成了等级制的主要表现形式之一，从而带上鲜明的政治功利特征。例如，祭天的"郊祭"、祭地的"社祭"、祭先王的"禘祭"等重大的祭祀活动，都是君主的专利。即使祭祀自己的祖先也不是可以随意为之的事情。在西周的宗庙制度中，处于不同等级的人也拥有完全不同的祭祀祖先权利。例如，《礼记·王制》记载："天子七庙，三昭三穆与太祖之庙而七；诸侯五庙，二昭二穆与太祖之庙而五；大夫三庙，一昭一穆与太祖之庙而三；士一庙。"① （"昭穆"，所谓"左昭右穆"，是庙主的排列方式。太祖以下，父为昭，子为穆，孙又为昭。活着的人在典礼仪式上亦按此制排列）这样一来，沟通人神的现实意义之一就在于确认等级制，使人各安其分，久而久之人们就会以为这是天经地义的，忘记了背后的权力运作。因此以沟通人神关系为基本功能的诗本质上是现实权力的象征。

其三，从《颂》诗的内容来看，沟通人神的言说实际上乃是为了协调人际关系：颂扬上帝与祖先的公正无私、英明伟大，目的在于确定人际关系的价值准则。例如，祭祀文王的《维天之命》先赞扬了天命的公正无私、永不停息（"维天之命，于穆不已"），再赞扬了文王的品德高尚、纯一无伪（"文王之德之纯"），最后落实到现实之中（"假以溢我，我其收之。骏惠我文王，曾孙笃之"）。总之，"神之听之，终和且平"（《小雅·伐木》）乃是贵族们的共同目标。这样的诗使他们在自我激励的同时也为现实的行为准则确立起牢不可破的价值依据。

以往读《毛诗序》至"故正得失，动天地，感鬼神，莫近于诗"之句总感到突兀夸张、言过其实。诗如何会具有如此神奇的功能呢？实际上这恰恰是人神关系语境赋予诗的独特意义。《毛诗序》并不是无根之谈。就诗的发生来说，它的确承担着感动天地鬼神的重要使命。后代说诗者所发现的诗之记述历史、反映现实等意义是从话语效果角度而言的，并非言说者的自觉意识。至于审美的功能那更不是诗的本来意义了。论者常常用今人的诗学观念去理解《诗经》的作品，难免会谬以千里。

诗歌产生于人神关系这种现象当然并非中国古代所独有，而应该是一种普遍的情况。中外民族史、民族文化史以及文化人类学的研究早已证明，人类在上古时期都曾经历过巫术与神话盛行的时代，在以巫术为主要文化活动形式的情况下，一切艺术无不与巫术仪式和神话传说息息相关。② 但是接下来的情形，由于历史的独特性，各民族诗歌的发展就各不相同了。例如，公元前 8 世纪之前古希腊唯一的史实

---

① （元）陈澔：《礼记集说》，111 页，北京，中国书店，1994。

② 关于这一点可参阅乔治·弗雷泽的《金枝》与爱德华·泰勒的《原始文化》，以及格罗塞的《艺术的起源》等书。

记载就是著名的荷马史诗。我们都知道，荷马史诗记载的是神话和传说相混合的故事，其依据乃是历史上确曾发生过的一场战争。据西方学者研究考证，特洛伊之战发生于公元前 1193 年，而一般认为荷马生活在公元前八九世纪。这就意味着，在希腊与特洛伊之战发生后的三四百年之间，人们将这场战争进行了口头的叙事。由于当时是神话大兴于世的时代，因而历史被添加了神话的色彩：整个事件成为神的意志的表现；历史上的英雄也被描写为神或半人半神。这就是说，荷马史诗所产生的文化语境也同样是以人神关系为基本维度的。然而与《颂》诗不同之处在于：在荷马史诗被人们开始用文字书写直至定型的时代，即公元前 6 世纪到 2 世纪，恰恰是古希腊文明的昌盛时期，当时居于主导地位的城邦民主制不像西周的宗法制那样需要借助于上天和祖先之神明来获得合法性依据，尤其不需要通过赞颂祖先的美德来为现实确定价值准则。所以，荷马史诗的书写基本上是对口头文学的记录，其所赞扬的乃是一些最为普遍的价值，如亲情、友谊、勇敢之类。这恰恰是一切真正的民间文学的共同特征。换句话说，荷马史诗并没有被改造为服务于统治阶级的官方意识形态话语，所以它的风格不像《颂》诗那样庄严肃穆、温柔敦厚，而是活泼灵动，充满了民间色彩与生活气息的。简言之，在诗这种特殊的言说过程中，无论是西周还是古希腊，都是在人神关系语境中进行的，所以这种言说都带有某种神性。但是西周的诗人们（统治者本人或巫祝、乐师等）将神（天地、山川、社稷之神与祖先之神）书写为人世间一切价值之本原，是以神为人立法；古希腊的诗人们（乐师、平民和学者）则将神书写为人的想象力、理解力、情感和愿望的象征，本质上是以人为神立法。在这里文化语境的相同性被历史语境的差异性所遮蔽了。在西周，获得书写形式的诗完全被纳入官方的政治系统之中，成为一种强大的意识形态，个体性被压制了；在古希腊，诗始终保持着自由言说的品格，是人们表达内心激情的方式。同样是对神的礼赞，《颂》诗暗含着十分明确的现实功利性，而荷马史诗和在其影响下产生出来的抒情诗和悲剧却表达着对智慧和美德的向往以及对命运的困惑。作为中西方文学发展的源头，《颂》诗始终是一种有力的规范，乃至于后世诗人只有在挣脱这一规范时才走向个体性、审美性的诗歌创作；荷马史诗则成为西方文学取之不尽的源头活水，激发起无数诗人艺术家的创作灵感。两相比照，真是判然有别！早在三千年前中国的古人就创造出了那样强大的总体性意识形态，并且将神话与诗歌这样本来与人的生命体验直接相连的言说方式也改造为意识形态话语，以至于在后代千百年的历史长河中，诗歌始终依违于个体性言说与意识形态言说之间，很难成为纯粹的个人话语，这真是中国文化的一大奇观！

三、诗作为君臣关系语境的言说

人神关系并不是构成西周至春秋时代文化语境的唯一维度，人们毕竟还有着现实的世俗关系。在以血缘关系为纽带的宗法制社会体制中，人与人的关系更要靠一种温情的形式来维系。例如，天子除了以上帝代言人的身份向臣民发号施令之外，还要以"大宗"的身份向天下同姓贵族言说，还要以国家元首的身份向天下臣民言说。反过来，臣民也要以种种方式向天子或诸侯君主言说，以表达自己的政治见解。在君臣之间存在着交流与沟通。这就是说，君臣关系维度也构成西周春秋之时一种最为基本的文化语境，在这种语境中同样也产生着诗。在西周乃至春秋时期，卿大夫、士以至于平民经常用诗的方式向君主表达自己的意见可以说是不争的事实。关于这方面的记载很多。具体实现君臣之间这种以诗为中介的交流的方式是献诗，即臣子特意作了诗献给君主。[①] 清人程廷祚说：

> 夫先王之世，君臣上下，有如一体，故君上有令德令誉，则臣下相与作诗歌以美之。非贡谀也，实爱其君有是令德令誉，而欣豫之情发于不容已也。或于颂美之中，时寓规谏，忠爱之至也。其流风遗韵，结于士君子之心，而形为风俗。故遇昏主乱政而欲

---

① 顾颉刚说："公卿列士的讽谏是特地做了献上去的；庶人的批评是给官吏打听到了告诵上去的。"见顾颉刚：《古史辨》第三册，326 页，上海，上海古籍出版社，1982。

救之，则一托之于诗。①

将诗作为一种臣子对君主的规谏方式，乃是汉儒以降说诗者的共识。汉儒自己就是把"三百篇"当谏书使用的。现代学者多从表现主义的现代诗学观念来看待《诗经》作品，以为"谏书"之说是汉儒从经学立场出发的附会之辞。实际上，在《诗经》的时代许多诗作的确是以规谏为唯一目的的。例如，《大雅·桑柔》是周厉王的大臣讽谏厉王的诗，诗人明言"王欲玉女，是用大谏"，诗中详细陈述了自己对治国之术的看法，列举好的君主与坏的君主的区别，指出厉王的失德之处，完全是一篇诗歌体的谏书。又如《大雅》的《召旻》《抑》《板》《民劳》《荡》，《小雅》的《角弓》《青蝇》《宾之初筵》《鼓钟》《北山》《大东》等，也都是讽谏规劝君主的作品。除诗人自言作诗之意外，史书也有相应的记载。在《左传》中此类记载颇多，如《左传·昭公十二年》："昔穆王欲肆其心，周行天下，将皆必有车辙马迹焉。祭公谋父作《祈招》之诗，以正王心。王是以获没于祗宫。"《左传·文公六年》："秦伯任好卒。以子车氏之三子奄息、仲行、针虎为殉，皆秦之良也。国人哀之，为之赋《黄鸟》。"这都证明臣下是自觉地运用诗的形式向君主表达自己的意愿与不满的。"汉儒言《诗》，不过美、刺二端"，这当然有汉儒的偏见，但许多诗作乃是为规谏而作是无可怀疑的。

那么，为什么彼时的臣子们要用诗来进行讽谏而不愿意直接进谏呢？对此古人的解释主要是由于君臣的地位悬殊所致。郑玄《六艺论》尝言："诗者，弦歌讽喻之声也。自书契之兴，朴略尚质，面称不为谄，目谏不为谤，君臣之接如朋友然，在于恳诚而已。斯道稍衰，奸伪以生，上下相犯。及其制礼，尊君卑臣，君道刚严，臣道柔顺。于是箴谏者稀，情志不通，故作诗以诵其美而讥其恶。"《毛诗序》也说："上以风化下，下以风刺上，主文而谲谏，言之者无罪，闻之者足以戒，故曰风。"① 此二说的共同意见是：君臣之间等级森严，关系紧张，臣子的不同意见不敢直接表达，不得已而寻求委婉曲折的表达方式，于是产生了谏诗。这种说法当然有一定道理，但并不全面，因为它没有注意到诗作为一种言说方式的历史演变与承续。诗最初虽然是在人神关系中形成的，但由于它们不是口头的、一次性的言说，而是被书写下来，并且是无数次祭祀活动中反复使用的话语，故而必然渐渐渗透到贵族阶层文化活动的其他层面上。事实上，在后来日渐繁复的礼仪活动中，诗也越来越成为不可或缺的重要因素。如果说从远古巫术活动演变而来的对神明的祭祀仪式在周公"制礼作乐"② 之后就开始向贵族各个领域的公共活动渗透，那么，诗这种产生于人神关系的话语形式也必然随之而渗透到这些贵族社会的公共领域之中。这也正是在当时的贵族教育中将诗乐当作主要教育内容的原因，而"诗教"的结果就是诗这种仪式化的言说方式进入到贵族们的交往过程。其主要表现形式之一就是卿大夫、士们用诗的方式向君主表达意见。这样做的好处是显而易见的：首先，如郑玄等所说，诗是一种委婉的表达方式，比较易于为当政者接受；其次，诗是一种仪式化的话语，其言说方式本身即带有某种神圣的色彩，因此也易于引起听者的高度重视；最后，诗还是一种"雅"的话语，是贵族阶层特权的标志，是受过教育的人才能够言说的话语，故而也易于形成上层文化空间中通行的沟通方式。

献诗当然是受到君主的支持与鼓励才会蔚为风气的。君主为了了解臣下们对国政的看法，或者为了其他的目的而号召臣民献诗，应是极有可能的事情。在臣下一面是献诗，而在君主的一面则是相应的采诗。古籍中关于采诗的记载很多。《礼记·王制》："天子命大师陈诗以

----

① （汉）毛亨传，（汉）郑玄笺，（唐）孔颖达等正义：《毛诗正义》，见（清）阮元校刻：《十三经注疏》，271 页，北京，中华书局，1980。
② 《礼记·明堂位》载："武王崩，成王幼，周公践天子之位以治天下，六年，诸侯朝于明堂，制礼作乐，颁度量，而天下大服。"实际上依"三礼"所载，周时的礼仪极为繁复，不可能是周公一人所为，也不可能是一时所为。所谓周公"制礼作乐"不过是说周公在制定礼仪上开了一个头，定了基本精神而已。

观民风"；《孔丛子·巡狩》："古者天子命史采歌谣，以观民风。"《汉书·食货志》："孟春之月，群居者将散，行人振木铎徇于路以采诗，献之大师，比其音律，以闻于天子。"又《汉书·艺文志》："古者有采诗之官，王者所以观风俗，知得失，自考正也。"何休则说得更为详细："男年六十，女年五十无子者，官衣食之，使之民间求诗。乡移于邑，邑移于国，国以闻于天子。"① 汉儒如此言之凿凿，不可能是毫无根据的臆说。从语境分析的角度来看，一种话语或言说方式的形成必然有赖于言说者与倾听者的默契与互动。如果没有倾听者的配合，言说就是无效的，因此也不可能成为一套具有普遍性的话语。既然诗的功能由沟通人神关系泛化为沟通君臣关系，诗已成为固定化的交流手段，那么，也就必然相应地形成了一套具体的沟通渠道，例如，一首诗作成之后怎样达于天子之前呢？不可能人人都亲自送上去的，自然需要"传媒"的中介方可。所谓"采诗之官"正是起到这样的"传媒"作用。当然，采诗的目的可能并不完全是为了"观民风"，设置采诗制度的初衷也许是如此，但是久而久之也许就转化为其他的目的了。例如，燕飨娱乐的目的在采诗中究竟占有怎样的分量，这种目的是否有从次要地位上升为主要地位的转换过程？如果有，是何时开始的？原因是什么？这些都是值得深入探讨的问题。在后面我们对献诗、采诗的问题还将有所论及。

从人神关系语境产生的"告于神明"之作到产生于君臣关系的讽谏之作，这个转变并非一朝一夕就能够实现，这中间也必然有一个转换的中介。这个中介就是由单纯的祭礼之乐向其他礼仪用乐的泛化。我们知道，祭祀是人类最为久远的仪式，直接导源于人类初民的巫术活动。春秋之时人们还有"国之大事，在祀于戎"② 的说法，显然是承继前人惯习之说而来。西周时国有大事均需举行仪式，告祭于上帝与先祖之前。这样做一是寻求神明的庇佑，使要进行的活动得到成功（或成功之后对神明的庇佑表示感谢）；二是告祭于神明之前，得到神

① （汉）何休解诂，（唐）徐彦疏：《春秋公羊传注疏》，见（清）阮元校刻：《十三经注疏》，2287 页，北京，中华书局，1980。
② 《左传》，162 页，长沙，岳麓书社，1988。

明的认可,使活动获得合法性与神圣性。但是这种出于迷信的动机而举行的祭祀活动却渐渐表现出重要的现实意义:它能够起到统一人心,巩固既定社会秩序,强化统治的有效性等重要作用。就是说,祭祀活动的形式本身呈现出重要意义。于是这种仪式就以"礼"的形式被推广到人们各种重要的活动之中。周公的"制礼作乐"即是在殷商以来的祭祀仪式的基础上为各种社会活动乃至日常行为方式制定仪式的重要举措。盖周公直接参与了克商的行动,有见于商人专重祭祀而轻视现实社会规则的确立所导致的恶果,于是一方面改造整理了各种祭祀之礼,继续强化人神关系,另一方面又制定了作为各种日常生活规范的仪式。基于考古研究的新发现,现代学者基本上一致认为,现传记载西周礼仪的主要古籍《周礼》《仪礼》即使非周公一人一时所为,亦必以周公"制礼作乐"的基本原则为依据。诸如士相见礼、乡饮酒礼、冠礼、丧礼、昏礼、军礼、聘礼、射礼、觐礼等都是西周时期贵族的社会生活中确实存在的礼仪。① 这种礼仪规范着周人社会生活的方方面面,成了他们的生活方式,这与商人以祭祀和占卜为主要文化活动的情形显然有着根本的不同。

周人的这种礼仪化的社会生活方式也为诗歌的产生与发展提供了更为广阔的文化空间。因为许多礼仪活动都必不可少地需要乐舞的辅助。例如,据《仪礼·乡饮酒礼》载,在"乡饮酒礼"上要演奏歌唱《小雅》的《鹿鸣》《四牡》《皇皇者华》,《周南》的《关雎》《葛覃》《卷耳》,《召南》的《鹊巢》《采蘩》《采蘋》等。这说明,除了人神关系、君臣关系之外还有另外的言说语境促成诗歌的产生与传播。这种与各种日常生活礼仪相关的言说语境使诗歌进一步成为通行的贵族话语,并得到更为广泛的应用。被称为"变风变雅"的讽谏之作就是在这样的文化语境中产生出来的。

四、诗作为同侪或平辈之间的言说方式

我们看"变风变雅"的作品有许多是同僚之间、友朋之间、夫妇

---

① 参见杨向奎先生《宗周社会与礼乐文明》283~336 页的精审考证。

之间、兄弟之间的言说，这说明人神关系、君臣关系也只是诗歌产生与运用的有限的文化空间。比如，《谷风》《白华》《氓》就是有名的弃妇诗；而更多的诗则是感时伤怀之作。那么这样的诗如何能够产生呢？人们创作出这样的诗是给何人看的，想达到什么目的呢？

这里大约有两种情况。一是平辈之间互相劝谏、讽刺的。例如，《相鼠》这首诗，毛诗以为是"刺无礼"，鲁诗以为是"妻谏夫"，无论从哪种说法，都是指平辈之间表达意见。既然对受教育阶层来说诗已由在人神关系中的特殊言说方式泛化为君臣之间的沟通方式，那么掌握了这种言说方式的贵族就有可能将它继续泛化到自己的现实生活领域之中：用诗的方式向着身边的人们表达自己的意见与情感。我们看关于西周及春秋时代的社会生活的有关记载，可以大体了解当时人们的交往方式和文化空间的情形。

首先让我们来看一看所谓乡遂制度。据《周礼》记载，周王室和诸侯直接控制的地区被分为"国""野"两大部分。"国"就是都城及其四郊地区，"野"就是都城四郊之外地区。都城及其四郊地区在行政划区上分为"六乡"，居住着大小贵族和直接为他们服务的工商业者以及具有自由身份的农民，他们就是在《左传》《国语》等史籍中随处可以看到的"国人"。"六乡"之外在行政划区上则分为"六遂"，居民基本是以农耕渔猎为主，被称为"野人"。"国人"是周王室和诸侯们主要依靠的社会基础，有一定参与政治事务的权利，也有受教育的机会。"野人"则主要是从事生产，为统治者耕种"公田"并提供贡赋。他们无权参与国家大事，也没有受教育的机会。由于"野人"社会地位低下，很少进入史书作者们的视野，所以关于"六遂"之民的文化活动大都早已隐没在历史的深处，很难知晓了。我们主要看一看"国人"的情况。根据对《诗经》作品的分析，我们认为那些"变风"的作者主要就是这些"国人"。据《左传》《国语》及"三礼"等史籍的记载，"国人"的集体性文化生活空间主要是"乡校""乡饮酒礼""射礼""冠礼""昏礼"及各种祭祀活动。

乡校又称乡学，是西周至春秋时期设于"六乡"的教育机构。关于乡校的最早记载在《左传·襄公三十一年》："郑人游于乡校，以论执政。然明谓子产曰：'毁乡校，何如？'子产曰：'何为？夫人朝夕退而游焉，以议执政之善否。其所善者，吾则行之。其所恶者，吾则改之。是吾师也。若之何毁之？'"①《礼记·乡饮酒义》："主人拜迎宾于庠门之外。"郑玄注云："庠，乡学也，州党曰序。"②《孟子·滕文公上》："设为庠序学校以教之，庠者，养也，校者，教也，序者，射也。夏曰校，殷曰序，周曰庠。"朱熹注云："庠以养老为义，校以教民为义，序以习射为义，皆乡学也。"③ 由此可知，乡校是西周至春秋时期的教育机构，与国学主要教育王室及大贵族子弟不同，乡校的教育对象主要是下层贵族和被称为"国人"的平民。这些人在乡校之中一方面受各种教育④，另一方面也相聚议论国政。就是说，乡校成为"国人"交流沟通的一个重要公共场所，或者说是一个文化空间。"国人"通过乡校受到包括诗在内的教育，所以不仅能够借用已有的诗来表达自己的愿望，而且渐渐地也能够自己作诗来表达自己的意见。他们自作的诗刚开始时是在乡校之类的文化空间中传播的，等得到大家的认同之后才通过正式的渠道层层传递上去，成为得闻于当政者的谏诗。或许这些诗压根儿就是"国人"们的集体创作，是他们集体表达意见的有效方式。当政者即使将这类诗入乐，也不会像《颂》和"正风正雅"那样用于庄重肃穆的祭祀或典礼，而是在小范围内供执政者们了解"国人"对时政的态度，也许干脆就是为了娱乐的目的——这大约就是"变雅"的生成及应用的轨迹。关于诗的功能，孔子有著名的"兴、观、群、怨"之说，其中的"群"，汉儒孔安国注为"群居相切磋"⑤，朱熹注为"和而不流"⑥ 二者虽有所不同，但都是讲人际交往关系的，可知孔子的所谓"群"是指诗可以起到交流感情，增进了解，

---

① 《左传》，262 页，长沙，岳麓书社，1988。

② （元）陈澔：《礼记集说》，327 页，上海，上海古籍出版社，1987。

③ （宋）朱熹：《四书集注·孟子集注》，36 页，上海，上海古籍出版社，1987。

④ 乡校教学的内容据《礼记》《周礼》等记载，主要也是"礼、乐、射、御、书、数"这"六艺"。

⑤ （清）刘宝楠：《论语正义》，59 页，上海，商务印书馆，1933。

⑥ （宋）朱熹：《四书集注·论语集注》，259 页，长沙，岳麓书社，1987。

最终达成一致意见的作用。乡校正为诗的这种功能的实现提供了现实的场所。所以我们可以断定，乡校在诗的产生和传播过程起到过至关重要的作用。除乡校之外，那些常常举行于六乡之中的各种礼仪活动，如乡饮酒礼、乡射礼、冠礼、昏礼以及战时的军礼等也都少不了诗乐，故而这类活动对于诗的传播与演变也有着极为重要的作用。

我们再看另一种情形。就"变风"那些男女情爱之诗来说，那又完全是另外一种文化空间了。民歌民谣是最古老的、自然形成的民间文化形态，是情感的自然流露。在这一点上《荀子·乐论》《毛诗序》《礼记·乐记》以及后来的何休、刘勰、朱熹等人的诗歌"自然生成论"是完全正确的。所以在"风"诗中有大量男欢女爱、打情骂俏之作，也有大量思妇征夫、旷男怨女的悲情流露。正是各种祭祀活动为"国人"以诗歌的方式表情达意提供了适宜的文化空间。史学家杨宽先生是这样描写民间祭"社"活动的：

> 这时"社"设置在树林中，是一个土坛，土坛上陈列着石块或木块作为"社主"。祭社时男女齐集，杀牛杀羊祭祀，奏乐歌舞。既有群众性的文娱活动，也有男女交际的场所。民间有许多动听的音乐，美妙的舞蹈，生动的诗歌，都在这里表演。

又描述"腊祭"说：

> 腊祭是在收获以后，对各种鬼神的酬谢和庆祝丰收。……在腊祭完毕后，也同样要在村社的公共建筑——"序"里聚餐，聚餐要按年龄大小来排席次……这种酒会热闹得很，男女老少的农民都一起在欢乐……

最后杨先生在总结中精辟地指出：

> 这是我们要谈的第五点，说明中国原始的村社中有着公共集会和活动的场所，兼有会议室、学校、礼堂、俱乐部的性质。祭社和祭腊是当时最热闹的群众性活动。后来，村社隶属于国家和贵族，原来共同耕作的收入已被全部掠夺去，祭社、祭腊等群众

活动的习惯虽还保存着，但其费用已成为村社成员的沉重负担。①

从史学家的描述可以看出，在西周、春秋之时，在那庄严典雅的官方礼乐文化的后面也同样活跃着鲜活灵动、充满生命力的民间文化活动。其实我们只要看一看"风"诗中那些作品就明白这一点了。这种民间文化活动为民歌民谣的大量产生和广泛传播提供了极佳的文化空间。但是这里就有一个问题：这些产生并传播于民间的诗歌是如何变为宫廷文化的呢？这恐怕就是那些采诗之官和乐师、乐工们的功劳了。这些民间歌谣毫无疑问都要经过整理加工并入乐后才会被呈现在天子及王室、贵族面前。

一般而言，一个社会的文化空间总是处于不断拓展和转移之中。例如，西方 18 世纪之前，诗歌之类的文学作品只是在上流社会的沙龙和咖啡馆中小范围地传播的。而在 19 世纪之后，随着资本主义商品经济的飞速发展，文学也从象牙塔走向社会，走向市场，从有教养阶层的精神特权泛化为普遍的文化活动方式。当然在这种文学文化空间向平民敞开的同时，社会下层价值取向与审美趣味也悄悄地改造了这种精神活动本身。在现代社会，科技的发展又为文化空间的拓展提供了强有力的支持。所以大众文化的出现与蓬勃发展乃是必然之事。西周之末、东周之初的情形正与此类似。那些产生并应用于人神关系的乐舞歌辞首先泛化到君臣关系之中，并使这种最缺乏诗意的政治关系也成为诗的温床；接着又泛化到贵族的私人生活领域，使之成为贵族这个有教养阶层身份性标志的特殊言说方式。与此同时，产生于民间的歌谣也渐渐被贵族们采撷并改造为一种以娱乐为主要目的的乐章。

现在我们可以来总结几句了："诗三百"虽然最终都有官府整理传承，但它们的产生和应用的文化空间却是迥然不同的。《颂》诗是在人神关系语境中产生并用之于这一语境的，其作者是上层统治阶层中的人物，或者是成王、周公这样的执政者本人，或者是那些专掌祭祀典礼的官员。这类诗形式上的渊源大约是夏商以来人们占卜祝祷的文辞。

———————————

① 杨宽：《西周史》，203～204 页，上海，上海人民出版社，1999。

被称为"正"诗的那些作品有些与《颂》诗在产生与用途上完全相同
(《大雅》中的那些用于祭祀上帝、祖先以及祭祀山川、社稷之神的作
品），只是在具体形式上与《颂》诗有所不同（诗乐结合还是诗、乐、
舞的结合）而已。"二南"的情况有所不同。今观其诗大都为吟咏男女
情爱之作，很难想象可以用之于有关国家命运的庄重仪式，所以其很
可能是供贵族们私下欣赏（即所谓"燕乐"或"房中之乐"）或者用之
于婚娶仪式及其他日常庆典的乐章。这类诗或许本是从民间采集而来
的歌谣，经乐工、乐师整理加工并入乐。从文化的演变逻辑来看，这
类诗的原型也许产生得很早，但它们成为官方文化的一部分却不可能
很早，应该是西周中后期直至东迁之后的事情。在整理加工过程中，
那些早已通行于各种重大祭祀和典礼仪式中的雅颂之诗在形式上对它
们的定型应发生过很大的影响。被称为"变雅"的作品大都是那些受
过教育的贵族人士专门写出来提供给当政者看的，是参与政事的一种
特殊方式，同时当然也是表达心中不满的方式。这些诗的作者除个别
情况外，一般都是官职低微的下层贵族，因各种原因而破产的贵族，
甚至是被史书称为"国人"的平民。他们的意见不易直接告之最高统
治者，需以委婉的方式层层传递上去。这类诗的形式则同样是受到那
些早已仪式化的乐章之影响（就像元明时的拟话本受话本的影响那
样），故而基本上很难分辨出它们与那些"正"诗有什么不同。"变风"
则与"二南"一样，也是被加工整理过的民间歌谣。由于它们产生于
民间，所以尽管被"格式化"了，但毕竟还保留着不少民间的色彩，
比如形式比较活泼，口语化，表情达意较为直露等。"变风"的用途最
初或许的确是当政者用以了解民风民情，但渐渐地就蜕变为贵族们的
娱乐方式了。无论如何，在那种庄重肃穆的祭祀和朝会等仪式中，像
"变风变雅"这样发牢骚、说情话的作品是不适宜的。

　　《诗经》篇目编定现在已经很难知道确切的时间了。孔子删诗之说
不可信，对此前人已论之甚详。那么是什么人编定的这部诗集呢？我
认为这也不是一朝一夕的事。根据"三礼"关于"大学"教育的有关
记载，我们可以明了，在周公主持制定礼乐制度之后，就开始了这部
书的编辑工作，开始也许篇目很少，历代不断增加，到春秋之时终于

定型为传于今天的"诗三百"。当然也有可能原来的篇目很多，后来渐渐精简为三百篇的。

综上所述，西周至春秋时代的诗先是以"神性"——超越于人的并且有异于人的神秘力量——为主导，接着演变为以"人性"——人的现实性，或社会生活的逻辑——为主导，但始终未能找到其"自性"即诗性本身。所谓"诗性"是指既超越于人的现实状态，又始终与人同在的那种独特性，可以说它是神性与人性的统一体。这种"诗性"只有当言说者一方面具有言说的权利，另一方面又受到某种社会力量的压迫时才会产生出来，而且就中国古代的情况而言，这种"诗性"最初并不是以"诗"的方式出现的。关于这个话题，就要联系到新的社会阶层与新的文化空间的形成了。

第三章　周初至战国时期诗歌功能的演变轨迹

　　从我们的阐释角度来看，对《诗经》作品最初功能的阐释必须放到周人意识形态话语建构的文化历史语境中才是合理的。诗在周代文化中何以有那么高的地位？在后来儒家思想谱系中《诗》何以竟成为"六经之首"？这都与诗歌作品原初的意识形态功能直接相关。可以这样说：周人用诗的方式参与了国家意识形态话语的建构工程。下面我们就联系礼乐仪式来分析《周颂》与《大雅》部分作品，从而考察一下周初诗歌的这种意识形态功能。

一、《周颂》与"正雅"的意识形态内涵

　　我们先来看《周颂》。郑玄尝云：

　　《周颂》者，周室成功致太平德洽之诗。其作在周公摄政、成王即位之初。颂之言容。天子之德，光被四表，格于上下，无不覆焘，无不持载，此之谓容。于是和乐兴焉，颂声乃作。《礼运》曰："政也者，君之所以藏身也。"是故夫政必本于天，殽以降命。命降于社之谓殽地，降于祖庙之谓仁义，降于山川之谓兴作，降于五祀之谓制度。又曰："祭帝于郊，所以定天位；祀社于国，所以列地利；祖庙，所以本仁；山川，所以傧鬼神；五祀，所以本事。"又曰："礼行于郊，而百神受职焉。礼行于社，而百货可极焉。礼行于祖庙，而孝慈服焉。礼行于五祀，而正法则焉。"故自郊、社、祖庙、山川、五祀，义之修、礼之藏也。功大如此，可不美报乎？故人君必絜其牛羊，馨其黍稷，齐明而荐之，歌之舞

之，所以显神明，昭至德也。①

郑玄的这段话既指出了《颂》诗昭显祖先之德的表层意义，也指出了《颂》诗的意识形态性。这类诗虽然表面上是为了祭祀祖先而作，实际的作用却并非仅仅是表达对祖先的怀念之情，而是在现实社会中推行某种道德价值。所谓："礼行于宗庙，而孝慈服焉。礼行于五祀，而正法则焉。"以及"故自郊、社、宗庙、山川、五祀，义之修，礼之藏也。"正是说这些祭祀仪式蕴含着现实的政治与道德意义。祭祀祖先本身的意义也许仅仅在于"慎终怀远"，而祭祀祖先所采用的仪式却包含着远为丰富的内涵。在这种仪式中人们切实地感受到现实统治的庄严与神圣。所以说《颂》诗的真正作用乃在于确立周人统治的合法性：他们的祖先早已是那样道德高尚、功业卓著，那样值得称颂，现在他们事业的继承者得到天下自是当然之理了。

关于《周颂》的作旨，钱穆先生尝言：

> 盖周人以兵革得天下，而周公必以归之于天命，又必归之于父德；故必谓膺天命者为文王，乃追尊以为周人开国得天下之始。而又揄扬其功烈德泽，制为诗篇，播之弦诵，使四方诸侯来祀文王者，皆有以深感而默喻焉。②

这是只有目光宏通的史学大家方能有的见解。大凡政治家所标举的文化事业必然深藏着政治目的。对这样的文化事业如果仅仅用文化的眼光来看就难免失之狭隘，甚至于郢书燕说。《周颂》并非民间自成之物，乃是西周政治家精心制作的东西，他们寄予其中的政治意义自是不可忽视。钱穆先生的见解实为肯綮之论。

我们再看《大雅》。郑玄云：

---

① （汉）毛公传，（汉）郑玄笺，（唐）孔颖达等疏，《毛诗正义》，702～705页，上海，上海古籍出版社，1990。

② 钱穆：《读〈诗经〉》，见《中国学术思想史论丛》（一），105页，台北，东大图书有限公司，1976。

> 始祖后稷，由神气而生，有播种之功于民。公刘至于大王、
> 王季，历及千载，越异代，而列世载其功业，为天下所归。文王
> 受命，武王遂定天下。盛德之隆，大雅之初，起自《文王》，至于
> 《文王有声》，据盛隆而推原天命，上述祖考之美……又大雅《生
> 民》及《卷阿》，小雅《南有嘉鱼》下及《菁菁者莪》，周公、成
> 王之时诗也。①

郑玄这里提到的从《文王》到《卷阿》这十八篇作品即所谓"正大
雅"，内容是歌颂自后稷、公刘、大王、王季、文王、武王、成王等人
的。其字面之意可以用"据盛隆而推原天命，上述祖考之美"概括之。
然其真正的意蕴则远非郑玄之言所可囊括。《颂》诗大约是由于受到祭
祀仪式的限制，都比较短小，一般只是笼统地赞颂先王的美德，基本
上没有具体事实的叙述。与此相反，《大雅》作品都很长，描述具体而
详尽，因此与《周颂》相比，"正大雅"之作的意识形态内容也就更加
丰富。这些看上去似乎是"史诗"的作品实际上都是精心策划的意识
形态话语。概括起来"正大雅"大约有如下几个方面的内容。

第一，周人代商而得天下乃是上帝之意。周人虽然相对于商人更
重视人事，但对于古老的上帝崇拜依然有所继承，毕竟这是证明政权
合法性最有力的根据。他们当然不会放弃对这一重要文化资源的利用。

> 文王陟降，在帝左右。(《文王》)
> 维此文王，小心翼翼。昭事上帝，聿怀多福。(《大明》)
> 帝谓文王："予怀明德，不大声以色，不长夏以革。不识不
> 知，顺帝之则。"帝谓文王："询尔仇方，同尔兄弟，以尔钩援，
> 与尔临冲，以伐崇墉。"(《皇矣》)
> 昭兹来许，绳其祖武。于万斯年，受天之祜。(《下武》)

这些诗句旨在说明上帝对周人有特殊的眷顾，他就像慈爱的长者一样
对周人循循善诱，指导他们走上昌盛之路，毫不吝惜地赐福于周。这

---

① (汉)毛公传，(汉)郑玄笺，(唐)孔颖达等正义：《毛诗正义》，306～
307页，上海，上海古籍出版社，1990。

就是告诉天下诸侯、百姓,周人代商乃是上帝之意,非人力所能抗拒。他们除了顺从之外,别无他途。

第二,周人祖先历代皆为圣哲之君,累世积德,因此只有周人才应该得到天下。《生民》详述周人始祖后稷种植五谷的事迹;《公刘》记载后稷曾孙公刘如何忠厚诚实,如何于豳地艰难创业;《绵》描写大王在迁于岐山之下后开荒筑室、设立官职、征服戎狄的伟大事迹;《文王》《大明》等赞扬文王光辉美好的品质;《下武》《文王有声》等歌颂武王能够继承先王之德,建功立业,等等。如此一个历代皆有圣明君主的邦国如何能不受到上天的垂顾,如何能不昌盛呢?这些诗就是要告诉天下诸侯和百姓,周王室与商纣迥然不同,是道德高尚的君主,他们代商而立不但符合上帝意志,而且符合天下百姓的期望。支持这样的政权自然会得到很多好处。对周人而言,列祖列宗的美德就是其政权之合法性的最强有力的依据。

第三,殷商遗民务必服从周人统治。对于殷商遗民的处置与安抚恐怕是周初统治者最为头痛,也最为重视的一件大事。除了封建殷王室后裔①,褒扬商纣忠臣,开释被囚百姓,以殷王室之财物赈济贫弱萌隶,以及对殷贵族予以迁徙等措施之外,就是在观念上征服殷民,使之从心里信服周人的统治了。在观念的征服方面,《大雅》之作发挥着重要作用。这些诗不仅极力歌颂周人历代君主的光辉伟大以及反复强调上帝庇佑周人,而且还直接劝告殷人服从,《文王》云:

> 穆穆文王,于缉熙敬止。假哉天命,有商孙子。商之孙子,其丽不亿。上帝既命,侯于周服。侯服于周,天命靡常。殷士肤敏,裸将于京。厥作裸将,常服黼冔。王之荩臣,无念尔祖。

这是明确告之殷人,周人已经得到上帝眷顾,你们就要服从周人统治。这样看来,《大雅》之作在很大程度上是作给殷商遗民看的。

第四,周王室务须秉承先王美德,戒骄戒躁,谨慎小心,如此方能保有天下。

———————————

① 据史籍载,武王伐纣成功伊始即封纣王子禄父(武庚)于殷,周公平定武庚叛乱后又封微子于宋。

　　王配于京，世德作求。永言配命，成王之孚。成王之孚，下
土之式。永言孝思，孝思维则。媚兹一人，应侯顺德。永言孝思，
昭哉嗣服。（《下武》）

　　干禄百福，子孙千亿。穆穆皇皇，宜君宜王。不愆不忘，率
由旧章。威仪抑抑，德音秩秩，无怨无恶，率由群匹。受福无疆，
四方之纲。（《假乐》）

这都是劝告时王（武王、成王）要继承先王美德，以为法式，如此方
可受福无疆。

　　这些诗歌表明，周人为了使自己的统治具有合法性，使天下宾服，
可谓煞费苦心。他们所进行的一切文字书写工作都是意识形态话语的
建构，都是要使这个刚刚建立的政权得到巩固和加强。《颂》诗与《大
雅》之作实际上是建构了一个周人世系，这个世系同时又是一个道德
谱系。它告诉世人，只是因为周人列祖列宗的道德纯美，才获得上帝
的青睐，从而代殷而立。这种通过对先人的神圣化而为现实的价值建
构寻求合法性依据的做法是一个聪明的创举，这对后来的儒家具有重
大启示意义。自孔孟以降，历代儒家无不借助于神化先王来为现实确
定价值规范。于是尧、舜、禹、汤、文、武、周、孔、孟就成为最高
道德准则的象征。他们成了后世历代儒家用来制约、规范现实权力最
有力的武器。儒家抽象的道德规范通过这些偶像而形象化了。从这个
角度来看，儒家文化与周公等周初政治家创造的礼乐文化的确是一脉
相通的。可以说，儒家文化传统的"法先王"原则是在周公那里就已
经确定了的。所不同的是周公等这种将道德谱系、祖先世系、价值建
构与历史叙事合二而一的做法乃是为已经获得的政权寻求一种观念上
的普遍承认，是直接为现实统治服务的；后世儒家却是为了给现实统
治确定一种法则，是儒家士人代表为统治大众对权力的约束。

　　通过以上分析我们可以得出这样的结论：《周颂》及所谓"正大
雅"是《诗经》中最早成为官方话语的诗歌作品，其他作品，即"正
小雅""二南""变风变雅"等作品即使有些原初创作时间并不一定晚
于《颂》与"正大雅"，但是其进入官方话语系统的时间则肯定在它们

之后。道理很简单：周人之所以将诗歌置于官方文化系统的重要地位上，乃是为了实际的政治需要，而为新的统治确立合法性依据是他们面临的首要政治任务。武王、周公等在周初进行了大规模的制度建设和与之相应的文化建设，制度建设的核心是使周王室对天下诸侯百姓实现有效控制，以避免出现殷商末期诸侯叛乱的局面；文化建设的核心是确立周人统治的合法性，从而巩固刚刚获得的政权。"诗""书"等方面的书写活动都离不开这个核心。这也正是《颂》诗与"正大雅"必然是最先成为官方话语的原因所在。

《诗经》这部书的编定时间一直是人们争论不休的问题。自清代以来学界对于流传久远的孔子删诗之说基本上持否定态度。但是我以为对于这个问题还是要持以审慎之态度。我们知道，《诗经》中最晚的一首诗是《陈风·株林》，这首诗是讽刺陈灵公的，大约作于公元前 600 年，距离孔子出生有半个世纪左右。也就是说，我们现在看到的《诗经》这部书即使不是孔子编定，也必定只能早于孔子数十年。那么问题就来了：从西周之初到春秋中叶这五百多年间"诗"是以怎样的方式存在的呢？根据《周礼》《礼记》《左传》《国语》等史籍的记载，我们知道"诗"是这个时期贵族教育中的重要内容，贵族们大都对"诗"极为熟悉。这说明"诗"在创作、收集、使用的过程中肯定有许多不同的版本，其内容是随着时间的推移而不断增删的。这样，孔子面对往代流传下来的各种版本进行整理，去其重复、校正其错讹，对于他这样一位博学多才又矢志于弘扬西周文化的人来说，应是顺理成章的事情。而且司马迁的说法肯定有所本，他没有任何编造孔子删诗的必要。① 我们有理由认为，不仅孔子编定过《诗》，后代儒者在秦汉之间肯定又重新编定过它。这可以从各类诗的编排顺序上看出。依据诗歌作品进入周王室官方话语的先后次序来看，诗的编排应该首先是《颂》诗，其次是《大雅》，再次是《小雅》，最后是《国风》。关于这一点钱

---

① 实际上司马迁并没有说"删诗"，只是说"古者《诗》三千余篇，及至孔子，去其重，取可施于礼义，上采契后稷，中述殷周之盛，至幽厉之缺，始于衽席……三百五篇，孔子皆弦歌之，以求合《韶》《武》《雅》《颂》之音，礼乐自此可得而述。"（《史记·孔子世家》）

穆先生早就察觉到了，他说：

> 惟今诗之编制，先风，次小雅，次大雅，又次乃及颂，则应属后起。若以诗之制作言其次第正当与今之编制相反；当先颂，次大雅，又次小雅，最后乃及风，始有当于诗三百逐次创作之顺序。①

这是极有见地的说法，完全符合诗歌功能演变的逻辑。现在我们可以知道，原来孔子所编定的《诗》正是如此次序。新发现的材料证明钱穆的推断是完全正确的。濮茅左先生对新发现的上博楚竹书的整理中发现，《孔子诗论》论诗的顺序正是以《颂》《大雅》《小雅》《邦风》的次序排列的，他指出：

> 从诗的产生时间看，这一类序的情况与《诗》的实际产生时间也是相符合的，是一个由先至后过程。《周颂》产生在西周初期，西周武、成、康王之时；《大雅》诗的大半产生于西周前半和宣王中兴期；《小雅》的诗产生于西周后期；《邦风》（《国风》）的诗则是东周时期收集的十五个国家和地区的民间诗篇。这个类序反映的是整个《诗》的发展史。②

这就足以证明我们今天看到的《诗经》肯定是战国中期到秦汉之间的儒者重新编定过的。孔子对《诗》的整理和先后次序的确定乃是因为当时《诗》在流传过程中发生了次序上的错乱，于是他便根据自己对诗歌功能的理解和儒家价值观对纷乱的诗歌进行了整理，并且确定了每首诗相应的乐调，使"《雅》《颂》各得其所"。后世儒者重新改变了原先的次序，也必定有其原因。根据我们的推测，这原因最主要的恐怕就是为了突出诗歌的"怨刺"功能。我们知道，战国中期以后，周王室对诸侯的影响已经基本完全丧失。就连孟子这样的大儒心目中也

---

① 钱穆：《读诗经》，见《中国学术思想史》（一），104 页，台北，台湾东大图书有限公司，1976。

② 濮茅左：《〈孔子诗论〉简序解析》，见《上博馆藏战国楚竹书研究》，26 页，上海，上海书店，2002。

已经没有了春秋时尚存的"尊王攘夷"观念，而是时时将统一天下的理想寄予肯行仁政的诸侯大国。在这种情况下，周人赞美祖先的那些《颂》诗与"正大雅"已然不像往昔那样受到推崇，倒是那些以"怨刺"为主的《风》与《小雅》更加受到愤世嫉俗的士人阶层的重视。在《诗经》作品编排的次序中亦可见出意识形态意蕴，体现了价值观念的转变。

《颂》诗与《大雅》之作是如何发挥意识形态功能的呢？这还要借助于礼的仪式。我们现代学者早已证明，《诗经》作品都是入乐的。对于《颂》诗和《大雅》来说，入乐的唯一目的就是使其成为重大的礼仪形式的一部分。这时"诗"与"乐"是相结合而发挥其仪式功能并进而发挥意识形态功能的。关于《周颂》与《大雅》作品在礼仪中使用的情况主要有如下记载：

> 季夏六月，以禘礼祀周公于大庙，牲用白牡……升歌《清庙》，下管《象》；朱干玉戚，冕而舞《大武》；皮弁素积，裼而舞《大夏》。《昧》，东夷之乐也。《任》，南蛮之乐也。纳蛮夷之乐于大庙，言广鲁于天下也。（《礼记·明堂位》）
>
> 夫大尝、禘，升歌《清庙》，下而管《象》，朱干玉戚以舞《大武》，八佾以舞《大夏》，此天子之乐也。（《礼记·祭统》）
>
> 古者，帝王升歌《清庙》之乐，大琴练弦达越，大瑟朱弦达越，以韦为鼓，谓之搏拊。（《尚书大传》卷一）

夏祭为"禘"，秋祭为"尝"。"升歌"是指乐工升至宗庙的堂上而歌；《象》《大武》《大夏》之类都是舞名。这里记载的是最隆重的祭祀大典，是只有已故天子才能享受，现时的天子方能使用的。《清庙》是这种大型祭祀活动不可缺少的乐章。但正如有些学者已经指出的，这里的《清庙》也许是"《清庙》之什"的略称，否则很难解释为什么总是用这一首乐章而不及其他。这样的祭祀大典非常隆重，除了王室宗亲及卿大夫之属必然参加，又有前来朝觐的诸侯们的助祭，这样仪式本身与乐章辞旨的意识形态功能就得到充分实现了：在庄严肃穆的人群、平和舒缓的音调、整齐划一的舞蹈的衬托下，乐章的文辞就平添了一种神圣的色彩，对其所言之内容，人们在不知不觉间就会产生深切的认同感。然而据《礼记》记载，"升歌《清庙》"之乐又不仅仅用于祭祀大典：

> 天子视学，大昕鼓徵，所以警众也。众至，然后天子至，乃命有司行事，兴秩节，祭先师、先圣焉。……反，登歌《清庙》，既歌而语，以成之也。言父子、君臣、长幼之道，合德音之致，礼之大者也。（《礼记·文王世子》）

这是讲天子到学校（庠序）视察时所进行的活动和仪式。"登歌《清庙》"即"升歌《清庙》"，可见《清庙》乐章并不仅仅用之于祭祀大典上。又：

> 子曰："慎听之！女三人者。吾语女：礼犹有九焉，大飨有四焉。苟知此矣，虽在畎亩之中，事之，圣人已。两君相见，揖让而入门，入门而悬兴，揖让而升堂，升堂而乐阕，下管《象》《武》《夏》籥序兴，陈其荐、俎，序其礼乐，备其百官。如此而后，君子知仁焉。行中规，还中矩，和、鸾中《采齐》，客出以《雍》，彻以《振羽》，是故君子无物而不在礼矣。入门而金作，示情也。升歌《清庙》，示德也。下而管《象》，示事也。是故古之君子，不必亲相与言也，以礼乐相示而已。"（《礼记·仲尼燕居》）

这里讲的是诸侯君主相见之礼。《采齐》《振羽》《雍》《清庙》均为乐章之名。其中《采齐》是逸诗，《振羽》即《周颂·振鹭》，与《雍》同属"臣工之什"。由此可见《颂》诗非但不全用之于祭祀大典，而且也不全用之于天子之乐。如何解释这种现象呢？我们认为，三十一首《周颂》之作就其最初的创作意图而言应该是为了各种祭祀活动，这是没有疑问的。我们看《周颂》之作都是那样短小，每首都给人以意犹未尽的感觉，这原因恐怕正在于乐调的限制。就是说，这类作品原本就是作为乐章来创作的，事先已经有了固定的乐调，是一种"填词"式的创作，故而不能畅其所欲言。与之相反，《大雅》之作却是为了颂扬列祖列宗的丰功伟绩而创作的诗篇，当初并非作为乐章而写，也不是原本就要入乐的，所以内容丰富，长短不限。① 但是在使用过程中，这些本为祭祀之用的《颂》诗的用途渐渐发生了变化：一是从祭祀活动泛化到其他礼仪活动之中；二是由天子之乐下落到诸侯藩国。所以《礼记》记载的这两种用乐的情况应该是比较后起的，很可能是西周后期甚至春秋之时的事情。在这种情况下，这些诗歌的意识形态功能基本上已经与仪式本身的功能融为一体了——文辞已经不再具有独立的意义。《礼记·经解》还说：

> 天子者，与天地参，故德配天地，兼利万物；与日月并明，明照四海，而不遗微小。其在朝廷则道仁圣、礼仪之序，燕处则听《雅》《颂》之音，行步则有环佩之声，升车则有鸾、和之音。

如此说有据，则《颂》诗尚可用之于房中燕处之乐，乃是为了纯粹审美娱乐的目的，则其作用就更加泛化了。

《大雅》之诗开始或许并非为入乐而作，其内容的翔实足以作为独立的文本而发挥作用。但后来亦被用为乐章大概也是事实。郑玄说：

> 其用于乐，国君以小雅，天子以大雅，然而飨宾或上取，燕或下就。何者？天子飨元侯，歌《肆夏》，合《文王》。诸侯歌《文王》，合《鹿鸣》。诸侯于邻国之君，与天子于诸侯同。天子、诸侯燕群臣及聘问之宾，皆歌《鹿鸣》，合乡乐。②

郑玄的根据则是《左传·襄公四年》：

> 穆叔如晋，报知武子之聘也，晋侯享之。金奏《肆夏》之三，不拜。工歌《文王》之三，又不拜。歌《鹿鸣》之三，三拜。韩献子使行人子员问之，曰："子以君命，辱于敝邑。先君之礼，藉之以乐，以辱吾子。吾子舍其大，而重拜其细，敢问何礼也？"对

---

① 关于《大雅》的创作早就有所谓"图赞"说，认为这些作品都是为宗庙中历代先祖的画像所做的赞辞。如此说成立，则可证明《大雅》并非为"乐"而作，相反，其乐乃为诗而作，犹今日之"谱曲"。

② （汉）毛公传，（汉）郑玄笺，（唐）孔颖达等正义：《毛诗正义》，308～309页，上海，上海古籍出版社，1990。

曰：“三《夏》，天子所以享元侯也，使臣弗敢与闻。《文王》，两
君相见之乐也，使臣不敢及。《鹿鸣》，君所以嘉寡君也，敢不拜
嘉？《四牡》，君所以劳使臣也，敢不重拜？《皇皇者华》，君教使
臣曰：‘必咨于周。’臣闻之：‘访问于善为咨，咨亲为询，咨礼为
度，咨事为诹，咨难为谋。’臣获五善，敢不重拜？”

由此可知西周的用乐原本规定十分严格，只是到了春秋之时已经混乱，
故即使晋侯和他的大夫们也已经不懂得原来的规定。穆叔是鲁国宗室，
而鲁为西周礼乐保存最为完好的国家，所以穆叔能够明白其中道理。
穆叔说《文王》等《大雅》篇什是“两君相见”时所用乐章，肯定是
根据古老的周礼。周礼规定诸侯相见时用歌颂文王的诗为乐章，自然
是为了提醒诸侯们尊崇王室，从而强化周王室的权威性，其意识形态
的目的是十分明显的。

　　《小雅》的数量远较《周颂》和《大雅》为多，写作时间也延续较
长。从我们以意识形态建构为线索的考察思路来看，《小雅》中部分作
品为西周初期所作应该是言之成理的。周公主持制定的礼乐制度是一
个庞大复杂的系统，除了王室祭祀、诸侯朝觐、聘问、朝会等重大的
宗教和政治活动之外，还有燕饮、婚嫁、成人、交往等生活习俗方面
的活动也被制定了严格的礼仪。与这些礼仪相应，当然也必然有诗乐
存在。《小雅》中的部分篇什，主要是所谓“正小雅”中的作品，就是
为了这类礼仪创作的。例如，前引《左传》有“歌《鹿鸣》之三，三
拜”。所谓《鹿鸣》之三乃指《鹿鸣》《四牡》《皇皇者华》这《小雅》
的前三首而言。又《仪礼·乡饮酒礼》载，先是升座之礼，主、宾、
介依次相拜，然后洗盥、饮酒。此间则有工歌《鹿鸣》《四牡》《皇皇
者华》，笙《南陔》《白华》《华黍》，间歌《鱼丽》，再笙《由庚》，歌
《南有嘉鱼》，笙《崇丘》，歌《南山有台》，笙《由仪》，最后以“二
南”之诗为合乐。其中《南陔》以下九篇皆《小雅》篇什。只是《南
陔》《白华》《华黍》《由庚》《崇丘》《由仪》这六篇今仅存其目而亡其
辞了。“歌”即“工歌”，请乐工歌唱；“笙”即“笙吹”，请乐工以笙
吹奏。“合乐”则是“工歌”与“笙吹”合之。《燕礼》亦有相近的记
载：“工歌《鹿鸣》《四牡》《皇皇者华》，笙入立于县中，奏《南陔》

《白华》《华黍》，乃间歌《鱼丽》，笙《由庚》，歌《南有嘉鱼》，笙《崇丘》，歌《南山有台》，笙《由仪》……"

《乡饮酒礼》《燕礼》除了同样是为了区别身份，即明贵贱、等高下之外，最重要的意义还在于渲染友情与和睦。我们知道，西周有所谓"乡遂制度"，国都附近的地区分为"六乡"，较远地区分为"六遂"。据史学家的研究，六乡之民即是先秦古籍中常常见到的"国人"，他们具有国家公民性质，属于统治阶级，他们都可以在官学中受到教育，可以参与国家大事，拥有相当大的势力，其身份就是士阶层和工商业者。① 对于王室或诸侯来说，"国人"是其最直接的统治基础，其重要性是不容忽视的。《乡饮酒礼》一般在乡校举行，由乡大夫主持，除了饮酒、欣赏音乐之外，还要商议乡中大事。所以这实际上乃是地方政府举行的隆重会议。这正是巩固上下之间、同侪之间关系的好机会。所以这里所选用的乐章首先是赞美友谊的，请看《鹿鸣》：

> 呦呦鹿鸣，食野之苹。我有嘉宾，鼓瑟吹笙。吹笙鼓簧，承筐是将。人之好我，示我周行。呦呦鹿鸣，食野之蒿。我有嘉宾，德音孔昭。视民不恌，君子是则是效。我有旨酒，嘉宾式燕以敖。呦呦鹿鸣，食野之芩。我有嘉宾，鼓瑟鼓琴。鼓瑟鼓琴，和乐且湛。我有旨酒，以燕乐嘉宾之心。

诗中充满了和睦亲密之情。其作用不用说是为了在贵族阶层中建立亲密关系。这个乐章用之于燕享之礼，则亦可以联络王室与诸侯之间的感情。又如《四牡》，全诗大旨是抒写勤于王事，无暇顾及个人与家庭之人的情感，十分真挚动人。《诗序》以为是"劳使臣之来也"，应该是合理的解释。此诗用于燕飨来朝觐的诸侯或诸侯使者极为恰当，用之于燕飨朝臣亦可收到使其感恩戴德之效。再如《皇皇者华》，《诗序》以为是"君遣使臣也"，也完全符合燕享之礼强化上下感情的意义。

这样，从《周颂》到《大雅》再到《小雅》，诗的意识形态功能贯穿了当时贵族文化生活的各个方面。钱穆先生尝设想当时情形：天下

---

① 参见杨宽《西周史》第三编第五章（上海，上海人民出版社，1999）和徐复观《两汉思想史》第一卷第一章（上海，华东师范大学出版社，2001）。

诸侯之朝王室，先至宗庙，歌《清庙》；后至朝会，歌《文王》；在于燕飨，歌《鹿鸣》，并得出结论说：

> 故必知《鹿鸣》之为《小雅》始，其事乃与《清庙》为《颂》始、《文王》为《大雅》始之义，相通互足，而成为一时之大政。而后周公在当时制礼作乐之真义乃始显。①

总之，诗乐对于西周的贵族阶层来说所具有的重要意义，远非从后世之于诗歌的理解角度能够窥见。钱穆先生将诗乐的使用视为周人"一时之大政"，实为有见之言。周公等人就是这样通过营构看上去纯粹无关宏旨的礼仪形式，来实现其伟大的政治目的，这样的手段可以说高明至极。周公等人所未想到的是：这样的文化建设对于后世近三千年的中国历史发生了至关重要的影响——确定了中国文化的基本价值倾向，规定了中国历代政治制度和政治措施的基本特色，塑造了中国人的基本文化性格，套用古人的话说：其功大矣！蔑以加矣！

二、文化历史语境的变化与诗歌功能的转变

西周初期为了意识形态的需要创制的那些《颂》诗及部分大小《雅》之作，一旦成为乐章而且成为礼仪制度的组成部分，它们也就获得了某种稳定性——在相当长的时期内这些乐章及其功能不会改变。这也许就是班固所谓"成康没而颂声寝"的真正含义。后世诸王，倘不对礼乐制度做大的改革，就必定会沿用那些周初创制的乐章。如此久而久之，这些乐章原来被赋予的意识形态功能也就渐渐淡化，直至消失了。事实上，到了西周中叶，即昭、穆二王之后，周人的统治早已深入人心，获得了牢不可破的合法性，也不再需要用诗歌的言说方式来强化这种合法性了。班固说"成康没而颂声寝"，郑玄《诗谱序》在"及成王、周公致太平，制礼作乐，而有颂声兴焉，盛之至也"之后即言"后王稍更陵迟，懿王……"自成王乃至懿、夷二王之间，康、

---

① 钱穆：《读〈诗经〉》，见《中国学术思想史论丛》（一），108 页，台北，台湾东大图书有限公司，1976。

昭、穆、共四王概无言及，这是什么原因？恐怕正是这个时期的一百
多年间在诗乐方面没有大的制作之故。① 此期诗歌的具体功用或许会
有改变，例如，原用于祭祀大典的乐章移为他用等。但诗歌总体的意
识形态功能除了渐渐消失之外没有任何改变。那么具有新功能的诗歌
是如何产生的呢？实际上《毛诗序》的作者和郑玄都是有历史眼光的
人，他们已经很清楚地指出了社会政治的变化对于诗歌功能转变的决
定性影响。可惜的是清代以来一些学者，特别是"古史辨"派将《诗
序》和《郑谱》的观点完全否定，使这个问题变得更加复杂难辨了。
看他们的论述，主要是对于《诗序》与《诗谱序》的"美刺""正变"
说难以理解，特别是对于按照时代的顺序划分"正变"的观点不能接
受。例如，顾颉刚先生说：

> 汉儒愚笨到了极点，以为"政治盛衰""道德优劣""时代早
> 晚""诗篇先后"这四件事情是完全一致的。②

因此顾先生认为"正变"之说是绝对不能成立的。这种观点影响巨大，
基本上为学术界所认同。例如，何定生先生的观点就很有代表性：

> 毛诗最讲不通处，就是以诗的世次来定"正变"的标准。他
> 们硬性规定成王以前者为"正诗"，懿王以后者为"变诗"。但奇
> 怪的是，为什么"正诗"都集中在文王到成王的七八十年间，而
> 康昭以后以至共王一百多年，便连一篇都没有，成为诗经的真空
> 时代？康、昭时代没有一篇"正诗"已属可怪，为什么穆、共六
> 十余年间也连一篇"变诗"都没有，而必等到懿王才开始"变诗"
> 的时代呢？但就这一点，即足以证明毛诗用世次来分别"正变"

---

① 最近亦有论者认为《周颂》之《闵予小子》《访落》《敬之》《小毖》四首
乃专为穆王继位仪式而作。（参见马银琴：《西周穆王时代的仪式乐歌》，见赵敏
俐：《中国诗歌研究》第一辑，3～28 页，北京，中华书局，2002）我以为，此期
或许会有个别诗歌的创作，为时王对父祖进行祭祀时用之，但不可能有大规模的
诗歌创作。郑玄并非随意言之的。

② 顾颉刚：《论诗经所录全为乐歌》，见《古史辨》第三册，654 页，上海，
上海古籍出版社，1982。

之不合理了。因为三百篇即使可以用"正变"来分类，也只是个案的分类，决不能用世次来硬性划分，一硬性划分，便显然有主观的作用，不符事实了。①

何定生先生在这里提出的理由看上去似乎是无可辩驳的，实则不然。用"正变"来为"诗三百"分类是有主观性的，正如任何分类、任何命名都必然有主观性一样。但按世次分诗之"正变"则是唯一合理的选择。首先，不能将"正变"与"美刺"完全对应而论之。《诗序》《毛传》《郑笺》《郑谱》都没有说"变诗"中绝对没有"美诗"。而且《小大雅谱》明确指出："大雅《民劳》、小雅《六月》之后，皆谓之变雅，美恶各以其时，亦显善惩过，正之次也。"这说明"正变"之分并不取决于"美刺"。对于"变诗"中有不少"美"诗这样的事实任谁都无可否认，何况《豳风》的确大都是歌颂周公的呢！其次，康、昭以后百余年没有诗并不可怪，因为这个时期因循武成礼制，无须增删，或者说此期诗歌作为正乐之乐章的功能没有改变。既然在礼乐仪式中一切都按部就班、各依其序，没有大的政治原因，当然是用不着、也不允许更改的。最主要的是，对于乐章创作者来说根本就没有改变的冲动或激情。穆、共期间没有一首变诗也是同样的道理。冲动也是需要积累的。最后，正如皮锡瑞所说，后世论者难免用今天的眼光看古人。从功能的角度看，西周时代的所谓"诗"与后世眼中的"诗"根本就不是同一类的东西，须知它是礼乐制度的一个组成部分，而不是用来抒写个人的闲情逸致或愤懑不平的！制度岂可随意变动？制度创立之初，周公等人根据先在的文化资源选择了"诗"这种言说形式或书写形式与"乐"一同成为礼制的组成部分，形成"诗"创作的一个集中时期。此期一过，"诗"就不再是一种"活的"言说形式了。它何时重新获得活力而进入人们现实的政治文化空间，则有赖于历史需求的召唤。所以最后，"正变"其实正是对诗歌应时代需求而起伏这一情形的准确把握——"正诗"代表周初创制或采集的进入了礼乐制度系统中的那些作品；"变诗"则代表那些后来因为制度的变化而获得全新

① 何定生：《诗经今论》，251 页，台北，台湾商务印书馆，1968。

的功能的作品。

"变风变雅"的说法是汉儒提出来的。《毛诗序》和郑玄《诗谱序》都是说所谓"变风变雅"是周室衰微、王纲解纽时代的产物。按郑玄的划分，《风》诗除《周南》《召南》之外皆为"变风"；《大雅》自《民劳》之后，《小雅》自《六月》之后皆为"变雅"。这里有一个问题应予注意。看《诗谱序》与《毛诗序》的说法，风雅正变之分的标准是时代的盛衰，太平盛世的诗是"正风正雅"，混乱衰微之世的诗是"变风变雅"。然而如何分辨一首诗究竟产于何时呢？譬如《周南》《召南》，《毛传》《郑笺》均以为是西周初文王时代的作品，所以认为是"正风"，但是后代学者根据诗的内容和文辞技巧研究发现，其中不少作品是西周末年甚至东迁之后的作品。① 现代学者多认同这种观点。陆侃如、冯沅君著《诗史》经过考证后指出："由此可知《二南》中不但没有一篇可以证明是文王时诗，并且没有一篇可以证明是西周时诗。同时，时代可以推定的几篇却全是东周时的作品。"② 这样一来，《毛诗》《郑笺》的正变之分似乎也就失去了切实的根据。对于这一情况可以这样来理解：《二南》之诗或许并非文王时的作品，但是其被采集入乐的时间应该较之其他"十三国风"为早，并被王室乐师纳入礼乐系统之中。这类诗虽然不可能像《颂》和"正雅"那样成为重大祭祀礼仪的乐章，但是却可以成为正式的"乡乐""燕乐"或"房中之乐"，从而获得"正"的地位。例如，据《仪礼》的记载，"乡饮酒礼"就有以"二南"之诗为乐章的乐次。其他"十三国风"的作品尽管也均被入乐，但都是用于"无算乐"的散乐，并无固定的用途，故而只能算是"变风"。这样"正变"的划分还是依据诗歌功能的历史演变而做出的。

顾炎武有一段曾引起很大争议的话很值得注意，其云：

> 《钟鼓》之诗曰："以雅以南。"子曰："雅、颂各得其所。"夫二南也，豳之《七月》也，小雅正十六篇，大雅正十八篇，颂也，

---

① 参见清人崔述《读风偶识》、魏源《古诗微》等。
② 陆侃如、冯沅君：《中国诗史》，69页，济南，山东大学出版社，1996。

诗之入乐者也。邶以下十二国之附于二南之后，而谓之风；《鸱鸮》以下六篇之附于豳，而亦谓之豳；《六月》以下五十八篇之附于小雅，《民劳》以下十三篇之附于大雅，而谓之"变雅"：《诗》之不入乐者也。①

这也就是说，"诗三百"并非全部入乐，入乐者谓之"正"诗，不入乐者谓之"变"诗。全祖望则反驳说：

> 古未有诗而不入乐者。特宗庙、朝廷、祭祀、燕享不用，而其属于乐府，则奏之以观民风，是亦乐也。是以吴札请观于周乐，而列国之风并奏，不谓之乐而何？古者四夷之乐尚陈于天子之庭，况列国之风乎？亭林于是乎失言。况变风亦概而言之，卫风之《淇奥》，郑风之《缁衣》，齐风之《鸡鸣》，秦风之"同袍""同泽"，其中未尝无正声，是又不可不知也。②

这两种见解虽然都缺乏切实的根据，很难说孰是孰非，但倘若综合二家之说，则可以得出这样一个结论："正"诗都是入乐的，这一点没有疑问。"变风变雅"则即使入乐，其功能也与"正"诗有很大的区别，它们不是那种用于祭祀、朝会、宴饮的仪式化的或者正式的乐舞歌辞，而是另有他用的。关于诗的用途朱熹尝言："二南正风，房中之乐也，乡乐也。二雅之正雅，朝廷之乐也。商、周之颂，宗庙之乐也。至变雅则衰，周卿士之作，以言时政之得失。而邶、鄘以下，则太师所陈，以观民风者耳，非宗庙、燕享之所用也。"③ 观朱熹之言，则《颂》与"正风""正雅"都是入乐的，是固定化或仪式化的歌辞，它们之间的区别主要在于所用之场合不同；而"变风变雅"与"正"诗的区别在于它们均不是正式的礼仪乐章，至于是否是"大师所陈，以观民风"

---

① （清）顾炎武著，（清）黄汝成集释：《日知录集释》，78 页，长沙，岳麓书社，1994。

② （清）顾炎武著，（清）黄汝成集释：《日知录集释》，78～79 页，长沙，岳麓书社，1994。

③ （清）顾炎武著，（清）黄汝成集释：《日知录集释》，79 页，长沙，岳麓书社，1994。

的，就是另外一个问题了。顾炎武还有一个创见，认为诗不应分风、雅、颂三类，而应分南、豳、雅、颂，其他十二国风则为附录。① 梁启超在《诗经解题》中则将诗分为南、风、雅、颂四类，似是受到亭林的影响。他总结此四类诗的用途时说："略以后世之体比附之，则风为民谣，南、雅皆为乐府歌辞，颂则剧本也。"② 梁启超认为"风"即"讽"，是"不歌而诵"的诗；"雅"即"正"，是周代通行的"正乐"；"颂"即"容"（舞容），是诗、乐、舞三者合一的乐舞歌辞。这种说法同样是从功能上看"正""变"之异同的。

不论上述诸家之说存在着怎样的缺陷，我们认为其总体上揭示出《诗经》作品在编排上体现出的基本分类原则。这说明"正变"之说并非汉朝人毫无根据的杜撰，而是根据诗歌在长期使用过程中表现出来的功能差异而做出的合理分类。在这个问题上钱穆先生也提出了很好的见解：

> 窃谓诗之正变，若就诗体言，则美者其正而刺者其变，然就诗之年代先后言，则凡诗之在前者皆正，而继起在后者皆变。诗之先起，本为颂美先德，故美者诗之正也。及其后，时移世易，诗之所为作者变，而刺多于颂，故曰诗之变，而虽其时颂美之诗，亦列变中也。故所谓诗之正变者，乃指诗之产生及其编制之年代先后言。凡西周成康以前之诗皆正，其时则有美无刺；厉、宣以下继起之诗皆谓之变，其时则刺多于美云尔。③

这是我所见过的古今关于"正变"之说最为公允、合理的解释。毛、郑此说将诗的创作与时代联系起来，其合理性是不容置疑的。诗的最初制作、使用都是为了强化周人统治的合法性，是意识形态话语建构，理所当然是有美而无刺。这样的诗作为乐章长期使用于各种礼仪活动

---

① （清）顾炎武著，（清）黄汝成集释：《日知录集释》，80 页，长沙，岳麓书社，1994。

② 转引自蒋伯潜、蒋祖怡：《经与经学》，63 页，北京，九州出版社，2011。

③ 钱穆：《读〈诗经〉》，见《中国学术思想史论丛》（一），120 页，台北，台湾东大图书有限公司，1976。

之中，久而久之，成为惯例，成为定制，这就是所谓"正"。后来产生或采集来的怨刺之作与原有之诗在创作目的、内容乃至运用上都有很大分别，乃诗之变体，故谓之"变"。

那么这种变化是如何发生的呢？

正如西周初期诗歌的产生和运用是时代政治需要使然一样，后来诗歌功能的变化也同样是适应新的政治需要的结果。周公主持制定的封建宗法制以及相应的礼乐制度，的确起到了稳定社会政治秩序与价值秩序的重要作用，其结果便是成、康、昭、穆百余年间的繁荣稳定。史载："成康之世，天下安宁，刑措四十年不用。"[①] 但是权力的诱惑毕竟非诸侯们可以长期抵御得住的，对于权力可以成为为个人谋利益的任何社会制度来说，它都永远是一种致命的不稳定因素。西周以血亲为纽带的封建宗法制，再加上严格的礼仪制度的强化，似乎形成了一套严密、系统、无懈可击的政治架构，一切权力的运用、分配、交接都有清晰的规定，因而可以按部就班地进行，但是事实上却并非如此。下列情形的出现均可视为西周政治制度松动的征兆：

> 晋侯作宫而美，康王使让之。(《竹书纪年》)
>
> 十九年，天大曀，雉兔皆震，丧六师于汉。(《竹书纪年》)
>
> 昭王末年，夜清，五色光贯紫微。其年王南巡不反。(《竹书纪年》)
>
> (炀公) 六年卒，子幽公宰立。幽公十四年，幽公弟溃杀幽公而自立，是为魏公。(《史记·鲁周公世家》)
>
> 昭王之时，王道微缺。昭王南巡狩不返，卒于江上。(《史记·周本纪》)
>
> 诸侯有不睦者，甫侯言于王，作修刑辟。(《史记·周本纪》)

晋侯作宫室而美，定为越制之举，否则康王不会派人去责备他。这说明早在康王之时，在诸侯中不符合礼制的行为就已经存在了。昭王时代应是西周由盛而衰的转折期，也是礼乐制度由稳固走向松动的转折

---

① 朱右曾辑，王国维校补：《古本竹书纪年辑校》，12 页，沈阳，辽宁教育出版社，1997。

期。昭王"丧六师于汉"以及"南巡不返"可以说是西周自武王以来最为重大的挫折。这样一个重大事件最大的负面效应，乃是动摇了周王室在百余年间确立起来的神圣地位，当然也动摇了周王室对于诸侯的权威性。于是才会出现鲁国幽公弟杀幽公自立这样耸人听闻的事件。周王室对这个事件是怎样的态度，于史无征，但杀兄的魏公并没有受到谴责，更没有受到应有的征伐，这表示周王室对他的篡位是默认了。这种情形说明王室之于诸侯已经有些尾大不掉。所以《史记》说昭王之时"王道微缺"是有史实根据的。"诸侯有不睦者"是说穆王时的事情。按照"礼乐征伐自天子出"的周代制度，诸侯之间的矛盾一律由王室出面解决。此时为了解决诸侯之间的矛盾而专门制定了一套刑法，可见这种"不睦"已经是十分严重的普遍现象了。这也说明王室对诸侯的控制力大打折扣。这种现象到了懿、夷二王时又愈加严重。《诗谱序》说：

> 后王稍更陵迟，懿王始受谮烹齐哀公，夷身失礼之后，邶不尊贤。自是而下，厉也，幽也，政教犹衰，周室大坏。

关于烹齐哀公一事，史书都有记载，但稍有不同。《古本竹书纪年》言夷王"三年，王致诸侯，烹齐哀公于鼎。"① 没有说原因，而且记到夷王头上。《公羊传·庄公四年》说："哀公烹乎周，纪侯谮之。"② 讲了原因，却没有指明是懿王还是夷王。《史记·周本纪》不记其事。《史记·齐世家》则记载："哀公时，纪侯谮之周，周烹哀公而立其弟静，是为胡公。胡公徙都薄姑，而当周夷王之时。"记事更详，但同样没有说明谁为烹人者。从这里的叙事语气可以看出，这位烹齐哀公的人有可能是夷王，也有可能是夷王之前的孝王，当然还有可能是孝王前的懿王。上引郑玄是明确指出为懿王所为。总之是懿、夷二王之间发生的事情。这件事情说明，周王室已经依靠残暴刑罚杀戮来维持其权威了，这与周初诸王时时提醒自己极力避免的殷纣之所为很是接近了。

① 朱右曾辑，王国维校补：《古本竹书纪年辑校》，15 页，沈阳，辽宁教育出版社，1997。
② 《新刊四书五经·春秋三传》，95 页，北京，中国书店，1994。

所以可以说从这个时期开始，西周逐渐走向衰败。于是"礼崩乐坏"
的迹象也开始显露：

> 觐礼，天子不下堂而见诸侯。下堂而见诸侯，天子之失礼也。
> 由夷王以下。(《礼记·郊特牲》)
> 顷侯厚赂周夷王，夷王命为卫侯。(《史记·卫世家》)

夷王为何下堂而见诸侯？不得而知，总之是失礼之举。卫君本为伯爵，
居然可以因贿赂而升为侯爵，可见夷王自己对祖先传下来的礼制已然
不放在眼里了。以"德治"为基本精神的礼乐制度本来是要人们自觉
信奉的，倘若人们失去了对它的神圣性、权威性的自觉认同，这种制
度的约束力也就不存在了。礼乐制度是一个严密的规范系统，只要有
一个环节被破坏，就会迅速发生连锁反应。西周后期的情形正是如此。
又因为西周的政治制度与价值观念体系是融为一体的，因而制度的破
坏也就意味着价值观念体系的破坏，于是西周这个庞大的封建宗法制
社会就必不可免地陷于混乱之中。

正是在这种历史语境中，诗人开始"作刺"了：

> 懿王之时，王室遂衰，诗人作刺。(《史记·周本纪》)
> 当周夷王之时，王室微，诸侯或不朝，相伐。(《史记·楚世
> 家》)
> 周道始缺，怨刺之诗起。(《汉书·礼乐志》)
> 至于王道衰，礼义废，政教失，国异政，家殊俗，而变风、
> 变雅作矣。(《毛诗序》)
> 后王稍更陵迟，懿王始受谮烹齐哀公。夷身失礼之后，邶不
> 尊贤。自是而下，厉也，幽也，政教犹衰，周室大坏。《十月之
> 交》《民劳》《板》《荡》，勃而俱作。众国纷然，怨刺相寻。(《诗
> 谱序》)

我们没有理由不相信这些记载。但是我们可以追问：尽管懿王以降，
周室由衰微而至于大坏是历史的实际，但是这也并不是产生怨刺之诗
的充分条件。人们表达不满与愤怒的方式多得很，为什么大家不约而

同地采取诗的方式呢？对于这个问题我们还是要从诗之功能演变的角度来回答。从文化史的角度看，一个时期有一个时期特定的言说方式。人们为什么选择这种方式而不选择另外的方式，首先取决于先在的文化资源——人们总是在前人提供的言说方式的基础上来言说的。对于西周后期那些拥有言说能力的人来说，"诗"无疑是他们最方便、最有效的言说方式。何以见得呢？这与周人的文化教育直接相关。还是让我们先来看史料。

> 以乡三物教万民，而宾兴之。一曰六德：知、仁、圣、义、忠、和。二曰六行：孝、友、睦、姻、任、恤，三曰六艺：礼、乐、射、御、书、数。（《周礼·大司徒》）

> 大司乐，掌成均之法，以治建国之学政，而合国之子弟焉。凡有道者有德者使教焉，死则以为乐祖，祭于瞽宗，以乐德教国子：中、和、祗、庸、孝、友，以乐语教国子：兴、道、讽、颂、言、语，以乐舞教国子……以致鬼神示，以和邦国，以谐万民，以安宾客，以说远人，以作动物。（《周礼·大司乐》）

> 乐正崇四术，立四教，顺先王《诗》《书》《礼》《乐》以造士。春秋教以《礼》《乐》，冬夏教以《诗》《书》。（《礼记·王制》）

> 大学之教也，时教必有正业，退息必有居学。不学操缦，不能安弦；不学博依，不能安诗；不学杂服，不能安礼；不兴其艺，不能乐学。（礼记·学记）

> 十有三年，学乐，诵诗，舞《勺》，成童舞《象》，学射御。（《礼记·内则》）

> 叔时曰："教之春秋，而为之耸善而抑恶焉，以戒劝其心；教之世，而为之昭明德而废幽昏焉，以休惧其动；教之诗，而为之

道广显德，以耀明其志；教之礼，使知上下之则；教之乐，以疏
其秽而镇其浮……（《国语·楚语上》）

从这些记载中可以看出，从西周至春秋时期的贵族教育是十分发达的。
这是必然之事，因为西周统治的政治架构是封建宗法制，而维系这种
政治架构的主要方式是礼乐文化和个体的道德自律。这样西周的文化
教育就具有直接的政治意义，教育作为一种最重要的"意识形态国家
机器"就是实现有效统治的最主要的方式。就其教育内容来说，礼、
乐、射、御、舞蹈等都是具体的仪式，具有物质性，在文字书写方面
则只有诗、书。而且这些都是十三岁入小学时就开始学习的主要内容。
这样教育的结果是每一个受教育者都多才多艺——精通音乐、舞蹈、
诗歌、政事、历史、射箭、驾车以及各种场合的全副礼仪。这是真正
的贵族教育，培养出的是具有高度文化修养的人才。这一切都是真的
吗？可以说丝毫不假。这一点我们从《左传》《国语》这类历来被认为
很可靠的史籍中就可以得到印证：春秋时期各国的卿大夫，包括军事
长官，哪一个不是文质彬彬的？即使敌国间打仗也显得极有规则，更
不用说外交场合的委婉辞令了。如果将春秋时期贵族们的行事方式、
言谈举止与战国时期那些鸡鸣狗盗、唯利是图者比较一下，真是有着
天壤之别！按说春秋与战国相接，风气之变也就是百十年的事情，变
化何以如此之快呢？关键在于春秋时期周王室虽然已经衰微，天下只
有在那些强大诸侯的号召下才能形成短暂的一致性，但是西周的那套
礼仪制度和教育制度并没有消失，特别是贵族阶层依然是社会的主导
力量，故而除了在礼仪的使用秩序上出现了紊乱情形之外，礼乐文化
尚没有消亡，在某些方面还有所发展。因此春秋时期贵族们的彬彬有
礼常常为后人称道。钱穆先生尝言：

大体言之，当时的贵族，对古代相传的宗教均已抱有一种开
明而合理的见解。因此他们对人生，亦有一个清晰而稳健的看法。
当时的国际间，虽则不断以兵戎相见，而大体上一般趋势，则均
重和平、守信义。外交上的文雅风流，更足表现当时一般贵族文
化上之修养与了解。即在战争中，犹能不失他们重人道、讲礼貌、

守信让之素养，而有时则成为一种当时独有的幽默。道义礼信，在当时的地位，显见超出于富强攻取之上……各国贵族阶层……他们识见之渊博，人格之完备，嘉言懿行，可资后代敬慕者，到处可见。春秋时代实可说是中国古代贵族文化已发达到一种极优美、极高明、极细腻雅致的时代。①

春秋时期贵族阶层已经走向没落，然在文化上还有如此的表现，由此可以想见西周鼎盛时期之贵族文化是何等灿烂辉煌。

诗歌在西周到春秋的贵族文化中具有不可或缺的重要地位。开始时在官方教育系统中传授诗歌的主要目的，毫无疑问是为了礼仪制度能够得到顺利的实行，因为诗与乐、舞相关联，是礼仪中不可缺少的组成部分。但同时也包含着道德的、政治的目的。这种教育的结果使得每一位受教育者都对那些进入官方文化系统的诗歌极为熟悉，甚至人人可以诵之于口。春秋时贵族们的随口引诗、赋诗就足以证明这一点。如此，则为人们利用诗这种独特的言说方式来表达意见提供了可能性。

也就是说，西周懿、夷二王之后日渐陵迟的历史语境为"诗人作刺"提供了社会需求和主观动机；西周以来的礼仪制度和教育所形成的贵族们人人熟知诗歌乐舞的文化语境为"诗人作刺"提供了言说方式上的可能性，于是以怨刺讽谏为主导的诗歌创作便蔚然成风。但是这里还有一个没有解决的问题：实际效果。包括日常生活的交往之内的任何一种言说都要有听者，否则就绝对不会获得普遍的形式。而且这种言说还需通过听者而产生一定的效应，否则也就难以持久存在。对于西周后期那些被称为"变风""变雅"的诗歌来说，这个有效性原则也是适合的。就是说，除了上述历史文化语境所提供的可能性之外，诗歌功能的根本性变化还肯定有某种契机作为动因。那么，什么因素充当了这种关键动因呢？我认为应该是采诗、献诗的官方行为。

我们前面已经谈到，关于采诗、献诗问题是清代以来《诗经》研究领域一直争论不休的话题之一。有些学者认为西周时代确有这样一

---

① 钱穆：《国史大纲》上册，71页，北京，商务印书馆，1996。

种制度，有的学者则认为是汉朝人的理想化说法，并没有实际存在过。对于采诗之说自清代以来多有疑者，其中最有代表性、质疑也最为有力的是清人崔述，他说：

> 旧说，周太史掌采列国之风。今自《邶》《鄘》以下十二国风，皆周太史巡行之所采也。余按：克商以后，下逮陈灵，近五百年。何以前三百年所采殊少，后二百年所采甚多？周之诸侯千八百国，何以独此九国有风可采，而其余皆无之？曰：孔子之所删也。曰：成康之世，治化大行，刑措不用，诸侯贤者必多；其民岂无称功颂德之词？何为尽删其盛，而独存其衰……且十二国风中，东迁以后之诗居其大半；而《春秋》之策，王人至鲁，虽微贱无不书者。何以绝不见有采风之使？乃至《左传》之广搜博采，而亦无之！则此言出于后人臆度无疑也。盖凡文章一道，美斯爱，爱斯传，乃天下之常理；故有作者，即有传者……不然两汉、六朝、唐、宋以来，并无采风太史，何以其诗亦传于后世也？①

崔述是清代著名学者，以善于怀疑古人成说著称，其《丰镐考信录》《洙泗考信录》等都是为人称道的好书。但是这里对"采诗"之说的怀疑却是站不住脚的。对于他的质疑我们可以做如下解说。

第一，关于采风前少后多的问题。现代以来的学界早已达成共识："二南"、《豳风》等许多旧说以为是西周之初的作品，其实大都是西周之末到春秋时期的作品。这样一来，可以认为是周初之作的风诗就屈指可数了。即使有之，也并非从民间采集而来，例如，《鸱鸮》《七月》之类。我们根据诗歌在西周时期的功能判断，周初乃至西周中期以前的确并不存在"采诗"之事。因为当时的封建宗法制度与礼乐制度极为严格，王室并不需要通过采诗观风这样的举措来了解什么。如果从周初即有采诗之制，那么即使五年从一国采得一首，那数百年间、数百国中也应有数万首之多了。唯一合理的解释是西周中叶之前并没有

———————————

① （清）崔述：《读风偶识》，34～35 页，北京，中华书局，1985。

采诗之制。但是这并不等于西周没有采诗之事。倘若无人采集,《国风》之诗遍于天下,是如何被集为一编的呢?由于风诗绝大多数都产生于西周之末和春秋前半期,所以我们有理由认为采诗的事情是发生在西周中叶之后。至于为什么采诗,大约有两个原因:一是确如汉儒所言,是为了观民风。昭、穆二王之后,周室渐衰,王室间有失礼之事,诸侯亦始有不敬之举,诸侯之间更是矛盾逐渐激烈,出现了擅自互相攻伐的情况。在这种情况下,王室为了加强控制,以维持王室的统治地位,于是想出采诗观风的办法,以此作为对诸侯采取褒奖与惩罚的依据,或者通过风谣了解诸侯的动向,客观上也是对诸侯们的一种监督与警示。但这只是一个可能性,看厉王、幽王之所为未必会有这样的政治胸襟。采诗的另外一个更加重要的原因则是王室和贵族们娱乐的需要。歌舞乐章尽管是作为非常庄严肃穆,甚至具有神圣性的礼仪的组成部分而进入官方文化系统的,但是它们从一开始就包含着审美的价值,这是不容置疑的——世界上任何一种宗教性的乐舞、绘画等艺术形式无不具有审美品性,宗教借助于艺术宣扬自身的同时,艺术也削弱了宗教性本身。① 如此,贵族们被礼仪的乐舞培养起来的审美需求自然会逐渐增强,难免对原有的、老旧的乐舞渐生厌烦,于是就希望有新的东西来满足审美的需要,这样就有了采风的事情发生——天南地北的声调各有不同,正好可以满足大家的口味。如此则诗是借了乐调的光才得以进入王室贵族文化之中的。

关于这一点,或许可以从"无算乐"的用途中看出来。在《仪礼》之《乡饮酒礼》《乡射礼》《燕礼》《大射仪》等篇,均有"无算爵""无算乐"之谓。郑玄注"无算爵"云:"算,数也。宾主燕饮,爵行

---

① 路德维希·费尔巴哈在《关于哲学改造的临时提纲》一文中谈到基督教艺术时指出:"基督教徒只有实际上否定了基督教神学,将女性的本质当作神圣的本质加以崇拜时,才走向诗歌,当基督教徒对宗教的本质进行想象时,当宗教的本质成为他们的意识对象时,他们就与他们的宗教的本质发生了矛盾,成为艺术家和诗人。"(见《费尔巴哈哲学著作选集》上卷,105 页,北京,商务印书馆,1984)这里费尔巴哈是要说明艺术与宗教本质上的对立,但也说明了即使是宗教艺术,也还是保留了艺术的品性。宗教试图利用艺术为自己服务时,实际上反而被艺术削弱了其宗教性。

无数，醉而止也。"注"无算乐"云："燕乐亦无数，或间或合，尽欢而止也。"（《仪礼注疏》卷四）盖于"乡饮酒礼""乡射礼""燕礼"等礼仪的正式节目中，饮酒次数与用乐数均有严格规定，不可有丝毫差错。但是在正式节目之后，则可以尽情饮酒、尽情用乐，此所谓"无算"。何定生先生认为"变风""变雅"之作基本上都是用之于这种"无算乐"的。其云：

> 且（燕礼和乡礼）于诸礼之中，用诗最多，犹以"无算乐"之用为最广泛而重要，包括了绝大多数小雅和几乎全部的国风诗篇。这是个相当重要的趋向。这个趋向可以说明周乐一面是由王乐的严肃而趋向于乡乐的轻松，另一面则三百篇之用，也由于正歌正乐而趋向于散歌散乐。①

所以他认为所谓"变风""变雅"就是指在作为乐章的使用上不同于以往那些"正歌""正乐"的作品。这是很有见地的说法。何先生所说的这种趋向应该是西周中叶之后才开始的，这也正是崔述所不解的采诗之"前少后多"的原因所在。用于纯粹的审美娱乐目的的诗乐除了所谓"无算乐"之外，《仪礼》又有"房中之乐"说。郑玄注云："弦歌周南、召南之诗而不用钟磬之节也。谓之'房中'者，后夫人之所讽喻以事君子。"（《仪礼注疏》卷六）清人阎若璩认为："今观之二南……信其为房中之乐。"②《毛传》亦认为《君子阳阳》等诗为"房中之乐"（《毛诗注疏》卷六）。可见《诗经》中确有许多作品是作为"房中之乐"来使用的。尽管古人以为这类诗歌也有规劝讽喻之用，但在我们看来，其主要用途亦与"无算乐"一样肯定是审美娱乐方面的。

那么这些用于审美娱乐需要的诗歌从何而来呢？大约一部分是命周王室直接控制地区的大夫、士人们专门制作的，而更多的则是命人到各国采来的。由此我们有理由认为，"采诗"其实并不是一种制度，而是根据需要临时采取的措施。很可能是王室为了保持尊严，将这种"采诗"行为神圣化，打出"采诗观风"的旗号。所以，采诗的事情肯

---

① 何定生：《诗经今论》，8 页，台北，台湾商务印书馆，1968。
② （清）阎若璩：《尚书古文疏证》，573 页，上海，上海古籍出版社，1987。

定发生过，但不大可能是周初就有的定制。关于这一点古人亦曾有所涉及，我们看下面一段话：

> 或曰：先儒多以周道衰，诗人本诸衽席而《关雎》作。故扬雄以周康之时《关雎》作为伤乱始。杜钦亦曰："佩玉晏鸣，《关雎》叹之。"说者以为古者后夫人鸡鸣佩玉，去君所。周康后不然，故诗人叹而伤之。此鲁说也，与毛异矣。但以"哀而不伤"之意推之，恐有此理也。曰：此不可知矣。但《仪礼》以《关雎》为乡乐，又为房中之乐，则是周公制作之时已有此诗矣。若如鲁说，则《仪礼》不得为周公之书。《仪礼》不为周公之书则周之盛时乃无乡乐燕饮、房中之乐，而必有待于后世之刺诗也。其不然也明矣。①

这种观点是从鲁诗的逻辑推出来的。宋儒坚信《仪礼》为古"礼经"，是周公所作无疑，故有此辩说。现代以来，学界对于《仪礼》的研究早已证明其为战国乃至西汉儒者根据留存的一些古代文献写定的，绝非周公所作。根据"采诗"及"变风""变雅"之原始功用的辨析，我们可以说：周公制礼作乐之时的确没有大规模使用"无算乐""房中之乐"的情况。这些乐歌乃是西周后期才广泛进入贵族们的文化生活的。"采诗"之举的产生与这种主要用之于审美娱乐的乐歌有直接的联系，是其主要动因。

第二，关于删盛存衰的问题。如前所述，周初那些作为乐章的诗歌都是定制的，即为了礼乐仪式的需要而专门做出来的，并非人们自发的歌功颂德之举。礼乐制度一旦确定，何礼用何乐都成定制，后世沿用即可，不必再有新的创制。所以《诗经》中的颂美之作主要是向着文王、武王和周公的也就不足为奇了。盛世之诗本来就少，衰世之诗本来就多，这是文化历史语境的变化所导致的诗歌功能之演变的结果，压根儿就不存在什么删盛存衰的问题。

第三，关于《左传》不载采诗之事的问题。有了上面的论述，这

---

① （宋）朱熹：《朱子全书》，第 1 册，356 页，上海，上海古籍出版社，2002。

个问题也就不难回答了：采诗从来不是一件重要的政治措施，而主要是为了王室贵族们的娱乐。而且这种事也从来都没有形成制度，只是偶一为之的事，所以采诗之事不入史官的视野也是极有可能的事情。尽管如此，在先秦典籍中还是可以看出有关的记载。

　　古有所谓"王官采诗"说，前人多不之信，原因主要是有关此说的记载都是汉代的。战国竹简《孔子诗论》的再世，有力地证明了汉儒说是有根据的。《诗论》第三简说："邦风其纳物也博，观人俗焉，大敛材焉。""邦风"可以"观人俗"，也就是典籍所记"采诗观风"的"观风"，而"王官采诗"的"王官"一义，则含在"大敛材"一语之中。"敛材"，马承源先生的考释是："指（收集）邦风佳作，实为采风。"①

对于"敛材"一语，王志平先生以为应读为"敛采"，就是"采诗观风"的意思。② 如果马承源、王志平、李山等人理解的不错，那么周人有采诗之事就更加确凿无疑了。只是儒家对此事的理解似乎带有理想主义色彩，正如他们对西周的许多事情的理解都带有理想化成分一样——他们常常把本来没有什么政治意义的事件叙述为饱含深意，这是儒家话语建构的基本策略之一，不足为怪。所以周王室的采诗未必真的是为了"观人俗焉"。

　　我们确定了采诗之事的实际面目以后，对于民歌民谣与政治色彩极浓的讽喻怨刺之诗几乎同时"勃尔俱作"就不会感到奇怪了。各地的民歌都有自己的特点，收集这些民间作品稍加改造，就可以成为具有不同风味的歌曲而供王室和贵族们欣赏。关于这一点，我不能同意许多著名学者如朱东润、钱穆以及时下一些论者否定《诗经》中有民间作品的观点。他们认为这三百零五篇诗歌都是贵族制作的，这是不符合实际的。《诗经》中有些活泼欢快的作品洋溢着民间气息，绝对不可能是贵族们闭门造车的产物。但我相信这类民歌收集到之后，在某

---

　　① 李山：《举贱民而蠲之》，见《诗经析读》，附二，海口，海南出版公司，2003。

　　② 《上博馆藏战国楚竹书研究》，211 页，上海，上海书店，2002。

些词语、韵律方面经过了贵族们的润色。这是"无算乐"和"房中之乐"的来源之一，当然也是《国风》的主要来源之一。这类从民间采集来的作品大体上可分为两大类：一类是本身毫无政治内涵，纯粹是天真烂漫的情歌或劳动之歌，如《静女》《桑中》《褰裳》《七月》之类，此类作品的创作完全是自发的，是"情动于中而形于言"的产物。另一类是各地百姓讽刺当地诸侯或官吏或者士人、大夫之间互相讥刺的，例如，《伐檀》《硕鼠》《新台》《相鼠》之类，这类作品的创作很可能正是受了王室采诗的激发才兴盛起来的。作诗者的目的是借采诗的机会向王室诉说自己的愤懑与不平。但是这些作品亦与其他民歌一样，均因其曲调而得以编辑、流传，周王室并不一定真的关心其辞旨，只是欣赏其乐调。

《诗经》中最令人困惑的是"变雅"中那些被《诗序》《郑笺》认为是讽刺周王的作品。例如，大雅中的《民劳》《板》《荡》《抑》《桑柔》等，小雅中的《祈父》《白驹》《黄鸟》《我行其野》《节南山》《正月》《十月之交》《雨无正》以下，不是刺宣王就是刺厉王、幽王。我并不否认这些作品都是满腔忧愤的宣泄，都含有讥刺和怨愤之情，但令人难以索解的是：这类作品何以能为王室所接受并比其音律，歌唱于大庭广众之下呢？难道是周王室虽已衰败，但如此宽容的胸襟却还在吗？我们看《国语·周语》中厉王那种"弭谤"的手段，是何等残忍！他如何能够忍受国人、士、大夫们用这样的诗来讽刺他呢？即使可以忍受，又如何将其收集编订、传诸后世，以遗万世之羞呢？故而我们只能说《诗序》《郑笺》将这些诗定为"变雅"，认为是"刺诗"大体上是没有问题的，但指实某诗刺某王的说法是没有根据的。这也正是历代怀疑毛、郑诗学的人所共有的观点。我的理解是，这类作品都是在王室的号召之下写出来的，在王室一面大约是为了补充"无算乐""房中之乐"之用，在作诗者的一面却是要借此机会表达自己的怨愤不平之情。于是我们就必然涉及"献诗"的问题了。关于这方面的主要记载如下：

《国语·周语上》载邵公语：

> 故天子听政，使公卿至于列士献诗，瞽献典，史献书，师箴，瞍赋……而后王斟酌焉，是以事行而不悖。

《国语·晋语六》载范文子语：

> 吾闻古之言王者，政德既成，又听于民。于是乎使工诵谏于朝，在列者献诗使勿兜……

《左传·昭公十二年》载子革与楚王语：

> 子革对曰："……昔穆王欲肆其心，周行天下，将皆必有车辙马迹焉。祭公谋父作《祈招》之诗，以正王心，王是以获没于祗宫。臣问其诗而不知也。若问远焉，其焉能知之？"王曰："子能乎？"对曰："能。其诗曰：'祈招之愔愔，式昭德音。思我王度，式如玉，式如金。形民之力，而无醉饱之心。'"

看这几条记载我们知道，献诗虽然不是厉王、幽王和春秋时实际存在的事情，但在以前的某个时期大约的确存在过。那么那些被毛诗认为是刺宣王、厉王、幽王的"变雅"之作究竟是何时之诗呢？

我们认为，这些诗篇中除了《六月》等几首描写征战的大致可以认为是宣王时所作之外，其他的基本上很难确定其产生的确切时代，也没有充分的理由认为它们就是讥刺谁人、赞美谁人。但有一点是可以肯定的：这些诗都是专门做了献上去的。[1] 其产生的时代则是西周中叶直至平王东迁前后。[2] 以往论者考察作诗的年代都将注意力集中

---

[1]　顾颉刚先生尝说："公卿列士的讽谏是特地做了献上去的，庶人的批评是给官吏打听到了告诵上去的。"又说"恐怕这种事（指献诗——引者）在春秋前很多，在春秋时就很少了……可见东周时这类的风气还没有歇绝。但这类的诗都在大小雅中，大小雅是王朝的诗，或者献诗诵谏的事是王朝所独有也未可知。《左传》既不注意王朝，自然没有这类的记载。"（见顾颉刚：《古史辨》第三册下，326～328页，北京，北京书局，1931）

[2]　李山认为"幽王及新立太子伯盘死后，西周朝廷并未随即灭亡，大臣虢公翰曾立余臣为继世周王，从而形成'二王并立'的历史局面。直到晋文公二十一年、携王在位十余年之后，这局面才告结束，平王方始东迁。十余年的时间虽然只是历史的一瞬，但对诗歌创作而言，却足以孕育一个独具色彩的文学时代。大、小《雅》中众多充满着哀怨与愤激情绪的政治抒情诗，就大多产生于这样一个十年期内。"（见李山：《诗经析读》，268页，海口，南海出版公司，2003）这是一个很大胆也很有新意的观点，可备参考。

在时代的政治状况以及由此引发的创作冲动上，这当然是不错的，但是这些还不是充分条件，因为倘若没有适当的文化语境，人们是不会用诗的方式来表达不平之情的。在我看来情况应该是这样的：从西周中叶开始出现了采诗之事，目的是用于王室和贵族们的"无算乐"或"房中之乐"等娱乐。伴随采诗活动的就是献诗，王室鼓励公卿列士献诗，用途与于民间采诗同。但是这些不但有文化素养而且有政治观点的卿大夫、士们并不甘心仅仅为王室提供娱乐之资，于是他们就借着这个献诗的机会来表达自己的政治态度，以及对现实的看法。于是就产生了这些"变雅"之作。因此这类作品中有写征伐的，如《六月》《采芑》等，有赞美天子的，如《吉日》《云汉》之类，但更多的却是表达哀怨、愤懑与讽刺之作。诗人们完全是按照自己的意愿做这些诗，是属于"情动于中而形于言"的，这与周初那些为了建构意识形态而作的"颂"诗及"正风""正雅"有着根本的不同。诗人发泄情感的目的当然是要引起当政者的注意，从而改变诗人自己的不利地位或境遇。但是这类诗实际上并没有起到这样的作用——它们被太师或史官们做了文字上的加工，又被乐工们谱了曲，然后便是表演于各种公共的或私人的场所，成为一种纯粹的艺术品了。

如此看来，《诗经》作品从颂诗、正风、正雅到变风、变雅的转变本质上乃是诗歌功能的转换——由正式礼仪中的"正歌""正乐"到礼仪之余的"散歌""散乐"的转换，而这种转换又引起了从代表集体意识或情感的定制之诗到表现个人情感的自由创作的转换，或者说是从作为礼仪制度之组成部分的乐章向私人化言说的转换。如果从言说的对象来看，则前者主要是由上而下的，即王室对包括诸侯在内的臣子百姓的教化；后者却主要是由下而上的，即国人、公卿大夫们对王室的讽谏。从意识形态意义的角度看，前者代表了国家主流话语，是纯粹官方性质的；后者代表了国民的普遍情绪，是民间性质的。这种转换当然依赖于社会政治状况的改变，即依赖于封建宗法制的松动与相应的礼制的逐渐毁坏，还要依赖于彼时发达的贵族教育与国民教育，使"诗"这种东西有可能成为一种特殊的言说方式。但是最直接的契机却是王室的采诗之举以及与此相关联的献诗之举。献诗乃是采诗的伴随物，周王室的初衷很可能是出于娱乐的目的，但结果却是引发了用诗来表达个人话语的热潮。由于诗无论如何是一种委婉的、迂回的言说方式，所以其蕴含的政治性被其形式淡化了，再加上动人心弦的乐调，听者就比较容易接受其中的政治含义而不至于反感，这也许就是《诗大序》所谓的"主文而谲谏"的功能了。这样一来，"变风""变雅"也就真的成为自下而上的沟通方式，真正是"言之者无罪，闻之者足以戒"了。

在这一节的最后我们还有必要对"谁在言说"这个话题做一些进一步的思考。从诗的文本来看，"变雅"的作者主要是公卿大夫是无疑的，对此可以不必置论。那么"变风"的作者主要是什么人呢？从相关的文献记载来看，"变风"的作者主要是"国人"。从《左传》《国语》等文献中我们可以知道，所谓"国人"实在是一个很有政治力量的阶层。他们似乎对国家事务十分关心，并且可以通过各种方式干预或参与政治决策。让我们看《左传》记载的几则事例。

《左传·僖公二十八年》：为了抗衡楚国，晋与齐在敛盂会盟，卫国也想参加，晋国不同意。卫侯一气之下决定与楚国结盟，结果遭到"国人"的反对，将卫侯赶走了。

《左传·文公十六年》：宋国的公子鲍对"国人"极为谦和有礼，饥荒时又拿出家中全部粮食来赈济他们，对于年纪在 70 岁以上的老人还有特别的馈赠，对于有才干的人则尤其殷勤有加。当时的国君昭公无道，"国人"就一起拥护公子鲍。结果昭公陷于孤立，最后被人杀死。

《左传·文公十八年》：莒纪公喜欢小儿子季佗，于是废了太子仆，还在国内做了许多荒诞悖礼之事。于是太子仆就依靠"国人"的支持杀了纪公，带了大量珠宝跑到鲁国去了。

《左传·成公十三年》：曹国的公子欣时很得民心，他对曹国国君成公不满，打算离开曹国到别的国家去，结果"国人"知道了这个消息，都要和他一起走。成公这才感到问题严重，向公子欣时和"国人"承认自己的过错，恳求他留下来。

从这些事例可以看出，春秋时期"国人"可以说是一个诸侯国的基本力量，谁得到他们的支持，谁就可以得到胜利。即使是国君，如果失去了"国人"的信任，也会失去统治的合法性。"国人"之所以有如此强大的力量，主要是因为他们实际上是一个诸侯国的支柱：他们是国家军队的主要来源，是国家经济的基础，而且还是社会舆论的主导者——他们绝对不是仅仅可以打仗和生产的劳动者。根据有关史料可知，"国人"中有一部分是受过教育的国民，因此他们对于《诗》《书》《礼》《乐》都很熟悉①。正是这后一点使得"国人"也能够成为那些政治讽刺诗的作者。他们常常用诗歌的方式来表达自己对时政的看法。《左传·隐公三年》载："卫庄公娶于齐东宫得臣之妹，曰庄姜，美而无子，卫人所为赋《硕人》也。"又《左传·文公六年》载："秦伯任好卒。以子车氏之三子奄息、仲行、鍼虎为殉，皆秦之良也。国人哀之，为之赋《黄鸟》。"那些"变风"之作，肯定有许多是这样的作品，只是史家无暇一一记载而已。我们看关于西周乃至春秋时期政治事件的记载，随处可见对于"民"的重视，在我看来这个"民"绝对不仅仅是一个空洞的概念，而是实有所指：就是那些可以发表意见并有实际的政治权利，特别是可以掌握舆论的"国人"。由于"国人"与诸侯国的整体利益休戚与共，所以都具有很强的爱国精神，对于那些危害国家利益的人和事他们都会以各种方式表达自己的不满，甚至采取暴力手段。除了偶然也有被上层贵族利用而卷入权力斗争的情形，"国人"基本上可以代表对于国家整体利益来说是"正义"的声音。由于"国人"中那些优秀分子或代表人物接受过正规教育，对西周以来的那套礼乐文化十分熟悉，所以他们就能够用诗歌这种特殊的言说方式来表达对君主、卿大夫以及国家大事的态度和意见。春秋时期国事纷乱、社会原有秩序受到冲击，"国人"的生活也动荡不安，于是激发

---

① 《礼记·王制》："乐正崇四术，立四教，顺先王《诗》《书》《礼》乐以造士。春秋教以《礼》《乐》，冬夏教以《诗》《书》。王大子，王子，群后之大子，卿大夫元士之适子，国之俊选，皆造焉。"所谓"国之俊选"即那些"国人"子弟中出类拔萃者。《周礼·大司徒》："以乡三物教万民而宾兴之，一曰六德……三曰六艺，礼、乐、射、御、书、数。"可见周人对"国人"的教育的确是十分重视的，这当然与其对礼乐制度的推行与维护直接相关。

起他们借诗歌来怨刺、讽谏的热情，这就形成了"变风"的勃兴。①
这种情形与两周之交贵族阶层的社会地位受到冲击，其至不少贵族沦
为平民，从而导致"变雅"之作的兴盛是同样的道理。可惜的是，这
些诗虽然被王室采集、编订并入乐，但是却绝对没有真正发挥箴谏规
劝的政治作用，其结果，从长远的文化史发展看，是为后世留下一部
记录了公元前六七百年时人们喜怒哀乐，并具有极高文学价值的伟大
作品，而从较近的社会文化状况看，则是为贵族阶层提供了一种文雅
的、身份性的独特言说方式——这在春秋时期的"赋诗"中得到了充
分的展示。

三、春秋"赋诗""引诗"的文化意蕴

《左传》《国语》里记载的那些春秋"赋诗""引诗"的史实真是令
人艳羡不已——"赋诗""引诗"者那种温文尔雅、彬彬有礼的风度与
含蓄委婉、高雅脱俗的言谈方式都是后世所没有的。但是为什么在那
个时候会出现这种"赋诗"和"引诗"的普遍现象呢？在这样的现象
背后隐含着怎样的文化和历史意蕴？这些都是从来没有得到过很好解
决的问题。下面我们就对这些问题做一些初步的思考。

关于赋诗。

据《左传》和《国语》等史籍记载，春秋时在重要的外交和交际
场合贵族们常常要以赋诗的形式表达自己的意思。

卫侯如晋，为晋侯所执。齐侯、郑伯连袂如晋为卫侯求情。
齐相国景子赋《蓼萧》，郑相子展赋《缁衣》。前者出自《小雅》，
本是诸侯赞颂周王之诗，这里借以赞扬晋君泽及诸侯；后者出自
《郑风》，本是写赠衣之事，这里取其"适子之馆兮，还予授子之
粲兮"之句，表示"不敢违远于晋"（据杜预注）之意。均与诗之
本意不相类。之后，晋侯数卫侯之罪，国景子又赋《辔之柔矣》，

①　这里主要针对"变风"中那些怨愤之作而言。至于那些描写情爱与劳作
的作品则很可能是民间长期流传的诗歌，其产生年代是不可知的。

子展赋《将仲子》。前者为逸诗,见于《周书》,"义取宽政以安诸侯,若柔辔以御刚马";后者出于《郑风》,"义取人言可畏"(均取杜预注)。于是晋侯放还卫侯。

《将仲子》乃是年轻女子拒绝情人纠缠之诗,有"人之多言,亦可畏也"之句,这里被用来劝诫晋侯,亦为纯粹的"断章取义"。这个例子说明,"赋诗"在春秋之时是一种非常有效的,在比较重要的场合方才采用的言说方式。

那么究竟如何赋诗呢?班固在《汉书·艺文志》中说:"不歌而诵谓之赋,登高能赋可以为大夫。"这是说赋诗是指朗诵诗之辞,并无乐曲,也不歌唱。我们看史书中记载的赋诗情形,这种"不歌而诵"的说法似乎是不错的。那么是谁来"诵"呢?当然应该是赋诗者本人。孔子的"不学《诗》,无以言"(《论语·季氏》)及"使于四方,不能专对"(《论语·子路》)之谓似乎可以证明这一点。但是对此后人有不同看法。顾颉刚先生说:

> 春秋时的"赋诗"等于现在的"点戏"。那时的贵族家里都有一班乐工……贵族宴客的时候,他们在旁边侍候着,贵族点赋什么诗。他们就唱起什么诗来。①

这里有两点不同于古人的理解:一是认为赋诗的主体实际上只是点出诗名,真正的"赋"者乃是旁边侍候的乐工们。二是说"赋诗"并不是"不歌而诵",而是要"歌"的。关于第一点似乎很难在史籍中找到证据,不知顾颉刚先生何所据而云然。尽管《左传》有主人令乐工歌诗和诵诗的例子②,但这并不能证明凡是赋诗都是请乐工来唱。关于第二点,大约顾先生的观点是比较合理的,这是有证据的。《国语·鲁语下》:

---

① 顾颉刚:《论〈诗经〉所录全为乐歌》,见《古史辨》第三册下,649页,上海,上海古籍出版社,1982。

② 《左传·襄公十四年》:"卫献公……使大师歌《巧言》之卒章。大师辞,师曹请为之。"《左传·襄公二十八年》:"叔孙穆子食庆封……使工为之诵《茅鸱》,亦不知。"

公父文伯之母欲室文伯，飨其宗老，而为赋《绿衣》之三章。老请守龟卜室之族。师亥闻之曰："善哉！男女之飨，不及宗臣；宗室之谋，不过宗人。谋而不犯，微而昭矣。诗所以合意，歌所以咏诗也。今诗以合室，歌以咏之，度于法矣。"

这里师亥说公父文伯之母的"赋《绿衣》之三章"是"歌以咏之"，可以说明"赋诗"即"歌诗"。"不歌而诵谓之赋"之说不能成立。但这里的"歌诗"又不能等于"乐歌"，因为"歌诗"大约是类似今日之"清唱"，是没有器乐伴奏的，或许接近于古人所说的"徒歌"。[①] 这也就是先秦史书都称之为"赋"而不直接称之为"歌"的原因。礼书中所说的"歌"或"间歌"云云都是指有管弦伴奏的歌唱。总之，所谓"赋诗"大约是交接应对之际主客双方吟唱诗歌来表达意思。这种吟唱并不一定完全同于一般意义的唱歌，也许只是拉长声音，略有一些曲调而已。赋诗的目的是并没有娱乐或者仪式之意义，完全是为了传达意思，故而孔子才会有"不学诗，无以言"的说法。

从《左传》《国语》等史籍所记载的"赋诗"情况来看，这种独特的言说方式主要有如下几个方面具体的交往功能。

第一，表达友好的意思。如歌颂、赞美、支持、友谊等，这类赋诗的作用是增进感情、强化关系。我们知道，《左传》记载的第一例赋诗的事件是僖公二十三年秦伯接待出奔的晋公子重耳时发生的：秦伯设宴招待重耳，重耳在宴会上赋《河水》一诗，秦伯赋《六月》相答。晋大夫赵衰赶紧请重耳降阶而拜，并说："君称所以佐天子者命重耳，重耳敢不拜？"这里重耳赋的那首《河水》，有人说是逸诗，也有人说是《沔水》之误。如从后者，则重耳赋这首诗所取义在其首二句："沔彼流水，朝宗于海。"其本义是诸侯朝见天子。这里以海喻秦，自比为水，当然是奉承秦伯之意。秦伯所赋的《六月》本是歌颂尹吉甫辅佐宣王征伐的，这里比喻重耳还晋定能振兴晋国，并能像尹吉甫那样辅

[①] 《毛传》："曲合乐曰歌，徒歌曰谣。"见（汉）毛公传，（汉）郑玄笺，（唐）孔颖达等正义：《毛诗正义》，207页，上海，上海古籍出版社，1990。

佐天子。这是十分隆重的祝福了，所以赵衰请重耳拜谢秦伯之赐。

文公三年，鲁文公到晋国与之结盟。晋侯设享礼款待文公，席间晋侯赋《青青者莪》。义取诗中"既见君子，乐且有仪"之句，表达真诚欢迎的意思。文公赋《假乐》，义取"假乐君子，显显令德。宜民宜人，受禄于天"，是表达衷心祝福的意思。这里所举的两个例子都是诸侯君主之间会见时的赋诗，这似乎是当时两君相见必有的节目。

第二，表达请求或建议的意思。文公七年晋国的先蔑要出使秦国，他的同僚荀林父劝他不要去，先蔑没有听从。于是荀林父赋《板》的第三章，先蔑还是没有接受他的劝告。《板》第三章："我虽异事，及尔同僚。我即尔谋，听我嚣嚣。我言维服，勿以为笑。先民有言，'询于刍荛'。"意思极为明显：希望对方听自己的劝告。

文公十四年冬，鲁文公由晋返鲁途经郑国。郑伯与之相见。宴饮之际，郑大夫子家赋《鸿雁》，取诗中"爰及矜人，哀此鳏寡"之义，隐含的意思是请求文公返回晋国，为郑国说情。鲁大夫季文子赋《四月》，取其"乱离瘼矣，爰其适归"句，借以表达离家已久，备受辛劳，希望早日回归的意思，这是对郑大夫之请求的委婉回绝。接着子家又赋《载驰》之四章表达小国有急，希望大国帮助之义。于是文子赋《采薇》第四章，取其"岂敢定居，一月三捷"句义，表示答应为郑国返回晋国说情。

襄公二十九年，鲁襄公到楚国访问，返回的路上听说季武子借口有人要叛乱而占据了卞这个地方，并派公冶向襄公报告。襄公心存疑虑，不想进入国都。于是随行的荣成伯就赋了《式微》这首诗，襄公才下定决心回到国都。这首诗中不过是有"式微式微，胡不归"之句，也就是表达应该回去的意思，但是用赋诗的方式说出，似乎就更有力量了。

这三个例子都是以赋诗的形式表达请求、建议的，第一个例子发生在同僚之间，说明春秋时的赋诗范围极广，并不仅限于聘问朝觐的外交场合。第二个例子则是用赋诗的方式解决重大外交问题最成功的事例之一，说明赋诗作为一种独特的外交辞令具有一般言说方式所无法比拟的作用。第三个例子是臣子向君主的建言，应该属于"谏"的范围。说明汉儒的"谏书"之论在先秦时期是有一定事实根据的。

第三，表达讽刺、警告或批评的意思。襄公十四年卫献公因失礼惹恼了卫大夫孙文子，文子出走到戚这个地方，派儿子孙蒯入朝请命。献公命太师唱《巧言》之卒章。此章有"彼何人斯？居河之麋，无拳无勇，职为乱阶"之句，献公借此喻孙文子意欲作乱。所以太师认为不妥，就推辞不唱。这时对献公一直怀恨在心的师曹（乐人）自告奋勇地要唱。献公同意他唱，而他却诵了一遍（按，这个师曹用心险恶，他应该是希望孙文子造反，又恐孙蒯不明白诗的讽刺义，所以才改唱为诵的）。

襄公二十七年，齐国执政的大夫庆封到鲁国聘问，鲁国大夫叔孙宴请他。席间庆封表现不够恭敬，于是叔孙就赋了《相鼠》，取其"相鼠有皮，人而无仪；人而无仪，不死何为"，这是极为明显，也极为尖刻的讥刺了，可怪的是庆封居然浑然不觉，可见此时某些贵族已经对诗书之类的典籍很生疏了。这也是"礼崩乐坏"的表现之一。襄公二十八年庆封再一次到鲁国，叔孙招待他时又请乐工诵《茅鸱》之诗（按，请乐工诵是为了让庆封听清楚词义）。这首诗是逸诗，据说是"刺不敬"[①]，庆封听了依然无动于衷。

襄公二十七年晋国大夫赵文子路过郑国，郑伯以享礼招待他，席间郑国大夫子展、伯有、子西、子产等七人相陪。赵文子请郑国七位大夫赋诗以观其志。其中伯有赋《鹑之奔奔》。这首诗本来是卫国人讽刺其君主的，其中有"人之无良，我以为君"之句，明显的是表达对自己国君的不满。所以宴会之后赵文子对同行的晋国大夫叔向说"伯有将为戮乎"。这位伯有早有不臣之心，故而借机讥刺其君。

这几个赋诗的例子说明春秋时君臣之间、外交场合都可以借赋诗来表达某种否定性的意见，诗于是成为打击对方的有力武器。

从以上分析中可以看出，春秋时期的赋诗活动完全不具有现代意义上的审美功能。由于"诗"在贵族社会中成了一种通行的、具有固定"交往意义"的话语系统，因而也就失去了它本来应该具有的个体

---

① （晋）杜预：《春秋经传集解》，1105 页，上海，上海古籍出版社，1988。

情感宣泄与审美体验的性质（就诗的发生而言，它应该具有这种性质，即使是"劳者歌其事、饥者歌其食"的"里巷歌谣"也是如此）。具有审美愉悦性质的诗歌创作与欣赏，是个体性精神活动，而贵族的"赋诗"却是纯粹的"公共活动"，二者判然有别。

明白了《诗》在社会交往领域的这种重要作用，我们就不会惊诧于后来的儒家何以会将先秦那些极为朴素、纯真，甚至有些"放荡"的诗歌当作神圣的经典了。从作为民歌（或作为贵族们祭祀仪式的乐章，或作为破落贵族的怨恨之作）的"诗"，到作为贵族交往话语的"诗"，再到作为儒家至高无上之经典的"诗"，这是一个"三级跳"的过程。作为贵族主要教育内容与交往话语的"诗"是对作为民歌的"诗"的"误读"（当然还有在收集、整理过程中的选择与修改），而作为儒家经典的"诗"又是对作为贵族交往话语的"诗"的"误读"——儒家，特别是汉儒在解诗上多有"发明"。

从以上所举数例不难看出，对于《左传》的时代而言，《诗》作为一种特殊的话语系统具有如下两个特点：

其一，与西周时期相比，诗的功能发生了重要变化。春秋时《诗》在贵族社会已成为人人熟悉的通行话语。据《周礼》《礼记》及其他史籍记载，在西周的贵族教育中，"诗"是主要内容之一。春秋之时王室虽已衰微，但各诸侯国大体上仍依周制。例如，孔子教授弟子的功课即从西周的教育演化而来。可见"诗"在当时不是作为创作与欣赏的特殊精神产品，而是作为一种贵族文化修养而获得价值的。在西周之时，诗本来是祭祀典礼等重要仪式中一种独特的言说方式，开始时是人向神的言说（告庙、告神明），后来演变为臣下向君主的言说（讽谏）。由于这些诗都是作为礼乐仪式的组成部分而得到保存的，所以在无数次的重复之后，诗歌本身也就渐渐失去了言说的意义而演化为一种纯粹的形式。作为仪式的一部分，诗的意义不在于其言辞中蕴含了什么，而在于它是仪式的一部分这一事实本身；也就是说诗歌不是作为言说而获得意义，而是作为修辞而获得意义的。即使那些鲜活灵动的民歌民谣一旦经过仪式化的过程也就失去了个性与生命活力，被仪式的沉重肃穆所同化。而在春秋之时，诗歌从庙堂仪式的组成部分演变为一种独特的外交辞令，这是诗歌功能的重要变化。从根本上而言，诗被俗世化了。诗作为在外交场合被普遍使用的工具，当然是以其原有的那种仪式的神圣性和权威性为前提的，但是一旦它成为工具，其神圣性就荡然无存了，其权威性也打了折扣。因为与诗歌相伴随的不再是庄严的乐舞，其所面对的不再是至高无上的天地之主宰与先祖的神明，而是政治层面的朋友或对手。于是诗歌就从高高在上的仪式跌落为实用性的委婉的言说。这种诗歌功能的变化所隐含的意义是：西周以来居于统治地位三百余年的官方意识形态开始崩溃了。原本铁板一块的宗法制社会结构出现了裂隙。原来作为"制度化的意识形态"而存在的诗歌变成了贵族们在各种场合表达意见的工具，这表明诗歌原来所依附的那种制度已经开始动摇了。

其二，"赋诗"是贵族文化最后的存留。钱穆先生曾盛赞春秋时期贵族文化的灿烂。主要原因之一正是这种外交场合的赋诗活动。他说："当时的国际间，虽则不断以兵戎相见，而大体上一般趋势，则均重和平，守信义。外交上的文雅风流，更足表现出当时一般贵族文化上之修养与了解。（当时往往有赋一首诗，写一封信，而解决了政治上之绝大纠纷问题者。《左传》所载列国交涉辞令之妙，更为后世艳称——自注）即在战争中，犹能不失他们重人道、讲礼貌、守信让之素养，而有时则成为一种当时独有的幽默。道义礼信，在当时的地位，显见超出富强攻取之上。（此乃春秋史与战国史绝然不同处——自注）《左传》对当时各国的国内政治，虽记载较少，而各国贵族之私生活之记载，则流传甚富。他们识解之渊博，人格之完备，嘉言懿行，可资后代敬慕者，到处可见。春秋时代，实可说是中国古代贵族文化已发展到一种极优美、极高尚、极细腻雅致的时代。"① 在这里钱先生对古人或许有过誉之处，《左传》的记载本身或许就已经有誉美之处，但是春秋时代贵族的行为方式与人生价值准则，与战国之后的人有极大的区别当是不容怀疑的事实。战国的政治家奉行实用主义策略，只看结果，不论手段，所以鸡鸣狗盗、朝秦暮楚之士每每得势。春秋时的政治家是

①　钱穆：《国史大纲》，上册，71页，北京，商务印书馆，1996。

真正的贵族，他们有所不为，有所必为，讲信义，重荣誉，有一套自觉恪守的行为准则。赋诗之举在后人看来是那样迂腐幼稚，但在当时却是真正的贵族精神的展现。在这个意义上说，孟子的"诗亡"之说实在具有重要的象征意味：它象征着贵族阶层的灭亡，此后作为中国古代社会统治者的，基本上都是流氓加政客式的人物了。

春秋赋诗这种独特文化现象的主要功能即如上述。面对这种现象人们难免要产生疑问：彼时的贵族们何以如此喜欢"掉书袋"呢？现在看来似乎是很迂腐，很幼稚，而其温文儒雅的风度又令人心向往之。我们从文化历史语境的阐释角度来审视这种现象大致可以得出如下几点结论。

第一，春秋赋诗是西周礼仪形式的遗留或变体。西周时是否有赋诗这回事呢？由于史料缺乏，现在已经找不到其存在与否的直接证据。但是我们从礼乐文化演变的内在逻辑来看，在西周初期，诗歌作为乐章乃是礼乐仪式的重要组成部分，不可能存在随意赋诗明志的事。但是随着诗歌功能的演变，在正式的礼仪节目之后的"无算乐"渐渐发展起来，并因此而导致了"变风""变雅"的勃兴，这恐怕才是春秋赋诗的主要来源。"无算乐"如何进行？当然不会是乐工自作主张随便演奏歌唱，而应该是宴享的参加者们随意指定的，也就是顾颉刚先生说的"点戏"。既然是出于个人意愿的行为，在所"点"之乐歌中就必然体现了个人的兴趣、爱好乃至某种意图，也许正是这个原因，这种最初出于娱乐目的而发展开来的"点戏"行为，在西周之末、春秋之时渐渐脱离宴享娱乐的范围，而演变为一种借诗歌之意来表达意见或情绪的方法了。"点戏"的形式也由乐工奏唱变为点戏者自己来"赋"了。由于受过同样教育的贵族们绝大多数都对那些诗歌文本极为熟悉，故而渐渐形成了一套"赋诗明志"的通则，即使赋诗者要表达的意思比较隐晦，听之者也一样可以迅即理解其意而不会出现误解。《左传》记载了六十余次赋诗活动，除了齐大夫庆封的茫然不知，以及卫国的宁武子、鲁国的穆叔曾因主人的赋诗不合礼制而不拜谢外，并无其他理解有误的情况。这说明在当时贵族生活的文化空间中，诗歌真的成了一种特殊的言说方式，成了人们彼此沟通的重要方式。

　　第二，赋诗之所以能够成为贵族生活中一种具有普遍性的言说方式，还在于诗歌原来所具有的那种庄严性、高贵性，恰好符合了贵族作为一个社会阶层的自我认同需求。我们曾经说过，西周的礼仪制度具有确定贵族身份的政治意义。贵族之所以是贵族，除了政治上、经济上的特权地位之外，还必须有着日常生活方式上的特殊性。就是说他的一言一行都要透出神圣与高贵，否则即使他在政治上、经济上高高在上，也会受到民众的蔑视——就像今天的老百姓看不起那些腰缠万贯却言谈乏味、举止粗俗的暴发户一样。贵族之为贵族必须有文化上、生活习俗上不同于常人而又为常人所认同、所羡慕的地方，必须是时代最高文化价值的承担者，否则他们就只能是暴发户或者已经堕落的旧贵族。周公的制礼作乐使西周的统治阶层成为真正的贵族，这个贵族阶层直到春秋中叶之前一直是社会主流文化的承担者。诗歌本来是礼乐文化的重要组成部分，即使它的功能发生了重要变化，从仪式化的歌舞乐章成了一种言说方式，但它依然具有某种神圣的色彩，正是这种神圣色彩使它作为言说方式依然可以成为贵族的身份性标志，也使贵族在用这种方式进行交流的过程中感到自己的高贵身份得到了确证。庆封之类的贵族因不懂得这种交往方式而受到轻蔑，就是因为他有损这种贵族的身份。因此赋诗只能是中国古代贵族文化发展到一个特定时期才会出现的现象，正如两晋、南朝的清谈只能是士族文化发展到一定时期的产物一样。

　　"诗"具有身份性标志的意义，同时也就在一定程度上决定着人们的身份。孔子说"不学《诗》，无以言"。朱熹解释说："事理通达，而心气和平，故能言。"① 这是宋儒的臆断之辞。联系《左传》所记载的种种"赋诗"史实，我们可以断定孔子此言与"诵《诗》三百，授之以政，不达；使于四方，不能专对；虽多，亦奚以为"② 文义相通，都是指在交际场合借助诗来表达自己的意思。"不歌而诵谓之赋，登高能赋可以为大夫"的说法至少意味着精通《诗》乃是承担重要政治职责的前提条件。这与前引孔子之言是一致的。何以会如此呢？这是因

---

① （宋）朱熹：《四书集注·论语集注》，253 页，长沙，岳麓书社，1987。
② （宋）朱熹：《四书集注·论语集注》，208 页，长沙，岳麓书社，1987。

为西周以来的官方学校都以诗教作为主要教育内容之一，因此精通《诗》就意味着受过良好教育。而受过良好教育、精通西周以来的文化则是一个诸侯国不可战胜的标志。班固在《汉书·艺文志》中说："古者诸侯卿大夫交接邻国，以微言相感，常揖让之时，必称诗以谕其志。盖以别贤不肖而观盛衰焉。"这里的"别贤不肖"和"观盛衰"主要不是从诗的内容来看，而是从赋诗者对诗的熟悉程度和借诗来表达意愿的准确程度来看的。如果一位大夫不能迅速领会别人赋诗的含义，或者不能恰当地赋诗来表达本人的意愿，就会被对方轻视。所以并不是说诗这种言说方式在表达自己的意愿方面有什么突出的优势，而是这种言说方式在当时的具体语境中，凑巧成为显示文化修养与实力的身份性标志。于是赋诗成为一种特殊的游戏规则，要进入贵族社会的游戏中就要遵守这种规则，就如同两晋的名士们见面时常常要说一些玄远深奥的话题以显示身份一样。

但是，"诗"作为贵族文化修养的主要内容之一而受到人们的高度重视，并不意味着它仅仅是贵族身份的标志。对于贵族阶层而言，"诗"的确具有极为具体的实用价值：在日常交往中，特别是在政治、军事、外交等场合，"诗"是表达意见、表明态度、传达信息的一种特有的方式。观《左传》等史籍引诗，尽管引者所要表达的意思与诗句本身固有的意义往往风马牛不相及，且极为隐晦难测，但听者却从不错会其意，而是立即就能准确地明白赋诗者所要表达的意念。这说明"诗"在当时的确是一种在贵族社会中具有普遍性的交往话语系统，每首诗，甚至每句诗都有某种不同于其原本意义，但又较为固定的"交往意义"。贵族教育和具体的文化语境赋予了"诗"这种特殊的交往功能。

第三，赋诗之所以成为那个时期具有普遍性的言说方式，还与诗歌所独有的含蓄、委婉特性有关。无论是请求别人，还是拒绝别人的请求，用赋诗来表达意思都比直接说出来得委婉一些。这样至少不会令对方觉得过于难堪。《诗大序》说风诗"主文而谲谏，言之者无罪，闻之者足以戒"，郑玄《六艺论》说诗可以对君主"诵其美而讥其过"，可以说准确地指出了诗歌含蓄地表情达意这一特征。用这种方式来

"美"，不能算是阿谀奉承；用这种方式来"刺"，也不能算是恶意诽谤。郑国的大夫伯有敢赋《鹑之奔奔》来讥刺自己的国君，也正是基于这种特殊言说方式所具有的委婉性。

从功能的历时性演变角度看，周代的诗歌经历了从祭祀乐歌、庆典礼仪之乐章，到"无算乐""房中之乐"等审美娱乐之乐歌，再到为表达愤懑不平情感而专门制作的政治性言说方式等阶段。在春秋时期，这些诗歌还渐渐获得一种新的功能——交往沟通的特殊方式，也就是普遍存在于两君相见、行人聘问、同侪交往等外交、"内交"场合的赋诗活动。这种现象历来为史学家、文化史家津津乐道，人们无不为春秋贵族们在交际场合表现出的那种温文尔雅、彬彬有礼的儒雅风度所倾倒。但是对这种现象的功能意义和文化意蕴却鲜有全面深入的发掘，这不能不说是一件可怪之事。我们即试图在这方面做一些努力，以期引起学界更深入的研究。

总之，春秋的赋诗是中国文化史乃至人类文化史上一件很独特的、有意味的现象，从中我们可以看出古代贵族阶层在生活方式、交往方式上的雅化追求。从文学史的角度看，这种赋诗现象也是文学作品在特定时期所具有的极为特殊的功能。可以说，这是古代诗歌由政治性的歌舞乐章向纯粹个人性的表情达意方式转换的一个中介。我们从后世文人雅士饮酒高会时的即席酬唱中，还可以看到古代贵族的风范。

关于引诗。

从《左传》《国语》和《战国策》的记载看，引诗与赋诗的区别在于：赋诗是为表达某种完整的意思而专门诵唱一首完整的诗，带有某种程式化色彩；引诗则是在言谈过程中为了加强言说的说服力或增强效果而随机引用诗句。赋诗的风气随着贵族阶层的消失而在战国时代渐趋消亡；引诗之风则不仅战国时期仍极为普遍，而且直到两汉时在士大夫们的正式言说中依然是随处可见的。正如赋诗常常能够起到意想不到效果一样，引诗也可以大大增强言说的说服力，从而达到自己的目的。这里我们可以随便举一个《左传》中记载的引诗之例：

> 楚子之为令尹也，为王旌以田。芋尹无宇断之，曰："一国两君，其谁堪之？"及即位，为章华之宫，纳亡人以实之，无宇之阍

入焉。无宇执之，有司弗与，曰："执人于王宫，其罪大矣。"执而谒诸王。王将饮酒。无宇辞曰："天子经略，诸侯正封，古之制也。封略之内，何非君土？食土之毛，谁非君臣？故《诗》曰：'普天之下，莫非王土；率土之滨，莫非王臣。'天有十日，人有十等，下所以事上，上所以共神也。故王臣公，公臣大夫，大夫臣士……"王曰："取而臣以往，盗有宠，未可得也。"遂赦之。①

由此可见引诗对于增强言说的有效性是非常重要的。除了《左传》等史书的记载，先秦儒家，如孔子、孟子、荀子等人在自己的言语或著述中也大量引诗，目的同样是借以证明自己言说的合理性从而增强说服力。联系具体历史语境，这里有两点值得注意。

第一，《左传》《国语》所记载的春秋时代贵族们引诗是一种普遍现象，凡是贵族，从诸侯君主到卿大夫，都有可能引诗。而在诸子之中却只有儒家大量引诗（墨家也有引诗，但远不如儒家那样多），而老庄为代表的道家，商鞅、韩非为代表的法家，孙子代表的兵家等均不引诗。这是何故呢？这说明在春秋之时，《诗》是贵族阶层的通行话语，熟稔诗歌乃是贵族的基本修养，是一种身份性标志。而在春秋末期开始的"子学时代"，《诗》成了一种可供选择的文化遗产——你可以选择它，也可以不选择它。所以有人将其视为金玉瑰宝，有人则对之不屑一顾。从更深一层来看，在贵族时代《诗》代表着一种统一的价值观念和意识形态，人们通过赋诗、引诗来表达意愿是以共同的评价尺度为依据的。而在子学时代，统一的价值观念和意识形态已然不复存在，人人都有自己的思想，意识形态多元化了，因此《诗》所代表的意识形态或许正是言说者否定的东西，他当然不会引诗来作为自己的论据了。儒家以恢复周礼为己任，将那伴随着贵族制度合法性的丧失也已经失去合法性的西周的礼乐文化视为最高价值准则，故而时时要引诗来证明自己的观点。《庄子·天下篇》指出："古之人其备乎！配神明，醇天地，育万物，和天下，泽及百姓，明于本数，系于末度，六通四辟，小大粗精，其运无乎不在。其明而在数度者，旧法世传之

---

① 《左传》，291~292 页，长沙，岳麓书社，1988。

史尚多有之。其在于《诗》《书》《礼》《乐》者，邹、鲁之士，搢绅先生，多能明之……其数散于天下而设于中国者，百家之学时或称而道之。"① 这里所说的"古之人"即使不完全是指西周之人，也必定包括他们在内，因为很显然这里所讲的，是具有一以贯之的价值观念的整体性意识形态，是理想化了的古代文明。在《天下篇》的作者看来，儒家所尊奉的西周礼乐文化只是这种古代文明的一部分而已。观此篇下文的"天下大乱，贤圣不明，道德不一，天下多得一察焉以自好。譬如耳目鼻口，皆有所明，不能相通"之论，是说包括儒家在内的诸子百家都不过拈取了古代文化的一个方面而已。也就是说，虽然诸子百家都是继承古代文明而来，但在此时已经成为仅得一孔之见的"一曲之士"了。总体来看，《天下篇》所见甚明，百家之学虽然纷纭复杂，但究其本都是从往代的文化分化而来。不过由于大家所取不同，创新程度有异，故而全然彼疆此界，扞格不入了。诸子对《诗》的不同态度度正说明这种价值观念的多元化格局业已形成。

第二，同为史书，《左传》《国语》记载的引诗与《战国策》记载的引诗有着重要的差异。现各举二例如下。

先看《国语》和《左传》的引诗二例，其一：晋公子重耳出逃至齐，齐桓公以女妻之，重耳有终齐之志，其从者子犯等人密谋挟持重耳离齐，被姜氏知晓。姜氏劝重耳听从从者意见离齐而谋国。其云："子必从之，不可以贰，贰无成命。《诗》云：'上帝临女，无贰尔心。'先王其知之矣，贰将可乎？子去晋难而极于此。自子之行，晋无宁岁，民无成君。天未丧晋，无异公子，有晋国者，非子而谁？子其勉之！上帝临子，贰必有咎。"重耳表示要终老于齐，姜氏又说："不然。《周诗》曰：'莘莘征夫，每怀靡及。'夙夜征行，不遑启处，犹惧无及。况其顺身纵欲怀安？西方之书有之曰：'怀与安，实疚大事。'《郑诗》云：'仲可怀也，人之多言，亦可畏也。'"② （前引见《大雅·大明》；次引为逸诗；后引见《郑风·将仲子》）其二：晋灵公不君。飞弹射人取乐，厨师炖熊掌而杀之。忠臣赵盾数谏不入，及见之，灵公先

_____

① （清）王先谦：《庄子集解》，287～288 页，北京，中华书局，1987。
② 《国语》，93 页，长沙，岳麓书社，1988。

言之:"吾知所过矣,将改之。"赵盾回答说:"人谁无过?过而能改,善莫大焉。诗曰:'靡不有初,鲜克有终。'夫如是,则能补过者鲜矣。君能有终,则社稷之固也,岂唯群臣赖之。又曰:'衮职有阙,惟仲山甫补之。'能补过也。君能补过,衮不废矣。"①(前引见《大雅·荡》;后引见《大雅·烝民》)

再看《战国策》引诗二例,其一:"温人之周,周不纳客。即对曰:'主人也。'问其巷而不知也,吏因囚之。君使人问之曰:'子非周人,而自谓非客,何也?'对曰:'臣少而诵《诗》,《诗》曰:"普天之下,莫非王土。率土之滨,莫非王臣。"今周君天下,则我天子之臣,而又为客哉?故曰"主人",君乃使吏出之。"② 其二:秦国有意伐楚,楚春申君黄歇使于秦说秦昭王曰:"《诗》云:'靡不有初,鲜克有终。'《易》曰:'狐濡其尾。'此言始之易、终之难也。何以知其然也?智氏见伐赵之利,而不知榆次之祸也;吴见伐齐之便,而不知干隧之败也。此二国者,非无大功也,设利于前,而易患于后也。吴之信越也,从而伐齐,既胜齐人于艾陵,还为越王禽于三江之浦……《诗》云:'大武远宅不涉。'从此观之,楚国,援也;邻国,敌也。《诗》云:'他人有心,予忖度之,跃跃毚兔,遇犬获之。'今王中道而信韩、魏之善王也,此正吴信越也!"③(此处引诗,第一见《小雅·北山》;第二见《大雅·荡》;第三为逸诗;第四见《小雅·巧言》)。

无可否认,无论是《国语》《左传》还是《战国策》,所引诗都是本着"断章取义"的原则来进行的。然而正是这样,我们才可以更加清楚地看到它们之间的重要差异。看《国语》《左传》引诗,姜氏所引三诗都旨在强调一种责任感,隐隐含有某种神圣的意味;赵盾所引旨在说明改过、补过的不易,从而指出唯其不易,故而弥足珍贵。二者虽然所指不同,但都是用诗来标举某种精神价值。就是说,《诗》之所以能够借以增加言说的说服力,是因为它负载着神圣的价值依据,具有不容怀疑的权威性。《战国策》引诗的情况就大不相同了。"温人"

① 《左传》,120 页,长沙,岳麓书社,1988。
② (汉)刘向:《战国策》,5 页,长沙,岳麓书社,1988。
③ (汉)刘向:《战国策》,57~58 页,长沙,岳麓书社,1988。

引《小雅·北山》之句，并非要强调周王室的权威，而纯粹是一种狡辩。其目的只有一个，就是确保自己不受责罚并为周所纳。楚人黄歇的引诗也同样没有任何道德或精神价值方面的含义，而只是想令秦王明白一件事：伐楚是愚蠢的，肯定会吃大亏。对于《战国策》中的引诗者来说，《诗》不是精神价值的资源，而是机巧权变的渊薮。

那么，这两种引诗的情况说明什么问题呢？这充分地说明了诗的功能的变化。在春秋时期，诗作为贵族社会独特的交往方式，是以诗所蕴含的价值为前提的。诗的价值不是某个人赋予的，甚至不是作诗者本人所赋予的，它是特定的政治状况以及由此所决定的文化空间的产物。从人神关系上的言说到君臣关系上的言说，再到贵族社会不同个人、不同集团之间，甚至不同诸侯国之间的言说，诗经历了由神圣性的话语向政治性话语，再向标志着身份、尊严与智慧的修辞性话语的演变过程。在这一过程中，诗的功能是在不断变化的，但是它始终指涉某种精神价值，是作为这种与贵族的生活方式密切相关的精神价值的"能指"而存在的。然而随着贵族社会的分崩离析，社会开始重新组织自己的秩序，诗所指涉的那种精神价值已经被当作愚蠢的象征时，诗的功能就进一步发生了根本性的变化：失去了价值内涵，成为一种纯粹的语言修辞术。引诗不再是张扬或标榜某种精神性的价值或意义，而是直接指向功利的目的。诗之所以还被引用，是由于文化惯习使得诗还残存着一点影响力，可以增强言说的效果。用韩非子的话来说，战国是"争于气力"的时代。那些游说诸侯、追逐富贵的纵横策士根本没有任何人生的价值准则，都是唯利是图之辈。他们也都是博古通今、满腹经纶，但没有用于道德和人生价值上的追求，而成了追求富贵，追求飞黄腾达的资本。所以春秋时期的贵族们引诗的"断章取义"是以"误读"的方式来赋予那些本来没有价值的诗以价值；战国的策士们的"断章取义"则是改变诗的原有之意而使之符合自己言说的需要。例如，"靡不有初，鲜克有终"这两句诗，本是讽刺周厉王暴虐昏聩，使周王室由盛而衰的。赵盾引之，是要说明人改过从善之难，而正因为难，故而更显得可贵这样一个道理；而在黄歇那里，则是要说明出于获得利益的目的而与他国结盟，结果却受到损失这样一个道理。着眼点大不相同。

诗的功能的这种变化，标志着诗作为具有神圣性、权威性、身份性的言说方式已经成为明日黄花。对于整个文化领域来说，贵族文化意义上的诗已经走向消亡。这也就是孟子"王者之迹熄而诗亡"的真正含义。"诗亡"绝不仅仅是一种文化现象而已，它是一种象征，暗含着社会结构的根本性变化，也标志着中国古代真正意义上的贵族阶层的永远消失。此后代替这个阶层而成为中国社会之中坚的，就是那个进而为官、退而为民，因而介乎于统治者与被统治者之间的士人阶层了。

从西周、春秋而至于战国，诗走过了由盛而衰的历程。但是在一个独特的文化空间之中，诗却始终受到尊崇而毫无衰微迹象，这就是儒家士人集团。春秋时已经被官方文化教育机构编定的《诗三百》在儒家士人构成的文化圈内被当作基本教科书来传授、研究和征引。随着儒家士人社会地位的提高，干预政治的能力的增强，《诗三百》也日益受到重视，到了汉武帝的时代，终于成为整个社会文化空间中的经典而重新获得权威性与神圣性。

中篇
儒学话语霸权形成原因
及儒家诗学的基本品格

第四章 中国古代士人乌托邦精神的原始生成

在下面的讨论中我们将解决这样几个问题：在春秋战国之际诗或其他文化形式得以产生、传播并为之提供评价系统的文化空间究竟发生了怎样的变化？诗的功能发生了什么样的改变？中国古代延绵数千年的"士人乌托邦精神"是如何产生的？

一、春秋战国之际文化空间的变化

如果说周公"制礼作乐"标志着周代贵族文化的形成，那么春秋战国之际的"礼崩乐坏"则标志着这种文化的衰落。西周那样灿烂完美的礼乐文化何以会走向衰落当然是由多方面的原因造成的。但有一点肯定是最有力也最直接的因素，这就是诸侯国之间的竞争。以血亲为纽带的宗法制社会是不允许内部竞争存在的，而且这种制度也能够在一定的时间和空间范围内有效地避免国家内部不同阶层、不同地域之间的竞争。但是以从大宗到小宗为基本裂变形式的永无休止的分封迟早会导致王室控制力的失效，以及与之伴随的新旧贵族之间、地方与中央之间、诸侯与诸侯之间、大夫与大夫之间、士与士之间的竞争。这种竞争日趋激烈，当达到一定程度时，国家的原有体制就必然会走向解体。正如一个集体，按照既定的管理制度，每个人都有自己固定的权利，住怎样的房子、吃怎样的食物，穿怎样的衣服等，开始时在领导者的严格控制下，大家都各自安于自己的权利，并且承认这种制度的合理性与合法性。但由于人为的或自然的原因，大家实际上享受到的权利发生了变化，出现了不合理的现象，于是人们就对制度的合法性产生怀疑或蔑视，就会试图依靠自己的力量来纠正不合理现象，于是竞争就出现了。竞争的出现当然是以领导者控制力的减弱为前提的，而竞争的发展又必然进一步削弱领导者的控制力，最终结果只能是全面的失控状态。在这种状态中实力是唯一有效的东西，原来的文化价值观念于是被毁。但是人们不可能在一夜之间就创造出一种全新的文化，那些在根本上已经被毁的文化，在形式上还处于重要位置。让我们来看一个例子。鲁国的大夫叔孙穆子到晋国访问，晋悼公以隆重的礼节款待了他，但对于那些恢弘的乐舞，叔孙穆子都没有任何表示，只有在演奏《鹿鸣》的第三个乐章时他才起身拜谢。晋悼公不解其意，就派人去问他，何以演奏宏大隆重的乐舞时他丝毫没有反应，而在演奏微不足道的小乐时他却以大礼谢之呢？叔孙穆子回答说：

> 寡君使豹来继先君之好，君以诸侯之故，贶使臣以大礼。夫先乐金奏《肆夏》《樊》《遏》《渠》，天子所以飨元侯也；夫歌《文王》《大明》《绵》，则两君相见之乐也。皆昭令德以合好也，皆非使臣之所敢闻也。臣以为肆业及之，故不敢拜。今伶箫咏歌及《鹿鸣》之三，君之所以贶使臣，臣敢不拜贶？①

从这个例子中我们可以看到春秋末年西周的礼乐文化将坏未坏之时的情景。晋悼公的行为尽管有违西周的礼法，但毕竟还是沿用西周以来代代相传的乐舞礼仪；鲁国是保存西周礼仪、遵守西周礼法最为虔诚的诸侯国，故而叔孙穆子对于晋侯许多越礼之举以自己的方式提出批评。然而即使是鲁国也无法始终恪守业已失去权威性的礼乐制度。叔孙穆子死后数十年，在鲁国掌握实权的大夫季孙氏也明目张胆地僭用天子的"八佾之舞"，被孔子斥为"是可忍也，孰不可忍也"。（《论语·八佾》）

这说明，礼乐文化在形式上还存在着，而其功能意义却发生了根本性变化。其"和同""别异"，即调节贵族阶层内部诸关系并使已有社会秩序合法化的作用是彻底失去了。剩下的只是用以炫耀地位和富有的纯形式了。这说明，随着社会政治格局的变化，原有的文化已经不是以原来的方式存在了，而是作为一种资源，一方面为人们所继承，另一方面也为人们所改造。

----

① 《国语》，45页，长沙，岳麓书社，1988。

　　由西周礼乐制度的破坏而导致的在春秋之末、战国之初发生的另一件重大事件，就是新的文化空间的产生。这个新的文化空间是由新的文化主体——士人阶层开出来的。它包括两大部分：一是私学，二是与私学直接相关的各种学术流派的产生与争鸣。私学作为一个新的文化空间是原有文化空间遭到破坏的结果。官方的大学、乡校原是垄断教育的机构，随着王室的衰微，这样的机构也遭到严重破坏，到了春秋时代，它们即使还存在着，也早已起不到维系官方意识形态的作用了。看《左传》中关于子产反对毁乡校的记载就很清楚，只凭当政者的一句话，那时的乡校就是可以随意毁掉的。于是私学大兴于世。这种自发产生的集教育、交流、辩论、结社于一体的私学是真正的学术思想产生的温床，是孕育社会良心的摇篮。私学的兴起产生的最伟大的结果是各种互不统属、彼此对立的学术并立于世，形成真正的"众声喧哗"场面。

　　如果说私学是一级文化空间，那么由私学而导致的学术争鸣则是二级文化空间。以私学为基础的不同学派之间的交流、渗透、对立、转换构成一种有利于学术话语生成的、在中国古代难能可贵的文化空间。正是在这样的文化空间中，先秦的士人阶层才演出了一种狂欢式的文化大合唱。具体而言，正是这种文化空间促使士人阶层完成了从礼乐文化向诸子文化的转换过程，同时也实现了那延绵中国古代两千余年的士人乌托邦精神的原始生成。由国家意识形态转变为士人阶层的乌托邦精神——这是春秋末期在精神文化领域发生的最为重大的事件，也是影响中国文化发展方向的重大事件。

　　西周至春秋时期诗歌的独特作用在春秋战国之际开始发生根本性变化：原来作为贵族祭祀、典礼、盟会、朝觐等重要活动必不可少的仪式之组成部分的歌辞以及外交场合的隐语式的言说方式，都已经成为历史。诗最终与乐舞分家而独立存在。但是能够滋养它存在下去的文化空间却越来越狭小了：从原来的整个贵族社会缩小到儒家士人小圈子。儒家士人集团，是春秋之末、战国之初以破落贵族和受过教育的"国人"为主体而形成的民间知识阶层的一部分。在先秦古籍中这个民间知识阶层被称为"士""布衣之士""处士"等。这个阶层是西周文化传统与社会转型的现实两种因素共同作用的结果。他们唯一的共同特征就是都从西周文化传统那里汲取营养。也可以这样来表述：原有的文化资源为他们提供了言说的基础，处于转型中的社会现实为他们提供了言说的冲动。原有文化资源是他们建构新的话语系统的基本材料，社会需求则是处理这些材料的设计方案。这个新产生的社会阶层由于出身、经历的不同，所吸取的西周文化资源的侧重点的不同，因此成为不同社会需求的言说者。所以士人阶层在思想学术上就分为"诸子百家"。如果我们不像以前的学者那样根据诸子百家所代表的社会集团来为他们分类，而是以他们对西周文化的态度，即接受或疏离的程度来为之分类，我们对他们就可以有新的认识和评价。总体来看，士人思想家虽然都秉承了西周文化资源，但他们并不是简单地继承，而是通过双重转换，即话语转换与价值转换来完成了对周代文化资源的革新，从而使之成为一种具有现实批判性的、在本质上与西周文化迥然有别的文化观念系统。

二、话语的转换

所谓话语转换是指将社会实际的物质存在转换成纯粹的话语系统。西周文化有一个很明显的特征，就是文化与政治、话语与仪式、观念与行为浑然一体，难以区别。文化就实际地存在于典章制度之中，并不存在一种与实际的政治制度相游离的观念系统。"制礼作乐"既是确立文化系统，更是制定政治制度。同理，"礼崩乐坏"既是文化系统的破坏，更是政治体制的崩溃。士人思想家所做的事情就是将西周这种与国家机器浑然一体的文化剥离开来，使之变为纯粹的话语系统。从而完成了从物质存在到精神存在的话语转换。那么，这种转换有什么意义呢？

第一，在中国历史上第一次出现了与现实的政治体制拉开一定距离的文化话语系统，这是具有划时代意义的伟大事件。在人类历史上，精神文化与政治制度、经济制度拉开距离乃是它得以蓬勃发展的关键。在物质的沉重拉扯下，精神永远不会腾飞。实现为政治制度与经济制度固然应该是精神文化的最高追求，但是在某一个历史时期，精神文化只有疏离于政治和经济制度才能飞速发展。将来总有一天人们的物质生活方式与精神生活方式会重新融合为一，但这是以二者的长期分离为条件的。以儒家为主的士人阶层最伟大的历史贡献就是完成了文化系统与政治系统的分离。孟子说："世道衰微，邪说暴行有作，臣弑其君者有之，子弑其父者有之。孔子惧，作《春秋》。《春秋》，天子之事也。"① 孟子为什么说"《春秋》，天子之事也"呢？所谓"天子之事"是指礼乐征伐、赏善罚恶的举措，是实实在在的政治活动；而《春秋》却是地地道道的历史叙事，属于话语系统。二者为何是一回事呢？孟子的意思是想说儒家的话语行为，目的就是起到政治行为的作用，但是这句话实际上却恰恰证明了，西周实际的政治行为到了儒家士人这里已经蜕变为一种文化的话语行为。原先的典章制度成为话语，国家的上层建筑变为民间的文化观念；失去了话语权力的现实的政治家依然拥有政治权力，而没有政治权力的布衣之士却拥有着话语权力——这种文化话语权与政治权力相分离的情况真是中国古代少有的、难能可贵的现象，它使人们在没有外在压力与诱导的条件下纯粹依据自己的意愿任意言说，因而春秋战国之际是中国人文化原创力发挥得最为充分的时期，是中国人的想象力最为张扬的时期，也是中国文化最为光辉灿烂的时期。自此之后就很少再见到这样适合于文化发展的社会条件了。②

第二，这种话语转换奠定了中国古代文化的基本格局。西周时期文化的主体是属于"体制内"的"巫、史、祝、卜、乐师"之类的人物，他们的一切文化活动都是剔除了个人意志和情感的集体主义精神的表现；春秋战国之际的儒家士人则是"体制之外"的在野人物，所以他们的文化创造活动就更多地具有个性特征。也就是说，在"政文

---

① （宋）朱熹：《四书集注·孟子集注》，48 页，上海，上海古籍出版社，1987。

② 六朝时期在某些方面与春秋战国之际的情况庶几近之，其根本不同者乃在于先秦士人言说的指向在于重新安排社会秩序，而六朝士族文人的言说指向却是远离社会现实而回到纯粹私人性的精神空间之中。

合一"的西周时期，文化系统仅仅附着于政治系统，没有丝毫独立性，故而也没有个性。士人思想家所进行的话语转换工作不仅将文化系统与政治系统剥离开来，而且还通过选择、改造、创新赋予文化系统以种种不同的价值取向与文化个性。于是就形成面目各异，甚至相互对立的诸子百家之学。

关于诸子之学产生的根源问题，历来有两种不同观点。汉儒刘歆、班固以为诸子俱出于王官。①《淮南子》认为诸子之学都是针对各诸侯国的具体政治需要而生。后代学者常各持一说而相互攻讦。在我们看来这两种观点其实并不矛盾。刘歆《七略》与《汉书·艺文志》之说具体观之不免有胶柱鼓瑟之嫌，谓某一学说必出于某一职守，并无有力证据，给人以凭空猜度的感觉，难以令人信服。但如果总体言之，则此说实不可动摇。道理很简单，既然西周文化与政治制度不可分拆，礼乐书数、史祝占卜诸种文化形式均有相应的官守，那么说以西周文化为主要学术资源的诸子之学"出于王官"当然是无可怀疑之论。诸子所做的正是从"王官之学"中剥离出独立的学说来，即所谓话语转换。

《淮南子》之说同样有他的道理：士人思想家进行话语转换时并不是简单继承，而是根据自己的需要对先在的文化资源进行了选择、加工和创新。在这个过程中忧世救弊之情自然渗透其中，故而这一话语转换的结果——诸子之学，就自然是针对时势而立言了。胡适尝批驳自汉儒以至章太炎等人的"诸子出于王官"之说云："吾意以为诸子自老聃、孔丘至于韩非，皆忧世之乱而思有以拯济之，故其学皆应时而生，与王官无涉。"② 胡适对刘歆、班固之说的批驳是有力的，但诸子"与王官无涉"的结论却过于武断。因为他看到了诸子之学与时势的密

---

① 《汉书·艺文志·诸子略》认为儒家出于"司徒之官"；道家出于"史官"；阴阳家出于"羲和之官"；法家出于"理官"；名家出于"礼官"；墨家出于"清庙之守"；纵横家出于"行人之官"；杂家出于"议官"；农家出于"农稷之官"；小说家出于"稗官"。

② 胡适：《诸子不出王官论》，见《胡适学术文集》，596页，北京，中华书局，1991。

切关系，却忘记了任何一种学说都不可能凭空杜撰，先在的思想资料总是发挥着极为重要的作用。尽管"纵横家者流，出于行人之官"之类的说法委实荒谬之极，但是却不能因此而否定"王官之学"对诸子之学的重要作用。正是先在的思想资料与现实社会需求的共同作用才导致了各种学术的产生与兴盛。实际上，先秦士人思想家中有人对西周文化之于诸子之学的渊源关系，已然有清醒认识。如《庄子·天下篇》说："天下大乱，贤圣不明，道德不一。天下多得一察焉以自好。譬如耳目鼻口，皆有所明，不能相通。犹百家众技也，皆有所长，时有所用。虽然，不该不徧，一曲之士也。"观其文义，显然是说原本有全面完整、无所不包的文化学术，只是由于天下大乱而遭到了破坏，诸子都是"一曲之士"，他们各自继承了原来文化学术的一个方面，都是偏而不全的。那种"古之人其备乎"的"配神明、醇天地，育万物，和天下，泽及百姓"的完美文化是指什么呢？显然是指"天下大乱"之前的周文化。

诸子将那在西周之时与国家制度融合无间的文化剥离为种种话语系统，从而导致中国古代第一次文化学术的大繁荣，形成"百家争鸣"的恢宏局面，这是无论如何形容都不算过分的伟大功绩。更为重要的是，他们的创造奠定了此后两千余年的中国文化之基本格局，即使在今天也依然影响着人们的思想。在中国文化史上，诸子之学具有无可比拟的崇高地位，主要原因就在这里。

第三，诸子的话语转换还确定了士人阶层欲以文化学术的形式达到政治目的的干预策略。这一干预策略一产生就延续了两千余年，成了古代知识阶层最基本的政治权利与行使这一权利的主要有效方式。从暂时的历史语境看，士人的这种干预策略或许会显得迂腐可笑，缺乏有效性，但如果长期来看，其效果是极为深远巨大的。例如，孔子和子路谈及治理国家时，孔子提出著名的"正名"思想，认为是为政的首要任务。子路则嘲笑老师迂腐。孔子于是教导他说：

> 野哉由也！君子于其所不知，盖阙如也。名不正，则言不顺；言不顺，则事不成；事不成，则礼乐不兴；礼乐不兴，则刑罚不中；刑罚不中，则民无所措手足。故君子名之必可言也，言之必

> 可行也。君子于其言，无所苟而已矣。①

孔子这里明显的是把话语的言说当作首要的政治行为了。在他看来，只有先在名——话语层面上安排好秩序，才有可能在现实层面上安排好秩序。这里的逻辑是所谓"循名责实"——先确立"名"的合法性，再根据"名"来确定实际的社会秩序的合法性。言说于是具有了根本性的意义。孔子说"君子于其言，无所苟而已矣"，文义与前面并不贯通，犯了逻辑上的错误，但是在意义上却是紧密相连的：言说要实现为现实的价值，首先要变为个体的行动。所以"正名"首先要落实为君子对言说的充分尊重与实践，否则就是毫无用处的空话。这里也就预示着此后两千余年间知识阶层的困惑与无奈：对于藐视其言说者无法可施。考之中国历史，知识阶层的确是通过话语建构来为天下制定价值标准与行为规范的，这些标准与规范对于包括君主在内的统治阶层和平民百姓都是非常有效的，无效的只是个别的、反常的情况。

中国古代的这种情况与西方迥然不同。例如，古希腊的知识阶层，就不是靠话语建构来实现政治理想的。在他们那里，政治性的言说与文化性的言说是截然分开的，前者就是直接的政治活动，不用丝毫伪装迂回；后者则是纯粹的文化活动，并不包含政治目的。而在我们的诸子时代，政治的目的往往掩藏在伦理的、认知的、宗教的目的后面，与之浑然一体，难以分辨。这也正是中国几千年中政治和道德、法规与人情、集体与个人、公与私、责任与义务始终纠缠不清的原因。

试图用话语建构的方式来影响政治的干预策略可以说并不是士人阶层自觉的主体选择，而是必然如此的历史选择：先秦知识阶层没有古希腊民主制度那样的政治公共空间来直接地、顺畅地、充分地满足自己的政治冲动，只好采取迂回战术：从根本上规定人们所思所想的方式，为社会制定普遍的价值准则。孔子对此有极为清醒的认识。他在回答有人提出的"子奚不为政"的问题时说：

> 《书》云："孝乎！惟孝，友于兄弟，施于有政。"是亦为政，

---

① （宋）朱熹：《四书集注·论语集注》，206 页，长沙，岳麓书社，1987。

奚其为为政？①

这也就是所谓"出为帝王师，处为万世师"——总之无论出处进退都是扮演师的身份，绞尽脑汁营构种种话语体系，使之影响人心，主要是执政者之心，从而间接地决定政治的格局。由于包括君主在内的统治阶层较之其他社会阶层更需要受教育，而教育方针与教育内容都是士人阶层的专利，故而君主常常是首先被士人阶层的话语霸权所控制的对象。士人阶层掌握着教育领域的话语权，他们因此而成为上至君主、下至黎庶的名副其实的"师"。

三、价值的转换

说完了话语转换我们再来看价值转换。所谓价值转换是指诸子之学在接受西周文化的影响的同时，也将这种文化的基本价值精神依据自己的需求进行了偷换。在这一点上，儒家的情况最能说明问题。我们知道，在诸子之学中，儒家是以宣称直接继承弘扬西周文化为特征的。孔子明确指出："周监于二代，郁郁乎文哉！吾从周。"②并毕生以"克己复礼"③为己任。而且儒家将周代遗存的典籍作为修习的经典。所以在诸子之学中，儒家可以说是对周文化继承得最多的。但是如果我们稍加分析就不难发现，在孔孟等大儒那里，西周文化之基本价值精神的许多因素还是都被暗中置换了。这表现在如下几个方面。

第一是理想化。西周的礼乐制度被儒家士人大大地理想化了。在政治制度方面，西周以礼乐文化为主要意识形态的宗法制与殷商以鬼神祭祀为主要意识形态的部落联盟制有着根本的区别，故而王国维先生的著名论文《殷周制度论》开篇即云："中国政治与文化之变革，莫

---

① （宋）朱熹：《四书集注·论语集注》，83 页，长沙，岳麓书社，1987。
② （宋）朱熹：《四书集注·论语集注》，91 页，长沙，岳麓书社，1987。
③ （宋）朱熹：《四书集注·论语集注》，191 页，长沙，岳麓书社，1987。

剧于殷、周之际。"① 据王国维先生的研究，西周的政治制度不同于殷商之处有三：一是嫡长之制，二是庙数之制，三是同姓不婚之制。② 西周制度的这三个特点的根本之处就是完整的宗法制，这是殷商制度所不具备的。③ 西周宗法制与殷商制度的根本区别在于：在国家体制上，西周是以血亲分封为主干的严密等级制；殷商却是以部落（诸侯）联盟为形式的政治联合体。就文化观念而言，殷商的贵族事事请示鬼神，所谓"殷人尊神，率民以事神"。④ 所以求神问卜就成了彼时重要的文化活动。相对而言，西周贵族文化就复杂多了。他们眼见殷商统治者由于过分的荒淫无道而导致灭亡，深知"天命靡常"⑤ 的道理，所以就以宗法制为核心建构起一整套极为细密、严格的人际伦理价值规范。按王国维先生的观点，嫡庶之制（周代继统之法）乃是宗法制的核心，有嫡庶之制而后有丧服之制，有丧服之制而后有"亲亲、尊尊、长长、男女有别"之观念。他说：

> 商人继统之法，不合尊尊之义，其祭法又无远迩尊卑之分，则于亲亲、尊尊二义，皆无当也。周人以尊尊之义经亲亲之义而立嫡庶之制，又以亲亲之义经尊尊之义而立庙制，此其所以为文也。⑥

如此看来周人的文化较之商人的文化更为成熟，更为有效了。但是这只能说明周代的统治者更加精明，更善于统治而已，并没有什么高尚

---

① 王国维：《殷周制度论》，见《王国维论学集》，1 页，北京，中国社会科学出版社，1997。

② 王国维：《殷周制度论》，见《王国维论学集》，2 页，北京，中国社会科学出版社，1997。

③ 近年来史学界也有人认为殷商同样是宗法制社会，不够确当，我们认为，殷商虽有宗法制的某些特征，但还不是完整的宗法制度。

④ （汉）郑玄注，（唐）孔颖达等正义：《礼记正义》，913 页，上海，上海古籍出版社，1990。

⑤ （汉）毛公传，（汉）郑玄笺，（唐）孔颖达等正义：《毛诗正义》，535 页，上海，上海古籍出版社，1990。

⑥ 王国维：《殷周制度论》，见《王国维论学集》，9 页，北京，中国社会科学出版社，1997。

的道德价值。然而儒家士人却将周代的这套礼乐制度进行了理想化的重构，用"仁、义、礼、智""文、行、忠、信""温、良、恭、俭、让""忠恕之道""仁政""王道"等道德价值规范来重新赋予礼乐制度以崇高的道德伦理价值，从而将宗法制度描述为一种温情脉脉、充满仁爱的理想的社会制度。

实际上西周的宗法制度在压抑个性、束缚人性方面比殷商时代绝不逊色，甚至更有过之。因为它是以与生俱来的自然关系作为基本准则来安排既定社会秩序的。孔子将其概括为"君君，臣臣，父父，子子"。① 按照这样的制度，一个人生下来，他一生的前途就已经被决定了。整个社会就像由条条道路构成的网络，任何人一生将走哪条路都是事先规定好的。实际上这并不是个人出于道德的自觉而做出的选择，而是严厉的外在强力规定的。在这样的制度之下，个人有什么自由可言呢？但是在儒家的心目中，西周社会简直就是人间的天堂，充满了"父慈子孝，兄良弟弟（悌），夫义妇听，长惠幼顺，君仁臣忠"② 的和睦与友爱。然而我们只要看看周公平三监之乱，杀武庚、管叔，放蔡叔以及周昭王"南征不复"的史实，看看周穆王时制定的《吕刑》关于肉刑的记载③以及《诗经》中那些愤懑怨刺之作，就不难知道，西周的宗法制社会绝对也是血雨腥风，靠强力的杀戮来维持的。那种温情脉脉的道德规范不过是儒家的理想而已。

第二是内在化。即将西周文化系统中的社会价值规范转换为个人的内在价值规范，也可以说是将政治话语伦理化。关于这一点我们可以从孔子将道德的自觉性当作"礼"得以实现的前提条件这一观点中看出来。如前所述，"礼"在西周之时既是官方意识形态，又是政治制度本身，完全是外在的强制性规范。《大雅·烝民》云："天生烝民，

---

① （宋）朱熹：《四书集注·论语集注》，197页，长沙，岳麓书社，1987。

② （汉）郑玄注，（唐）孔颖达等正义：《礼记正义》，430页，上海，上海古籍出版社，1990。

③ 据《尚书·吕刑》载，"五刑"为墨、劓、剕、宫、大辟五种刑法。而且，"墨罚之属千，劓罚之属千，剕罚之属五百，宫罚之属三百，大辟之罚其属二百，五刑之属三千"。可见当时刑罚的严密残酷。

有物有则。民之秉彝，好是懿德。"《大雅·皇矣》更说"不识不知，顺帝之则"。意思是，上天让万民生于世上，同时也就为他们制定了行为的规则，百姓无须知道其中的道理，只要按照规则办事就行了。孔子也说过"民可使由之，不可使知之"[1] 的话，这无疑是西周统治者思想的遗留。但是，对于自己所代表的士人阶层来说，孔子却绞尽脑汁要为"礼"找到自然的、合乎人性的根据，试图将这种外在的强制性规范改造为主体自觉的价值追求。他说："不学礼，无以立。"（《论语·季氏》）又说："兴于诗，立于礼，成于乐。"（《论语·泰伯》）什么是"立"，包咸、刘宝楠等人都认为"立"即立身之意。立身也就是修身。朱熹则注云："礼以恭敬辞逊为本，而有节文度数之详，可以固人肌肤之会、筋骸之束。故学者之中，所以能卓然自立，而不为事物之所摇夺者，必于此而得之。"[2] 意思是"礼"的强制性可以转化为人们的道德自觉性，使人成为卓然自立的人。究其旨，也还是修身之意。这就是说，孔子是将"礼"作为个人修身的准则来理解的，这显然与其本来意义有着根本性区别。在他看来，"礼"是最为合理的价值秩序，"礼"的实现就意味着天下太平。那么"礼"为什么会遭到破坏呢？主要原因就是，自君主而下的贵族阶层放纵了自己的私欲而忘记了公德。所以孔子认为，要想"复礼"必先"克己"——个人的道德自觉性乃是实现社会价值秩序的前提条件。这样一来，"礼"也就不再是强制性规范，而成了个人修养所达到的结果。

人们都很清楚，"礼"这个字从字源学角度看，是与宗教祭祀活动密切相关的。这意味着，最初"礼"成为社会规范带有某种信仰的性质——人们相信这样做是神明的意旨。（当然，这本质上乃是统治者利益的表现，是使统治获得合法性的手段）这说明，在西周之时"礼"制的推行除了武力的（如刑罚）强制之外还要靠神明的召唤——"礼"最初具有他律的性质。而到了孔子和儒家士人这里，"礼"完全是依据个人的道德良心来实现了。孔子说："礼云礼云，玉帛云乎哉？乐云乐云，钟鼓云乎哉？"（《论语·阳货》）又说："人而不仁，如礼何？人而

---

① （宋）朱熹：《四书集注·论语集注》，151 页，长沙，岳麓书社，1987。
② （宋）朱熹：《四书集注·论语集注》，150 页，长沙，岳麓书社，1987。

不仁，如乐何?"(《论语·八佾》) 这意思是：钟鼓玉帛等外在的形式并不是"礼"的真谛所在，只有在"仁"，即自觉的道德理性的指导下，作为仪式的"礼"才具备现实的意义。在西周之时，"礼"作为强制性规范，只要它的仪式存在着，就说明它是有效的，社会就是有序的；而在孔子之时，只有人们具有道德的自觉性（道德自律），具有内在的道德理性（被自己所认同的道德意识），"礼"才是有意义的。这种内在的道德理性就是"仁"。在孔子看来，只有以"仁"为内在价值依据的"礼"才是有效的。而"仁"则是纯粹的道德自觉。所以孔子说："为仁由己，岂由乎人哉!"(《论语·颜渊》) 换言之，在西周之时只要"礼"存在着，它就是有效的，因为它就是社会秩序本身；而在孔子之时，"礼"只有人们在从心里相信它的时候它才具有现实的意义，因为此时它已经不再是社会秩序本身，而沦落为一种形式，诸侯贵族们常常用以炫耀、娱乐的纯形式。

这样一来，西周的礼乐文化就被以孔子所代表的儒家士人内在化了：从物质性的现实社会制度变为精神性的道德价值观念。将物质的变为精神的，现实的变为理想的，外在的变为内在的——这就是儒家对先在的西周思想资源所进行的继承和改造。于是作为国家制度的礼乐文化变为儒家之学，外在的强制规范变为内在的自我修养。

第三是确立了人格境界这样一种独特的精神价值。西周的礼乐文化歌颂祖先与歌颂上帝义近，都是对神明的赞扬，并含有祈福之意，儒家士人对先王的赞扬却有了新的含义：塑造一种人人可以朝之努力的人格理想。《诗经》中那些颂诗当然也描写先王的美好品德，但往往具有某种神性，是常人不可企及的。如《大雅·生民》描写周人先祖后稷的诞生乃是姜嫄"履帝武敏歆"的结果，他是神而不是人，至少是在神的庇佑下的人。《文王》《大明》都是如此。这类诗与其说是歌颂先王的功业，不如说是歌颂上帝的降福。而有时又完全用纪实的笔法描写先人实实在在的活动，并不标榜其人格的高尚，如《公刘》《绵》都是如此。主人公基本就是一个任劳任怨的族长或家长，是个地地道道的凡人。而在儒家士人这里，既不歌颂高远难及的上帝，也不歌颂身边比比皆是的凡人，他们赞扬的是圣贤之人：是人不是神，却又不是一般的人。他们是由一般的人经过自我修养和人格的提升而达到的一种高尚境界。在孔子和孟子那里,这种人格境界基本上分为两个层面:一是君子或贤人,二是圣人。处于这两种人格境界之下的则是小人,即作为芸芸众生的庶民。

君子或贤人是指那些通过个人的修养而具有"仁义礼智信"等品格的人。他们善于处理各种人际关系(和而不同;己所不欲勿施于人);乐于帮助别人(仁者,爱人;己欲立而立人,己欲达而达人;老吾老以及人之老,幼吾幼以及人之幼);立身行事有自己不可逾越的原则,什么事情可以做,什么事情不可以做都是有一定之规的(大丈夫有所不为,有所必为;行己有耻;富贵不能淫,贫贱不能移,威武不能屈);尤为难能可贵的是他们还能够始终保持心中的坦荡诚实与平和愉悦(君子坦荡荡,小人长戚戚;贫而乐,富而好礼;回也不改其乐;吾与点也)。此外他们还有许多美好的品质如孝、忠、敬、谦、博学、慎思、明辨、笃行等,总之这是一种既能承担对天下的责任,又能保持个人心灵和乐的理想的人格境界。

圣人是儒家最高的人格理想,较之君子贤人更高一层。① 孔子本人被后来的儒者如孟子、荀子等尊为圣人,但他自己并不敢有此奢望,在他的心目中圣人是极不容易达到的崇高的理想境界。请看孔子与弟子子贡之间的一段对话:"子贡曰:'如有博施于民而能济众,何如?可谓仁乎?'子曰:'何事于仁,必也圣乎!尧、舜其犹病诸!'"朱熹注云:"病,心有所不足也。言此何止于仁,必也圣人能之乎!则虽尧、舜之圣,其心犹有所不足于此也。"② 即使是尧、舜这样被儒家奉为偶像的古代君主对于圣人的称号也还有所欠缺,可见这是一种"虽不能至,而心向往之"的崇高的理想。

有追问意义的不是什么是圣贤人格境界,而是对于儒家士人来说,

---

① 在人格境界上的圣人、君子、小人之分恰恰是西周宗法制社会等级制的政治观念的变相形式。儒家将西周的典章制度转化为伦理价值系统的同时,也就将政治上的等级制转换为价值观念上的等级制了。

② (宋)朱熹:《四书集注·论语集注》,130~131 页,长沙,岳麓书社,1987。

这种圣贤人格为什么具有绝对的重要性，或者说，儒家士人为什么会建构这样一种人格境界来作为自己学说的核心内容。在我看来，原因有三。

其一，将社会政治价值变为个体的人格价值这是彼时知识阶层不得已的选择。春秋战国之际形成的这个知识阶层有一个很明显的特征，那就是游离于任何一个有政治地位或经济地位的社会阶级之外，所以既不属于统治阶级，又不属于劳动大众；既没有可靠的政治地位，又没有稳定的经济来源；没有任何人赋予他们具体的社会责任，但他们却又有着最强的社会责任心与历史使命感。这样一个由于特殊的社会地位而惶惶不可终日，急欲有所作为、急欲借改造社会现实来改变自己的社会境遇（以救世的方式来自救）的阶层，处于一方面拥有着当时最先进的文化知识因而也有最美好的社会理想，另一方面却又没有任何物质力量的尴尬境地。唯一的办法就是通过改造人心，也就是用文化宣传、文化教育的方式来实现改造社会的目的。所以他们不遗余力地建构指涉人格境界的话语系统，其实是实现社会理想的一种手段而已。对此儒家士人从不讳言。孔子关于"为政"的论述、孟子关于"仁政"的观点、荀子对于"修身"的专章论述等都说明这一点。而最为集中的表述则是《大学》中关于宋儒所谓"八条目"的论述：

> 古之欲明明德于天下者，先治其国。欲治其国者，先齐其家。欲齐其家者，先修其身。欲修其身者，先正其心。欲正其心者，先诚其意。欲诚其意者，先致其知。致知在格物。①

由个人的心性存养而至于治国平天下——这就是儒家的逻辑，呼唤人格境界，号召人人成圣成贤，实际上也就是呼唤风清弊绝的太平盛世。

儒家是如此，其他的士人思想家也是如此，只不过由于种种原因九流十家各自开出的人格境界各不相同罢了。在通过改造人的心灵来重新安排社会秩序这一点上，大家都是一样的。道家有道家的至上人格，墨家有墨家的至上人格，即使法家和纵横家这样极重功利的学派，

---

① （宋）朱熹：《四书集注·大学章句》，6 页，长沙，岳麓书社，1987。

也有自己的人格理想——这正是中国古代文化生活、政治生活始终难以严格分开的原因，是中国古代社会的长处所在，更是其短处所在。

其二，士人们需要一种理想的人格境界来寄托自己的心灵。春秋战国之际的诸子百家之学光辉灿烂，令后世士人阶层艳羡不已，但实际上彼时的士人并非处于轻松愉快的精神体验之中，恰恰相反，他们时时被普遍的心理焦虑困扰着。这种挥之不去的心理焦虑来自他们那种漂泊无依的社会境遇，以及无休止的战乱与动荡。理想的人格境界在这时可以起到心理调节、自我安慰的重要作用。在某种意义上这也是很有效的一种"精神胜利法"。

其三，儒家士人的人格理想还具有一种否定性的意义——对现实的执政者的批判。儒家士人出于对现实的深恶痛绝而将古代君主塑造成圣人，正如在现实统治者面前树立一面镜子，将他们的卑微无耻暴露无遗。后世历代的士大夫们欲对其君主进行批评时，每每要将古代圣王的嘉言懿行大加描述，其作用正与先秦儒家士人同。

儒家士人，将"道"推崇到至高无上的地位。在西周的礼乐文化中，最高的价值范畴是"天""天命""上帝"等，都是至上之神的代名词。并没有一个形而上的抽象概念作为一切价值的本原。到了儒家这里就高扬一个"道"来作为最高价值本原和万事万物之本体。在孔子那里，"道"大体有三层含义，一是指万事万物贯穿的根本法则，是天地之间的最大奥秘所在。他说"朝闻道，夕死可矣"①，朱熹认为这个"道"是"事物当然之理。苟得闻之，则生顺死安，无复遗恨矣"。② 二是指具有合理性与合法性的国家政治制度和政策。他说："天下有道则见，无道则隐。邦有道，贫且贱焉，耻也。邦无道，富且贵焉，耻也。"③ "子谓南容，'邦有道，不废；邦无道，免于刑戮'"及"宁武子邦有道则知，邦无道则愚。其知可及也，其愚不可及也"中的

---

① （宋）朱熹：《四书集注·论语集注》，100 页，长沙，岳麓书社，1987。
② （宋）朱熹：《四书集注·论语集注》，100 页，长沙，岳麓书社，1987。
③ （宋）朱熹：《四书集注·论语集注》，152 页，长沙，岳麓书社，1987。

"道"是指国家政治状况。① 三是君子立身行事的准则。他说："参也！吾道一以贯之。"曾参说："夫子之道，忠恕而已矣。"② 这个"忠恕之道"是一种人格修养。

儒家提出一个"道"来作为最高价值本原，其意义实在非同小可。这至少表现在三个方面。

其一，建构了一个与现实的物质力量，即君权相对的权威话语作为士人阶层向统治者分权的合法性依据，并以此为现实权力立法。有了这个"道"，士人阶层在君主和官吏面前就不再自卑，而是带着十足的自信和勇气向着这些当权者指出：怎样做才是合理的，怎样做才符合做官的准则，甚至是做人的准则。

"道"使这些布衣之士坚信自己是为全社会制定行为规范的人，是立法者。鲁缪公听说孔子的孙子子思是一位有学问的人，就派人去请他，并且许以朋友之道待之，子思却很不以为然，他说"古之人有言，曰：'事之云乎？'岂曰'友之云乎？'"。孟子还觉得子思说得不够有力，替他说道："以位，则子君也，我臣也，何敢与君友也？以德，则子事我者也，奚可以与我友？"孟子总结说："为其多闻也，则天子不召师，而况诸侯乎？为其贤也，则吾未闻欲见贤而召之也。"③ 这说明，自以为承担着"道"的士人就会感到自己拥有比君权更加可贵的价值。创造出一个"道"来作为权威话语，并试图依据这个没有任何物质力量依托的话语来重新安排社会秩序、平定天下——这就是儒家士人的宏图大略，也是士人乌托邦精神的最充分的体现。

其二，寻到了士人阶层共同遵守的最高价值准则，可以在这个旗帜下将士人阶层有效地团结起来，形成一种具有内部凝聚力的社会力量。有人问孟子说："士何事？"孟子回答说："尚志。"并解释"尚志"之义说："仁义而已矣。杀一无罪，非仁也。非其有而取之，非义也。

---

① （宋）朱熹：《四书集注·论语集注》，107页、115页，长沙，岳麓书社，1987。
② （宋）朱熹：《四书集注·论语集注》，101页，长沙，岳麓书社，1987。
③ （宋）朱熹：《四书集注·孟子集注》，460页，长沙，岳麓书社，1987。

居恶在？仁是也。路恶在？义是也。居仁由义，大人之事备矣。"① 士人不同于他人之处就在于他们有自觉的做人准则，而且这种准则不是别人强迫遵守的，而是他们自己为自己制定的，是一种自由的选择。所谓"居仁由义"就是说处身行事按照自己选择的原则来，而不是蝇营狗苟、唯利是图。

其三，以"道"为核心建构士人价值观统序，使之成为根深蒂固的文化传统。如前所述，"道"是士人阶层的社会理想与人生理想，是社会上一切事物最终的合法性依据，是衡量一个社会或一个人价值的最高尺度。这可以说是先秦士人阶层留给后世的最丰厚的遗产。从孟子第一次建立了从尧舜禹、汤文武到孔子的所谓"道统"，这个统序后经由韩愈的阐扬，最终成为宋以后士人阶层普遍认可的中华文化的精神命脉，对塑造中国人的精神品格起到了至关重要的作用。"道统"使士人阶层成为一个有自己一以贯之的价值规范的独特的社会阶层，这个阶层在精神价值层面的共同性甚至可以超越时间与空间的限制而长存。任何统治者只要希望得到士人阶层的支持与合作，就必须接受（至少是部分接受）他们世代恪守的价值准则。正如孔子所认为的：即使夷狄之人，只要用了华夏之礼，就是华夏之人；即使华夏之人，用了夷狄之礼，也就是夷狄之人。这是一种文化决定论，而这种文化的传承者正是士人阶层，所以士人阶层实际上是将自己当成了承担着中华民族历史使命的人，这也就是曾子的"士不可不弘毅，任重而道远"② 的真正含义。

士人阶层通过话语转换与价值转换将王官文化，即作为官方意识形态的礼乐文化变为民间文化，准确地说是变为士人乌托邦精神。这样就为一种僵化的文化系统贯注了生气，使之成为活泼泼的、富有人性特征、有超越精神和批判精神的新型话语系统，完成了中国古代文化的一次重大的历史性转变，并从而奠定了此后两千余年间中国古代文化发展演变的基础，其意义是无比重大的。

---

① （宋）朱熹：《四书集注·孟子集注》，513 页，长沙，岳麓书社，1987。
② （宋）朱熹：《四书集注·论语集注》，150 页，长沙，岳麓书社，1987。

第五章　儒学话语霸权形成的文化逻辑

一、论点辨析

关于儒学何以会被汉代统治者接受而于诸子百家中脱颖而出，成为国家意识形态的原因，学者们虽多有论及，亦多近理，但似乎尚未揭橥根本缘由。这里我们就选择几家有代表性的观点略为评说。我们先看冯友兰的观点：

> 及汉之初叶，政治上既开以前所未有之大一统之局，而社会及经济各方面之变动，开始自春秋时代者，至此亦渐成立新秩序；故此后思想之亦渐归统一，乃自然之趋势。秦皇、李斯行统一思想之政策于前，汉武、董仲舒行统一思想之政策于后，盖皆代表一种自然之趋势，非只推行一二人之理想也。
>
> ……
>
> 或谓儒家在政治上主张尊君抑臣，故为专制皇帝所喜；然于专制皇帝最方便之学说，为法家非儒家。后来君主多"阳儒阴法"；"阴法"即"阴法"矣，而又"阳儒"何哉？
>
> 自春秋至汉初，一时政治、社会、经济方面均有根本的变化。然其时无机器之发明，故无可以无限发达之工业，因之亦无可以无限发达之商业。多数人民，仍以农为业，不过昔之为农奴者，今得为自由农民耳。多数人仍为农民，聚其宗族，耕其田畴。故昔日之宗法社会，仍保留而未大破坏。故昔日之礼教制度，一部分仍可适用。不过昔之仅贵族得用者，现在大部分平民亦用之而已。平民得解放后，亦乐用昔日贵族之一部分礼教制度，以自豪自娱也。即在政治方面，秦汉虽变古，然秦之帝室，仍是古代之

贵族，汉高祖起自平民，而以后天子仍为世袭。就此点而论，秦汉仍未尽变古也。且人不能离其环境而独立，天下无完全新创之制度。即秦汉大一统后，欲另定政治上、社会上各种新制度，亦须用儒者为之。盖儒者通以前之典籍，知以前之制度，又有自孔子以来所与各种原有制度之理论。……盖儒者通以前之典籍，知以前之制度，而又理想化之、理论化之，使之秩然有序、粲然可观。若别家则仅有政治、社会哲学，而无对于政治社会之具体办法，或虽有亦不如儒家完全；在秦汉大一统后之"建设时代"，当然不能与儒家争胜也。

再有一点，即儒家之六艺，本非一人之家学，其中有多种思想之萌芽，易为人所引申附会。此富有弹力性之六艺，对于不同之思想有兼容并包之可能。儒家独尊后，与儒家本来不同之学说，仍可在六艺之大帽子下，改头换面，保持其存在。儒家既不必完全制别家之死命，别家亦不必竭力反对之，故其独尊之招牌，终能敷衍维持。①

这里实际上讲了三种理由。一是"自然趋势"，即大一统的政治局面必然有相应的大一统之思想。此言无可辩驳，只是这并不是儒学独尊的直接原因而是前提。二是从社会构成看，自由农民代替了农奴并未改变宗法社会这一基本形态，故而古代的礼教制度还适用于今日。而儒家正是将古代礼教制度予以理想化、理论化的。这条理由乃是从社会的基本形态考察意识形态的形成问题，是极有见地的。但是这里依然有一个问题：中国汉代的社会形态于西周真的没有发生根本性变化吗？我们知道，西周是严格的贵族等级制，每个人的身份一生下来就是确定的，贵族就是贵族，平民就是平民，所谓"士之子恒为士"就是这个意思。这种制度在平王东迁后就已衰亡，所以热衷于西周文化的孔子才会痛心于"礼崩乐坏"，执着于"克己复礼"。刘邦立国后，"汉承秦制"——不用分封制而用郡县制，这就与西周社会制度有着根本的区别。在任官方面也并非像西周那样是所谓"世卿世禄"——开始时

---

① 冯友兰：《中国哲学史》上册，486～489页，北京，中华书局，1961。

是功臣与宗室共同执政，后来是靠"征辟察举"来从民间读书人中选贤任能，渐渐构成统治者与被统治者之间的流通渠道。正如德国社会学家卡尔·曼海姆所说："从社会学的观点看，当历史的发展达到这样一个阶段，先前孤立的阶层开始相互交流并且开始形成一定的社会循环时，决定性的变化就会发生。"[①] 在汉代这种变化主要表现为君主集团与士大夫阶层联合执政之政治架构的形成。这与先秦那种王室宗亲独揽大权的局面迥然不同，与西周那种宗法性的贵族制度更判然有别。至于说平民百姓喜欢礼乐制度乃是为了"自豪自娱"，就更匪夷所思了——中国古代贵族文化不能下降为普遍的平民文化正是中国文化的一个特色。[②] 冯友兰的第三个理由是儒学本身对其他学说具有兼容并包的能力，所以即使儒学"独尊"，各家各派也可以在"六艺"的大帽子下得以存留。这种说法是有些道理的，因为儒学至少到了荀子和《易传》的时候已经明确地接受了法家、道家、阴阳家的一些观点。到了董仲舒时代，更呈现综合诸子的气魄。但是这可以说是儒学得以"独尊"的一个重要条件，却不是充分条件，还有更重要的原因在。

我们再看钱穆的说法：

> 汉之初兴，未脱创痍。与民休息，则黄老之说为胜。及于文、景，社会富庶，生气转苏。久痿者不忘起，何况壮士？与言休息，谁复乐之？而一时法度未立，纲纪未张。社会既蠢蠢欲动，不得不一切裁之以法。文帝以庶子外王，入主中朝，时外戚吕氏虽败，而内则先帝之功臣，外则同宗之诸王，皆不欲就范。文帝外取黄老阴柔，内主申韩刑名。其因应措施，皆有深思。及于景帝，既平七国之变，而高庙以来功臣亦尽。中朝威权一统，执申韩刑

---

① ［德］卡尔·曼海姆：《意识形态与乌托邦》，黎鸣、李书崇译，8页，北京，商务印书馆，2000。

② 西方中世纪的贵族文化在近代经由资产阶级的主动吸收渐渐转换成普遍的文化习俗。中国古代虽然有士人阶层为"中介"，但是由于士人阶层本身也一直在强化自己与平民百姓的身份性差异，故而尽管他们在意识形态或价值观念方面进行了由上而下的"教化"，但在礼仪和生活方式方面，他们却始终与平民保持鲜明的界限。

名之术，可以驱策天下，惟我所向。然申韩刑名，正为朝廷纲纪未立而设。若政治已上轨道，全国共遵法度，则申韩之学，亦复无所施。其时物力既盈，纲纪亦立，渐达太平盛世之境。而黄老申韩，其学皆起战国晚世。其议卑近，主于应衰乱。惟经术儒生高谈唐虞三代，礼乐教化，独为盛事所憧憬。自衰世言之，则见为迂阔远于事情。衰象既去，元气渐复，则如人之病起，舍药剂而嗜膏粱，亦固其宜也。后人谓惟谓儒术利于专制，故为汉武所推尊，岂得当时之真相哉！

......

汉武罢斥百家，表彰《六艺》，夫而后博士所掌，重为古者王官之旧，所以隆稽古考文之美，此荀卿所谓"法先王"；然孟子博士遂见废黜，亦不得遽谓之即是尊崇儒术也。盖当时之尊《六艺》，乃以其为古之王官书而尊，非以其为晚出之儒书而尊，故班氏《儒林传》谓："《六学》者，王教之典籍，先圣所以明天道，正人伦，致至治之成法。"汉儒尊孔子为素王，亦以自附于《六艺》，而独出于百家①。

钱穆是历史学家，看问题喜欢从历史经验着眼，常常能有哲学家、理论家所不能道的卓见。他在这里讲了两层意思：一是说武帝之所以独尊儒术乃是因为当时汉朝已经进入盛世，申韩刑名之术已经不能满足时代的需要，儒家宣扬的"三代"之治、"礼乐教化"对于稳定繁荣的大一统王朝开始产生巨大的吸引力。二是说武帝所谓"独尊儒术"实际上并不是因其为儒术而得尊，而是因为儒术所承继的乃是上古王官之学，曾经是理想社会的治国之术。这两条理由都可以成立，但只是限于统治者意识到的历史经验层面。其更深的原因似乎尚未涉及，例如，为什么上古王官之学对汉代帝王会有那么大的吸引力呢？为什么社会各阶层，特别是士人阶层都会渐渐服膺儒学呢？作为一种国家意识形态的确立，儒学独尊的历史必然性是什么？

① 钱穆：《两汉经学今古文评议》，199～202 页，北京，商务印书馆，2001。

我们再来看看当代学人的观点，阎步克指出：

中国古代社会对无所不包的思想体系有一种天然的特殊需
要……可尽管《淮南子》也顺应着这一趋势，构建了一个"天地
之理究矣，人间之事接矣，帝王之道备矣"的天地人体系，但其
黄老思想的根源造成了它"清静无为"的消极倾向，这种倾向削
弱了它在一个复杂文明社会中的能动性。黄老的"君人南面之
术"，其策划、谋略和权术的方面，决不是足以向社会民众发动号
召、宣传的那种东西。它以"道"为本，遂使仁、爱、孝、义等
等社会基本价值丧失了"本"的至上意义。其反人文、反文明的
倾向，又大大降低了它充分利用文化影响和思想论辩之力量的可
能性。而儒家思想就大不相同了，尤其是董仲舒的天地人庞大体
系，不仅满足了社会通过无所不包的体系把握人、社会、自然和
宇宙的内在需求，也满足了社会维系基本道义价值的需求；并且，
它还充分地动员了文化、文明的力量，将其理想贯注于高度精致
化了的"诗书""礼乐"形态之中，并且是通过"诗书""礼乐"
之教来有效实现的。

……

而作为专制官僚政治行政理论的法术，也不能不在"指导思
想"层面上让位于作为意识形态的儒术，也可以由此而明之。与
儒、道学者的回溯性思路都不相同，法家是主张变革的，他们不
但立足于正统吏道的高度分化，而且要建立吏道之全能性的统制。
在理念上法家强调对立之极端不相容，其对"同""兼""两"
"分"关系之既异于儒、又异于道的处理，服务于实践上之独尊吏
道、独倚律文的意图。相形之下，儒家的"和而不同"原则，比
这种极意求"分"的治道具有大得多的弹性、灵活性和适应
性——它更能适应于这个文明古国源远流长的政治文化传统。

……

而且儒家意识形态的理想之与专制官僚政治和社会生活的现
实之不一致方面，也将构成一种足以制衡与调节的"必要的张
力"，这本来就是意识形态的功能之一。……道家崇"真人"，其

在黄老政治实践中的曲折投射是"长者";法家重能吏,此类人物因其依赖于强制、刑罚而以"狱吏"为代表。而儒家"礼治"及其所推重的"君子",则由于代表了古代中国传统文化的精义,而终将在"指导思想"上,进而在理想治国角色的认定上,取代法家和道家①。

在这里,阎步克主要是在与道(包括黄老)、法两家思想的对比中来考察儒学成为"指导思想"之必然性的。其对于道、法思想不能成为主流意识形态的原因分析透辟,对于儒家终将成为主流意识形态的理由的阐述也完全合理。在关于后者的讨论中阎步克提出的两个理由极有见地。一是说儒家学说可以满足"社会维系基本道义价值的需求"。"社会基本价值"或"基本道义价值"是没有引起以往论者足够重视的一个重要因素。考之历史,西周官方文化中那套"孝""敬""忠""信""诚"等价值准则以及普遍的对于礼乐文明的向往崇敬之情,在春秋时依然大放异彩。后来虽然经过战国以至秦汉之际战火的摧折,在诸侯的政治系统中不择手段地追求强大的法家功利主义精神占了上风,社会上唯利是图的实用主义精神普遍流行,但是真正维系人们日常关系的必然还有一些积极的、基本的价值规范。正如儒家一再强调的,这些规范的确是基于最基本的人情的,或者说,在当时的历史境况中,只有维持这些基本的价值规范,小到一个家庭、大到一个社会才可以存在、运转。而在儒家学说中恰恰就包含着这些最基本的价值。余英时尝谓:"儒家教义的实践性格及其对人生的全面涵盖使它很自然地形成中国大传统中的主流。"② 儒学的许多教义的确都是从人们的伦常日用中总结出来的,因此与人的生活有着天然的紧密联系。

阎步克提出的另外一个理由是儒家"和而不同"的原则具有更大的弹性、灵活性和适应性。如果这里不是说儒学与其他学说的关系而是说儒学处理社会不同阶层之间关系的话,这个理由是非常重要的。

---

① 阎步克:《士大夫政治演生史稿》,319~324 页,北京,北京大学出版社,1996。

② 余英时:《士与中国文化》,143 页,上海,上海人民出版社,1987。

因为任何一个社会结构的稳定性都不是仅仅靠严格的法律条文就可以获得的。社会的稳定最重要的是不同社会阶层之间善意的合作。这里虽然涉及这个问题，可惜似乎是语焉不详的。

上述几位学者的观点是诸多有关论述中最值得引述的几家，他们的独到见解所具有的启发意义不容忽视。但是这并不意味着关于这个话题已经没有言说的必要了，在我看来恰恰相反，值得进一步探讨的问题依然很多。下面我们就在上述观点的基础上谈一些不尽相同的理解。

二、儒家的"中间人"角色

在中国古代两千多年的历史长河中，儒学是唯一获得话语霸权的思想系统。但是有一个至关重要的学术问题并没有得到很好的解答——儒学是如何获得这种话语霸权的？诸子百家、三教九流，统治者为什么最终选择了儒学？除了上述三家观点之外，对这个问题过去学界最普遍的答案是：儒学最有利于统治阶级的统治，所以他们选择了儒学。那么被统治者呢？他们为什么会接受这种话语霸权呢？这个问题被完全忽视了，好像人民大众在历史的进程中丝毫没有主体性，没有选择的权利，他们的命运可以任由统治者们摆布。然而实际上却并非如此。考之历史，至迟从西周初期开始，庶民们的意愿与利益已经成为统治者创立制度、制定政策时的主要关注点之一。历代帝王，大都懂得一个浅显的道理：只有大多数老百姓的基本生活需求能够得到满足，这个国家才可能长治久安。相反，一旦广大人民难以维持生计，统治的危机就出现了。正是由于这种任何一个统治者都无法违背的铁的规律才使得他们在建构国家意识形态的时候，就赋予了它一个最基本的功能：必须能够使统治者与被统治者之间的关系由实际上的对立转换为观念上相互依存；必须使这种实际上更有利于统治者的观念系统看上去对每一个国家成员都是公正合理的；必须使这种具有行为规范功能的评价系统对统治者与被统治者双方都具有约束性，从而具有某种超越于双方利益之上的性质。如果说这种意识形态具有欺骗性，那么这种欺骗性并不仅是对被统治者的，它就像善于劝架的和事佬，说服对峙的双方都自我克制，各退让一步，从而构成一个可以合作、相互依存的共同体。这种意识形态唯一的价值指向就是这个共同体的稳定与和谐，它并不直接为哪个阶级服务。但是由于在这个既定的共同体中阶级地位本来就是不平等的，所以这种旨在稳定现实秩序的意识形态实际上更有利于统治者，因为稳定和谐就意味着统治者的统治一直有效地持续下去。这种意识形态要求统治者为此付出的代价是克制自己的欲望，将自己的利益部分地转让给被统治阶级。由此可见，这种意识形态充当的是协调者的角色——说服在根本利益上对立的阶级各自牺牲部分利益来换取双方的和平共处。由此看来，这种意识形态实际上正是统治者与被统治者之间利益磨合的结果，而这种意识形态的建构者也就是那些因缘巧合刚好成为两个阶级之间讨价还价的"中间人"角色的人物。

以孔子为代表的儒家在历史的演进中恰恰就扮演了这样一种"中间人"的角色。从政治倾向上看，先秦诸子实际上都多少代表了或接近于某个社会阶层的利益。而只有儒家才适合于做"中间人"，何以见得呢？我们看老庄、墨家、杨朱之学基本上是否定任何统治的合法性的。老庄的"绝圣弃智""灭文章，散五彩"式的彻底的反文化主张，实际上是否定一切精神控制，更别说政治控制了；道家对以"自然"为特征的形上之道（或天地之道）的推崇，实际上是否定现实统治者的权威性；道家对那种古朴淳厚的原始生活方式的张扬更直接地是对现实政治的蔑视。墨家的"兼相爱，交相利"本质上是对统治者特权的否定；"非攻""非乐""节用""节葬"是对统治者政治、文化生活的批判。"尚同"虽然看上去是主张统一天下百姓的价值观念，但由于代表这种价值观的天子乃由百姓选举而生，故而这种统一的价值观念根本上是以天下百姓的利益为基准的。杨朱一派的思想已经难窥全貌，就其最有代表性的"拔一毛而利天下，不为也"之观点看，无论"利天下"是释为"以之利天下"还是"利之以天下"，都表示一种凸显个体价值的精神，这可以说是对战国时代诸侯们以国家社稷利益为号召而进行兼并与反兼并战争的政治状况最彻底的否定，当然也是对任何政治合法性的彻底否定。如此看来，老庄、杨朱之学在政治方面有些像无政府主义，墨家之学则近于平民政治，这都可以看作被统治者向统治者提出的挑战。法家纵横家之学则刚好相反，完全是站在统治者立场上寻求统治的有效性。法家主张统治者应该充分利用手中的权力，通过惩罚与奖励的手段，使政治控制达到最佳效果。在法家看来，平民百姓不过是一群任人驱使、任人宰割的牛羊犬马而已。至于纵横家，除了为诸侯们策划攻守之策外，别无任何积极的政治主张。如果把统治者与被统治者看成社会整体构成的两极，那么法家、纵横家毫无疑问是完全选择了统治者的立场。

在一个存在着统治与被统治两种力量的社会共同体中，完全站在任何一方的思想系统都无法成为这个共同体的整体意识形态，因为它必将引起社会矛盾的激化而不利于共同体的长期存在。就根本利益而言，统治者与被统治者是天然对立的，因为统治就意味着一部分人的权利被剥夺，而另一部分人可以至少是一定程度上支配另一部分人。但是主流意识形态的作用恰恰是将不同人的利益整合为共同体的整体利益，这也就是在阶级矛盾激化的时候，民族主义常常可以起到淡化这种矛盾之作用的原因。意识形态要起到这种作用就必须在维护统治合法性的前提下尽量照顾到社会各阶层的利益，特别是被统治者的利益。这样它就要扮演双重角色：时而站在统治者的立场上向着被统治者言说，告诫他们这种统治是天经地义的、合法的，是必须服从的，否则他们的利益将更加受到损害；时而又要站在被统治者的立场上向着统治者言说，警告他们如果过于侵害被统治者的利益，他们的统治就可能失去合法性而难以为继。儒家学说从一诞生开始，就极力扮演着这种双重角色，所以即使在孔子和孟子率领众弟子奔走游说、处处碰壁、惶惶若丧家之犬的时候，他们的学说也已经具备了成为大一统社会的主流意识形态的全部质素。让我们先来看看他们是如何代表被统治者向着统治者言说的。

先看《论语》：

子曰："道千乘之国，敬事而信，节用而爱人，使民以时。"
（《学而》）

子曰:"为政以德,譬如北辰,居其所而众星共之。"(《为政》)

哀公问曰:"何为则民服?"孔子对曰:"举直错诸枉,则民服。举枉错诸直,则民不服。"(《为政》)

仲弓问仁。子曰:"出门如见大宾,使民如承大祭。己所不欲,勿施于人。"(《颜渊》)

哀公问于有若曰:"年饥,用不足,如之何?"有若对曰:"盍彻乎?"曰:"二,吾犹不足,如之何其彻也?"对曰:"百姓足,君孰与不足?百姓不足,君孰与足?"(《颜渊》)(朱熹注云:"有若深言君民一体之意,以止公之厚敛,为人上者宜深念也。)

再看《孟子》:

为民上而不与民同乐者,亦非也。乐民之乐者,民亦乐其乐。忧民之忧者,民亦忧其忧。乐以天下,忧以天下,然而不王者,未之有也。(《梁惠王下》)

贼仁者谓之贼。贼义者谓之残。残贼之人,谓之一夫。闻诛一夫纣矣,未闻弑君也。(《梁惠王下》)

得天下有道:得其民,斯得天下矣。得其民有道:得其心,斯得民矣。得其心有道:所欲与之聚之,所恶勿施,尔也。(《离娄上》)

以佚道使民,虽劳不怨。以生道杀民,虽死不怨杀者。(《尽心上》)

亲亲而仁民,仁民而爱物。(《尽心上》)
民为贵,社稷次之,君为轻。(《尽心下》)

上面摘引的这些语句都是对统治者的教导和规范。儒家甫一诞生,就是以整个社会各个阶级共同的教育者和导师的身份出现的。他们认为为全民确立正确的价值观念是他们的天职。在他们眼里,即使是君主,也是受教育的对象,而且从某种意义上说,教育君主似乎是更重要、更迫切的任务。因为在他们看来,天下之所以不太平,原有的价值系统之所以崩毁,主要是因为以君主为代表的统治者们贪得无厌。他们的学说首先是为了教育统治者的，所以诸如此类的言说在孔、孟等儒家思想家那里可以说比比皆是。当然，他们也没有忘记自己教育人民的神圣使命。因此，在他们那里，劝说人民接受统治者的统治，承认既定的社会等级，认同自己被统治者的身份的言说，也是随处可见。诸如"礼、义、廉、耻""孝、悌、忠、信""君君、臣臣、父父、子子"等都是教育人民如何做人的基本原则。

所以，通观儒家典籍，除了客观地记载了一些历史事实之外，主要只说了三件事：第一，统治者如何有规则地行使自己的统治权；第二，被统治者如何自觉地接受统治；第三，个体如何有意义地做一个人。看看《论语》《孟子》《大学》《中庸》，除此三者，更有何事？

三、儒家能够成为"中间人"的原因

那么为什么在诸子百家之中只有儒家能够扮演这种"中间人"的角色呢？在我看来这主要有三方面的原因。一是儒家的社会身份认同；二是儒家创始人孔子个人的文化身份；三是与此相关的对先在的思想资源的选择与接受。

从第一点来看，这实际上是这样一个问题：儒家究竟代表何人的利益？依照过去我们那种所谓"皮之不存，毛将焉附"的观点，知识阶层必然要依附于某个社会阶级，他们没有独立存在的可能。看中外历史的实际情形，这种说法是值得商榷的。卡尔·曼海姆指出：

> 在每一个社会中都会有一些社会群体，其任务在于为社会提供一种对世界的解释。我们称它们为"知识界"。一个社会愈是处于静态，这个阶层将愈可能在社会中获得明确的身份或社会等级地位，因此，巫术师、婆罗门、中世纪的教士都被看作知识阶层，它们之中的每一个阶层都在其社会中享有塑造该社会的世界观的垄断性控制权，而且享有对于重建其他阶层朴素形式的世界观或

调解其差异的控制权。①

这里准确地指出了知识阶层在思想观念上的独立性，以及对其他社会阶层的控制权，我认为是非常符合历史实际的。马克斯·韦伯指出：

> 2000多年来，士人无疑是中国的统治阶层，至今（指20世纪初——引者）仍然如此。虽然他们的支配地位曾经中断，也经常受到强烈的挑战，但是总会复苏，并且进一步扩张。……他们接受过人文教育，尤其是书写方面的知识，而其社会地位也是基于这种书写与文献上的知识。②

这是说，除了经济、政治上的资源之外，文化知识也可以成为一个社会阶层获得独立性甚至支配地位的主要依据。中国古代的士人阶层正是凭借创造与传承文化而获得相对独立的社会地位的。

从士人阶层相对独立的社会身份的角度看，我们以为，儒学在汉代以后之所以能够成为主流意识形态，最主要的原因并不仅仅是统治者的选择问题，而且还是古代知识阶层，即士人或士大夫阶层的选择问题。士人阶层何以选择了儒学？在我看来，正是因为儒学最充分地代表了这个社会阶层的根本利益。士人阶层的根本利益是什么？首先是存在，其次是发挥自己干预社会的作用，即部分地获得控制社会的权力。所谓存在并不是指个体生命的存在，而是指作为一个具有独立性的社会阶层的存在。老庄、杨、墨之学本质上都具有一种自我解构的性质——在消解了现实政治与价值系统合理性的同时，也消解了自身存在的合理性。所以它们实际上并不能代表士人阶层的利益，因为它们会导致这个阶层的解体。法家、纵横家之学同样不能代表士人阶层的利益，因为它们完全认同了统治者的利益与价值观，其结果是彻底消泯士人阶层思想上的独立性而沦为纯粹的工具。唯有儒家学说贯

---

① ［德］卡尔·曼海姆：《意识形态与乌托邦》，黎鸣、李书崇译，10～11页，北京，商务印书馆，2000。

② ［德］马克斯·韦伯：《儒教与道教》，洪天富译，116页，南京，江苏人民出版社，2008。

穿了一种极为自觉、清醒的文化身份的自我认同意识。他们时刻提醒
自己：我们是士人，我们有自己独立的价值观念系统，我们既不属于
君权范畴，又不属于庶民范畴，我们是承担着巨大社会责任的独立的
群体。下面的引文可以充分说明儒家这种身份认同意识。

> 士志于道，而耻恶衣恶食者，未足与议也。(《论语·里仁》)
> 士不可以不弘毅，任重而道远。(《论语·泰伯》)
> 子贡问曰："何如斯可谓之士矣？"子曰："行己有耻，使于四
> 方不辱君命，可谓士矣。"曰"敢问其次？"曰"宗族称孝焉，乡
> 党称弟焉。"曰："敢问其次？"曰："言必信，行必果，硁硁然小
> 人哉！抑亦可以为次矣。"曰："今之从政者何如？"子曰："噫！
> 斗筲之人，何足算也！"(《论语·子路》)
> 子路问曰："何如斯可谓之士矣？"子曰："切切偲偲，怡怡如
> 也，可谓士矣。朋友切切偲偲，兄弟怡怡。"(《论语·子路》)
> 士而怀居，不足以为士矣。(《论语·宪问》)
> 志士仁人，无求生以害人，有杀身以成仁。　(《论语·卫
> 灵公》)
> 无恒产而有恒心者，惟士为能，若民，则无恒产，因无恒心。
> (《孟子·梁惠王上》)
> 士之失位，犹诸侯之失国家也。(《孟子·滕文公下》)
> 士之仕也，犹农夫之耕也。(《孟子·滕文公下》)
> 志士不忘在沟壑，勇士不忘丧其元。(《孟子·滕文公下》)
> 古之贤王好善而忘势；古之贤士何独不然？乐其道而忘人之
> 势，故王公不致敬尽礼，则不得亟见之。见且由不得亟，而况得
> 而臣之乎？(《孟子·尽心上》)
> 故士穷不失义，达不离道。穷不失义，故士得己焉；达不失
> 道，故民不失望焉。古之人，得志，泽加于民；不得志，修身见
> 于世。穷则独善其身，达则兼善天下。(《孟子·尽心上》)

在先秦诸子百家中只有儒家才有这样明确的自我规范、自我认同意识！
也只有儒家才将士人阶层看作一个整体。从这些引文中我们可以清楚

地看到，儒家思想家对于自己的社会身份有着何等清醒的自我认识！他们知道自己既不是天生的统治者，又不是一般的庶民；他们既要与统治者结盟，在政治上发挥自己的作用，同时又必须保持自己人格上，特别是价值观念上的独立性。从纯粹政治的角度看，他们的出仕是加盟到统治者之中了，是统治者对他们的控制和利用；但从意识形态的角度看，他们成为社会价值秩序实际上的建构者，是他们对统治者的控制和利用。从士人阶层的这种自我意识和自觉的社会身份认同中我们还发现了他们的独特性之所在：与统治者阶层相比，他们有崇高的社会理想和人格理想，就是说，他们具有可贵的乌托邦精神，而统治者却只是关心统治的稳固性；与一般的庶民相比，他们的确是先知先觉——对自己的社会责任和社会境遇有着清醒的理解，并且有明确的行为准则与行动策略，而庶民则始终是处于"日用而不知"的状态。他们传承了中国文化的命脉，他们塑造了民族的性格，他们才真正是中华民族的"脊梁"！

儒家思想之所以能够成为大一统社会中的主流意识形态，实际上并不仅仅是统治者的选择问题，而且也是士人阶层的选择问题。没有士人阶层的自觉认同，儒学如何能够在诸子百家之中脱颖而出呢？那么问题就来了：为什么士人阶层会选择儒学呢？在我看来，统治者的选官制度的调整仅仅是一种外在的原因，儒学本身符合士人阶层的社会身份和利益才是最重要的内在原因。在大一统的君主制社会结构中，并没有一个西方近代以来形成的"市民社会"那样的中间形态的社会组织形式。除了行使社会控制权的君权系统之外，农、工、商等社会阶层均处于被统治地位，除了造反之外他们没有参与社会政治的任何可能性。士人阶层虽然是处于君权系统与庶民阶级之间的社会阶层，却没有任何组织形式，因此并不能成为一种足以与君权相抗衡的政治力量。这个阶层的形成是由文化的传承所决定的，他们作为一个社会阶层的共同属性是学习、传承、创造知识话语系统。然而任何文化的或知识的话语系统都只有适应某种社会需求才能够存在下去，毫无用处的东西迟早被历史所淘汰。如果将中国古代社会看作一个有机的系统，那么文化知识就是将这个系统各个组成部分连为一体的纽带或血脉。这样，为各个社会阶层共同认可就成为文化知识获得合法性的标志。只有具有这种合法性的文化知识体系才能在这个社会系统中居于主导地位，而其他种种话语系统就只能被边缘化。反过来说，一种文化知识系统获得合法性也就意味着他的持有者或主体在社会系统中成了被需要的群体，从而获得了安身立命的权利。这恰恰就是士人阶层最终选择儒学的深层原因。

换一个角度看，士人阶层原本是旧的社会秩序瓦解的产物，所以他们与生俱来的历史使命就是要使无序的社会复归于有序。诸子百家都是应运而生的社会医生，其共同目标是为生病的社会治疗。他们的区别只是药方不同而已。士人阶层面临的难题是：他们只有药方，却没有任何医疗设备。这就意味着他们要拯救社会，就必须与现实的统治者合作。换句话说，士人阶层要获得存在的合法性就必须得到统治者和被统治者的双重认可。士人阶层的存在意义不在于他们占有知识话语权，而在于他们占有的知识刚好可以沟通统治者与被统治者，使双方都认为他们是自己的代言人。这些都只有儒家才能做到。这就是说，只有儒家之学可以使士人阶层作为一个相对独立的社会阶层获得存在的合法性。其他学说则只能导致这个阶层的消亡——这就是士人阶层最终不得不选择儒学的根本原因。

从第二点来看，即儒学创始人孔子个人的文化认同角度看，孔子本人原是一位破落贵族家庭的子弟，他的祖上是宋国的宗室，因为放弃做国君的机会而被国人奉为圣人。孔子本人无论是为官还是为民，都是以大夫的身份周游列国、交接诸侯的。这种古老的贵族家世，就使得孔子对传统的、繁文缛节而又堂皇高贵的贵族文化有着深入骨髓的认同与崇拜，对制度化的社会等级体系与固定的身份性有着顽固的向往。由于西周的典章制度集古代政治文化之大成，极为繁复细密，所以最得孔子推崇，他发誓穷自己毕生之力以恢复光大之。但是，孔子并没有实际上的贵族身份，相反，他出身于一个贫寒的家庭，少年时"贫且贱"，为了生计尝不得不从事"低贱"的职业。后来在鲁国他只是因为博学多闻才受到贵族们的尊重的。这种贫贱的生活经历又使他能够从平民百姓的角度看待政治事务，能够体会到被统治者的切身感受，故而常常站在他们的立场上向着统治者言说。这种交织于孔子身上的观念层面上的对传统贵族文化的认同与经验层面上的被统治者的体验，使他在全盘接受西周文化的同时也为之注入了新的内容，这就是一定程度的平民意识与人道精神。他的"仁"的学说中就包含了这种伟大的平民意识与人道精神，这也正是平民百姓可以接受儒家文化的主要原因。

从第三点来看，即孔子所接受的文化资源的角度看，其本身就具有某种"中间人"的特质。我们知道，孔子心向往之的古代文化典籍主要是西周时期流传下来的《诗》《书》《礼》《乐》。这些典籍都是在周公"制礼作乐"时开始形成的，所以其基本价值取向与功能是在周公那里就确定了的。那么周公赋予了它们怎样的价值与功能呢？我们看看《周书》和《诗经》中那些可以确定为周初的篇什就不难发现，这些文化文本不管是歌颂先人功德的，还是当政者自我砥砺的，抑或告诫被统治者服从周人统治的，无不包含着一个主题：为周人的统治寻求合法性并使天下诸侯和百姓相信，吸收了殷人失败教训的周人的统治肯定会使每一个人都得到好处。也就是说，周初统治集团的"制礼作乐"既是建设国家制度的伟大工程，也是确立官方意识形态的重要举措。由于殷商灭亡的惨痛教训就在眼前，周初的统治者对于"天命"产生怀疑，而对于被统治者的巨大作用有了非常清醒的认识，所以，他们在建构意识形态之时，对于适当照顾被统治者的利益以及统治者必须进行自我约束均有明确的意识。这样一来，这种意识形态就带上了鲜明的"调和"色彩——这正是成熟的国家意识形态的根本特征。① 这种意识形态将周人统治者描述成全天下利益的代表者，对于延续两周八百年的世系起到了至关重要的作用。孔子继承了周人这些浓缩了国家意识形态的文化文本，自然而然也就继承了其"中间人"的文化角色。

至少对于中国古代社会而言，这种意识形态的"中间人"角色是扮演得极为成功的，以至于它千百年间是那样深入人心，几乎从来没

---

① 关于周初统治者的意识形态建构，我们将在其他地方进行全面探讨，这里暂不展开。

有人从根本上对它提出过质疑。可以说中国古代的士人阶层牢牢地掌握着意识形态话语建构的大权，这种意识形态就像一张巨大无比的网，将君主贵族与平民百姓都笼罩其中。

然而孔子以及后来的荀子、孟子等人孜孜以求的这种具有"中间人"功能的意识形态，在先秦时期并没有为任何一个诸侯国真正接受，更不用说成为整个"天下"的主流意识形态了。这是什么原因呢？在我看来，唯一的原因就是这种思想系统不符合春秋战国时代各诸侯国统治者的根本利益。因为在政治、军事、经济诸方面都处于激烈竞争之中的社会现实，迫使统治者们将全副精神都用于外交上的奸诈权谋与内政上的富国强兵了。所以各种临时性的刺激政策受到广泛应用，而可以长治久安却不容易立即见效的治国之道就必然为当政者所轻视。国家存亡的紧迫性使他们无暇顾及长久的意识形态建设：赶快富起来、强起来以避免挨打才是当务之急。于是法家的奖惩策略、纵横家的权谋、兵家的诡计就成为各诸侯急需的富国强兵的法宝。事实上，到了战国后期，各国所奉行的基本治国之术差不多都是法家的，只不过由于秦国见机最早，积累最厚，其他各国无论如何奖励耕战，也只能瞠乎其后了。连荀子这样的大儒在当时都染上了浓厚的法家色彩，足可见法家势力何等强大。这种强大并不是因为法家学说本身有什么过人之处，而是因为其所奉行的实用主义精神恰好符合时代的需求。在春秋战国之际儒家的命运是悲惨的，因为它找不到任何一个可以将其付诸实践的地方，所以它的奉行者就只好忍受"道不行，乘桴浮于海"的绝望之情了。但是这种不合时宜的学说为什么居然有那样多的追随者呢？这有三个原因：一是儒家学说虽然不曾被统治者所采纳为国策，但是掌握大量文化知识与礼仪制度的儒者却是受到君主们欢迎的，他们或做傧相，或为邑宰，是官方机构中不可缺少的角色。例如，孔子一生不得志，但他培养出来的"研究生"却没有找不到工作的（有不愿意工作，而愿意退隐或讲学者如颜渊、子游、子夏、曾子者除外）。《史记·儒林列传》载："自孔子卒后，七十子之徒散游诸侯，大者为师傅卿相，小者友教士大夫，或隐而不见……如田子方、段干木、吴起、禽滑釐之属，皆受业于子夏之伦，为王者师。"二是儒家学说重视个人修养，具有提高人的精神境界的功能，故而对于那些在乱世之中心灵无所皈依的年轻人具有极大的吸引力。三是儒家学说抱有远大辉煌的社会理想，有着强烈的人文关怀，具有强烈的乌托邦精神，对于有志于改天换地的热血青年具有极大的诱惑力。这些从《论语》所记载的孔子与众弟子的对话中都可以看出来。此外还有一个原因：儒学是体现了士人阶层身份认同的学说，在这种学说中士人阶层最能够感觉到人生的意义与自身的价值。由于上述原因，儒学就成了最受士人阶层欢迎的学说了。

这样说来，对先秦时期以孔子为代表的儒家学说最恰当的判定应该是唯一具有"中间人"特征，因此也是唯一具有成为主流意识形态潜在可能性的话语系统。

第六章　士人思想家的"立法"活动与儒家对诗歌功能的新阐发

　　春秋战国时期形成的士人阶层是以"立法者"的姿态出现在彼时的文化领域的。他们的思想代表即诸子百家，确凿无疑地证明了他们这种"立法者"的特殊身份。这样就有如下问题：他们为什么会产生"立法"的冲动？他们凭什么为天下"立法"？他们采取的策略是怎样的？

一、士人思想家的"立法"冲动及策略

　　士人思想家的"立法"冲动首先是对社会需求的回应。我们知道，春秋战国是一个"礼崩乐坏"的时代。"礼崩乐坏"不仅是指西周的典章制度受到破坏，而更主要的是表明了在三百年的西周贵族社会中形成的那套曾经是极为有效的、被视为天经地义的价值观失去了合法性。这就出现了"价值真空"的局面。人们都是按照自己的利益行事，不再相信任何普遍性的道德和信仰的价值规范。韩非所说的"上古竞于道德，中世逐于智谋，当今争于气力"① 正是指这种情形。各诸侯国的统治者们都奉行实力政策，全副精神用于兼并或反兼并的政治、外交和军事活动，根本无暇顾及意识形态的建设。于是那些处于在野地位的士人思想家就当仁不让地承担起建构新的社会价值观念体系，即为天下"立法"的伟大使命。

　　士人思想家要充当"立法"者还因为他们的确拥有立法的资本：这个特殊的社会阶层在政治、经济方面可以说一无所有，却唯独拥有文化知识和智慧。他们试图干预社会的方式也就由此决定。于是建构

---

① 　（清）王先慎：《韩非子集解》，445 页，北京，中华书局，1998。

社会价值观念体系，使社会从无序达到有序，从而实现自身的价值，就成为他们最佳的也许是唯一的选择。诸子百家都是以"立法"者的姿态现身的，从历史的角度看，他们的区别仅表现于各自所立之"法"的不同价值取向以及最终是否能够取得合法性上。

那么士人思想家为自己的立法行为所采取的策略和价值取向是怎样的呢？我们先来看儒家的情况。

如前所述，西周礼乐文化的直接继承者是儒家士人。表面看来，儒家士人是士人阶层中最为保守的一部分，实际上他们与主张彻底抛弃礼乐文化的道家及主张用夏礼的墨家并无根本性区别，他们都是在建构一种社会乌托邦，目的是为社会制定法则。区别仅在于：儒家是要在废墟的基础上，利用原有的材料来建构这个乌托邦，而道家、墨家则是要重新选择地址来建构。所以儒家也不是什么复古主义。因为儒家同样是要建构乌托邦，所以他们就必然要对那些原有的建筑材料——西周的文化遗存进行新的阐释，赋予新的功能；又因为他们毕竟是借助了原有的建筑材料，所以他们的乌托邦也就必然留有旧建筑的痕迹。这两个方面都在儒家关于诗歌功能的新阐发中得到表现。

孔子对诗歌功能的理解与诗歌在西周至春秋时期的实际功能已相去甚远。例如，对诗歌的仪式化作用，主要是其沟通人神关系的功能，孔子就基本上没有论及。本来颂诗和雅诗的一部分原本是在各种祭祀仪式中用来"告于神明"的乐舞歌辞，这可以说是诗歌在西周官方意识形态中最早的也是最基本的功能了。但是声称"周监于二代，郁郁乎文哉！吾从周"的孔子，却对诗的这种重要功能视而不见。这是什么原因呢？其实很简单：在孔子的时代，诗歌原有的那种沟通人神关系的功能已经随着西周贵族制度的毁灭而荡然无存了。而孔子的言说立场也不再是处于统治地位的贵族立场，而是处于民间地位的士人立场。在西周的文化历史语境中，诗歌作为人神关系中的言说方式实际上负载着强化既定社会秩序、使贵族等级制获得合法性的重要使命。而对于孔子所代表的儒家士人来说，重要的是建构一种新的社会乌托邦，而不是强化已有的社会秩序。

但是对于诗歌原有的沟通君臣关系的功能，孔子却十分重视。他说："《诗》，可以兴，可以观，可以群，可以怨。迩之事父，远之事君。多识于鸟兽草木之名。"① 诗如何可以"事君"呢？这里主要是靠其"怨"的功能。孔子将"怨"规定为诗歌的基本功能之一，是对西周之末、东周之初产生的那些以"怨刺"为主旨的"变风变雅"之作的肯定。"怨"不是一般地发牢骚，而是向着君主表达对政事的不满，目的是引起当政者重视而使其有所改变。所以，孔安国认为"怨"指"怨刺上政"，是比较合理的解释；朱熹将其释为"怨而不怒"就明显隔了一层。"怨刺上政"并不是单方面地发泄不满情绪，而是要通过"怨"来达到某种影响"上政"的目的。这样才符合"事君"的原则。我们知道，在西周至春秋中叶，在贵族阶层之中，特别是君臣之间的确存在着以诗的方式规劝讽谏的风气。《毛诗序》所谓"上以风化下，下以风刺上，主文而谲谏，言之者无罪，闻之者足以戒，故曰风"，或许并不是想当然的说法，而是对古代贵族社会内部某种制度化的沟通方式的描述——诗歌被确定为一种合法的言说方式，用这种方式表达不满即使错了也不可以定罪。

　　所以孔子对诗歌"怨"的功能的强调并不是赋予诗歌新的功能，而是对诗歌原有功能的认同。孔子虽然已经是以在野的布衣之士的身份言说，但是他的目的却是要重新建立一种理想的政治秩序，所以对西周文明的某些方面还是有选择地保留的。

　　诗歌在春秋时期政治生活中那种独特的作用即"赋诗明志"，大约是西周时期贵族内部那种以诗歌来进行沟通的言说方式的某种泛化。根据《左传》《国语》等史籍记载，在聘问交接之时通过赋诗来表达意愿并通过对方的赋诗来了解其意志甚至国情，成了普遍的、甚至程式化的行为。赋诗的恰当与否有时竟成为决定外交、政治、军事行动能否成功的关键。尽管"赋诗明志"的文化现象与孔子的价值取向并无内在一致性，但是对诗歌这样实际存在的特殊功能孔子却不能视而不见。所以他教导自己的儿子说："不学诗，无以言。"② 又说："诵

①　（宋）朱熹：《四书集注·论语集注》，259页，长沙，岳麓书社，1987。
②　（宋）朱熹：《四书集注·论语集注》，253页，长沙，岳麓书社，1987。

《诗》三百，授之以政，不达；使于四方，不能专对：虽多，亦奚以为？"① 这里"无以言"的"言"，显然即"专对"之义，指外交场合的"赋诗明志"。孔子这里提倡的是诗歌的实用功能，与儒家精神无涉。所以随着诗歌的这种实用功能的丧失，孔子之后的儒家思想家如子思、孟子、荀子等人再也没提及它了。

孔子毕竟是新兴的知识阶层的代表人物，他对诗歌的功能自然会有新的阐发。他之所以不肯放弃对诗的重视，是因为儒家的基本文化策略是在原有文化资源的基础上进行建构而不是另起炉灶；而他之所以要赋予诗歌新的功能，是因为其毕竟代表了一种新的文化价值取向。

孔子对诗歌功能的新阐发，或者说赋予诗歌新的功能主要表现在将诗歌当作修身的重要手段上。《论语·为政》："《诗》三百，一言以蔽之曰'思无邪'。""思无邪"本是《鲁颂·駉》中的一句，是说鲁僖公养了很多肥壮的战马，这是很好的事情。这里并不带有任何道德评价的意味。但是在孔子那里却被理解为"无邪思"之义。朱熹说："'思无邪'，《鲁颂·駉》之辞。凡《诗》之言，善者可以感发人之善心，恶者可以惩创人之逸志，其用归于使人得其情性之正而已。然其言微婉，且或各因一事而发，求其直指全体，则未有如此之名且尽者。故夫子言《诗》三百篇，而惟此一言以尽盖其义，其示人之意亦深切矣。'程子曰：'"思无邪"者，诚也。'"② 这里当然有宋儒的倾向，但是大体上是符合孔子本意的。这可由其他关于诗的论述来印证。其云："兴于诗，立于礼，成于乐。"汉儒包咸注"兴于诗"云："兴，起也。言修身当先学诗。"③ 朱熹注云："兴，起也。《诗》本性情，有邪有正。其为言既易知，而吟咏之间，抑扬反复，其感人又易入。故学者之初，所以兴起其好善恶恶之心而不能自已者，必于此而得之。"④ 可知汉儒、宋儒持论相近，都是孔子将诗歌作为修身的必要手段。孔子

---

① （宋）朱熹：《四书集注·论语集注》，208 页，长沙，岳麓书社，1987。
② （宋）朱熹：《四书集注·论语集注》，75 页，长沙，岳麓书社，1987。
③ （清）刘宝楠：《论语正义》，160 页，上海，上海书店，1986。
④ （宋）朱熹：《四书集注·论语集注》，150 页，长沙，岳麓书社，1987。

又说："人而不为《周南》《召南》，其犹正墙面而立也与?"① 意思是
说一个人只有学习了《周南》《召南》才会懂得修身齐家的道理，才会
做人，否则就会寸步难行。同样是将诗歌作为修身的手段。在孔子看
来，西周时期的礼乐文明主要在于它是一种美善人性的表现，而不在
于其外在形式。所以他说："礼云礼云，玉帛云乎哉? 乐云乐云，钟鼓
云乎哉?"② 按照孔子的逻辑也完全可以说： "诗云诗云，文字云乎
哉?"——诗歌的意义不在于文辞的美妙，而在于其所蕴含的道德
价值。

　　由此可见，原本或是祭祀活动中仪式化的乐舞歌辞，或是君臣上
下沟通方式，或是民间歌谣的诗歌在孔子这里被阐发为修身的必要手
段。诗歌原本具有的那些功能：贵族的身份性标志，使既定社会秩序
合法化，以及沟通上下关系，聘问交接场合的外交辞令等，在孔子的
"立法活动"或价值重构工程中都让位于道德修养了。那么孔子为什么
要将修身视为诗歌的首要功能呢? 这是一个极有追问价值的问题，因
为这个话题与孔子所代表的那个知识阶层的身份认同直接相关，同时
也是一种"立法"的策略。对此我们在这里略做探讨。

　　孔子所代表的这个被称为(亦自称为)"士"的知识阶层是很独特
的群体。依照社会地位来看，他们属于"民"的范畴，没有俸禄，没
有职位，不像春秋以前的作为贵族的"士"那样有"世卿世禄"的特
权。他们之所以能够成为一个独立的社会阶层，唯一的依据就是拥有
文化知识，此外他们可以说一无所有。但是这个阶层却极为关心天下
之事，都具有强烈的政治干预意识。这或许是他们秉承的文化资源即
西周的王官文化所决定的；或许是因为他们生存在那样一个战乱不已、
动荡不安的社会现实中，希望靠关心天下之事、解决社会问题来寻求
安定的社会环境，从而解决自己的生存问题。不管什么原因，这个阶
层的思想代表们——诸子百家都是以天下为己任的，都试图为濒危的
社会提供疗救的良药。

① （宋）朱熹：《四书集注·论语集注》，259~260 页，长沙，岳麓书社，
1987。

② （宋）朱熹：《四书集注·论语集注》，260 页，长沙，岳麓书社，1987。

诸子百家之学本质上都是救世的药方。那么如何才能救世呢？

首先就是为这个混乱无序的世界制定法则。所以诸子百家实际上人人都在扮演"立法者"的角色。如果说老庄之学的主旨是要将自然法则实现于人世间，即以自然为人世立法，那么儒家学说则是要在西周文化遗留的基础上改造原有的社会法则。在充当"立法者"这一点上，老庄、孔孟以及其他诸家并无不同。那么，他们凭什么认为自己是"立法者"呢？或者说，他们是如何将自己塑造为"立法者"这样一种社会角色的？

儒家的策略是自我神圣化。我们知道，儒家是在继承西周文化的基础上来建构自己的学说的，商人重鬼神，周人重德行，所以他们就抓住了一个"德"字来为自己的立法者角色确立合法性。看西周典籍如《周书》以及《周易》《周颂》《周官》等，周人的确处处讲"德"。如《洪范》讲"三德"，《康诰》讲"明德慎罚"，《酒诰》讲"德馨香祀"，《周礼》讲"六德"，《周颂·维天之命》讲"文王之德之纯"等，这都说明周人确实是将"德"当作一种最重要、最核心的价值观看待的。周人的所谓"德"是指人的美德，也就是在人际关系中表现出来的一种恭敬、正直、勤勉、勇毅、善良的品质。盖西周政治是以血亲为纽带的宗法制度，所以要维持贵族内部的和谐团结就必须有一种统一的、人人自觉遵守的伦理规范。"德"就是这种伦理规范的总体称谓。孔子对周人遵奉的伦理规范加以改造，使之更加细密、系统，从而建构起一种理想化的圣贤人格。"仁义礼智、孝悌忠信"是这种理想人格的基本素质。这八个字可以说是孔子教授弟子的最基本的内容，同时也是儒家士人自我神圣化的主要手段。如"君子"本来是对男性贵族的统称，如《诗经·魏风·伐檀》的"彼君子兮，不素餐兮"之谓就是指贵族。但是到了孔子这里，"君子"就成了一种道德人格：有修养、有操守的人称为君子，反之则是小人。例如，他说："君子之于天下也，无适也，无莫也，义之与比。"又说："君子怀德，小人怀土。君子怀刑，小人怀惠。"又说："君子喻于义，小人喻于利。"[1] 孔子要

---

① （宋）朱熹：《四书集注·论语集注》，100～102 页，长沙，岳麓书社，1987。

求他的弟子都要做君子，不要做小人。君子、小人之分暗含着对"立法"权的诉求：我是君子，所以我有权为天下制定法则。

所以孔子对圣贤人格或君子人格的建构过程，同时也就是证明自己"立法"活动之合法性的过程。而且这种君子人格所包含的价值内涵实际上也就是孔子所欲立之"法"的重要组成部分。这样"立法"活动与证明"立法"权之合理性的活动就统一起来了。这真是极为高明的文化建构策略。然而无论孔子的策略如何高明，在当时的文化历史语境中，他的立法活动都是无效的，因为除了儒家士人之外他再也没有倾听者了。他的价值观念无法得到社会的认同，因此也就无法真正获得合法性。但是作为一种完整的话语系统，孔子的思想在后世得到了最为广泛、最为长久的普遍认同，同时孔子本人也被后世儒者继续神圣化，直至成为人世间一切价值的最高权威。

孔子在为天下"立法"的过程中建构起的话语体系，可以说是中国古代最早的精英文化。孔子及其追随者为了维护这种精英文化的纯洁性，极力压制、贬低产生于民间的下层文化。因为只有在与下层文化的对比中，方能凸显出精英文化的"精英"性来。这一点在孔子对"雅乐"的维护与对"郑声"即"新乐"的极力排斥上充分地表现出来。他说："恶紫之夺朱也，恶郑声之乱雅乐也，恶利口之覆邦家者。"[1] 这里所谓"雅乐"是指西周流传下来的贵族乐舞，其歌辞便是《诗经》中的作品。这类诗乐的特点按孔子的说法是"乐而不淫，哀而不伤"，是可以感发人的意志，引导人向善的。"郑声"则是产生于郑地的民间新乐，其特点是"淫"，即过分渲染感情。

孔子通过对"雅乐"与"郑声"的一扬一抑、一褒一贬确立了儒家关于诗歌评论的基本原则，凸显了精英文化与民间文化的根本差异，并确立了精英文化的合法地位。实际上，如果"郑声"仅仅是一种自生自灭的民间文化，孔子恐怕也没有兴趣去理睬它。看当时的情形，"郑声"这种民间艺术似乎颇有向上层渗透的趋势，甚至有不少诸侯国的君主都明确表示自己喜欢"新声"，而不喜欢"雅乐"。也就是说，

---

① （宋）朱熹：《四书集注·论语集注》，262页，长沙，岳麓书社，1987。

"新声"以其审美方面的新奇与刺激,大有取代"雅乐"的趋势。孔子是精英文化的代表者,为了维护精英文化的合法性,就必然会贬抑民间文化,这里并不完全是由于价值观上的差异。孔子凸显精英文化之独特性的根本目的,还是要与统治者的权力意识及民间文化区分开来,以便充分体现儒家学说作为"中间人"的文化角色,如此方可代天下立言。

二、孔子对诗歌功能的新认识

下面让我们来看在孔子对《诗》的理解中是如何贯穿着这种文化角色,以及这种文化角色是如何影响到孔子的诗学观念的。这可不是个小事情,因为影响了孔子的诗学观念也就等于影响了两千多年的中国古代诗学。

据《史记·孔子世家》记载,孔子曾经将原有的三千多首诗作"去其重",编订为后来《诗经》的规模。于是便有了历代相传的孔子删诗的说法。自清代以来,疑者蜂起。人们怀疑的理由很充分:据《左传》《国语》等史籍记载,在孔子之前《诗经》基本上已经具备了后来的规模。而且孔子本人也有"《诗》三百"的说法。如此看来,孔子"删诗"之说是不能成立的。以理度之,由于孔子授徒讲学是以《诗》《书》等为基本教材的,所以他很可能对这些在传承中难免出现舛错、混淆以及多种传本的典籍进行过一定程度的整理校订。他尝自称"述而不作,信而好古"(《论语·述而》)。这个"述"字中除了传述、教授之意,恐怕还包含着整理的含义。正如他在鲁国史书的基础上整理、加工出《春秋》一书一样。他自己也说:"吾自卫返鲁,然后乐正,《雅》《颂》各得其所。"(《论语·子罕》)后世儒者的孔子"删诗",孔子"作《春秋》"以及孔子为了"托古改制"而创制"六经"等种种说法,大约均系由此捕风而来。

不管孔子是否真的对《诗经》进行过整理加工,都丝毫不影响他在诗学观念上的伟大贡献。我们完全可以说,孔子是中国古代第一个对诗歌功能做出全面、深刻阐述的思想家。但是,孔子的诗学观念又是十分复杂的，以往人们对这种复杂性往往缺乏足够的认识，当然也就谈不上深入理解了。在我看来，孔子诗学的这种复杂性主要来自他对诗歌功能的认定乃是出于不同的文化语境，或者说，是出于对诗歌在历史流变中呈现出的多层次、多维度的政治文化功能的兼收并蓄，而贯穿其中的一条主线则是对《诗》充当"中间人"的意识形态功能的坚持。我们看一看孔子是如何论及诗歌功能的：

①兴于诗，立于礼，成于乐。（《论语·泰伯》）

②人而不为《周南》《召南》，其犹正墙面而立也与？（《论语·阳货》）

③诵《诗》三百，授之以政，不达；使于四方，不能专对；虽多，亦奚以为？（《论语·子路》）

④不学诗，无以言。（《论语·季氏》）

⑤小子何莫学夫《诗》？《诗》，可以兴，可以观，可以群，可以怨。迩之事父，远之事君。多识于鸟兽草木之名。（《论语·阳货》）

以上五条是孔子对于《诗》的功能的基本看法。我们如果稍稍进行一下比较就不难发现，这些功能实际上并不是处于同一层面的，它们并不是同一文化历史语境的产物，简单说，它们并不都是可以同时存在的。这种情形是如何形成的呢？为了解决这个问题，我们就必须进一步追问：这些看法是怎样形成的呢？是孔子对诗歌在实际的政治文化生活中的作用的概括总结，还是他寄予诗歌的一种期望？是他个人对诗歌功能的理解，还是当时普遍的观念？

上引①②两条毫无疑问是讲修身的。对于"兴于诗"，朱熹注云："兴，起也。《诗》本性情，有邪有正。其为言既易知，而吟咏之间，抑扬反复，其感人又易入。故学者之初，所以兴起其好善恶恶之心而不能自已者，必于此而得之。"① 朱熹的意思是由于《诗》是人的本性的呈现，所以具有激发人们道德意识的功能。关于第②条，历代注家

---

① （宋）朱熹：《四书集注·论语集注》，150页，长沙，岳麓书社，1987。

皆以为"不为《周南》《召南》",即意味着不能自觉进行道德修养,因此就像面墙而立一样,寸步难行。然而考之史籍,修身实非诗歌的固有功能。据《周礼》《礼记》记载,诗歌的确是周人贵族教育的重要内容。但是在西周,诗与乐结合,同为祭祀、朝觐、聘问、燕享等仪式的组成部分,属于贵族身份性标志的重要方面。而在春秋之时,诗则演化为一种独特的外交辞令,更不具有修身的意义。所以孔子在这里所说的修身功能乃是他自己确定的教育纲领,当然也是他授徒讲学的实践活动所遵从的基本原则。因此孔子关于诗歌修身功能的言说,可以说是他与弟子们构成的私学文化语境的产物,在当时是没有普遍性的。根据孔子的道德观念与人格理想,他的修身理论的主要目的是要将人改造成为能够自觉承担沟通上下、整合社会、使天下有序化的意识形态的人:在君主,要做到仁民爱物、博施济众;在士君子,要做到对上匡正君主,对下教化百姓;在百姓,则要做到安分守己、敬畏师长。总之,家庭和睦、天下安定、人民安居乐业乃是孔子修身的最终目的。后来儒家大讲特讲的"修、齐、治、平",正是对孔子精神合乎逻辑的展开。孔子基于"修身"的道德目的来理解《诗》,就必然使他的"理解"成为一个价值赋予的过程。无论一首诗的本义如何,在孔子的阐释下都会具有道德的价值——这正是后来儒家《诗经》阐释学的基本准则。

第③、第④条是讲诗歌的政治功能。看看《左传》《国语》我们就知道,这是春秋时普遍存在的"赋诗言志"现象的反映。《左传》一书记载的"赋诗"活动有三十余次,其中最晚的一次是定公四年(前506年)楚国大夫申包胥到秦国求援,秦哀公为赋《无衣》。这一年孔子已经45岁。这说明在孔子生活的时代,"赋诗言志"依然是贵族的一项受到尊重的并具有普遍性的才能。尽管在《论语》中没有孔子赋诗的记载,但我们可以想见,在他周游列国的漫长经历中,一定也像晋公子重耳那样,所到之处,与各国君主、大夫交接之时常常以赋诗来表情达意。这样,孔子对诗的"言"或"专对"功能的肯定就是彼时大的文化历史语境的产物,具有某种必然性。倘若在孟子或荀子那里依然强调诗歌的这一功能,那就显得莫名其妙了。对于这种对《诗》

的工具主义的使用，按照孔子的思想逻辑，是不会予以太大的关注的，因为他历来主张"辞，达而已矣"，并认为"刚毅木讷，近仁"，"巧言令色，鲜矣仁"。但是由于在他生活的时代，利用诗歌来巧妙地表情达意乃是极为普遍的现象，而且在某种意义上还是贵族身份的标志，所以他也不能不对诗歌的这种功能予以一定程度的肯定。

　　第⑤条是孔子关于诗歌功能的最重要的观点，其产生的文化语境也最为复杂。关于"兴"，孔安国说是"引譬连类"，朱熹注为"感发志意"。以理度之，朱说近是。此与"兴于诗"之"兴"同义，是讲修身的作用。关于"观"，郑玄注为"观风俗之盛衰"，朱熹注为"考见得失"，二说并无根本区别，只是侧重不同而已。这是一种纯粹的政治功能。关于"群"，孔安国注为"群居相切磋"，朱熹注为"和而不流"。二说亦无根本差异，只是朱注略有引申，而这种引申非常符合孔子本意。孔子尝云："君子矜而不争，群而不党。"朱熹注云："和以处众曰群。"可见这个"群"具有和睦人际关系之意。这是讲诗歌的沟通交往功能。关于"怨"，孔安国注为"怨刺上政"，朱熹注为"怨而不怒"，意近。这也是讲诗歌的政治功能。①

　　如此看来，"兴、观、群、怨"涉及诗的三个方面的功能。关于修身功能已如前述，不赘言。关于沟通、交往功能则《荀子·乐论》有一段关于音乐功能的言说堪为注脚。其云：

　　　　故乐在宗庙之中，君臣上下同听之，则莫不和敬；闺门之内，父子兄弟同听之，则莫不和亲；乡里族长之中，长少同听之，则莫不和顺。故乐者，审一以定和者也……（《荀子·乐论》）

这里所说的"乐"是包含着"诗"在内的。在荀子看来，"乐"的伟大功能是调节各种人际关系，使社会变得更加和睦、团结。这正是孔子"群"的本义。

　　关于政治功能，孔子是从两个角度说的：一是执政者的角度，即所谓"观"，也就是从各地的诗歌之中观察民风民俗以及人们对时政的

①　（宋）朱熹：《四书集注·论语集注》，242 页，长沙，岳麓书社，1987。

态度。在《孔子诗论》中有"《邦风》其内物也博，观人俗焉"① 之说，可以看作对"兴、观、群、怨"之"观"的展开。二是民的角度，即所谓"怨"，亦即人民对当政者有所不满，通过诗歌的形式来表达。《孔子诗论》云："贱民而怨之，其用心也将何如？曰：《邦风》是也。民之有戚患也，上下之不和者，其用心也将何如？"② 这是对"怨"的具体阐释。从这里可以看出，孔子对诗歌这种"怨"的功能十分重视，并且认为"怨"的产生乃是"上下不和"所致。而"怨"的目的正是欲使"上"知道"下"的不满，从而调整政策，最终达到"和"的理想状态。由此可以看出"兴、观、群、怨"说的内在联系。

这样看来，孔子对诗歌功能的确认共有四个方面：修身、言辞、交往、政治。这四种功能显然是不同文化历史语境的产物，是《诗经》作品在漫长的收集、整理、传承、使用过程中渐次表现出的不同面目的概括总结。这种对诗歌功能的兼容并举态度，是与孔子本人的文化身份直接相关的。如前所述，孔子祖上是宋国贵族，他本人也曾在鲁国做过官，有着大夫的身份，晚年还受到鲁国执政者的尊重，被尊为"国老"。这些都使他常常自觉不自觉地站在官方的立场上说话。但是，他毕竟又是春秋末年兴起的民间知识阶层（即士阶层）的代表，具有在野知识分子与生俱来的批判意识与自由精神。同时他作为传统文化典籍的传承者、整理者，作为博学的西周文化专家，对先在的文化遗产怀有无比虔诚的敬意。这样三重身份就决定了孔子对诗歌功能的理解和主张是十分复杂的。作为现实的政治家，他不能不对在当时普遍存在于政治、外交甚至日常交往场合的"赋诗"现象予以足够的重视，所以他强调诗的言说功能；作为新兴的在野士人阶层的思想家，他对于自身精神价值的提升十分重视，深知"士不可以不弘毅，任重而道远"的道理，故而时时处处将道德修养放在首位；对于长期存在于贵

---

① 李学勤：《〈诗论〉的体裁和作者》，见上海大学古代文明研究中心、清华大学思想文化研究所编：《上博馆藏战国楚竹书研究》，60 页，上海，上海书店，2002。

② 王志平：《〈诗论〉笺疏》，见上海大学古代文明研究中心、清华大学思想文化研究所编：《上博馆藏战国楚竹书研究》，211 页，上海，上海书店，2002。

族教育系统中的《诗》三百，孔子也就自然而然地要求它成为引导士人们修身的手段。而他的社会批判精神也必然使其对诗歌的"怨刺"功能予以充分的重视。最后，作为西周文化的专家和仰慕者，孔子对《诗》三百在西周政治文化生活中曾经发挥过的重要作用当然心向往之。而沟通君臣、父子、兄弟乃至贵族之间的关系，使人们可以和睦相处，使社会安定有序正是诗乐曾经具有的最重要的社会功能，是周公"制礼作乐"的初衷。① 因此对于诗歌沟通、交往功能的强调对孔子来说就具有了某种必然性。总之，孔子言说身份的复杂性使之对诗歌功能的理解与强调也具有复杂性，这种复杂性也表现于孔子思想的方方面面。

在"兴、观、群、怨"四项功能之中，后三者最突出地表现了孔子对《诗》的意识形态功能的强调。"观"实际上是对统治者的要求，即要他们通过诗歌来了解民情，从而在施政中有所依据，也就是要求统治者充分尊重人民的意愿与利益。"怨"是对人民表达意愿的权利的肯定，是鼓励人民用合法的方式对执政者提出批评。至于"群"，则更集中地体现了意识形态"中间人"的独特功能，是对于和睦、有序的人际关系的吁求。

孔子将《诗经》作品在不同文化历史语境中曾经有过或者可能具有的功能熔于一炉，其目的主要是使之在当时价值秩序开始崩坏的历史情境中，承担起重新整合人们的思想，沟通上下关系，建构一体化的社会意识形态的历史使命。将社会实际问题的解决寄托于某些文化文本的重新获得有效性之上——这正是以孔子为代表的儒家思想家的乌托邦精神之体现。所以对于《诗》《书》《礼》《乐》等文化典籍，孔子都是作为现实的政治手段来看待的。他说："先进于礼乐，野人也；后进于礼乐，君子也。如用之，则吾从先进。"（《论语·先进》）包咸注云："先进、后进，谓仕先后辈。礼乐因世损益，'后进'与礼乐，俱得时之中，斯君子矣。'先进'有古风，斯野人也。"② 朱熹注云："'先进''后进'，犹言前辈、后辈。野人，谓郊外之民。君子，谓贤

① 对于诗歌的这种社会功能我们在后面将有深入探讨，这里暂不展开。
② （清）刘宝楠：《论语正义》，236 页，上海，上海书店，1986。

士大夫也。程子曰：'先进于礼乐，文质得宜，今反谓之质朴，而以为野人。后进之于礼乐，文过其质，今反谓之彬彬，而以为君子。盖周末文胜，故时人之言如此，不自知其过于文也。'"① 根据这些注文我们可以知道，孔子之所以"从"被时人视为野人的"先进"，根本上是因为其奉行之礼乐质重于文，亦即重视实用而轻视形式。而"君子"的礼乐则相反，过于重视形式而忽视了实用。孔子感叹："礼云礼云，玉帛云乎哉？月云月云，钟鼓云乎哉？"（《论语·阳货》）这正是强调礼乐的实用功能。孔子天真地以为，只要西周的文化典籍得以真正传承，那么西周的政治制度也就自然而然地得到恢复。实际上，尽管这些典籍曾经就是现实的政治制度，可是到了孔子时代早已成为纯粹的文化文本了。一定的经济、政治制度可以产生相应的文化文本，而流传下来的文化文本却不能反推出它当初赖以产生，现在已经崩坏的经济、政治制度。这是先秦的儒家思想家所无法意识到的，也是先秦儒家知识分子的悲剧性命运的根本原因之所在。

除了关于诗歌功能的主张之外，孔子关于诗歌审美特征的观点也是先秦诗学中至关重要的组成部分。在《论语》中涉及诗歌审美特征的有如下几则：

①子曰："师挚之始，《关雎》之乱，洋洋乎盈耳哉！"（《泰伯》）

②子在齐闻《韶》，三月，不知肉味，曰："不图为乐之至于斯也！"（《述而》）

③子谓《韶》："尽美矣，又尽善也。"谓《武》："尽美矣，未尽善也。"（《八佾》）

④子曰："《关雎》，乐而不淫，哀而不伤。"（《八佾》）

其中第①、第②条是讲诗乐的审美感染力，可以证明孔子对于诗乐有着很高的审美鉴赏能力，也可以证明诗乐在实现其意识形态功能的同时也还具有审美方面的功能。第③条是孔子关于诗乐的最高评价标准，

---

① （宋）朱熹：《四书集注·论语集注》，179 页，长沙，岳麓书社，1987。

这是道德价值与审美价值相统一的准则，此后一直是儒家关于文学艺术的基本评判标准。第④条是关于诗歌在表情达意方面的准则——适度，即有克制地表达情绪。这也是后世儒家最基本的文学价值观之一。这一条与孔子所追求的"中间人"式的意识形态功能联系最为紧密。特别是"哀而不伤"之说，如果和前面谈到过的"怨"联系起来看，我们不难看出这实际上是对处于被支配地位的臣民们如何表现"怨"之情绪所规定的标准。按照孔子的这一标准，臣民百姓有权向执政者表达自己对时政的不满，可以用诗的方式"怨刺上政"，这是对被统治者权利的维护。但是这种不满之情又不可以表现得过于强烈，一定要适度才行。为什么表情达意要受到这样的限制呢？这是孔子所追求的那种意识形态功能所决定的：这种意识形态的根本目的是沟通上下关系，使不同阶层的人和睦、有序地生活于一个共同体之中。要达到这样的目的，不同阶层之间的有效交流是最重要的。所谓有效交流，是说既要让下层民众有机会表达自己的意见、宣泄自己的不满情绪，又要使统治者能够接受批评，从而调整政策。这样才能使统治者与被统治者之间的矛盾得到缓解而不是激化。因此孔子要求双方都做出让步：统治者能够倾听意见，被统治者能够克制情绪。这便是汉儒所说的"上以风化下，下以风刺上，主文而谲谏。言之者无罪，闻之者足以戒，故曰风"。孔子和后世儒者大讲所谓"中庸之道"与这种意识形态建构的目的直接相关，而儒家"中和之为美"的审美原则生成的深层原因也正在于此。在中国古代，特别是先秦时期，一种看上去纯粹的审美观念，往往实际上蕴含着深刻的意识形态内涵。

三、孟子的认同意识及其诗学表征

我们再来看看孟子是如何继承孔子的精神继续建构精英文化并扮演"立法"者的角色的。这里我们将讨论如下问题：孟子与士人阶层的自我认同意识；孟子的人格理想及其与孔子的差异；诗在孟子言说中的地位。

我们先来看孟子与士人阶层自我认同意识的关系。我们知道，孔子的时代是士人阶层形成的初期，同时也是士人自我意识开始觉醒的时期。因为这个阶层是最敏感并且善于思考的社会阶层，所以即使他们还不够成熟，却已经有了清醒的自我意识。例如，孔子说的"士志于道，而耻恶衣恶食者，未足与议也"（《论语·里仁》）；"行己有耻，使于四方不辱君命，可谓士矣"（《论语·子路》）；"切切偲偲，怡怡如也，可谓士矣"（《论语·子路》）；"士而怀居，不足以为士矣"（《论语·宪问》）；以及曾子所说的"士不可以不弘毅，任重而道远"（《论语·泰伯》）等，都是士人阶层的自我意识，是他们的角色认同。

到了孟子，这种士人阶层的自我意识又有了进一步发展。他说："无恒产而有恒心者，惟士为能；若民，则无恒产，因无恒心。"（《孟子·梁惠王上》）又说："志士不忘在沟壑，勇士不忘丧其元"，"士之失位，犹诸侯之失国"，"士之仕也，犹农夫之耕也"（《孟子·滕文公下》）。又有"士不托于诸侯"及"一乡之士""一国之士""天下之士"（《孟子·万章上》）之说。这都说明孟子和孔子一样，都对于"士"的社会角色与文化身份有着极为清醒的认同，这是士人阶层自我意识最为突出的表现。这种自我意识认为，士人阶层乃是社会的精英，肩负着拯救这个世界的伟大使命。在他们看来，除了士人阶层之外，世上再没有什么力量有能力完成这一伟大使命了。他们应该严格要求自己，自我砥砺，使自己的品德与才能足以适应肩负的使命。所以孟子十分自信地说："如欲平治天下，当今之世，舍我其谁也？"（《孟子·公孙丑下》）先秦士人思想家，无论哪家哪派，大抵都怀有这样一种豪迈的志向。总体言之，孟子对孔子的发展主要表现在下面几个方面。

首先，在政治理想方面，孟子较之孔子更加具有乌托邦色彩。孔子当然也是一个乌托邦的建构者，他的"克己复礼"表面上是恢复西周的礼乐制度，实际上却是谋划一种新的社会价值体系，"仁"——其体为内在的道德意识，其作用为和睦的人际关系——是这个价值体系的核心。但是孔子毕竟较多地借助了西周的文化资源，其"正名"之说、"是可忍孰不可忍"之叹以及"君君、臣臣、父父、子子"之论都令人感到一种复古主义的浓烈味道。也就是说，孔子的乌托邦精神是隐含着的。孟子则不然，他虽然有时也不免流露出对所谓"三代之治"

的向往，但是其对社会制度的想象性筹划却是纯粹的乌托邦："制民之产"（"五亩之宅、百亩之田"）的经济政策，"与民同乐"的君主政治，"老吾老以及人之老，幼吾幼以及人之幼"的人际关系，用"仁义"统一天下的"王道"策略，都是极为美好的设想，是士人乌托邦精神的集中体现。这是因为孟子的时代西周时期的政治制度较之孔子之时破坏得更加彻底，故而即使是儒家士人也已经失去了恢复周礼的信心，只能建构更加纯粹的乌托邦了。

其次，在人格理想方面，孟子同样与孔子有了很大的不同。孔子所描画的人格境界基本上是一种君子人格：彬彬有礼、谦恭平和、从容中道，能够做到"己所不欲，勿施于人"。至于圣人境界，在孔子看来，即使是尧、舜这样的人也还有所不足，更遑论他人了。在孟子这里成圣成贤的信心似乎远比孔子充足。他心中的理想人格主要有如下几个特征。

第一，如果说孔子追求的人格境界还主要是有良好道德修养即遵循礼教的君子，那么，孟子所追求的则主要是特立独行的豪杰之士。所谓"志士不忘在沟壑，勇士不忘丧其元"表达了一种无所畏惧的勇武精神；所谓"富贵不能淫，威武不能屈，贫贱不能移"的"大丈夫"也表达了一种不屈不挠的勇武精神。显然，孟子的人格理想少了一点"文质彬彬"，多了一点雄豪刚猛。

第二，在人格修养的功夫上，孔子注重诗书礼乐与文行忠信的教育，强调由外而内的学习过程，也就是所谓"切问而近思"与"下学而上达"；孟子则强调存心养性的自我修习、自我提升的过程，亦即"反身而诚，乐莫大焉"。如果说"礼"在孔子那里还是最主要的行为准则，那么到了孟子的价值观念系统中，"礼"已经不再处于核心的位置了。相反，倒是在孔子那里"不可得而闻"的"心"与"性"成了孟子学说中的核心范畴。在先秦诸子中孟子是最关注心灵的自我锤炼、自我提升的思想家了。在他看来，"心"不仅是能思之主体，而且是最终的决断者：一个人究竟能够成为怎样的人完全取决于"心"的自由选择。他说："耳目之官，不思而蔽于物，物交物，则引之而已矣。心之官则思，思则得之，不思则不得也。此天之所与我者，先立乎其大者，则其小者弗能夺也。此为大人而已矣。"① 用现代学术话语来表述，孟子的逻辑是这样的：人具有得之于天的先验道德理性，它构成心灵的潜意识。一个人如果自觉地发掘培育这种道德潜意识，他就可以成为一个高尚的人；反之，如果他一味为感官的欲望所牵引，其先验的道德理性就会被遮蔽，他就会沦为低级趣味的人。但是道德理性不会自己培育自己，它同样是被选择的对象。这就需要有一个选择的主体做出最终的决定，这就是"心"。"心"依据什么来做出最终的选择呢？这是孟子未能解决，也是后世历代儒家思想家始终未能真正解决的问题。但是这并不意味着他们没有自己的解释。联系思孟学派以及宋儒的观点，儒家对这一问题的解释是有一种特殊的人能够自己感觉到先验的道德理性并予以培育，这样的人就是圣人。孟子说："诚者，天之道也；思诚者，人之道也。"② 《中庸》也说"自诚明，谓之性；自明诚，谓之教"。又说："诚者，天之道也；诚之者，人之道也。诚者不勉而中，不思而得，从容中道，圣人也。诚之者，择善而固执之者也。"③ 这就是说，圣人不用选择就可以按照先验道德理性行事，常人则需要做出选择然后努力去做方可，也就是要"博学之，审问之，慎思之，明辨之，笃行之"。那么常人为什么能够做出这样的选择而避免物欲的遮蔽呢？当然是靠榜样的力量，也就是向圣人学习。这就是宋儒津津乐道的"作圣之功"。而圣人的意义也就在于主动地启发常人向着这个方向努力，这也就是"以先觉觉后觉，以先知觉后知"。这样一来，由于设定了"圣人"这样一种特殊的人，儒家的难题就迎刃而解了。所以，如果说在孔子的话语系统中圣人是那种"博施于民而能济众"的伟大君主，那么，到了思孟学派这里圣人实际上就成了一个逻辑起点，即整个存心养性、完成人格过程的"第一推动者"。所以，从社会文化语境的角度来看，圣人实际上就是最高的"立法者"，也就是儒家士人思想家自我神圣化的产物，本质上就是他们自己。所以，如果说"道"是士人阶层价值体系的最高体现，那么，"圣人"就是他

---

① （宋）朱熹：《四书集注·孟子集注》，479 页，长沙，岳麓书社，1987。
② （宋）朱熹：《四书集注·孟子集注》，404 页，长沙，岳麓书社，1987。
③ （宋）朱熹：《四书集注·中庸章句》，44 页，长沙，岳麓书社，1987。

们人格理想的最高体现，二者的共同点在于都是士人阶层干预社会、实施权力运作的有效方式。

"性"是孔子不大关注而孟子极为重视的另一个重要范畴。在孔子那里只说过"性相近也，习相远也"（《论语·阳货》），意指人们的本性本来差不多，只是后来的修习将人区分开来了。观孔子之意，似乎以为人的本性本来无所谓善恶，一切都是后天影响或自我选择的产物。孔子这样说显然是为了突出教育和学习的重要性。然而到了孟子，就大讲其"性善"之论了。孟子的逻辑是这样的：人的本性原是纯善无恶的，只是由于物欲的遮蔽与牵引人们才误入歧途，滋生出恶的品行。善的本性植根于人"心"，即思考、辨别、反省的先验能力，这是"不学而知""不学而能"的"良知""良能"。能够导致恶的物欲则基于人的诸种感官，即人的肉体存在。孟子的意思是要通过强化前者来抑制后者，从而完善人格，最后落实为社会纷争的彻底解决。后来宋儒提出"天命之性"与"气质之性"的二元论，在根本上是完全符合孟子的逻辑的。说到这里，很容易令我们想起被人们称为"20世纪最伟大的人道主义者"的德裔美籍学者埃里希·弗洛姆关于人的潜能与善恶关系的论述：

> 如果说毁灭性确实一定是作为一种被禁锢的生产性能量而发展来的话，那么，把它称作人的本性中的一种潜能似乎也是对的。那么，这是否必然推出善与恶是人身上具有同等力量的潜能之结论呢？……一种潜在性的现实化依赖于现有的某种条件的现在，比如说，就种子而言，就依赖于适宜的土壤、水分和阳光。事实上，潜在性的概念除了与它的现实化所需的特殊条件相联系之外，是毫无意义的。……如果一个动物缺乏食物，它就无法实现其潜在性的生长，而只会死去。那么，我们可以说，种子或动物具有两种潜能，从每一种潜在性中都可以推出某些在以后的发展阶段上产生的结果：一种是基本的潜能，只要适宜的条件出现，它就会实现；另一种是次要的潜能，如果条件与实存的需要相对，它就会实现。基本的潜能与次要的潜能两者都是一个有机体之本性的组成部分。……使用"基本的"和"次要的"这些语词是为了

表示，所谓"基本的"潜能发展是在正常条件下发生的，而"次要的"潜能却只能是在不正常的病态条件下才能显示其存在。

……我们已经表明，人不是必然为恶的，而只是在缺乏他生长和发展的适宜条件的情况下才是为恶的。恶并没有它自己的独立存在，恶是善的缺乏，是实现生命之失败的结果。

……在下面的篇幅里，我将努力表明，正常的个体在其本身就拥有去发展、去生长、去成为生产性的存在的倾向，而这种倾向瘫痪的本身就是精神病态的症候。①

弗洛姆关于人性善恶的分析的方式当然不同于孟子，但是他们都旨在寻求一种人性正常发展的途径。如果用弗洛姆的两种潜能说来考察孟子的性善论，我们也可以将其所谓"性"理解为人的"基本潜能"，而将"蔽于物"的"耳目之官"理解为"次要潜能"。两种"潜能"都存在于人的身上，不同的条件导致它们或者实现出来，或者被压抑下去。至于说到"适宜的条件"则实际上是一个历史的范畴，在不同的具体时期应该有不同的表现，因为善与恶本身就是一对历史的范畴。

孟子为什么会如此重视对"性"的探讨呢？这是由其学说的基本价值取向所决定的。在孔子的时代，由于西周礼乐文化在儒家士人心目中还是一种具有诱惑力的价值系统，所以他们就将这种文化当作建构新的价值体系的话语资源和模仿对象。尽管已经是"礼崩乐坏"了，但是礼乐文化的合理性依然是自明的，至少在儒家士人心中是如此。所以他们不必花力气去证明西周文化合理性的依据是什么。

在孟子的时代一切都不同了，由于"圣王不作，处士横议"的局面早已形成，士人思想家中普遍存在着一种怀疑主义的、批判的意识，任何一种学说都无法借助自明性的逻辑起点来获得认同了。所以孟子就必须证明为什么只有实行"仁政"才能拯救世界，人们为什么有必要去"求放心"，去"存心养性"，以及凭什么说每个人通过自己的自觉修养就能够成为君子甚至圣人。"人性本善"就是他

---

① ［美］埃里希·弗罗姆：《自为的人——伦理学的心理学探究》，万俊人译，191～192页，北京，国际文化出版公司，1988。

整个思想体系的根基所在。孔子到西周文化中寻求话语建构的合法
性依据，孟子则到人的心中去寻找这种依据——这是这两位儒学大
师的主要区别所在。

第三，在最终的价值本原问题上，孟子的追问深入人与天地自然
的同一性上，孔子则仅限于人世的范围。毫无疑问，孔子和孟子的话
语建构本质上都是对价值秩序的建构，而不是为外在世界命名、分类、
编码的认知性活动。所以他们的话语建构都有一个价值本原的问题：
人世间一切价值的最终根基何在？孔子将这种追问限定在人世间，所
谓"子不语怪力乱神"（《论语·述而》），"不知生，焉知死"（《论语·
先进》），"夫子之文章可得而闻也，夫子之言性与天道不可得而闻也"
（《论语·公冶长》），等等，都说明孔子的视野是集中在人世间的人伦
日用与典章制度之上的。细观孔子之论，实际上是将"性"看作无善
无恶的，孟子却不然。如前所述，孟子的学说是以"人性本善"为逻
辑起点的。因为人心之中本来就有善根，故而方可"存"可"养"，能
"放"能"求"。但是这里还是存在着一个无法回避的问题：何以人竟
会存在这种与生俱来的善之本性呢？孟子解决这个问题的办法是向天
地自然寻求人世价值的最终本原。他说：

> 尽其心者，知其性也。知其性，则知天矣。存其心，养气性，
> 所以事天也。夭寿不贰，终身以俟之，所以立命也。（《孟子·尽
> 心上》）

朱熹释云：

> 心者，人之神明，所以具众理而应万事也。性则心之所具之
> 理，而天又理之所从出者也。人有是心，莫非全体。然不穷理，
> 则有所蔽而无以尽乎此心之量。故能极其心之全体而无不尽者，
> 必其能穷夫理而无不知者也。既知其理，则其所从出亦不外是矣。

又释"立命"云：

> 谓全其天之所付，不以人为害之。

又引二程云：

> 心也，性也，天也，一理也。自理而言谓之天，自禀受而言谓之性，自存诸人而言谓之心。

又引横渠云：

> 由太虚有天之名，由气化有道之名，合虚与气有性之名，合性与知觉有心之名。①

看孟子的原文与朱、程、张三人的解释，我们大体可以明白孟子于天地自然之中求最终价值本原的理路：天地自然的存在本身就是纯善无恶的，这是一个前提。人之性即天地自然之固有特性在人身上的显现，但是人由于常常受到物欲的牵引而不能自然而然地依照禀之于天的"性"行事，所以需要人自觉地存养修习。人寻求自己的本性并充分发挥它的各种潜能的过程也就是"知天"——了解天地自然的固有特性和"事天"——依据天地自然的特性行事的过程。简言之，人要按照天地自然的固有法则立身处世，并且在这个前提下尽最大可能来实现自己的潜能，这就是孟子的主旨所在。这样一来，孟子所理解的"天"，即天地自然的法则究竟是什么就至关重要了。如果这个法则是指万事万物的自在本然性或无为而无不为的特性，那么孟子就与老庄没有什么区别了。所以我们了解孟子对于"天"的理解就必须在儒学的语境中进行。考之儒家思想，"天"或"天地"最明显的特性乃是"生"。《周易·系辞下传》云："天地絪缊，万物化醇。男女构精，万物化生。"又云："天地之大德曰生。"《序卦》云："有天地，然后万物生焉。"《象传》云："天地感而万物化生。"在《易传》看来，天地化生万物的过程表现为阴阳的相互作用，所以《系辞上传》说："一阴一阳之谓道，继之者善也，成之者性也。"由此可知，儒家之所以将天地作为人世价值的最高本原，是因为天地具有化生万物的特性。儒家认为人们自觉地继承天地的这种特性，就是最大的善。这种继承不是

---

① （宋）朱熹：《四书集注·孟子集注》，499 页，长沙，岳麓书社，1987。

像道家主张的消极地顺应，而是积极地参与。与孟子思想关系最为密切的《中庸》说：

> 唯天下至诚，为能尽其性；能尽其性，则能尽人之性；能尽人之性，则能尽物之性；能尽物之性，则可以赞天地之化育；可以赞天地之化育，则可以与天地参矣。①

这些观点都可以看作孟子谈及"天"时的具体语境。我们来看看孟子的说法。《孟子·公孙丑上》说："夫仁，天之尊爵也，人之安宅也。"朱熹注云：

> 仁、义、礼、智，皆天所与之良贵。而仁者，天地生物之心得之最先而兼统四者，所谓"元者善之长也"，故曰尊爵。在人则为本心全体之德，有天理自然之安，无人欲陷溺之危。人当常在其中，而不可须臾离者也，故曰安宅。②

这就是说，人的先验的道德理性，即仁、义、礼、智等，是得之于天的，天地有"生物之心"在人身上的表现，所以在孟子看来，这种得之于天的"天爵"较之那得之于君主的"人爵"（公卿大夫）要尊贵的多了。依据孟子的逻辑，人是天地生生化育的产物，所以人之性与天地万物之性就具有根本上的同一性，人们通过对内心的反省追问就可以觉知万事万物的道理。这就是所谓："万物皆备于我矣。反身而诚，乐莫大焉。"（《孟子·尽心上》）总之，人的一切价值都是得之于天的，人与天有相通之处。天具有化生万物的伟大品性，人要效法天，就必须做到"亲亲而仁民，仁民而爱物"（《孟子·尽心上》）。"仁民而爱物"——这就是孟子仁政学说的核心。而人与人、个人与社会、人与自然矛盾的彻底解决正是人类迄今为止最为伟大、最为高远的共同理想。

从以上分析可知，孟子的话语建构是在努力寻求人之所以为人，

---

① （宋）朱熹：《四书集注·中庸章句》，46～47 页，长沙，岳麓书社，1987。

② （宋）朱熹：《四书集注·孟子集注》，343 页，长沙，岳麓书社，1987。

以及人之所以能够成为仁义之人的最终依据，也就是价值本原。这无疑是对孔子学说的深化。孔子主要还是着眼于整理人世间的伦理规范，还没有来得及对这种主要参照于周礼的伦理规范之合理性问题在学理上予以充分的关注。孔、孟二人都是以"立法者"的姿态言说的，不同之处在于：孔子的立法活动主要以先前的思想资料为合法性依据，而孟子则以人与天地万物的内在一致性为最终依据。那么是什么原因造成孟子和孔子之间的这种差异呢？在我看来，主要是由于文化空间的变化。我们知道，孔子的时代原来那种一体化的官方意识形态尽管已经是支离破碎，私学已经兴起，但是比较系统并且有较大影响，能够与儒学分庭抗礼的学说却还没有产生。① 在这样的文化空间之中所弥散的还是宗周礼乐文化的碎片。孔子作为第一个试图将这些碎片重新组合为一个整体的士人思想家，其言说方式就必然充分显示一个"立法者"的特点：单向度的、传教式的或自言自语式的。他最为关注的只是各种各样的社会现象，而不是别人的言说。

在孟子的时代情况就大不相同了："圣王不作，诸侯放恣，处士横议。杨朱、墨翟之言盈天下。"（《孟子·滕文公下》）实际上除了杨朱、墨翟之外，其他诸子之学也都形成气候，大家各执一说，互不相服。② 由于出现了众多的"立法者"，不同的"法"之间就必然会有冲突、抵牾以至彼此消解。在这种情况下，孟子要为世间立法就成为极为困难的一件事了：除了说明应该如何之外还必须说明为什么，就是说除了有"法律条文"本身，还要有"法的理论"相辅助，否则你的言说就不会获得他人的认同。这样的文化空间就迫使孟子必须以论辩者的姿态来扫荡各种"异端邪说"，并且要建立自己话语系统的逻辑起点与最

---

① 那些被认为与孔子同时或早于孔子的思想家们，如管仲、子产、晏子、老子、少正卯等人或者根本就没有出现在孔子的视野之中，或者并不是作为思想家而是作为政治家的身份出现的。这说明托名为他们的那些著作或学说都是孔子之后才出现的，他并没有看到。很难想象，如果孔子曾经读到过老子的《道德经》，在自己的言谈中会丝毫也不涉及。

② 孟子之时老庄之学、名辩之学、阴阳之学、农家之学、法家之学都渐渐成熟，且影响很大。杨、墨之学只是相对而言影响更大而已，孟子"天下之言，不归于杨，则归于墨"之说乃是夸张的说法。

终价值依据。用孟子自己的话来说就是：

> 昔者禹抑洪水而天下平，周公兼夷狄、驱猛兽而百姓宁，孔子成《春秋》而乱臣贼子惧。……我亦欲正人心，息邪说，距诐行，放淫辞，以承三圣者。岂好辩哉？予不得已也。（《孟子·滕文公下》）

孔子的言说面对的主要是"乱臣贼子"——那些为了一己之欲而破坏原有社会价值秩序的诸侯大夫们。到了孟子之时，如果按照孔子的标准，天下诸侯卿大夫没有哪个不是"乱臣贼子"了，因为他们早已不再遵奉宗周的礼乐制度了。所以孟子除了猛烈抨击那些为了满足贪欲而"争城以战，杀人盈城；争地以战，杀人盈野"，"率野兽以食人"的诸侯君主之外，大量的力气都用在批判"异端邪说"和论证自己学说的合理性上了。这样一来，孟子的学说在学理上也就必然较之孔子更加细密、系统、深入。

看《孟子》一书，引诗论诗之处很多。其引诗论诗都是为了证明自己理论的合理性。孟子论诗最有名的有两处，这里我们分别予以考察。《孟子·万章下》云："一乡之善士斯友一乡之善士，一国之善士斯友一国之善士，天下之善士斯友天下之善士。以友天下之善士为未足，又尚论古之人。颂其诗，读其书，不知其人，可乎？是以论其事也。是尚友也。"这就是著名的"知人论世"说的来源。过去论者多以现代的认识论角度来解释"知人论世"的含义，认为为了真正理解一首诗，就必须了解作者的情况，而了解作者的情况又必须了解其所生活的时代——总之是理解为一种诗歌解释学的方法了。这种理解当然并不能算错，只是并没有揭示孟子此说的深层内涵。这里孟子真正想要表达的意思是"交友之道"。在此章的前面孟子先是回答了万章"如何交友"的问题，他说"不挟长，不挟贵，不挟兄弟而友。友也者，友其德也，不可以有挟也"。然后又讲到贤明君主也以有德之士为师为友的诸多例子，最后才讲到有德之士之间亦应结交为友的道理。古代的有德之士虽已逝去，但是他们的品德并没有消失，所以今天的有德之士也要与古代的有德之士交友。与古人交友看上去是很奇怪的说法：

古人已经死了,如何与之交友呢?这恰恰是孟子的过人之处——试图以平等的态度与古人交流对话:既不仰视古人,对之亦步亦趋,也不鄙视古人,对之妄加褒贬。"尚友"的根本之处在于将古人看成与自己平等的精神主体。与古人交流对话的目的当然是向古人学习,以使自己的品德更加高尚。所以,"知人论世"之说实质上是向古人学习美好品德的方式,用今天的话来说就是将古人创造的精神价值转化为当下的精神价值。这绝不仅仅是一种解诗的方式。如果沿着孟子的思路进行进一步的阐释,我们就会得出这样一个结论:孟子的"知人论世"说可以理解为一种"对话解释学"——解释行为的根本目的不是要知道解释对象是怎样的(即对之做出某种判断或命名并以此来占有对象),而是要在其中寻求可以被自己认同的意义。这也就是后世儒者特别喜欢使用"体认"一词的含义。"体认"不是现代汉语中的"认识"而是"理解"加"认同"。对于古人,只有将他们视为朋友而不是认识对象,才能以体认的态度来与之对话。因为古人在其诗、其书之中所蕴含的绝不是什么冷冰冰的知识,而是他们的生命体验与生存智慧,是活泼泼的精神。故而后人就应该以交友的态度来对待之,就是说要把古人当作可以平等对话的活的主体,而不是死的知识。读古人的诗书就如同坐下来与老朋友谈话一样,其过程乃是两个主体间的深层交流与沟通。通过这种交流与沟通古人创造的精神价值或意义空间就自然而然地在新的主体身上获得新生。由此可见,孟子的"知人论世"之说实际上包含着古人面对前人文化遗留的一种极为可贵的阐释态度。在当今实证主义的、还原论的研究倾向在人文学科依然有很大市场的情况下,孟子的阐释态度尤其具有重要的现实意义。

我们再来看孟子另一段关于诗的著名论述:《孟子·万章上》载孟子弟子咸丘蒙问:"《诗》云:'普天之下,莫非王土;率土之滨,莫非王臣。'而舜既为天子矣,敢问瞽瞍之非臣如何?"孟子回答说:"是诗也,非是之谓也;劳于王事,而不得养父母也。曰:'此莫非王事。我独贤劳也。'故说《诗》者,不以文害辞,不以辞害志。以意逆志,是为得之。如以辞而已矣,《云汉》之诗曰:'周余黎民,靡有孑遗。'信斯言也，是周无遗民也。"① 这里孟子讲了如何理解诗歌含义的方法，其要点是"以意逆志"。那么如何理解这个"以意逆志"呢？古代的注释，例如，汉儒赵岐、宋儒朱熹的注以及托名孙奭的疏、清儒焦循的正义，基本上都认为"志"是指诗人所要表达的意旨；"意"则是说诗者自己的"心意"，所以，"以意逆志"的意思就是说诗者用自己的心意揣测诗人的意旨。至于"不以文害辞，不以辞害志"，是说不要胶柱于诗的文辞而偏离了诗人的意旨。古人也还有另一种说法。清人吴淇认为"志者古人之心事，以意为舆，载志而游……以古人之意求古人之志，乃就诗论诗，犹之以人治人也"。② 他的意思是在诗歌的文辞上直接呈现的含义是"意"，诗人真正要表达的意思是"志"。文辞是承载"意"的工具，"意"又是承载"志"的工具，这种解释虽亦言之成理，但毕竟与孟子表达出来的意思隔了一层。

我以为要真正理解孟子的意思，将"以意逆志"之说与"知人论世"说联系起来考察是十分必要的，这两种说法构成了孟子对古人文化遗留的一种完整的态度。如果说"知人论世"的核心是"尚友"，即在与古人平等对话中将古人开创的精神价值转换为现实的精神价值，那么，"以意逆志"就是"尚友"或平等对话的具体方式。"志"即"诗言志"之志，指诗人试图通过诗歌表达的东西；"意"本与"志"相通，《说文解字》中二者是互训的。在这里可以理解为"见解"。《论语·子罕》有"子绝四：毋意、毋必、毋固、毋我"之谓，朱熹认为"意"指"私意"，即个人的见解而言。意思是说孔子为人不过分坚持自己的个人见解，即不自以为是。《周易·系辞上传》有"书不尽言，言不尽意……圣人立像以尽意。"这里的"意"也可以理解为"见解"或"意思"。联系孟子的具体语境，"志"是指诗人所要表达的意旨，"意"则是说诗者自己的见解。用自己的见解去揣测诗人的意旨，这就是"以意逆志"的含义。看孟子的意思，并不是主张说诗者可以随意

① （宋）朱熹：《四书集注·孟子集注》，438～439 页，长沙，岳麓书社，1987。

② 吴淇：《六朝选诗定论缘起》，见顾易生、蒋凡：《先秦两汉文学批评史》，117 页，上海，上海古籍出版社，1990。

地解释诗人的意旨，而是强调解释的客观性，即符合诗人本意。但是由于诗歌言说方式的特殊性，诗人的本意往往是隐含着的，说诗者并没有十足的证据证明自己的解释就完全符合诗人本意，所以说诗者的"意"与诗人的"志"之间就难免出现不相吻合处。也就是说，说诗者的"意"近于海德格尔所谓的"前理解"——在解释活动开始之前就已经存在于解释者意识和经验中的主观因素，它们必然进入解释过程并在很大程度上影响这一过程及其结果。这样的解释当然也就离不开主观性因素。实际上这正是任何两个主体之间的对话都必然存在的现象。古人说"诗无达诂"也正是指这种解释的主观性而言的。所以孟子的"以意逆志"之说真正强调的并不是解释的绝对客观性，而是对话的有效性：说诗者与诗人之间达成在"意"或"志"的层面上的沟通，而不被交流的媒介——文辞所阻隔。只有这样才符合"尚友"之义：平等对话。如果停留在对诗歌文辞固定含义的解读上，就丧失了说诗者的主体性，当然也就谈不上"尚友"了。

孟子这种"以意逆志"与"知人论世"的说诗方式确立了后世儒者，特别是汉儒说诗的基本原则。这里我们分析几个孟子说诗的具体例子来进一步探讨这种说诗方式的奥妙。《孟子·告子下》载：

> 公孙丑问曰："高子曰：'《小弁》，小人之诗也。'"孟子曰："何以言之？"曰："怨。"曰："固哉，高叟之为《诗》也！有人于此，越人关弓而射之，则己谈笑而道之；无他，疏之也。其兄关弓而射之，则己垂涕泣而道之；无他，戚之也。《小弁》之怨，亲亲也。亲亲，仁也。固矣夫，高叟之为《诗》也！"曰："《凯风》何以不怨？"曰："《凯风》，亲之过小者也。《小弁》，亲之过大者也。亲之过大而不怨，是愈疏也；亲之过小而怨，是不可矶也。愈疏，不孝也。不可矶，亦不孝也。孔子曰：'舜其至孝矣！五十而慕。'"①

从这段对话中可以看出，孟子说诗完全是从自己的价值观念出发

---

① （宋）朱熹：《四书集注·孟子集注》，485～486 页，长沙，岳麓书社，1987。

来判断诗歌的意义与价值的。如果说这就是"以意逆志"说诗方法的实际应用的话，那么孟子的所谓"意"并不是一般的主观意识或经验，而是一套完整的价值观念系统。诗人的"志"也就是与说诗者价值观念相吻合的阐释结果，它是否就是诗人的本意并不重要，因为这基本上是无法验证的。《小弁》是《诗经·小雅》中的一篇，从诗的内容看是一位受到不公正待遇的弱者的怨望之辞，充满了忿忿不平之情。古注多以为是周幽王的太子宜臼被逐之后所作；今人则一般地判定为遭父亲冷落之人的怨望之作。然而孟子从中读出的却是"亲亲，仁也"。《凯风》是《诗经·邶风》中的一篇，看诗的意思，是儿子赞扬母亲的贤惠勤劳，并责备自己不能安慰母心。但是公孙丑为什么拿这样一者怨父，一者颂母的两首看上去并无可比性的诗来比较呢？孟子为什么又用"亲之过大"与"亲之过小"来解释两首诗的差异呢？《诗序》云："《凯风》，美孝子也。卫之淫风流行，虽有七子之母，犹不能安其室，故美七子能尽其孝道，以慰其母心，而成其志尔。"① 就是说"母"是有过的，但由于"过小"所以做子女的不应表现出"怨"来。汉儒的解释不知有何依据，但看公孙丑与孟子的对话，似乎当时对此诗已经有了这样的解释。如此说来汉儒并不是凭空臆断。

由此观之，"以意逆志"的实质乃是说诗者从自己的价值观出发来对诗歌文本进行意义的重构，其结果就是所谓"志"——未必真的符合诗人作诗的本意。可知，孟子的说诗原则是自己已有的道德价值观念。这一点在他的"知言""养气"论中亦可得到印证。《孟子·公孙丑上》载，在回答公孙丑"敢问夫子恶乎长"的问题时孟子回答说："我知言，我善养吾浩然之气。"其解释"浩然之气"云："其为气也，至大至刚，以直养而无害，则塞于天地之间。其为气也，配义与道；无是，馁也。是集义所生者，非义袭而取之也。行有不慊于心，则馁矣。我故曰，告子未尝知义，以其外之也。必有事焉，而勿正，心勿忘，勿助长也。"可知这种"浩然之气"是小心翼翼培育起来的一种道德精神，或者说是一个道德的自我。那么什么是"知言"呢？孟子说：

---

① （汉）毛公传，（汉）郑玄笺，（唐）孔颖达等正义：《毛诗正义》，84 页，上海，上海古籍出版社，1990。

"诐辞知其所蔽，淫辞知其所陷，邪辞知其所离，遁词知其所穷。生于其心，害于其政，发于其政，害于其事。圣人复起，必从吾言矣。"可知所谓"知言"是指对别人言辞的一种判断力。

那么"知言"与"养气"有什么关系呢？为什么孟子将二者联系起来并且作为自己的特长所在呢？从孟子的言谈中我们可以看出，"养气"正是"知言"的前提条件。通过"养气"培育出一个不同于自然"自我"的道德自我，这个道德自我具有一以贯之的、完整的价值评价系统，一切的言辞都可以在这个评价系统中得到检验。所以"以意逆志"的说诗方式恰恰是"知言"的具体表现。如果将"以意逆志"看作是一种诗歌阐释学原则，则其主旨乃在于凸显阐释者的主体性，而不是阐释行为的客观性。

对于孔子那种在意识形态的建构中确定诗的意义的基本思路，孟子是深得个中奥妙的。看孟子之用诗、论诗处处贯穿了这一思路。我们随便举两个例子以说明之。其一：

> "仁则荣，不仁则辱。今恶辱而居不仁，是犹恶湿而居下也。如恶之，莫如贵德而尊士，贤者在位，能者在职。国家闲暇，及是时明其政刑。虽大国必畏之矣。《诗》云：'迨天之未阴雨，彻彼桑土，绸缪牖户。今此下民，或敢侮予？'孔子曰：'为此诗者，其知道乎！能治其国家，谁敢侮之！'今国家闲暇，及是时般乐怠敖，是自求祸也。祸福不无自己求之者。《诗》云：'永言配命，自求多福。'《太甲》曰：'天作孽，犹可违，自作孽，不可活。'此之谓也。"①

在这里孟子是在讲统治者如何可以避免受到侮辱的办法。根本上只有一条，那就是"仁"，而"仁"对于统治者来说也就是"贵德而尊士"。"贵德"就是爱护百姓、与民同乐；"尊士"就是尊重人才、举贤任能。为了证明自己的观点，孟子两引《诗》，一引《书》。其所引之诗，一为《豳风·鸱鸮》，此诗据《周书·金縢》《史记·鲁世家》等

---

① （宋）朱熹：《四书集注·孟子集注》，339 页，长沙，岳麓书社，1987。

史书记载，乃是周公平定管蔡之乱后写给成王的，目的是平息流言，向成王表示忠诚之意。孟子所引是该诗一节，大意是要未雨绸缪，预先防范可能的危机。孟子所引孔子语不见于《论语》，然观其意，符合孔子思想。孟子所引另一首诗为《大雅·文王》，两句诗意为：只有靠自觉的努力才能符合天命，多享福祉。同样是告诫统治者要自我警诫、多行仁义，方能永保太平。总之，在这里孟子是借助《诗》《书》来警告统治者应严于自律，小心谨慎地实行对人民的统治。这是将《诗》《书》当作迫使统治者对被统治者做出让步的有效工具了。孟子的这一做法在后来的两千余年间，成了儒家士人约束统治者的基本方法。他们大力推崇"四书五经"，推崇"圣人"，根本目的就是要建构一种高于现实君主权力的权威，以便对其进行有效的控制。儒家清醒地认识到，只有抑制君权的过分膨胀，方能实现上下一体、和睦相处的社会理想。其二：

> 公孙丑问曰："高子曰：'《小弁》，小人之诗也。'"孟子曰："何以言之？"曰："怨。"曰："固哉，高叟之为《诗》也！……《小弁》之怨，亲亲也。亲亲，仁也。固矣夫，高叟之为诗也！"曰："《凯风》何以不怨？"曰："《凯风》，亲之过小者也。《小弁》，亲之过大者也。亲之过大而不怨，是愈疏也；亲之过小而怨，是不可矶也。愈疏，不孝也。不可矶，亦不孝也。"（《孟子·告子下》）

这里孟子是在为"怨"辩护。《小弁》之诗出于《小雅》，旧说是周幽王太子宜臼被废而作。此说因无确据而在宋以后饱受质疑。从诗意观之，此应为不得于父母者所作。孟子这段话的关键是为"怨"所做的辩护。高子认为《小弁》是"小人之诗"，因为诗中表达了身为人子者对父亲的怨望之情。而在孟子看来，这种"怨"是合理合法的，因为从"怨"中反映的乃是"亲亲"之情。按照孟子的逻辑，如果父亲有了过错，子女不应保持沉默，而应该表达自己的"怨"（当然，如果父母只是有小的过失就大怨特怨，那就成了"不可矶"，同样是不孝的表现）。正是"怨"，才可以使父子间的隔阂消除，如果有不平之情而不说，那就只能使父子感情更加疏远。孟子为"怨"辩护，实际上是要保留诗歌作为被统治者向统治者宣泄不满情绪之手段的独特功能，这与孔子所讲的"怨"是一脉相承的。

通过以上分析我们不难看出，孟子在孔子"克己复礼"的"立法"策略的基础上，进一步在改造人的心灵、建构道德自我的方面进行了更为深入、更为系统的探索。如果说孔子重"礼"说明他在为人的心灵"立法"的同时更侧重于为社会"立法"，即重建社会价值秩序；那么孟子重"存心养性"或"养气"，则说明他在试图为社会"立法"的同时更偏重于为人的心灵"立法"，即建构人格境界以及实现之途。这种转变实际上反映了士人阶层面对日益动荡的社会状况的忧虑与无奈。到了先秦儒家另一位代表人物——荀子那里，情形则又发生了重要变化。

四、荀学与思孟之学的主要差异及荀子诗学的独特性

荀子生活的时代较之孟子又晚了六十年左右，其时已是战国后期。比较而言，孔子的时代旧有体制虽已崩坏，但原有的意识形态依然具有很大的影响力，对这种意识形态熟谙于心的儒家思想家还有理由企图通过宣传教育来将其还原为一种现实的价值秩序；孟子的时代不仅旧有的体制已然荡然无存，原来的意识形态也早已失去了普遍的影响力，包括儒家在内的士人思想家都纷纷提出解决现实问题的新设想，出现了真正的"处士横议""百家争鸣"的局面，九流十家彼此对立，各是其所是；到了荀子的时代则百家之学渐渐走向相互渗透、交融并开始进行新的整合。社会的发展完全不理睬思想家们的摇唇鼓舌、喋喋不休，而是按照自己的逻辑趋向于天下一统。下面我们就来看看荀子进行言说的文化空间究竟发生了怎样的变化。我们知道所谓"文化空间"主要是由言说者、倾听者以及环绕着他们的文化氛围构成的。所以我们先来看言说者的情况。

孔子建构自己的学说时尚没有足够强大的"异端邪说"，他所面对的主要是"礼崩乐坏"的社会现实，所以他凭借丰富的文化资源就可

以以"立法者"的姿态言说。孟子之时各派学说均已成熟,而且其中有些学说还得到诸侯们的采纳(如秦国用商鞅之法、楚国用吴起之术、齐国用孙膑之学都取得了巨大成效),所以孟子的"立法"活动就比较困难,必须与各种学说进行辩论。这样孟子就同时充当了辩者与"立法者"的双重角色。孔子的"立法"只要讲应该如何就可以了,孟子则要不厌其烦地讲为什么要如此。这也就是孟子的学说在学理上远比孔子细密深刻的原因。到了荀子的时代,则不仅百家之学众声喧哗,而且儒学本身的发展也出现了不同的流派,故而他不仅要充当"辩者"与"立法者"的双重角色,而且还要对儒学本身进行反思——思考如何超越儒学不为世所用的困境并寻求使之成为真正的经世之学的可能途径。因此,对儒学本身的反思和在坚持儒学基本精神的前提下吸收其他学说的合理因素,将儒学建构成一种既有超越的乌托邦精神又具有现实有效性的社会意识形态,就成了荀子学说的主旨所在。

从言说立场来看,尽管孔、孟、荀三人都是儒家思想家,都是站在士人阶层的立场上言说的,但具体观之则又各有不同。我们知道,士人阶层是一个处于"中间"地位的社会阶层——作为所谓"四民之首,其上是以君权为核心的统治阶层,其下是由"农、工、商"三民构成的被统治阶层。他们则游离于上下之间。由于社会状况和个体士人自身的具体情况不尽相同,他们的言说立场也就出现差异:或倾向于统治阶层,或倾向于被统治阶层。就"九流十家"的整体情况言之,道家、墨家、农家倾向于被统治阶层;儒家、法家、纵横家则倾向于统治阶层。具体到儒家内部,孔子倾向于统治阶层,孟子更接近民间的立场,到了荀子则又倾向于统治阶层。但是孔子所同情的主要是已然没落的贵族统治者,现实统治者则基本上是他批判的对象;荀子却试图为现实的统治者谋划切实可行的治国之策。就对于现实统治者的批判来说,荀子既没有孔子对僭越者那种"是可忍,孰不可忍"的愤慨,更没有孟子对穷兵黩武者那种"率野兽而食人"的痛斥。他基本上是在冷静地为统治者出谋划策,例如,其所撰《王制》《富国》《王霸》《君道》《臣道》《致士》《议兵》《强国》《解蔽》《正名》《成相》《大略》等篇,都是直接向统治者陈述治国兴邦之道。尽管从总体上看，诸子百家基本上都是救世之术，但是像荀子这样具体、系统的政治策略还只有法家可以比肩。其他诸家学说则不免鼓荡着过多的不切实际的乌托邦精神。如果说孔、孟的学说都是以伦理道德思想为主，那么荀子的学说则毫无疑问是以政治思想为主的。后世历代统治者所奉行的所谓"杂王霸而揉之"的治国之道，其实并不像是孔孟申韩之学的结合，而更近于荀子的学说。

从文化语境的角度看，荀子这种言说立场的形成主要有两个原因：一是文化语境的作用，即诸子之学走向综合交融的必然趋势。我们知道，荀子曾长期游学于齐，是著名的"稷下学宫"① 后期的领袖人物，曾"三为祭酒"，即学宫之长。这个稷下学宫是诸子百家聚会之所，形成了各种学说交流、融会、综合的独特文化空间。这个文化空间是齐国君主，例如，齐宣王等确立的，虽然学士们"不治而议论"，不能算是纯粹的政治人物，但是毕竟受到官方的豢养，所以至少具有半官方的性质。因此稷下之学固然是真正的"百家争鸣"，却亦有其共同的特点。这主要有两点：其一对现实政治的关怀，其二兼取诸家的综合性。例如，作为稷下之学主流的黄老刑名之学，就是结合法家与道家并吸收儒家某些思想因素的综合性的政治学说。② 荀子在这样的文化环境中浸润既久自然会受其影响。

二是历史语境的作用，即渐近统一的社会呼唤统一的意识形态。战国后期的社会现实已经证明，无论是孔子的"克己复礼"还是孟子的"仁政""王道"，抑或是墨家的"兼爱""尚同"与老庄的顺应自然，都无法解决实际的社会问题。法家学说虽然在个别诸侯国得到实施并产生效果，但是作为儒家的荀子又不可能完全认同这种基本上放弃士人批判立场的思想，所以他唯一可行之途就是兼取各家之学来改造孔孟之学，也就是弱化儒学原有的乌托邦色彩而加强其政治层面的可操作性。可以说，在政治伦理方面，荀子之学主要是融合儒、法两

---

① 《太平寰宇记》卷十八引刘向《别录》云："齐有稷门，齐之城西门也。外有学堂，即齐宣王立学所也，故称为稷下之学。"

② 参见白奚：《稷下学研究：中国古代的思想自由与百家争鸣》，92～154页，北京，生活·读书·新知三联书店，1998。

大入世的思想系统而成的。鉴于历史的经验与现实的需求,如何将儒学改造成具有现实有效性的国家意识形态就成为荀子关注的焦点。这样一来,荀子就不能不在反思儒家原有学说的基础上来建构自己的思想体系。

从某种意义上说,荀子的学说正是在反思儒家学说中最有影响的思孟学派的基础上建构起来的。荀子批评思孟之学云:"略法先王而不知其统,犹然而才剧志大,闻见杂博。案往旧造说,谓之五行,甚僻违而无类,幽隐而无说,闭约而无解。"① 观荀子之意是说思孟之学看上去很是博大深邃,实际上却是玄虚不实、难以索解,更谈不上实际的应用了。所以荀子之学基本上是在儒学的范围内,沿着与思孟之学相反的路子走的。这主要表现在下列四个方面。

第一,以"性恶"说代替"性善"说——改变价值系统建构的逻辑前提。

孟子提倡"性善说"有一个潜在的逻辑轨迹,即充分启发人的道德自觉性,靠人的道德自律来解决自身的问题,然后再解决社会问题。这是典型的"内圣外王"的思路。其说的长处是很明显的:可以激发人们的自尊意识,有助于培养人们对道德修养的信心。但是,其缺点也同样很明显:不能充分提供"礼"与"法"等外在规范的合理性:既然人性是善的,那么还要那些强制性的规范何用?只要想办法发掘、培育这与生俱来的善性就够了。然而"争于气力"的现实社会中的人均为情欲利益所牵引,谁愿意自觉地恪守那些显然于己不利的道德原则呢?对于那些不肯自觉进行道德修养的人来说又该如何呢?荀子大约正是看到了孟子学说的这一不足之处才提倡"性恶"之说的。对于孟子和荀子而言,"性善"与"性恶"之说虽然不排除经验主义的认知性归纳,但主要并不是对人之本质的客观认识,而是出于言说——"立法"的需要而设定的逻辑前提。从这两个不同的前提出发,就可以建构起不同的理论体系。言性善,孟子才有充分的理由号召人们"存心养性""推己及人",从启发人们自觉培育人人皆有的"恻隐之心"

---

① （清）王先谦:《荀子集解》,94 页,北京,中华书局,1988。

"羞恶之心"等所谓"四端"入手去实现成圣成贤的人格理想。人人都成为圣贤君子并通过"老吾老以及人之老，幼吾幼以及人之幼"的"推恩"行为使天下亲如一家，那么一切纷争就都可以得到彻底的解决了。荀子就不像孟子那样天真，他清楚地认识到孟子的学说是无法实现的空想，所以他要建立一套强调外在约束之重要性的学说。他的逻辑是这样的：人之性就是生而有之的本能，主要是肉体的欲望，这些欲望都以满足为唯一的目标，没有丝毫的自我约束，所以人性是恶的。一个社会如果任由人性自由泛滥，就必然是混乱无序的，所以圣人才制定"礼法"来约束人们。这就是所谓"化性起伪"。"化性"就是改变人生而有之的天性，使之符合社会规范；"起伪"就是根据社会需求来制定可以约束并引导人性的社会规范。前者是目的，后者是手段。荀子说：

> 今人之性，生而有好利焉，顺是，故争夺生而辞让亡焉；生而有疾恶焉，顺是，故残贼生而忠信亡焉；生而有耳目之欲，有好声色焉，顺是，故淫乱生而礼义文理亡焉。然则从人之性，顺人之情，必出于争夺，合于犯分乱理而归于暴。故必将有师法之化，礼义之道，然后出辞让，合于文理，而归于治。用此观之，然则人之性恶明矣，其善者伪也。……故圣人化性而起伪，伪起而生礼义，礼义生而制法度。然则礼义法度者，是圣人之所生也。故圣人之所以同于众，其不异于众者，性也；所以异而过众者，伪也。①

由此可见"性恶说"与"性善说"之根本不同。盖后者将人世间的一切价值之最终依据归于人性，圣人的意义仅在于为"存心养性"树立榜样；前者则将价值依据归之为"伪"，即人为，圣人则是"伪"的主体。对于孟子来说，人人都是潜在的圣人，关键看你能不能自觉地进行"存养"功夫了；而在荀子的学说中，圣人只是少数的先知先觉，是天生的立法者，他制定着一切社会价值规范。简言之，能够根据社

---

① （清）王先谦：《荀子集解》，434～438页，北京，中华书局，1988。

会的需求而为之制定规则的人就是圣人。由此可知，在孟子的观念中圣人与凡人的区别主要看他能否对自身固有本性进行自觉培育；而在荀子看来，圣凡之别主要看其能否为社会立法。一是着眼于内在品性，一是着眼于外在功用，二者之别在此。

第二，以"学"取代"思"——在修身的方式上采取不同路向。

先秦儒家都讲修身，荀子也不例外。但是他的修身理论似乎是专门反孟子之道而行的。在修身的方式上孔子是"思"与"学"并重的，认为"学而不思则罔，思而不学则殆"（《论语·为政》）。孟子基于其"性善"之说，强调"思"在修身过程中的首要地位。认为一个人是成为圣贤君子还是成为小人关键在于是否去"思"，即所谓"思则得之，不思则不得"。"思"可以使人"先立乎其大者"，即做出成圣成贤的根本性选择。孟子还认为"诚之者，天之道也；思诚者，人之道也"（《孟子·离娄上》），这就将"思"看作人立身行事的根本所在。可见在孟子的思想体系中"思"是至关重要的，可以说是修身过程中最重要的一环。然而荀子却十分轻视"思"的意义。在孟子看来，既然人性本善，故而要向内发掘，所以重"思"；在荀子看来，既然人性本恶，故而只能向外寻求改造人性的途径，所以重"学"。《荀子》一书，首篇就是《劝学》，并明确指出："吾尝终日而思矣，不如须臾之所学也。"突出了"学"的重要性而否定了"思"的价值。那么对于修身者来说应该学什么，如何学呢？荀子认为应该"始乎诵经，终乎读礼"，因为"《礼》之敬文也，《乐》之中和也，《诗》《书》之博也，《春秋》之微也，在天地之间者毕矣"。就是说，从自然宇宙，到人世间，一切道理都包括在这些儒家的经典之中了。至于学的方法则是长期的积累，所谓"学不可以已""积善成德""真积力久则入"云云，都是讲日积月累的学习方法。

在修身过程中荀子也强调"养心"的作用，但是他的"养心"与孟子的"存心""尽心"大不相同。约言之，荀子的"养心"乃是清除心中的各种杂念，以便为"学"提供必要的条件。在《解蔽》中荀子指出：

故治之要在于知道。人何以知道？曰：心。心何以知？曰：

虚壹而静：心未尝不臧也，然而有所谓虚；心未尝不满也，然而有所谓一；心未尝不动也，然而有所谓静。人生而有知，知而有志，志也者，臧也，然而有所谓虚，不以所已臧害所将受谓之虚。心生而有知，知而有异，异也者，同时兼知之；同时兼知之，两也，然而有所谓一；不以夫一害此一谓之壹。心，卧则梦，偷则自行，使之则谋。故心未尝不动也，然而有所谓静，不以梦剧乱知谓之静。未得道而求道者，谓之虚壹而静。作之，则将须道者之虚则人（入），将事道者之壹则尽，将思道者静则察。知道察，知道行，体道者也。虚壹而静，谓之大清明。万物莫形而不见，莫见而不论，莫论而失位。……明参日月，大满八极，夫是之谓大人。夫恶有蔽哉！①

从这段引文我们不难看出，荀子的"心"与孟子大有不同。盖孟子所谓心既是人之善性的寄居之所，又是一道德自我，能够识别善恶并"择善而固执之"，因此其自身即含有善的价值，所以人们可以由"尽心"而"知性"，由"知性"而"知天"，从而达到"合外内之道"的"至善"之境。而在荀子，则心只是认识的主体，在其"虚壹而静"的情况下可以接受关于"道"的知识，它自身则像一面镜子一样是中性的。所以借用《中庸》的话来说，孟子侧重于"尊德性"，荀子则侧重于"道问学"。后者开出两汉儒者治学的基本路径，前者则为两宋儒者所服膺。

第三，以"礼""法"并重代替"仁政"——在重建社会秩序之方式上的不同选择。

先秦儒家，无论是孔、孟还是荀子，其学说之最终目的无疑都是重建社会秩序。可以说，他们对人性的不同看法决定了其对重建社会秩序之不同方式的选择；也可以反过来说，是他们对重建社会秩序不同方式的选择导致了其对人性的不同理解。在这里原因和结果是可以置换的。荀子的治国方略可由三个字来概括，这就是"礼""乐"和"法"。"礼"和"法"是带有强制性的外在规范，"乐"则是文教方式。

----

① （清）王先谦：《荀子集解》，395～397 页，北京，中华书局，1988。

他之所以强调"学"，目的也就是使人们通过学习而自觉地认同作为外在规范的"礼"和"法"，并接受"乐"的熏陶。这与孟子将固有的人性理解为外在规范的内在依据，因而主张由向内的自我觉察、自我发掘而自然而然地导出外在规范的理路是根本不同的。那么荀子是不是就走上了法家一路呢？也不能下如此断语。荀子与法家也存在着根本区别。荀子学说的独特性主要表现在他对"礼"与"法"的关系的理解上。

与荀子一样，法家也认为人性是恶的，所以他们主张制定严刑峻法来约束人的行为。然而荀子一方面强调人性恶，另一方面又强调"礼"的作用，这与法家是不同的。这就难免有人提出这样的问题了："人之性恶，则礼义恶生？"①"礼义"是道德规范，具有善的价值，既然人性本恶，那么"礼义"这样善的价值由何而生呢？荀子的回答是"生于圣人之伪"。在荀子看来，人类的生活必然是社会性的，用他的话说就是"人之生，不能无群"②。但是由于人性本恶，有无穷无尽的欲望需要满足，故而难免出现争斗，人类社会也就混乱一片，不成其为"群"了。所以人类社会就必须有"分"，也就是建立在差异基础上的秩序：人们在社会上的地位不同，享受的权利和承担的义务也不同。但是这个"分"又不是自然产生的，而是人为地制定的，这就有一个合理性的问题：你根据什么来规定这种差异？这种合理性的原则便是"礼义"。所以荀子说：

> 人生而有欲，欲而不得，则不能无求；求而无度量分界，则不能无争；争则乱，乱则穷。先王恶其乱也，故制礼义以分之，以养人之欲，给人之求。使欲必不穷乎物，物必不屈于欲，两者相持而长，是礼之所起也。③

这样看来，荀子的逻辑是很清晰的：人类生存的需要决定了"群"的生活方式；"群"又必然要求差异与秩序；"礼义"在根本上来说就是

---

① （清）王先谦：《荀子集解》，437 页，北京，中华书局，1988。
② （清）王先谦：《荀子集解》，179 页，北京，中华书局，1988。
③ （清）王先谦：《荀子集解》，346 页，北京，中华书局，1988。

关于这种差异与秩序的合理化原则。那么，"法"在荀子的学说中又有怎样的意义呢？我们先看看荀子的提法：

> 古者圣王以人之性恶，以为偏险而不正，悖乱而不治；是以为之起礼义，制法度，以矫饰人之情性而正之，以扰化人之情性而导之也。始皆出于治，合于道者也。《荀子·性恶》

> 若夫目好色，耳好声，口好味，心好利，骨体肤理好愉佚，是皆生于人之情性者也。感而自然，不待事而后生之者也。夫感而不能然，必且待事而后然者，谓之生于伪。是性、伪之所生，其不同之征也。故圣人化性而起伪，伪起而生礼义，礼义生而制法度；然则礼义法度者，是圣人之所生也。（《荀子·性恶》）

> 礼者，法之大分，类之纲纪也。（《荀子·劝学》）

> 有法者以法行，无法者以类举。（《荀子·王制》）

从这些论述中可以看出，其一，法与礼义有着密切联系，二者互为补充①，都是对人的行为的强制性规范措施。其二，法与礼又有所不同。大体言之，礼比法更带有根本性，是制定法度的依据。换言之，在荀子的思想中，礼更加重要，法是作为礼的补充才获得意义的。其三，联系《王制》篇关于司寇与冢宰之职责的论述②，我们可以确定，法实际上是为了维护礼的实施而进行的赏罚措施。礼是要靠自觉遵守的，如果出现悖礼之行怎么办呢？恐怕就要依法来惩罚了。由此不难看出，荀子的政治学说是基于社会的需要而不是美好的理想提出的，因此较之孟子的观点具有明显的可操作性。对于那些虚幻玄妙、没有实际用处的言说荀子一概表示轻视。他说："言必当理，事必当务，是然后君子之所长也。……若夫充虚之相施易也，坚白、同异之分隔也，是聪

---

① 这里还有个"类"的概念，似近于后世法学中所谓"例"，即根据前人之成例来行使刑罚。因法的制定即使再详尽，也难免有不到之处，故可引先王之成例为准则。

② 《荀子·王制》云："抃（析）急禁悍，防淫除邪，戮之以五刑，使暴悍以变，奸邪不作，司寇之事也。本政教，正法则，兼听而时稽之，度其功劳，论其庆赏，以时慎修，使百吏免尽而众庶不偷，冢宰之事也。"见（清）王先谦：《荀子集解》，170 页，北京，中华书局，1988。

耳之所不能听也,明目之所不能见也,辩士之所不能言也,虽有圣人之知,未能偻指也。不知无害为君子,知之无损为小人。工匠不知无害为巧;君子不知无害为治。"① 由此可知荀子学说是以致用为鹄的的,凡无益于修身治国的言说都是无效的。所以可以说荀子是儒家中的实用主义者。

第四,用"人之道"取代"天之道"——否定了形而上玄思的意义。

对于"天"或"天道",孔子是存而不论的,所以自贡说:"夫子之言性与天道,不可得而闻也。"(《论语·公冶长》)到了子思和孟子则主张"合外内之道"——以"命"与"性"为中介沟通天人关系,将"人之道"与"天之道"统一起来,根本目的是为儒家所宣扬的社会伦理价值寻求最高的价值依据。在运思的层次上则达到了形而上的思辨高度。孟子说:"万物皆备于我矣。反身而诚,乐莫大焉。"(《孟子·尽心上》)又说:"是故诚者,天之道也;思诚者,人之道也。"(《孟子·离娄上》)《中庸》也载:"诚者,天道也,诚之者,人之道也。"这都是说"人之道"与"天之道"具有内在的相通性,人通过自己的努力就可以使自己的行为符合"天之道"(也就是天地化生万物的品性)。这是儒家式的"天人合一"的真正含义。然而荀子却将"人之道"与"天之道"严格区别开来。他说:"先王之道,仁之隆也,比中而行之。曷谓中?曰:礼义是也。道者,非天之道,非地之道,人之所以道也,君子之所道也。"② 在荀子看来,人与天之间在价值观念的层面上并无任何联系,人世间的价值本原只能在人世间寻找。这样一来,荀子就将在思孟学派那里已经把意义的空间拓展到形而上之超验领域的儒学又拉回到人间,使之回到孔子学说那样的纯粹政治、伦理哲学的层面。

通观孔子、孟子、荀子三大先秦儒家代表人物的思想,共同特征是都将个人的道德修养同重建合理的社会秩序统一起来。借用《庄子·天下篇》的说法就是"内圣外王之道"。他们的区别在于:孔子基

---

① (清)王先谦:《荀子集解》,124 页,北京,中华书局,1988。
② (清)王先谦:《荀子集解》,121~122 页,北京,中华书局,1988。

本上是"内圣"与"外王"并重，一部《论语》讲论个人道德修养的内容与探讨治国之道的内容不相上下，"克己复礼"四字恰能说明这种情况。到了孟子则强调"内圣"超过"外王"。在"外王"方面，他只是提出了一个"仁政""王道"的社会构想以及"置民之产""与民同乐"的实施办法。这些与当时七国争雄的社会现实相去甚远，完全是一厢情愿的乌托邦。但在"内圣"方面孟子却提出了一系列新范畴、新设想，对后世儒学的完善、发展产生了极为重大的影响。诸如"知言""养气""存心""养性""四端""自得""诚""思""推恩"等，构成了一个完备的个体人格修养的道德价值体系。所以大讲"心性之学"的宋儒将孟子视为儒家道统的真正传承者，并沿着他的理路建构自己的思想系统，绝非偶然之事。到了荀子，则又反孟子之道行之：将关注的重点从心性义理、成圣成贤转移到寻求切实可行的治国之道。就孔、孟、荀的言说指向而言，孔子对弟子（士人）的言说与对诸侯君主的言说并重——一方面教育士人如何成为君子，另一方面劝告君主如何实现道德的自律。孟子则对士人的言说多于对君主的告诫——《孟子》一书充满了士人的自我意识，如何成圣成贤、做"大丈夫"、做"君子"毫无疑问是其主旨。而荀子的言说主要是指向现实的当政者的。他不仅教导君主们如何做人，而且为他们提供了一套完备的政治策略。这与孟子对君主的言说主要是从道德的角度匡正、引导其行为是根本不同的，在《荀子》一书中道德修养明显地从属于治国之道。

造成先秦儒学代表人物言说价值取向差异的原因主要是历史语境与文化空间的不同。在孔子的时代，西周文明的遗留还在政治生活与文化生活中居于重要地位，孔子有充分的理由试图通过人们的自觉努力而使这些遗留重新成为社会的主导。所以他必然将"克己"与"复礼"置于同等重要的位置。在他看来，"克己"是"复礼"的唯一方式，而"复礼"则是"克己"的主要目的，二者实在不可以偏废。在孟子之时，纵横家已然大行于世，在诸侯国的礼遇之下，士人纷纷投靠，为了功名利禄而放弃自己的乌托邦精神。所以具有独立精神的士人思想家孟子，首先需要做的事情就是重新唤起士人阶层那种自尊自贵的主体精神与"格君心之非"的帝师意识。他的言说主要是向着士人阶层的，他的目的是使士人阶层意识到自己的历史使命，成为社会的主导力量，承担起为社会"立法"的伟大责任，而不要堕落为当政者的工具。孟子的思想之所以在后世的士人阶层中获得广泛的认同，也正是由于这个原因。荀子的时代情况又有所不同：事实已然证明了孔、孟思想的不切实际，天下统一于兼并战争的趋势依然不可逆转，而且这种趋势也已经证明了法家思想的实际价值。在这种情况下作为一代儒家思想大师的荀子当然不能盲目地恪守孔、孟的传统，他有责任在保持儒家基本精神的基础上融会百家之学，将儒学改造成一种既含有伟大的理想，又具有实际效应的经世致用之学。为即将一统天下的君主提供治国之道，为士人阶层在新的政治形势下如何确定自己的身份提供依据——这恐怕才是荀子学说的主旨所在。在《荀子》一书中有《君道》《臣道》的专篇，这正体现了他试图建立一种君主与士人阶层分工合作的新型政治模式的设想，这可以说是对春秋战国数百年间诸侯君主与士人阶层之关系的理论总结。

荀子的诗学观念与他的整个思想体系紧密相关，其总体倾向也是实用主义的。具体言之主要涉及下列几个方面。

第一，对诗所言之"志"的新阐释。

"诗言志"之说究竟是何时提出，迄今并无人们普遍接受的结论。但是将"诗"与"志"相连而言之，则是战国时期比较普遍的现象。例如，《左传·襄公二十七年》有"诗以言志"之说；《左传·昭公十六年》有"二三君子请皆赋，起亦以知郑志"之说；《国语·楚语上》有"教之《诗》，而为之导广显德，以耀明其志"之说；《孟子·万章上》论说诗方法时有"以意逆志"之说；《庄子·天下篇》有"《诗》以道志"之说；等等。这说明"诗"是用来言"志"的，乃是彼时的共识。但是关键问题是如何理解这个"志"字。看上述引文，"志"并不是一个具有确指的概念，而是泛指人的情感和意愿，是作诗或赋诗所要表达的意思。即使是孟子的"以意逆志"也只是指诗人作诗的本意。然而荀子却有了新的阐释，《荀子·效儒》篇云：

　　圣人也者，道之管也。天下之道管是矣，百王之道一是矣，故《诗》《书》《礼》《乐》之归是矣。《诗》言是，其志也；《书》

> 言是，其事也；《礼》言是，其行也；《乐》言是，其和也；《春秋》言是，其微也。故《风》之所以为不逐者，取是以节之也；《小雅》之所以为《小雅》者，取是而文之也；《大雅》之所以为《大雅》者，取是而光之也；《颂》之所以为至者，取是而通之也。①

对于这段论述应予以足够的注意，因为这是汉儒说诗的基本原则，也是儒家诗学观念的最终完成。这里的要旨在于将"诗三百"一概视为圣人意旨的表达，从而将其规定为儒家经典。如前所述，荀子与孟子很重要的区别之一是对"圣人"的作用的看法不同。与此相关的则是对"圣人之道"的理解的差异。在孟子看来，"圣人之道"实际上是"天之道"与"人之道"的统一，前者是最终的价值依据，具有本体的意味；后者是前者在人世间的具体显现，也就是仁、义、礼、智等伦理道德规范。圣人之所以为圣人，就在于能够自觉到"人之道"与"天之道"的内在相通性，并通过个人的努力使二者都得到彰显——仁、义、礼、智等道德规范也不是人为的东西，而是"天之道"的产物，所以即使是圣人在这里也不创造什么，而是使人人本自具足的东西得到显现。这就是所谓"尽其心者，知其性也。知其性，则知天矣。存其心，养其性，所以事天也。"② 之义。思孟学派与宋儒在学术上的一个重要特点就是试图给他们所选择的人世间的价值系统寻找一个超越于人世之上的本体依据，由于文化语境与历史语境的双重限制，他们只能吸收老庄之学的精神，将无限的自然界设定为这种本体依据。荀子却是反其道而行之：在他看来，人世间的价值都是人自己制定出来的，这就是所谓"伪"，根本与天地自然无涉。人之所以是人而不是其他的自然之物，正在于他能够制定人人遵守的礼仪规范。圣人之所以异于常人，就在于他就是这礼仪规范的制定者。《诗》《书》《礼》《乐》之所以可贵，也正是因为它们是圣人思想情感的表现或立身行事的记录。所以《诗》所言之"志"不是一般人的思想情感，而是圣人

---

① （清）王先谦：《荀子集解》，133～134 页，北京，中华书局，1988。
② （宋）朱熹：《四书集注·孟子集注》，499 页，长沙，岳麓书社，1987。

的意旨。他在《赋》篇中说："天下不治，请陈佹诗。"这里"佹"通"诡"，"佹诗"即是言辞诡异之诗。荀子称自己的诗为"佹诗"，恰恰体现了他既以圣人自命，又不敢堂而皇之地自称圣人的矛盾心态。实际上荀子正是要像圣人那样为天下立法的。一部《荀子》整个就是为社会各阶层都制定的行为规范。

将《诗》理解为圣人之志的表达，实际上也就提出了一种诗歌阐释学的基本原则：说诗的结果一定要归结为圣人的意旨。这不正是汉代经师们的做法吗？这种诗歌阐释学与孟子的"知人论世""以意逆志"已然大相径庭：在孟子看来，说诗者与诗人是处于平等地位的，二者是"友"的关系，说诗就是一种朋友间交流沟通的方式。在荀子看来，诗人就是圣人，说诗者只能是学圣之人，二者是不平等的。所以尽管孟子的"以意逆志"强调了说诗者的主体性，但是由于他毕竟还是将诗人视为曾经生活在具体历史环境中的活生生的人，故而在说诗时颇能顾及诗人的本意，至少不会相去太远。荀子开创的诗歌阐释学将诗规定为圣人之志，表面上是以极客观的、不敢有丝毫曲解的态度说诗，实际上则处处体现了主观性与曲解。因为一定要将那些在不同文化空间中产生并具有不同功能的诗歌一概阐释为圣人之言才符合这种阐释学原则。事实上，荀子本人正是如此说诗的。现举数例以明之。例如，《荀子·正名》篇论"期命"（命名）与"辨说"（辨明与解说）的道理云："期命也者，辨说之用也。辨说也者，心之象道也。心也者，道之工宰也。道也者，治之经理也。心合于道，说合于心，辞合于说，正名而期，质请（情）而喻。……说行则天下正，说不行则白道而冥穷，是圣人之辨说也。"接下来便引了《诗·大雅·卷阿》之句："颙颙卬卬，如珪如璋，令闻令望。岂弟君子，四方为纲。"并说"此之谓也"。① 实际上这些诗句本是赞扬君主品德之美的，与"期命""辨说"没有丝毫关系，荀子搬到这里来证明其正名之论的合理性，完全是一种为我所用的曲解。又如《荀子·礼论》云："天能生物，不能辨物也；地能载人，不能治人也；宇中万物，生人之属，待圣人然后

———————————

① （清）王先谦：《荀子集解》，423～424 页，北京，中华书局，1988。

分也。《诗》曰:'怀柔百神,及河乔岳。'此之谓也。"① 这里荀子是在讲天人相分的道理,极有见地,但是所引之诗殊为不类。盖此二句乃出于《周颂·时迈》,本意是说周武王遍祭高山大河,取悦山川之神。这恰恰是讲人与天地自然的相通而非相异。由此可见,荀子心目中的"圣人之志"实际上常常就是自己的观点。他将圣人当作最高的价值依据,实际上是出于自己立法活动的需要。诗歌在他这里被当成了建构社会价值秩序的现成工具。

第二,诗与"性""伪"的关系问题。

在荀子的思想系统中,凡人生而有之的东西即为"性";凡人后天创造或习得的东西即为"伪"。按此逻辑,诗歌自然应属于"伪"的范畴。但是荀子却并不如此简单看问题。在他看来,诗歌与人之"性"与"伪"均有密切联系。其《乐论》云:

> 夫乐者,乐也,人情之所必不免也,故人不能无乐。乐则必发于声音,形于动静,而人之道,声音、动静,性术之变尽是矣。故人不能无乐,乐则不能无形,形而不为道,则不能无乱。先王恶其乱也,故制《雅》《颂》之声以道之,使其声足以乐而不流,使其文足以辨而不諰,使其曲直、繁省、廉肉、节奏足以感动人之善心,使夫邪污之气无由得接焉。②

这里虽是论乐,亦完全适用于诗,因为在荀子看来《诗》正是用来承载这种圣人制作的中和之乐的,也就是所谓"《诗》者,中声之所止也"。(《荀子·劝学》)。这里的逻辑是这样的:《诗》(包括诗与乐)产生的根源是人之性,因为人之性具体表现为喜、怒、哀、乐之情,而人的这些情感必然要有所表现,或为声音(言辞),或为动静(行为)。但是这种人性的自然流露有多种可能性:或者成为哀伤、淫靡之声,悖乱无法之行;或者成为中和之声,仁义之行。这里的关键在于是放任人性的自然流露,还是对其予以引导、规范。圣人正是在这个关键之点发挥作用的:创制出《雅》《颂》之声来引导人之性,使之沿着适

---

① (清)王先谦:《荀子集解》,366页,北京,中华书局,1988。
② (清)王先谦:《荀子集解》,379页,北京,中华书局,1988。

当的途径来表现。所以《诗》既是人之"性"的表现，又是圣人之"伪"的产物，是二者的结合。看到荀子这种极有见地的诗歌发生论很容易令人想起弗洛伊德的压抑理论。在弗氏看来，人的遵循"快乐原则"的本我与遵循"现实原则"的自我之间即存在着一种压抑与引导的复杂关系。本我是人生而有之的自然本性，主要是生理欲望，它以获得满足为唯一目标，近于荀子所谓的"性"；自我则是人后天形成的，或者说是社会塑造的人格，他处处遵循社会规范行事，近于荀子所谓的"伪"。在弗洛伊德看来，一部人类文明史就是一部压抑史——文明是作为社会存在的人用来压抑作为个体存在的本能欲望的。在荀子看来，一个社会如果顺人性之自然就必然会出现混乱无序的局面，所以圣人才要创制出一整套礼义法度来规范人性。如此说来，从功能的角度看荀子的"伪"基本上就是弗洛伊德的"现实原则"。从另一个角度看，无论是荀子的"伪"还是弗洛伊德的"现实原则"又都不仅仅是压抑的手段，或者甚至可以说它们的主要功能并不是压抑而是疏导：为人的本能欲望的满足提供现实的途径。人的本能欲望如果能够得到自然的满足当然是令人向往的事情，然而事实是，作为社会存在物的人类根本无法"自然地"满足自身的本能欲望：一旦人人都沿着自然的途径，即依据快乐原则来追求欲望的满足时，社会就会混乱一片，人们就会在争斗中耗尽力气，结果是任何人的本能欲望都无法得到满足。这就意味着人们满足本能欲望的方式需要规范，这是人作为"类"的存在形态本身决定的。至于这种规范方式具体是怎样的则是一个历史的问题——在人类不同的发展阶段上总是存在着不同的满足欲望的合法性方式。如此说来，压抑和规范反而成了使本能欲望得到满足的有效手段。然而既然是以压抑的方式来获得欲望的满足，这种满足就必然是大打折扣的。所以后来法兰克福学派的思想家马尔库塞提出"非压抑性文明"的观点，实质上是主张通过社会的改造寻求一种将压抑的负面效应降到最低程度而使满足最大程度地得到实现的设想。

　　弗洛伊德正是用这样的观点来理解人类文学艺术和其他形式的精神创造的。例如，他认为，在社会生活中人的本能欲望无法直接得到满足，但它又不能永远处于被压抑状态，所以只能寻求某种被社会认可的方式来得到满足，文学艺术的创造就是人的本能欲望改头换面的满足方式。这就是他那篇题为《作家与白日梦》的著名论文所表达的核心观点。有趣的是，荀子的诗学思想与弗氏颇有异曲同工之妙。看前面的引文，荀子认为"乐"是人不能无之的自然本性，它必然要有所表现：或"发于声音"，或"形于动静"。对这种自然本性的表现方式如果不加以引导就必然会出现混乱，"先王恶其乱也，故制《雅》《颂》之声以道之"。这就是说，诗和乐是"先王"创制出来专门疏导人情的，其功能就在于使人的自然本性按照一个符合社会规范的途径得到实现。所以，人的自然本性为诗乐的产生提供了必不可少的能量或内驱力，"先王"创制的诗乐形式则为人的自然本性提供了实现的途径。诗乐因而就成为"性"与"伪"的完美融合。或者说诗乐是人的自然本性形式化的、合乎规范的、具有合法性（为社会所认可的）的显现。不难看出，在文学艺术具有实现人的本能欲望之功能这一点上，荀子与弗洛伊德是极为接近的。但是二者毕竟是在迥然不同的文化历史语境中的言说，故而差异也是十分明显的。大略而言，弗洛伊德是在讲精神文化的一般性的生成原因，是个体与社会之间矛盾的自然解决，这里丝毫没有人为的因素。荀子却是讲"先王"或"圣人"对人类社会的引导作用，其所言之《雅》《颂》是特指而非泛指（譬如所谓"郑卫之声"就肯定不包含在内）。而且荀子所强调的是"立法"行为的合理性与必要性，突出的是社会精英的社会作用，弗洛伊德所强调的则是个体与社会之间根深蒂固的矛盾以及这种矛盾在客观上的调和方式。一是价值的建构，一是认知性的解释，在言说的动机上大相径庭。

所以荀子的乐论或诗论最终归结为社会功用。在他的眼中，诗歌也罢，音乐也罢，都不过是圣人为社会"立法"的手段而已。观荀子所言，他是将诗乐作为"礼"的辅助手段来看的。按照他的逻辑，人类社会必须划分为不同的等级并规定出每个人的行为规范和所享受的权利，才会安定有序。这就是"礼"的功能所在。但是这样一来人与人之间就难免因等级的差异而出现严重的隔阂，这也不符合儒家的那种亲密和睦的社会乌托邦了。所以应该有补救的措施，使不同阶层的人在差异的基础上建立亲密的人际关系。这就是诗乐的功能了。在《乐论》篇中荀子是这样来描述这种功能的：

> 故乐在宗庙之中，君臣上下同听之，则莫不和敬；闺门之内，父子兄弟同听之，则莫不和亲；乡里族长之中，长少同听之，则莫不和顺。故乐者，审一以定和者也，比物以饰节者也，合奏以成文者也；足以率一道，足以治万变。是先王立乐之术也……故乐者，天下之大齐也，中和之纪也，人情之所必不免也。①

诗乐的功能关键在一个"和"字。《劝学》篇中所谓"诗者，中声之所止也"的"中声"就是指"中和之声"。既然诗乐可以将多种多样的声音、节奏整合为一种统一的旋律，它当然也可以将形形色色的人整合为一个和谐、亲密、温情脉脉的整体。"礼"的作用是晓之以理：人天生就有差别，要安分守己，承认贵贱之分；诗乐的作用是动之以情：君臣、父子之间，有如一体，亲密无间。这样，诗乐就具有了无可替代的政治意义。

　　荀子对诗乐功能的观点实际上是儒家乌托邦精神的深刻体现，关涉先秦儒家"立法"活动的基本策略，也关涉此后两千余年间中国官方意识形态的基本特征。就社会乌托邦的层面来看，荀子与孔、孟一样，都向往那种既有严格的等级差异，又充满温情、其乐融融的社会状态。君则仁君，臣则忠臣；父则慈父，子则孝子。人人都恪守着自己的职分，享受着自己应有的权利，承担着自己应尽的义务，同时在不同的阶层之间又被一种深挚动人的亲情所统合。这样，对于社会差异，人们就不是被迫接受而是诚心诚意地认同，不仅认为必须如此，而且觉得理应如此。这种将严格的礼制法度与温柔敦厚的诗乐教化统一起来的政治策略，根本上乃是一种融合社会价值与个体价值、理智与情感、道德与法律的努力。与儒家这种社会乌托邦相比，墨家强调平等（"兼爱""尚同"）而反对差异的主张虽然对下层民众更具有吸引力，却显得更加不切实际；法家那种将人际关系完全置于强制性规定

---

① （清）王先谦：《荀子集解》，379～380页，北京，中华书局，1988。

之下，以赏罚作为肯定或否定人的价值的主要的甚至是唯一手段的策略，虽然能够在短期内取得较大的成效，却绝不是长治久安之计；至于道家，试图取消一切人为的建构而以自然形态为最高追求，作为一种社会理想就更是玄远难达了。墨家只看到"群"而忽视了"分"，法家只看到"理"而忽视了"情"，道家只看到"性"而忽视了"伪"，唯有儒家能够统筹兼顾，具有先秦诸子无法比拟的全面性。由此观之，历史选择儒家学说作为雄霸两千余年的国家意识形态，绝非偶然之事。尽管先秦儒家的社会理想具有乌托邦性质，但是由于它具有统筹兼顾的全面性，故而很容易被转换为一种总体性的国家意识形态。汉代帝王"王霸道杂之"的统治之术实际上是两汉以降历代统治者共同尊奉的政治策略。其理论的根据正是先秦儒家的社会乌托邦。

先秦儒家的诗学观念在孔子那里是兼顾个人的道德修养与社会政治功能的，在孟子那里则提出一种旨在与古人交流、沟通的诗歌阐释学原则，到荀子这里就被完全纳入政治话语系统之中了。如果说圣人（或兼有圣人品质的君主）作为具有绝对权威性的社会立法者，其一切话语建构（伪）根本上都是政治行为，那么诗乐作为这种话语建构中的重要内容也就只能以政治目的为指归了。所以，如果说孔子的诗学观念开启了后世以诗歌作为陶冶个人情操的修身方式，以及臣下对君主表达不满的形式之先河，孟子开启了一种诗学阐释学之先河，那么荀子则主要是在理论上突出了以诗歌作为社会政治教化之手段的功用。《毛诗序》中的诗歌功能论正与荀子一脉相承。

第七章　士人乌托邦的诗性特征

如果将与君权的关系作为参照来检验诸子之学，我们会看到如下情形：老庄之学是完全的拒斥，没有丝毫妥协余地。法家和纵横家是绝对的趋近，挥之而不去。唯有儒墨之学采取有条件的妥协态度：接受我的观点，我就为你服务。所以从超越君权的权威性来看，道家最为彻底，儒家和墨家次之，法家与纵横家则毫无超越性可言。如果我们将超越君权看作乌托邦精神的一个重要标志的话，那么，只有道家、儒家、墨家可以代表先秦士人阶层的乌托邦精神。如果我们将超越物质性的现实权力并追求某种纯精神价值作为一种文化诗性特征的标志，则也只有道家与儒家具有这种特征。因为墨家虽然超越现实的君权，向往一种"兼相爱，交相利"的社会乌托邦，但是这个学派却并不呼唤纯粹的精神价值，而是宣扬一种农民式的实用主义：凡是与人的生命存在没有直接关系的人类活动都是没有意义的。所以这是一种有超越性却没有诗性的文化观念。这样一来，具有诗性特征的文化话语系统就只剩下儒道两家了。这里有必要指明的是：究竟什么是"诗性"？按照17世纪意大利著名思想家维柯的观点，人类早期的一切意识活动都可以说是"诗性"的。就是说，那种前逻辑的、原始思维的、以想象和移情为主的、具象的、巫术性的、神话的意识活动都可以称之为"诗性智慧"。维柯认为诗的材料，或者诗所言说的东西都是"可信的不可能"。① 我们在这里采用"诗性"这个概念只是借用，不完全取维柯原意。简单说来，我们用"诗性"来指称一种学术话语中所蕴含的那种浪漫的、超越现实思维方式和价值观念并满足着人们某种精神需求的特征。让我们先来看一看儒家学说的诗性特征。

---

① ［意］维柯：《新科学》，朱光潜译，167 页，北京，人民文学出版社，1986。

一、儒学的诗性意味

儒家学说本是西周典章制度的话语形式，所以有僵化死板甚至压制人性的一面，这是毫无疑问的。一般说来，儒家士人只要一涉及人与人之间社会关系的问题，就往往显得比较保守。但是另一方面儒家学说还带有明显的诗性特征，对此许多前辈学人如钱穆、贺麟、方东美等人均曾有过很好的论述。① 概括前人见解，我们可以从下列三个方面来看儒学中的这种诗性：

其一，孔子的"吾与点也"之志。在《论语·先进》著名的"侍坐章"中，孔子高度赞扬曾皙之志。其志曰："莫春者，春服既成。冠者五六人，童子六七人，浴乎沂，风乎舞雩，咏而归。"朱熹阐述这种"曾点之志"说："曾点之学，盖有以见夫人欲尽处，天理流行，随处充满，无少欠阙，故其动静之际，从容如此。而其言志，则又不过即其所居之位，乐其日用之常，初无舍己为人之意。而其胸次悠然、直与天地万物上下同流、各得其所之妙，隐然自见于言外。视三子规规于事为之末者，其气象不侔矣，故夫子叹息而深许之。"② 又据《论语·述而》载，"子之燕居，申申如也，夭夭如也"。对此程子曰："今人燕居之时，不恁惰放肆，必太严厉。严厉时著此四字不得，恁惰放肆时亦著此四字不得，惟圣人便自有中和之气。"③ 后世儒者将孔子这种志向与风度称为"圣贤气象"。这说明孔子追求一种潇洒闲适的生活方式，其主要特征是没有任何内在与外在的强制，人的心灵完全处于一种平和、自由的状态之中。这种生活方式本质上乃是一种自知自觉的、艺术化的人生境界，是令人向往的生存状态。

---

① 可参见钱穆《中国文化与中国文学》一文，见钱氏《中国文学论丛》，台湾东大图书公司版；又可参见贺麟《儒家思想之开展》一文，见罗义俊编：《评新儒家》，30～45 页，上海，上海人民出版社，1989；又可参见方东美《中国哲学精神》一文，见蒋国保、周亚洲编：《生命理想与文化类型——方东美新儒学论著辑要》，227～272 页，北京，中国广播电视出版社，1992。

② （宋）朱熹：《四书集注·论语集注》，190 页，长沙，岳麓书社，1987。

③ （宋）朱熹：《四书集注·论语集注》，134 页，长沙，岳麓书社，1987。

其二，"和"的精神。孔子主张"君子和而不同""群而不党"，以及"礼之用，和为贵"（《论语·学而》）。这是讲人与人之间那种既和谐友好又独立自主的关系。就整个儒家体系来看，追求"和"的境界可谓随处可见——在人与人、人与社会、人与自然、人与万物的关系中，儒家都要求这种"和"的关系。这种无处不在的"和"实际上是一种精神乌托邦，是一种诗意化的人生理想，在现实社会中是不可能存在的。儒家之所以提倡这种"和"的精神，正是因为现实的生活中处处充满了对立冲突与不和谐，所以在"和"的理想背后隐含着对现实的超越与批判。后来这种精神乌托邦渐渐渗透在乐论、诗论之中，成了一种重要的审美价值。《礼记·乐记》云："大乐与天地同和。"又说："乐者，天地之和也。"《礼记·经解》云："温柔敦厚，诗教也。"韩昌黎也说："仁义之人，其言蔼如也。"（《韩昌黎文集·答李翊书》）这都是"和"的精神之表现。

其三，乐。《论语·雍也》载孔子称赞颜回云："贤哉，回也！一箪食，一瓢饮，在陋巷。人不堪其忧，回也不改其乐。贤哉，回也！"程子曰："颜子之乐，非乐箪瓢、陋巷也，不以贫窭累其心而改其所乐也，故夫子称其贤。"又说："箪瓢陋巷非可乐，盖自有其乐尔。'其'字当玩味，自有深意。"① 那么这个"其"字究竟有何深意呢？颜回究竟所乐者何事？有人说他"所乐者道"，二程却说，"若说有道可乐，便不是颜子"。② 这是什么意思呢？二程论乐的地方很多，我们不妨再看几则："觉物于静中皆有春意"，又"贤者安履其素，其处也乐"，又"学至涵养其所得而至于乐，则清明高远矣"③，又"中心斯须不和不乐，则鄙诈之心入之矣。此与敬以直内同理。谓敬为和乐则不可，然敬须和乐，只是心中没事也"。④ 从几则引文中不难看出，这里的

---

① （宋）朱熹：《四书集注·论语集注》，124 页，长沙，岳麓书社，1987。

② （宋）朱熹：《伊洛渊源录》，43 页，上海，商务印书馆，1936。

③ （清）张伯行：《濂洛关闽书》，144 页、169 页、92 页，北京，商务印书馆，1941。

④ （宋）程颢、（宋）程颐：《二程遗书》，81～82 页，上海，上海古籍出版社，2000。

"乐"不是由具体对象引起的，也就是说并没有直接的原因。这个"乐"乃是人心本来所应有的状态，只要"心中没事"——无功名利禄的关心与机诈阴险的图谋，人就可以保持心中的自然状态，这就是"颜回之乐"。所以说这里孔子所赞扬的是一种无论在怎样的情况下都平和愉悦的精神状态。后来宋儒极其看重"孔颜乐处，所乐何事"的问题，也特别重视修炼内心的宁静与和乐。这种心境无疑是具有诗意性的。

总之，先秦儒学的诗性特征主要来自其超越现实，指向未来；超越利益关怀，指向精神关怀；超越肉体，指向心灵；超越凡俗，指向高雅；超越一己之私，指向天下众生的价值取向。这一价值取向乃取决于士人身份的两重性：既有可能成为社会管理者，又常常是远离权力中心的平民百姓。这种身份与角色的变动不居就使得儒家十人有可能同时超越这两种身份，从而指向更高的精神境界。

作为与儒家学说之超越性的比照，在这里我们似乎有必要简要评述一下道家之学的超越性及其诗学价值。

二、道家之学的诗性特征

关于道家学说的产生有不同说法。章太炎及钱穆等人认为道与儒实出于一源。章太炎说：

> 周秦诸子，道、儒两家所见独到。这两家本是同源，后来才分离的。……庄子有极赞孔子处，也有极诽谤孔子处，对于颜回，只有赞无议，可见庄子对于颜回是极佩服的。庄子所以连孔子要加抨击，也因战国时学者托于孔子的很多，不如把孔子也驳斥，免得他们借孔子作护符。照这样看来，道家传于孔子为儒家；孔子传颜回，再传至庄子，又入道家了。①

钱穆先生则认为墨家"亦学儒者之业，而变其道"，然后又开出道家一

---

① 章太炎：《国学概论》，31～32 页，上海，上海古籍出版社，1997。

系，则道家亦源于儒家。① 胡适则认为道家是"对当时政治的反动"，"对政府干涉政策的反动"。② 牟宗三先生则认为老庄之学是"对周文疲弊而发"。各种说法有的或有些道理，有的则纯粹是臆断之言。但这些说法并不一定真的不能并立。盖章、钱之论是渊源言之，胡、牟二家是就动因言之，两种说法实可综合之。这样我们就可以说：老庄之学乃是新兴士人阶层对文教之毁坏、政治之混乱、社会之动荡等不如人意之现象在学术话语上的回应，也是士人阶层在不得已的情况下所提出的以退为进的政治策略之体现，其思想资源当然也同样是西周文化的遗存，只是不像儒家那样直接拿来而已。③ 道家之所以与儒家在价值取向上有较大差异，并非二者代表不同社会集团的利益，而是由于士人阶层原本就有两种心理倾向：或积极进取以改变现实，或消极退让而明哲保身。儒道两家学说不过是士人阶层两种心理倾向的表现而已，所以事实上二者也存有诸多共同之处。对于道家学说之要点可以概括如下。

其一，道家作为救世之术。老庄之学也有自己的社会理想，其主旨也是为动荡的社会、崩坏的政治秩序开出疗救的药方。对于老子来说，这社会理想是"小国寡民"——消除了一切人为的因素之后的朴素自然状态，或者说是人类的前文明状态。对庄子来说，则是"自由与平等"的社会——据章太炎先生的理解，"逍遥游"就是自由；"齐物论"就是平等④，当然这里的"自由平等"与西方启蒙主义思想家们倡导的"自由平等"意思并不完全一致，对庄子而言，主要是提倡不用人管、自由自在地活着的社会状态。就其实质，老庄之学是希望

① 钱穆：《国学概论》，43～53页，北京，商务印书馆，1997。
② 胡适：《中国哲学史大纲》卷上，见《胡适学术文集·中国哲学史》，41页，北京，中华书局，1991。
③ 汉儒刘歆、班固认为道家之学是出于史官，因其眼见历史演变并不随人意转移，知世事无常、祸福难测，故创道家之说。章太炎亦从此说，盖臆断之言也。在社会巨变之时，一流思想家面对同样的思想资料常常会采取完全不同的态度。大体上是分为捍卫之、改造之与否定之三大派别。儒家为捍卫者（亦有改造，但主体是捍卫），墨家为改造者，道家为否定者。
④ 章太炎：《国学概论》，34页，上海，上海古籍出版社，1997。

通过绝对的否定而达于肯定，或者说，借助否定的方式完成一种肯定，其最基本的价值取向同样是建构而非解构——解构只是手段，建构才是目的。

其二，老庄之"道"的含义与意义。对于老子提出"道"的范畴，胡适曾予以高度评价，认为对于中国哲学史的发展具有划时代的意义。今天看来，这个"道"可以从下列几个方面来理解：第一，至少是否定了上古遗留的神学目的论，主张"人法地，地法天，天法道，道法自然"，从而确立了以自然为人立法的道家逻辑起点。第二，"道"是天地万物之本根、本体、本原。这就为中国古代哲学开出了真正的形上境界，使士人阶层的思考进入了超验领域。第三，"道"又是人世间一切价值之最终的自明性本原，这就为道家的人格理想找到了本体论依据。第四，"道"在本质上是天地万物之本然自在性的话语表征，既是道家士人对自然界的一种概括，又是他们为了建构独立的话语体系而给出的一种设定。因此，"道"既是主观的，又是客观的，也是一种"合外内"的产物。

其三，道家的功夫范畴，或体道方式。与儒家存心养性、进德修业、积善成德等积累、渐进的人格修养方式刚好相反，道家讲究退的工夫。在老子是"为学日益，为道日损，损之又损，以至于无为，无为而无不为"；在庄子则是"坐忘""心斋""朝彻""悬解""见独"。按照他们的逻辑，为了形成清静自在的主体心境，必须对一切人为之物彻底否定，于一切文化学术均采取消解主义态度，最后则是对自家主体精神的自我解构。主体精神一无所存了，连主体自己也不知何处去了，这便达到了人生最高境界——与天地之大道合而为一了。人主动地顺应自然，最终让自然置换了自己的主体性，到了连顺应自然的主观意识也没有的时候，就真正同于大道了。

老庄之学的诗性特征更为突出。就道家自身的价值取向而言，它是否定一切文化建构的，诗文当然也不例外，所以可以说是反诗学的。但在后世，道家学说的基本精神和一系列重要范畴却都演化为诗歌、绘画、书法、文章的审美境界。可以说，道家学说在社会生活中并未能实现（至少是没有完全实现）为现实的价值，但却在各种文学艺术活动中成为极为重要的审美价值。这种情形表明，这一学说本身就是诗化的，亦如儒家学说一样，它带有一种超越的乌托邦精神，而这种精神具有明显的诗性特征。这就使得道家学说尽管是反对诗歌等一些话语形式的，但实质上却是最富于诗性的。这主要表现在下列几个方面。

其一，无、无为、虚静。这些道家学说的基本范畴本来是关于"道"的存在方式的表述，但它们却开启了一种重无轻有、贵虚贱实的审美趣味，对后世，特别是六朝以后的文学创作产生了巨大影响。强调无、无为、虚静其实是强调纯精神存在的重要性[1]，是对实存之物的超越，这本身即带有乌托邦色彩，因而具有诗的意味。老子说："天下万物生于有，有生于无。"王弼注云："天下之物，皆以有为生。有之所使，以无为本。"[2] 老子又云："无名天地之始；有名万物之母。故常无欲，以观其妙；常有欲，以观其徼。此两者同出而异名，同谓之玄。玄之又玄，众妙之门。"王弼注云："凡有皆始于无，故未形无名之时，则为万物之始。"[3] 观老子之言与王注，我们可以看出，"无"这个概念的提出并不是像西方的本体论范畴那样纯粹出于一种逻辑的推导或独断论的设定。这个概念是与经验不可分的。虽然如此，但那浩渺无际、绵延无尽的"无"的世界，毕竟非人的经验所能把握，故而终究是达于形而上的境界，从而兼具经验与超验双重性质。经验指涉有限之域，是就身旁可见之物的生成而立论的；超验指涉无限之域，是就万事万物之普遍性而言的。这就是中国古代哲学范畴的奥妙之处。然而，通过有限而达于无限，不正是诗与一切艺术的根本精神吗？所以，"无"绝对是一个富有诗性的语词。

其二，游。《庄子》首篇篇名即为《逍遥游》。这里"逍遥"与"游"是紧密相关的，"逍遥"也就是"游"，"游"亦必然"逍遥"。郭象说："夫小大虽殊，而放于自得之场，则物任其性，事称其能，各当

---

① 对此章太炎先生在《国学概论》中曾有所论及。
② 楼宇烈：《王弼集校释》，110 页，北京，中华书局，1980。
③ 楼宇烈：《王弼集校释》，1～2 页，北京，中华书局，1980。

其分，逍遥一也。岂容胜负于其间哉！"① 这就是说，所谓"逍遥"，所谓"游"并不在于是"扶摇而上者九万里"，还是"抢榆枋而止"，关键看是否是"物任其性"——充分发挥事物自身的本性，看是否达于"自得之场"——完全依据事物自己的意愿行事。由此可见庄子表达的这种"游"的精神或境界实际上是指一切有灵之物完全按照自己的意愿和天性，充分发挥自己的潜能的状态，这时没有任何来自外在或内在的强制，没有任何时间和空间上的阻碍，处于一种绝对的自由境界。所以庄子说："若夫乘天地之正，而御六气之辩，以游无穷者，彼且恶乎待哉！"②（据前人注，"天地之正"即天地万物之性；"六气之辩"，即六气之变化；"六气"者，阴阳、风雨、晦明也）所以可以说，"逍遥游"在庄子这里是指绝对的精神自由——无凭借、无对待，"独与天地精神往来……上与造物者游，而下与外生死，无始终者为友"。这种"游"的精神在任何时候，任何情况下都不可能完全实现于现实生活之中，但是它却总是缠绕着人们，存于人的心中，是心灵的飞升与膨胀，是真正的精神乌托邦，当然也是真正的诗的精神。

其三，物我一体，我即是物，物即是我。只要换个角度看，物我之间、物物之间的差异都是可以忽略不计的，即所谓"天下莫大于秋毫之末，而大山为小；莫寿于殇子，而彭祖为夭。天地与我并生，而万物与我为一"。郭象注云："夫以形相对，则大山大于秋毫也；若各据其性分，物冥其极，则形大未为有余，形小不为不足。苟各足于其性，则秋毫不独小其小而大山不独大其大矣。若以性足为大，则天下之足未有过于秋毫也；若性足者非大，则虽大山亦可称小矣……苟足于天然而安于性命，故虽天地未足为寿而与我并生，万物未足为异而与我同得"。③ 这是说，万物之间在外形上虽有大小之分，但从"性足"（即儒家所谓"尽物之性"也，物各安其天性生灭也）的角度看则是一样的，并无大小高下寿夭之分。这种观点在社会生活或人与自然的关系中显然是毫无意义的，因为人类的文明就是要通过命名、分类

---

① （清）郭庆藩：《庄子集释》，1 页，北京，中华书局，1961。
② （清）郭庆藩：《庄子集释》，17 页，北京，中华书局，1961。
③ （清）郭庆藩：《庄子集释》，81 页，北京，中华书局，1961。

为自然界立法，就是要在社会中分出级差来，这样才能使自然和社会
都成为有序的、可以理解并控制的。只有原始人的思维才会将万事万
物看作具有某种神秘的内在一致性的整体。然而，在诗的思维，却恰
恰以主体与客体浑然一体、毫无间隔为特征。庄子的齐物之论、梦蝶
之喻都可以看作是纯粹的艺术想象——只有在诗与艺术中通常的分类
原则才会被"合法地"打破，而代之以一种全新的分类方式，所以庄
子的"齐物论"实际上是一种诗的思维方式的运作，这是庄子学说中
最富于诗性的地方之一。

其四，自然。自然即是自在本然。在老庄那里是指天地万物不依
赖于任何外力而自生自长的特性，亦是"道"的存在状态。在六朝之
后，自然成为中国古代诗学最主要的价值取向之一。老子说："人法
地，地法天，天法道，道法自然。"王弼注云："法，谓法则也。人不
违地，乃得全安，法地也。地不违天，乃得全载，法天也。天不违道，
乃得全覆，法道也。道不违自然，乃得其性，法自然也。法自然者，
在方而法方，在圆而法圆，于自然无所违也。自然者，无称之言，穷
极之辞也。"① 可知所谓"自然"，就物而言，就是物之所是；就守道
者（今言之主体）而言，就是是物之所是。在王弼看来，"自然"实际
上就是"道"的存在和运作的基本样式：按照万物秉受于天的"自性"
而行，不添加任何有违物之自性的东西。这样看来，所谓"道"也就
是万物自然具有的那个品性、那个道理，并非游离于万物之外的什么
实体或本体。对于社会关系和人与自然的关系而言，倡导"自然"的
真实含义就是"无为"，顺应万物本性，不做任何人为的改造和创造。
这显然具有消极的一面。② 但是在精神层面，自然却是一种很高的人
格境界——任何时候都不让自己的愿望（精神的或肉体的）超过自己
的能力。这当然也是一种精神乌托邦，也具有诗性特征：淡化人为、

---

① 楼宇烈：《王弼集校释》，65 页，北京，中华书局，1980。
② 道家的"顺应自然"就是无为，就是不要做事。这不同于儒家"赞天地
之化育""尽己之性""尽物之性"的积极的"顺应自然"。道家是放弃一切有创造
性的人为，才能顺应自然；儒家是只有通过人的创造性行为才能真正顺应自然。
这是儒道根本不同之处。

隐藏主体，以不言说的方式言说。

其五，道若有若无、似真似幻的特性。《老子》描绘道的这种特性云："有物混成，先天地生，寂兮寥兮，独立不改。周行而不殆，可以为天下母。吾不知其名，字之曰道，强为之名曰大。"王弼注云："夫名以定形，字以称可。言道取于无物而不由也，是混成之中，可言之称最大也。"① 《老子》又描述"道"之状态云："道之为物，惟恍惟惚。惚兮恍兮，其中有象；恍兮惚兮，其中有物。"王弼注云："以无形始物，不系成物，万物以始以成，而不知其所以然。"又注："窈兮冥兮，其中有精。"云："窈冥，深远之叹。深远不可得而见，然而万物由之。"② 参照《老子》原文和王注，我们可以大体窥见"道"的存在形态：它是一个存在之物，但是人的感官不能把握它，所以它是超验的存在物。然而它的产生却不是依靠抽象思维的推理或独断论的设定，而是依靠经验。它是从经验中得来的超验之物。盖古人眼见其感官所及之物莫不有存亡生死，即使山川大地也难免有沧海桑田的巨变。于是揣想万物未生之时的情景，必有深幽杳渺之域为万物始生之源。因其非感官所能把握，亦无以命名，只是勉强用"道"或"大"字言之。用"大"字取其超越感官把握之限度；用"道"字则取其万物所从来，犹人人所必由之义。可见"道"这个语词是在象征意义上用的，而《老子》之所以选择这个语词，则基于一种想象力的作用。这说明，"道"所指涉之物是超验的、本体论范围的东西，但是其产生却是基于经验层面的联想。所以，这个"道"无论怎样玄妙难测，它始终不能完全脱离开经验的缠绕，始终不能成为纯粹的抽象思维的产物。"道"这种融具象与抽象、有限与无限、经验与超验的特性恰恰是道家学说中最富于诗性之处。后世诗家讲"滋味"，讲"神韵"，讲"可意会不可言传"，讲"言外之旨，韵外之致"者，大抵超不出老子之所云。

其六，朴。这个概念原指物未经雕琢时的本来样子。老庄借以表示道的一种特点。《老子》云："见素抱朴，少私寡欲。"（十九章）又："常德乃足，复归于朴。朴散则为器。"（二十八章）又："道常无名，

---

① 楼宇烈：《王弼集校释》，63 页，北京，中华书局，1980。
② 楼宇烈：《王弼集校释》，52～53 页，北京，中华书局，1980。

朴虽小，天下莫能臣也。侯王若能守之，万物将自宾。"（三十二章）
王弼注二十八章云："朴，真也。朴散则百行出，殊类生，若器也。"①
又注三十二章云："道，无形不系，常不可名。以无名为常，故曰'道
常无名'也。朴之为物，以无为心也，亦无名。故将得道，莫若守
朴。……朴之为物，愦然不偏，近于无有，故曰'莫能臣'也。抱朴
无为，不以物累其真，不以欲害其神，则物自宾而道自得也。"② 看
《老子》之论与王弼之注，这个"朴"字是在讲"道"存在的 一种状
态：浑然一体、无知无识、块然自在、宛若无物。对于人的守道即
"抱朴"而言，则是指抑制欲望、顺应自然、清净无为的境界，实际上
乃是要压制人的主动性、创造性、筹划性，使人同化于自然事物。对
一时一地的个人或国家来说，这种"抱朴"精神可以作为一种策略来
使用，而且常常能够取得极佳的效果，但对于一个人的一生或一个国
家长久之计来看，则是不可为之，亦无法为之的事情，是一种乌托邦
精神。这种精神在现实的生活中可以沉落为一种诚实、朴素、纯真无
伪的个人品质，在审美层面则可以转换为一种朴实无华、大巧若拙的
艺术趣味。这在后代的诗歌和其他形式的艺术创作中成为人们刻意追
求的风格，是一种极高的艺术境界。由此可知，"朴"实在也是具有诗
性特征的。

　　其七，妙。本来是形容道的变化莫测的概念。《老子》云："故常
无欲，以观其妙；常有欲，以观其徼。此两者同出而异名，同谓之玄。
玄之又玄，众妙之门。"（第一章）王弼注云："妙者，微之极也。万物
始于微而后成，始于无而后生。故常无欲空虚，可以观其始物之
妙。"③《老子》又有"故善为士者，微妙玄通，深不可识"（十五章）
之说，是讲体道之士善能观察大道微妙的变化，非一般人可比。《老
子》所言的这个"妙"字可以说是对自然万物千变万化状态的客观把
握，表现出古人在大而无外、小而无内、无古无今、变化无穷的大自
然面前产生的一种神秘感。这同样是一种诗性特征。后世诗文书画均

　　①　楼宇烈：《王弼集校释》，75页，北京，中华书局，1980。
　　②　楼宇烈：《王弼集校释》，81页，北京，中华书局，1980。
　　③　楼宇烈：《王弼集校释》，1页，北京，中华书局，1980。

有"妙"之一品，也成了重要的审美范畴。

其八，体道功夫。看老庄的论述，体道的过程也就是自我拆解的过程：放弃一切后天习得的知识与观念，从根本上怀疑一切人为之物的合理性，同时压制自身肉体和精神的各种欲望，使心灵近于静止状态——这就是所谓"损之又损，以至于无为"了。那么如何做到"无为而无不为"呢？老庄的逻辑是这样的：一个人的心灵达到无为状态之后，日常的价值观念对他来说就没有丝毫价值了，别人的胜利、发财、做官、长寿对他来说就像儿童做游戏一样幼稚可笑，这样他就超越了世俗惯习，达到了精神自由之境，真正与天地之大道合一，这时无为与无不为也就同一了。对于一个社会而言，如果人人做到无为，即不去争抢，不去干涉他人、压迫他人，则天下就达到真正的太平，也就是最高社会理想了。这也就是"无不为"了。毫无疑问，老庄的这种设想是纯粹的精神乌托邦，永远不可能实现。但是作为一种富于想象的人生境界或社会理想，这恰恰是人们在审美活动中经常体验到的心理状态。这是"无功利目的""无利害计较"的，是"无目的的合目的性"。诸如"涤除玄览""致虚极，守敬笃"等，即是后世诗论、文论中常说的"澄怀静虑""收视返听"等创作心态，与西方的"静观"之说有其一致性。老庄体道功夫的诗性在于：体道本质上正是将心灵提升到诗的境界之中。

以上种种足以使道家学说的理论文本成为后世中国诗学文本之母体。老庄本来是要开创一个古朴自然、和和睦睦的新世界，然而却不自觉地开出了一片诗的净土，这真是中国文化史上的一大奇迹。

三、易庸之学的诗性诉求

明白了儒道两家学说的超越性特征及其在诗学观念上的表现之后，我们就可以看看思孟学派和所谓易庸之学的情形了。思孟学派是指子思、孟子一派学术，早在战国之末，荀子在《非十二子》中就将二者并列言之了。其云："略法先王而不知其统，犹然而材剧志大，闻见杂博。案往旧造说，谓之五行，甚僻违而无类，幽隐而无说，闭约而无解。案饰其辞而祗敬之曰：'此真先君子之言也。'子思唱之，孟轲和之，世俗之沟犹瞀儒，嚾嚾然不知其所非也，遂受而传之，以为仲尼、子游为兹厚于后世。是则子思、孟轲之罪也。"① 此派学说的基本著作就是《中庸》和《孟子》。所谓易庸之学是指《易传》与《中庸》的学术，主要是"新儒家"坚持这样的提法。牟宗三认为，儒家的发展统序是：孔子是一个阶段；孟子是一个阶段；《中庸》《易传》又是一个阶段。显然他并不相信《中庸》为子思所作的旧说，所以在他的心目中压根儿就没有"思孟学派"这个概念。② 在牟宗三看来，孟子与易庸之学的主要差异是对"性"的理解思路有根本不同。他说："综观中国正宗儒家对于性的规定，大体可分两路：（一）《中庸》《易传》所代表的一路，中心在'天命之谓性'一语。（二）孟子所代表的一路，中心思想为'仁义内在'，即心说性。"并认为孟子的思路可称为"道德的进路"；易庸之学的思路可称为"宇宙论的进路"。③ 如何理解这种观点呢？我们认为，思孟学派的存在是不容置疑的事实。这一学派由孔子的弟子曾参传授而来，思想路向侧重于以道德的自我反省为主要方式的修身养性一面。④ 所以牟宗三说孟子的中心思想为"仁义内在、即心说性"是有道理的。至于易庸之学的重天命的一面也是事实。这里的关键在于《中庸》之中即存在两种不同倾向：一半重人事，一半重天道。冯友兰认为《中庸》可分为三段，中段为子思原作，首尾二段则为后世儒者所加入。这是精辟的见解。盖《中庸》中段多言人事，可以看出是直接从孔子学说中演变出来，然已重在人格修养，对孔子热衷的"复礼"已然不大提及，正可看出是由孔子到孟子的过渡。其首尾两段大谈天道人道之关系，很有形而上学味道，则可视为道家及阴阳家思想向儒学的渗透，或更准确地说是后者对前二者的主动吸收。

---

① （清）王先谦：《荀子集解》，94～95 页，北京，中华书局，1988。

② 参见牟宗三：《中国哲学十九讲》，66～82 页，上海，上海古籍出版社，1997。

③ 牟宗三：《中国哲学的特质》，50 页，上海，上海古籍出版社，2007。

④ 关于这个问题，侯外庐主编的《中国思想通史》第一卷第十一章第一节有详细考辨，确凿可信。

至于《易传》则更可视为儒道精神的融合，这已是学界的共识了。①

儒家的发展由孔子的人格修养与社会秩序的双重关怀到思孟的偏重心性之学，再到易庸之学在天道与人道的交汇处言心性，再加上偏重社会秩序即外王之道的荀子学派，这就是先秦儒学发展的大致脉络。正如曾子和子思是从孔子到孟子的过渡一样，孟子也是从子思到易庸之学的过渡。事实上在孟子身上已经带有了注重"天之道"的倾向。所以我们可以将思孟学派与易庸之学的总体思想倾向或主旨概括为："合外内之道"的人格理想。

我们先看看什么是"合外内之道"。《孟子·尽心上》云："万物皆备于我，反身而诚，乐莫大焉。"《孟子·离娄上》说："诚者，天之道也；思诚者，人之道也"。又说："尽其心者，知其性也。知其性，则知天矣。存其心，养其性，所以事天也。"《中庸》云，"天命之谓性，率性之谓道，修道之谓教。"又云："喜怒哀乐之未发，谓之中；发而皆中节，谓之和。中也者，天下之大本也；和也者，天下之达道也。致中和，天地位焉，万物育焉。"假如不明白这一派学说的思路，就很难理解上面这些话。"知其性"如何就能"知天"呢？作为"喜怒哀乐之未发"的"中"，如何就成了"天下之大本"了呢？这里的一切都建立在这样一种也许是神秘的，也许是极为深刻的观点之上：人与天地万物具有本质上的一致性，人可以通过自己的努力来顺应天地之大道。所以《中庸》又说："《诗》云：'鸢飞戾天，鱼跃于渊。'言其上下察也。君子之道，造端乎夫妇，及其至也，察乎天地。"又说："成己，仁也；成物，知也；性之德也，合外内之道也，故时措之宜也。"这都是讲人的内在之性与天地的外在之道在本质上是相通的，故而通过人的主观努力即可施加影响于天地万物。这种思想对于中国古代文化学术发展演变有着决定性的影响。《易传·文言》云："夫大人者，与天地合其德，与日月合其明，与四时合其序，与鬼神合其吉凶，先天而天弗违，后天而奉天时。"《象》云："观乎天文以察时变，观乎人文以

---

① 关于《易传》中儒道思想交汇的问题可以参看陈鼓应《老庄新论》一书及余敦康《〈周易〉的思想精髓与价值理想——一个儒道互补的新型的世界观》，见《道家文化研究》第一辑，上海，上海古籍出版社，1992。

化成天下。"又云:"天地革而四时成,汤武革命,顺乎天而应乎人。"
《系辞上》云:"一阴一阳之谓道,继之者善也,诚之者,性也。仁者
见之谓之仁,知者见之谓之知,百姓日用而不知。"《说卦》云:"昔者
圣人之作易也,将以顺性命之理,是以立天之道曰阴与阳,立地之道
曰刚与柔,立人之道曰仁与义。兼三才而两之,故《易》六爻而成
卦。"这些都是讲着同一个道理,这个道理深入中国古人骨髓,是他们
看问题的基本思维模式。

易庸之学是儒道两大思想体系第一次融合的产物。其所开出的一
种新的理路被牟宗三先生称之为"道德的形上学"——意指儒家的道
德关怀找到了超验的本体论依据,而道家的玄远之思也在现实世界中
找到了落脚点。这是"天之道"(孔子所罕言者)与"人之道"(老庄
所否定者)的贯通,是子学时代最高智慧之表现。

现在就让我们来看看这个"合外内之道"的修养方式究竟意味着
什么。我们前面已经阐述过从西周的与政治制度合而为一的礼乐文化
到孔子的道德哲学之间的转换过程,其内在逻辑是很清楚的。那么为
什么孔子的学说在思孟那里基本上被简化为一种修身之术呢? 为什么
这种修身之术又获得"合外内之道"的最高理想呢?

我们先看第一个问题。在孔子的时代,周文虽已衰疲,但其基本
形态毕竟还存在着,譬如礼,在各诸侯国还在用着,只是常常被滥用
而已。所以在这样的情况下,孔子这样急于拯救天下、重新安排日渐
混乱的社会秩序的思想家,最简便易行的办法莫过于提倡复古了——
既然人们对"郁郁乎文哉"的周礼还记忆犹新,那么为什么不让它重
新发挥作用呢? 所以孔子的救世方略就是说服诸侯君主将周礼恢复为
国家根本制度,使"尊王攘夷"和"君君、臣臣、父父、子子"成为
社会的基本价值准则。但是周礼毕竟已经失去了昔日的权威性,如何
才能恢复它呢? 对于无拳无勇的孔子及其所代表的士人阶层来说,没
有任何现实的力量可达到这一目的,于是他们只好寄望于执政者的自
觉。正是在这里儒家的创造性显示出来了:将作为政治制度的礼乐文
化改造成一套个人化的道德价值观念。将强制性的权威主义伦理学改

造为以个人的自觉选择为基础的人道主义伦理学。① 因此在孔子的学说中，对"礼"的论述与对"仁"的论述占有同样重要的地位。然而到了子思，特别是孟子的时代，西周的礼乐文化已经成为历史的陈迹，再大谈"复礼"的老调就毫无意义且更加不合时宜了。于是孔子学说中本有的修身的一面就占据了突出的位置：思孟等不再将修身当作恢复周礼的手段，而是将它视为乱世中人们安顿心灵、寻求解脱的最佳方式，也就是说手段变成了目的。当然，即使在孟子这里，希望通过个人的道德修养来救世的动机还是顽强地存在着的。例如，孟子向着齐宣王和梁惠王大讲特讲的"仁政""王道"就是以个人的、特别是君主的道德修养为前提的。只不过这种目的性的人格修养论在孟子的思想中已经不再居于主导地位，对他来说更有吸引力的是如何通过存心养性的自我修养来完成人格的提升，成为"富贵不能淫，威武不能屈，贫贱不能移"的"大丈夫"。从孔子到孟子的这种价值取向上的变化反映了士人阶层试图用话语建构的方式来改变社会现实的努力的失败。在那个"争于气力"的时代，无论士人阶层如何著书立说、开宗立派，他们创造的那些在后人看来辉煌无比的文化学术在当时其实基本上没有影响现实的力量。历史之流按照自己残酷的逻辑流动着，文化学术只是漂浮于它上面的泡沫而已。

我们再来看第二个问题。儒家士人提出"道""天""天命"这类超验的概念是为了压制现实的权力，甚至是为了给现实权力定规则。道家士人提出"道"这个本体论范畴是为了否定一切人为的文化创造，借以表达对周文疲敝的极度失望，也是为了从价值观上找到一个根本的立足点，从而使精神有所栖息。易庸之学的"合外内之道"根本目的则是为个体性的精神价值，即心性价值或先验的道德价值寻到最终的依托。

易庸之学作为儒道两大思想体系的合流，一方面开出了新的思想空间，另一方面也开出了新的诗学境界，对后世诗歌发展产生了重要影响。这主要表现在下列几个方面。

---

① 这里的"权威主义伦理学"和"人道主义伦理学"之说是借用法兰克福学派著名学者弗罗姆在《自为的人》一书中的说法。

其一，大化流行，生生不息。这是易庸之学的基本精神，它将人与天地万物都看作是一个无处不在、永无止息的宇宙大生命的表现，因此人与万物之间有着某种极为密切的内在联系。这种精神可以说是中国古代诗学思想的哲学基础。

其二，诚。这是易庸之学的一个最重要的本体范畴，也最能体现易庸之学融合儒道的学理特点。它既指人的心灵的纯真无伪，又指天地万物的自在自然，是典型的"合外内之道"的产物。它与中国古代诗学中的"真""自然"等重要范畴均有内在联系。

其三，易庸之学在总体上显示出一种雄浑、遒劲、豪迈、刚健的精神特征。这也成了后世一类诗歌风格和诗学主张的精神之源。

《周易》是一部占卜之书，大约西周时即已成书。《易传》则主要是战国时期儒家借解释卦辞、爻辞来阐发儒学要旨的文献。观《易传》之旨，贯穿始终的基本精神正是儒家"中间人"式的意识形态。

首先，《易传》为天地与人世的基本构成因素进行了定位：

> 天尊地卑，乾坤定矣。卑高以陈，贵贱位矣。动静有常，刚柔断矣。方以类聚，物以群分，吉凶生矣。在天成象，在地成形，变化见矣。是故，刚柔相摩，八卦相荡，鼓之以雷霆，润之以风雨。日月运行，一寒一暑。乾道成男，坤道成女。乾知大始，坤作成物。乾以易知，坤以简能。易则易知，简则易从。易知则有亲，易从则有功。有亲则可久，有功则可大。可久则贤人之德，可大则贤人之业。易简而天下之理得矣。天下之理得，则成位乎其中矣。（《系辞上》）

> 昔者，圣人之作《易》也，将以顺性命之理，是以立天之道曰阴与阳，立地之道曰柔与刚，立人之道曰仁与义。兼三材而两之，故《易》六画而成卦。（《说卦》）

> 有天地然后有万物，有万物然后有男女。有男女然后有夫妇，有夫妇然后有父子。有父子然后有君臣，有君臣然后有上下。有上下然后礼义有所错。（《序卦》）

这三段话是《易传》言说的基本框架，其逻辑是这样的：天地有尊卑贵贱之别，此为造化自然，非人力所为。天地秉阴阳刚柔之道而化生万物，生成人类，人类又秉仁义之道而有男女、夫妇、父子、君臣之上下秩序。故天之道、地之道、人之道是息息相通、一以贯之的。这样，《易传》的"易简之道"就一目了然了：万事万物都处于变化之中，其中唯一不变者乃是上下尊卑的既定秩序。所谓变化即是上下尊卑之间相互激发、摩荡的结果。显而易见，《易传》的言说旨趣根本上是在人世之间，是在社会价值秩序的确定，而不在于对天地万物运行法则的揭示上。其关于"天地""阴阳""动静""刚柔"等带有形上色彩的言说，不过是为其社会价值秩序的建构寻求本体论的依据而已。

《易传》的确十分重视"变化"，这在先秦儒学中是独具特色的。我们不否认这里包含着对天地万物存在、运演状态的认知性总结，但更主要的还在于意识形态的建构。《易传》讲"天尊地卑"这样不变的宇宙秩序时是向着被统治者言说的。其隐含的意思是：要承认尊卑高下的现实秩序，安分守己，不可以有非分之想，因为这种秩序乃是天地人三位一体的，具有超人力的神圣性。《易传》大讲事物的变化时，是向着统治者说的，目的在于警告：世上万物都在变化，上下尊卑虽不会变，但是孰为尊者，孰为卑者却是因时而异的。统治者只有自己百倍地提高警惕，时时刻刻谨慎小心，才能立于不败之地。我们看看下面的说法即可明了此意：

> 天地革而四时成，汤武革命，顺乎天而应乎人。革之时，大矣哉！（《易传·革》）
>
> 子曰："危者，安其位者也。亡者，保其存者也。乱者，有其治者也。是故君子安而不忘危，存而不忘亡，治而不忘乱，是以身安而国家可保也。"（《易传·系辞下》）
>
> 作《易》者，其有忧患乎？是故，《履》，德之基也，《谦》，德之柄也。《复》，德之本也。……（《易传·系辞下》）
>
> 《易》之为书也不可远，为道也屡迁，变动不居，周流六虚，上下无常，刚柔相易，不可为典要，唯变所适。其出入以度外内，使知惧。又明于忧患与故。（《易传·系辞下》）

这都是警告执政者要心存忧患、居安思危：倘若骄奢淫逸，上下就要易位了。可以说作为扮演"中间人"角色的意识形态建构，这些言说主要是对统治者的规范与制约。

如此看来，不管《易传》如何具有形而上的色彩，不管它如何看上去像是对宇宙自然、万事万物之理的抽象概括，在根本上依然是以社会关怀为指归的意识形态话语。其根本价值取向与孔、孟、荀等先秦大儒并无不同——调和上下关系，整合社会价值观念，最终达成社会的有序与安定。在《易传》中直接表达这种思想的论述也是很多的：

> 《彖》曰："《泰》：小往大来。吉，亨。"则是天地交而万物通也，上下交而其志同也。内阳而外阴，内健而外顺，内君子而外小人，君子道长，小人道消也。（《易传·泰》）

> 《彖》曰：《家人》，女正位乎内，男正位乎外。男女正，天地之大义也。家人有严君焉，父母之谓也。父父，子子，兄兄，弟弟，夫夫，妇妇，而家道正。正家，而天下定矣。（《易传·家人》）

> "亢龙有悔。"子曰："贵而无位，高而无民，贤人在下位而无辅，是以动而有悔也。"（《易传·系辞上》）

> 子曰："作《易》者其知盗乎？《易》曰：'负且乘，致盗至。'负也者，小人之事也。乘也者，君子之器也。小人而乘君子之器，盗思夺之矣。上慢下暴，盗思伐之矣。"（《易传·系辞上》）

这些说法都强调统治者与被统治者和谐相处的重要性——这无疑是儒家基本精神的体现。

在《易传》之中有一个重要的价值范畴使其意识形态建构获得了十分积极的，甚至是超出其历史语境的伟大意义，这便是"生"的范畴。《易·无妄·象传》云："先王以茂对时育万物。"这是说古代贤王努力顺应天时以化育万物。《系辞上传》云："生生之谓易。"这是说使万物生长即是变易的根本之义。《系辞下传》云："天地之大德曰生。"这是说天地最伟大的功能即化生万物。这些都是对生命的重视，首先当然是对人的生命的重视。上尊下卑、上刚下柔的社会等级观念如果贯穿了对生命的尊重，则根本上是起到了维护下层人民利益的作用。

《易传》中很少直接谈及诗学问题，但其于后代诗学的影响却是极为深远的。我们知道，刘勰的《文心雕龙》就贯穿了《易传》的基本精神——反对柔靡，崇尚刚健；反对拘泥，崇尚变化；反对奢华，崇尚质朴；反对直露，崇尚含蓄；等等。另外，《易传》那种自强不息、厚德载物的伟大精神，变通趋时、顺天应人的超凡智慧，在千百年中塑造了中华民族的民族性格，也充分地体现在诗学与审美观念之中。

孔、孟、荀是先秦儒学的三位主要代表人物，他们分别代表了儒学在先秦时期发展的三个阶段。

孔子作为儒家学派的确立者，他的思想主要表现在对先在思想资源的继承与改造上。我们知道，西周的典章制度和与此相关的文化文本是孔子继承的主要文化资源。本来，西周流传下来的一切文化文本无不与当时的政治制度密切相关，甚至可以说，这些文化文本在其产生之时就是作为政治制度的组成部分来发挥其功能的。因为在那时以血亲为纽带的贵族等级制度之下，文化、道德、政治实际上是三位一体的。任何文化形式，如各种仪式和历史记录，都发挥着政治的功能；任何道德观念，如"敬"，都是政治需要的直接产物。然而到了孔子的时代，诸侯之间的竞争日趋激烈，各国之间由原来和平共处的兄弟关系变为你死我活的敌对关系，其结果必然是导致原来那种严格等级制度的崩溃。这种制度的崩溃又必然使原来附丽于它并服务于它的那些文化形态的东西，如各种仪式和文本，流为一种纯粹的言说——只存在于话语领域之中了。这也就是孔子所深感忧虑的"礼崩乐坏"。孔子真正向往的并不是作为话语形态的西周文化，而是那套实实在在的典章制度。但是这种典章制度已然崩溃，行将彻底消失，剩下的就只有作为话语的文化文本了。孔子的希望于是就完全寄托于此——他希望通过弘扬西周的文化来重新建立西周那样的政治制度。这里就出现了一个难题：执政者们如何才能放弃眼前的利益，去重建那已经毁灭的东西呢？孔子不得不在原有的文化价值观念系统中添加进新的内容：专门引导人们认同西周文化与政治制度的话语系统。这一话语系统就是以"仁"为核心的个体性道德规范。如果说"礼"主要代表了西周遗留下来的政治性的话语系统，那么"仁"主要代表了孔子提出的道德性话语系统。前者是最终的目的，后者是达到目的的手段；前者是社会价值规范，所要解决的是社会秩序问题，即"复礼"；后者是个体价值规范，所要解决的是个人道德自律的问题，即"克己"。在孔子看来，唯有建构一套可以使人们自觉遵循的个体性道德观念，才有可能外化出合理的社会价值秩序，从而解决作为其言说动机存在的社会无序、价值失范的混乱局面。

这样，孔子就建立了儒家由内而至于外，即由"内圣"而"外王"、由个体而社会、由道德而政治的，也就是所谓"修、齐、治、平"的价值建构与实现的逻辑轨迹。可以说，在孔子这里，个体价值与社会价值，仁与礼，人的道德的自我完善与社会的合理化是同等重要的。所以在孔子的话语系统中，《诗》也就同时兼具修身与政治两大基本功能。

在孟子的时代，社会的政治状态和文化空间都发生了重大变化。首先从政治方面看，孔子时代尚苟延残喘的贵族等级制已经完全崩溃了。诸侯国之间竞争的最终目的已经不是由谁来做盟主，而是由谁来统一天下的问题，一国的胜利就意味着其他国的彻底失败。由于竞争更加激烈，诸侯国内部的政治结构也发生了根本性变化。在孔子之时，尽管布衣之士凭借自己的才干已经开始在政治舞台上崭露头角，原有的森严等级开始松动，古老的礼法更遭严重破坏，但是各诸侯国真正掌权的人物依然是宗室贵族。因此孔子还有理由将拯救社会的希望寄托于原有贵族制度的恢复上，这就是他对"礼"极为重视的原因。到了孟子的时代，贵族在政治生活中已经不再居于主导地位，大量平民出身的士人跻身政治舞台。在这种情况下，孟子就不可能继续沿着孔子"复礼"的思路寻求救世之术了。于是他把孔子"克己复礼"或由"仁"而"礼"的策略改造为"仁政""王道"的政治主张。在孟子这里，理想的社会秩序已经不是西周那种严格的贵族等级制了，而是以"制民之产""与民同乐"及"民贵君轻"为核心的新的社会乌托邦。

到了荀子生活的战国后期，社会形势又出现新的变化：大规模的兼并战争已经开始，合纵连横的力量角逐到了最后的决战时刻，此时不仅孔子的"克己复礼"已经成为虚无缥缈的幻想，即使孟子的"仁政""王道"也已经完全失去了对执政者的影响力，成了不切实际的空洞言说。唯有法家的赏罚与纵横家的权诈、兵家谋略是最具实际效果的东西。在这种情况下，荀子在坚持儒家基本精神的前提下，对孔子念兹在兹的"礼"进行了新的阐释：大量吸收了法家的思想，使之成为具有现实性特征的政治制度。至此，儒家学说就从具有复古倾向和乌托邦色彩的话语系统向一种具有现实可能性的政治哲学转化了。

但是，从孔子到荀子，儒家学说力图扮演"中间人"式的意识形态角色这一基本特征却没有丝毫的改变。他们一直在寻求调和统治者与被统治者间的紧张关系，一直致力于建构双方都能够接受的、统一的价值观念体系。从春秋之末到战国之末，儒家士人经过两百余年的调整、探索，已经基本上建构起了为后世历代统治者所推崇的主流意识形态的基本框架。而儒家诗学也伴随着这种意识形态建构工程的推进，找到了自己基本的价值取向与阐释方式。此后，无论是汉唐的经学还是宋明的理学、清代的考据之学，其对于《诗经》的阐释都是在这种框架之中进行的。

四、《吕览》的诗性蕴涵

在孔、孟、荀之后，先秦最后一部包含丰富儒家意识形态建构意识的重要典籍是《吕氏春秋》。大约是由于吕不韦其人在儒家眼中根本就不是什么正人君子，故而他主持编写的这部皇皇巨著在中国古代从来没有受到过应有的重视。尽管它实际上对汉代经学发生过很大影响[1]，但即使是汉儒，也对这种影响闭口不谈。正如徐复观先生所说，这部书就动机的高远与内容的恢宏而言，委实是一部中国古代少有的伟大著作。徐氏云：

---

① 参见徐复观：《两汉思想史》第二卷，1页，台北，台湾学生书局，1985。

> 《吕氏春秋》乃是为了秦统一天下后所用治理天下的一部宝典。这部书……乃是以儒家为主，并可谓撮取了儒家政治思想的精华，而在泛采诸子百家之说中，独没有采用法家思想……实际上是以儒、道、阴阳三家为主干，并且由儒家总其成的一部著作。①

这应该是公允的评价。比之原始儒学，《吕氏春秋》更多了一些对个体生命价值的肯定与张扬——在《孟春纪》中反复强调了生命的可贵。比之老庄之学，《吕氏春秋》更多了一些积极的政治热情——从各个角度讲述了为政的方式方法。当然，按照我们的阐释角度，这部书最值得称道之处乃是其建构社会统一意识形态的明确动机以及试图用话语建构的方式有效地限制君权的努力。

从基本倾向上来看，《吕氏春秋》是一部教人如何做君主的书，同时也是一部教君主如何给自己定位的书。其基本精神完全符合儒家极力扮演的那种"中间人"角色——令君主成为顾及全天下利益的、克己奉公的、天下百姓乐于接受的统治者。其云：

> 能养天之所生而勿撄之，谓之天子。天子之动也，以全天为故者也。此官之所自立也，立官者以全生也。

依高诱注，"全"为"顺"之意；"故"为"事"之意②，则此言天子及官员的职责即是护佑天地所生之万物。其又云：

> 昔先圣王之治天下也，必先公，公则天下平矣。……天下非一人之天下也，天下之天下也。③

这是对君主的警告：只有以天下万民的利益为先，人民才没有意见，

---

① 徐复观：《两汉思想史》第一卷，74～75 页，上海，华东师范大学出版社，2001。

② （汉）高诱注：《吕氏春秋》，3 页，上海，上海书店，1986。

③ （汉）高诱注：《吕氏春秋》，8 页，上海，上海书店，1986。

天下才会太平。又云："不出于门户而天下治者，其惟知反于己身者乎！"① 这是要求君主自觉地进行道德修养，达到道德自律的境界。《劝学》《尊师》之篇要求君主尊师重道，这是士人阶层向君主要求分享权力的一贯策略；《顺民》《知士》之篇是要求君主顺应人民的心意，尊重士人的才能和意见……总之这是一部为君主确定行为准则与道德规范的书，是专门限制君权的。

如果说儒家作为"中间人"在言说之时常常有所侧重，那么孔子偏重于君权一侧，孟子偏重于民众一侧，荀子主要是站在"中间"的立场上向君主和臣民同时提出要求，《吕氏春秋》则比孟子更多地倾向于站在臣民的立场上向君主提出要求。他们之所以各有侧重，根本上是由于各自言说的历史语境有所不同。例如，孔子之时，王纲解纽，乱作于下，故而孔子更多地要求臣子们自觉遵守礼仪规范，不要做僭越之事；孟子之时诸侯国君主成为实际的统治者，周王室已经不在孟子的视野之中。天下的征战杀伐都是诸侯君主为满足一己之私而发动的。所以孟子主要是站在无拳无勇、饱受战乱蹂躏的百姓的立场上向君主言说。荀子与《吕氏春秋》之时天下统一于秦之局已定，荀子作为远离秦国的政治思想家，能够比较客观地综合儒、法思想，提出君主如何做君主、臣子如何做臣子的政治行为准则。《吕氏春秋》的主持者和作者们，由于长期生活于秦国，对于法家的残酷政治有切身的体验，故而反倒激发了更多的批判精神，有了更多的乌托邦色彩，更懂得限制君权的重要性。秦国统一天下之后如果真的哪怕只是稍稍奉行一些《吕氏春秋》的政治主张，秦朝也许就不会那么短祚了。

但是无论侧重点如何，先秦儒家的根本目的都是寻求统治阶层与被统治阶层的和睦相处，故而"和"乃是儒家士人最根本的政治诉求，影响所及，在审美意识方面，"和"也同样成为儒家的基本价值取向。这一点在《吕氏春秋》中表现得尤为突出。其云：

> 音乐之所由来者远矣。生于度量，本于太一。太一出两仪，

---

① （汉）高诱注：《吕氏春秋》，29 页，上海，上海书店，1986。

两仪出阴阳。阴阳变化，一上一下，合而成章。……凡乐，天地之和，阴阳之调也。……大乐，君臣父子长少之所欢欣而说也。欢欣生于平，平生于道。道也者，视之不见，听之不闻，不可为状。……道也者，至精也，不可为形，不可为名，强为之谓太一。故一也者制令，两也者从听。先圣择两法一（按，高诱注：择，弃也；法，用也）是以知万物之情。故能以一听政者，乐君臣，和远近，说黔首，合宗亲。能以一治身者，免于灾，终其寿，全其天。能以一治其国者，奸邪去，贤者至，成大化。能以一治天下者，寒暑适，风雨时，为圣人。故知一则明，明两则狂。①

这是对乐与和的关系以及乐之功能的系统阐述。这里的逻辑是这样的："太一"或"道"是天地万物之本原，"两仪"（即天地）和"阴阳"是"太一"运作的方式。无论天与地、阴与阳存在多么大的差别与对立，二者都只有结合起来方能生成万事万物。因为唯有二者结合为一才体现了"太一"的根本特性。换句话说，"太一"或"道"根本上是以"和"的方式存在的。"太一"本身的存在是不可知不可闻的"浑浑沌沌"状态，这实际上就是一种"和"的状态。天地、阴阳的变化亦须以"和"的方式进行，才可以化育万物。说到政事，圣人治理天下的根本原则是"择两法一"——消除对立、分离，寻求和谐平衡。这恰恰是儒家建构"中间人"式的意识形态的核心之处。再由政事说到音乐，真正的音乐恰恰就是这种"和"之状态的表现形式。因此音乐与"天地之和"是相通的。也可以说，音乐实际上乃是"太一"或"道"的象征②，因此也就是儒家理想的社会秩序的象征。也正是由于音乐以"和"为根本特性，所以它又可以反过来产生出"和"的社会价值。这也就是音乐的根本功能所在了。总之，天地之和——政事之和——音乐之和，三者息息相

---

① （汉）高诱注：《吕氏春秋》，47页，上海，上海书店，1986。

② 古人的这种观点与德国古典哲学家谢林的观点似乎很接近：谢林认为支配着世界的那种不可认识、难于言说的"绝对同一性"有时可以在艺术中得以呈现。

通，其核心则是一种意识形态的话语建构。

这种"和"的精神是孔子确定的儒家基本精神，其表现则见于儒家话语的各个方面。诸如"中""时中""中庸""仁"等都是这一精神的具体体现。考之先秦典籍，将音乐与"和"联系起来应该是一个古老的传统。据《左传·昭公二十年》载，晏子尝言："先王之济五味，和五声也，以平其心，成其政也。"这里的"和五声"是说使宫、商、角、徵、羽五种声音和谐动听。《国语·周语下》亦载伶州鸠语曰："夫政象乐，乐从和，和从平，声以和乐，律以平声。"也强调了"乐"与"和"的密切关系。但这些论述还主要是从音乐本身的特点来讲的，并没有将"和"当作贯通天地自然与人世之间的普遍价值。只是到了战国后期乃至汉初，荀子及《吕氏春秋·仲夏纪》和《礼记·乐记》的作者从意识形态建构的目的出发，开始将声音之和与天地万物的和谐，社会政治的公正合理、井然有序联系起来，从而赋予音乐以巨大的价值意义。《荀子·乐论》云："故乐者，天下之大齐也，中和之纪也，人情之所必不免也。"《礼记·乐记》亦云："故乐者，天地之命，中和之纪，人情之所不能免也。"这都是说音乐乃符合于天地万物存在的基本法则，这种法则即是"中和"。由于人情与天地万物相通，故而"中和"也是人情必然具有的根本特性。这样看来，"中和"实际上是天地万物与人的内在世界所共有的、最合理时的状态。就儒者言说的内在逻辑而言，所谓"中和"，根本上乃是事物在多种因素共同存在、交互作用情况下呈现的有序、和谐状态，而最主要的是社会的井然有序。《淮南子·泰族训》中有一段话颇得此旨："上无烦乱之治，下无怨望之心，则百残除而中和作矣。此三代之所昌。"儒家极力标举"中和"，根本的着眼点是在社会政治上。他们那样重视音乐，也正在于音乐要求各种声音和谐一致，这样才合韵律，才能入耳，这与社会政治的和谐有序构成某种相似性。这里的道理恐怕正是格式塔心理学的所谓"异质同构"吧。

第八章　关于"王者之迹熄而诗亡，
诗亡然后《春秋》作"

　　《诗经》作品在西周初年至战国末期这近八百年的历史中渐次产生，并被广泛使用着。其使用范围之广，所起作用之大，恐怕后代任何一个时期的诗歌都无法比拟。但诗的功能究竟如何？这既是个实际的历史问题，又是个话语建构问题。作为历史实际，诗的确曾经具有其独特的社会文化和政治的功能，这种功能由于具体社会需求的不同而显现出明显的差异。作为话语的建构，诗的功能又是一种叙事的产物，或者说是儒家士人的乌托邦式的虚构，是一种政治策略的产物。后世论者不察，往往将诗实际的历史功能与儒家的叙事所赋予的话语功能混为一谈。这里我们即从分析孟子的一段话入手来从一个侧面考察一下诗的这种双重功能的情况。

一、"王者之迹熄而诗亡"何谓？

　　《孟子·离娄下》有云："王者之迹熄而诗亡，诗亡然后《春秋》作。晋之《乘》，楚之《梼杌》，鲁之《春秋》，一也。其事则齐桓、晋文，其文则史。"对于这段话，历来注者，其说不一。赵岐注云："王者，谓圣王也。太平道衰，王迹止熄，颂声不作，故诗亡。《春秋》拨乱，作于衰世也。"[1] 朱熹注云："王者之迹熄，谓平王东迁，而政教号令不及于天下也。诗亡，谓《黍离》降为《国风》而雅亡也。"[2] 赵言"诗亡"指"颂声不作"，朱言乃指"雅亡"，均非确当之论。道理很简单：孟子是说"诗"亡，而非说"颂"亡或"雅"亡。然赵、朱之论，亦渊源有自。观赵岐之意，是说颂美之诗只能产生于太平之世，

---

① （清）焦循：《孟子正义》，337～338页，上海，上海书店，1986。
② （宋）朱熹：《四书集注·孟子集注》，423页，长沙，岳麓书社，1987。

到了衰世，就只能产生《春秋》这样的"拨乱"之作了。但赵岐以"颂声"代"诗"，这显然不能反映"诗三百"产生的实际情况。其说盖出于诗序的"变风""变雅"说。《诗序》云："上以风化下，下以风刺上，主文而谲谏，言之者无罪，闻之者足以戒，故曰风。至于王道衰，礼义废，政教失，国异政，家殊俗，而变风、变雅作矣。"① 郑玄云：

> 文武之德，光熙前绪，以集大命于厥身，遂为天下父母，使民有政有居。其时诗，《风》有《周南》《召南》，《雅》有《鹿鸣》《文王》之属。及成王、周公致太平，制礼作乐，而有《颂》声兴焉，盛之至也。本之由此《风》《雅》而来，故皆录之，谓之诗之正经。后王稍更陵迟，懿王始受谮言亨齐哀公，夷身失礼之后，邶不尊贤。自是而下，厉也，幽也，政教尤衰，周室大坏。《十月之交》《民劳》《板》《荡》，勃而俱作，众国纷然，刺怨相寻。五霸之末，上无天子，下无方伯，善者谁赏，恶者谁罚，纪纲绝矣！故孔子录懿王、夷王时诗，讫于陈灵公淫乱之事，谓之《变风》《变雅》。"②

《诗序》及郑玄此论亦非凭空杜撰。就《诗经》的实际情况而言，的确存在着平和愉悦的颂扬赞美之作与愤懑激越的讥刺讽谏之作两类。所以汉儒说《诗》尽归于美刺二端，固属偏颇，却也不是全无根据。就理论的演变来看，则《诗序》与郑玄此说应该是本于《礼记·乐记》所谓"声音之道，与政通矣"之说，甚至连"治世之音安以乐，其政和；乱世之音怨以怒，其政乖；亡国之音哀以思，其民困"一段文辞都原封不动照搬过来。③

---

① （汉）毛公传，（汉）郑玄笺，（唐）孔颖达等正义：《毛诗正义》，18页，上海，上海古籍出版社，1990。

② （汉）毛公传，（汉）郑玄笺，（唐）孔颖达等正义：《毛诗正义》，3～4页，上海，上海古籍出版社，1990。

③ 关于诗序的作者问题，自汉以降聚讼纷纭。言孔子有之，言子夏者有之，言诗人自作者有之，言后汉卫宏者有之。现代以来论者多从卫宏说，本文亦从是说。

"正变"说虽然长期为人采信，几为定论，但其臆断之处毕竟难以尽遮天下人之目。清人崔述尝予以尖锐批评。他认为：盛世亦有当刺之人，衰世复有可颂之事。不可能讽刺之诗都出于衰世，美颂之作都出于盛世。他还具体指出诸如《七月》《东山》《破斧》《淇奥》《缁衣》《鸡鸣》《蟋蟀》等诗均不宜以"变风"目之。他更进一步指出：《诗序》确言某诗刺某人、刺某事，乃是出于《诗序》作者将一国之诗与《左传》等史书所载此国之事相比附而来的，他的有力证据是：诗序于《魏风》《桧风》均不直指刺某君之事，乃因此二国之事《左传》《史记》等史书全不记载，因而无从附会之故。① 《诗序》及毛传、郑笺以史实比附诗义可以说是汉儒说诗的基本方式。②

如此看来，赵岐的"诗亡"即"颂亡"说肯定是不能成立的。

我们再来看朱熹之说。在朱熹之前亦已有持"诗亡"即"雅亡"之论者。王应鳞记云："诗亡然后《春秋》作。胡文定谓自《黍离》降为《国风》，天下不复有《雅》。《春秋》作于隐公，适当《雅》亡之后。"③ 只是胡安国（谥文定）之说不像朱说那样影响大而已。或许朱熹是接受了胡安国的说法。观朱熹之意，尽管他对《诗序》多存异议，然而这里却是以《诗大序》所谓"是以一国之事，系一人之本，谓之风；言天下之事，形四方之风，谓之雅"为前提的。故而他以为东周之时，王纲不振，诸侯各自为政，天下一统的局面不复存在，那种"言天下之事"的"雅"诗就因失去了存在的条件而衰亡了。在他看来，只有这样的解释方能将"王者之迹熄"与"诗亡"联系起来。然而这种解释同样是不能成立的。看《孟子》引诗，固然多为《雅》

---

① （清）崔述：《读风偶识·通论十三国风》，宋人郑樵《诗辨妄》亦尝有类似看法。

② 顾颉刚等"古史辨"派学者大都赞成崔述的观点。但是这里也不是没有问题，《诗经》中的确有不少作品是与史书所载相合的。或许汉儒说诗自有所本也未可知。汉儒注经极重师承，若无确切证据则不宜轻易以凭空臆断目之。

③ （宋）王应鳞：《困学纪闻》，240 页，上海，商务印书馆，1935。

《颂》之属，但亦非不引《国风》。① 所以在孟子的心目中"诗"包括"十五《国风》"在内，当无可置疑。如此则不能说"诗亡"仅指"雅亡"。

那么究竟应该如何理解"诗亡"呢？对这个问题清人的见识似乎远较前人为高。朱骏声认为"王者之迹熄"之"迹"字乃是"丌"字之误，"丌"即指"人"，又称为"遒人"，乃天子使于各国振木铎以采诗者。按照朱骏声的意思，则"王者之迹熄"是指西周采诗制度的毁坏，因此"诗亡"并非指无人作诗，而是说诗不再为王室所收集。清人持此论者甚多。成左泉《诗考略》引方氏云："大一统之礼莫大于巡狩述职之典，今周衰矣，天子不巡狩，故曰迹熄。不巡狩则太史不采诗献俗，不采国风则诗亡矣。"又引尹继美《诗管见·论王篇》云："诗有美刺可以劝诫，诗亡则是非不行。且诗之亡，亦非谓民间不复作诗也，特其上不复采诗尔。"② 这种解释显然较之"《颂》亡""《雅》亡"之说更近情理。

基于清人的见解我们可以对"王者之迹熄而诗亡"的含义做进一步的阐释。"王者"是指古代圣王，原本指"三代"的开国君主，即夏禹、商汤、周文武。孟子尝谓："禹恶旨酒而好善言。汤执中，立贤无方。文王视民如伤，望道而未之见。武王不泄迩，不忘远。周公思兼三王，以施四事。其有不合者，仰而思之，夜以继日；幸而得之，坐以待旦。"③ 由此即知孟子心目中的"王者"之所指。但是这里的"王者"又并非实指禹、汤、文、武，而是指西周那些基本上遵奉文王、武王、周公治国之术的历代君主。更准确地说是指奉行"仁政"或说"王道"的君主们——他们实际上已经被当作儒家士人社会乌托邦的代表者，是话语建构的产物了。"王者之迹"直接的表层含义即如清儒所

---

① 《孟子》一书引诗三十余次，其中二十余次为"二雅"，引"国风"四次。其中《豳风》二，《齐风》一，《魏风》一。另外于《告子下》还提及《邶风·凯风》。

② 转引自何定生：《定生论学集——诗经与孔学研究》，167 页，台北，台湾幼狮文化事业公司，1978。

③ （宋）朱熹：《四书集注·孟子集注》，422 页，长沙，岳麓书社，1987。

言,乃是指西周采诗制度。但即使没有朱骏声所说的文字之误,同样可以说通——"王者之迹"的字面意思就是指天子的踪迹,即指天子的巡狩采诗活动。《礼记·王制》云:"天子五年一巡狩。岁二月,东巡狩至于岱宗,柴而望祀山川。觐诸侯,问百年者就见之。命大师陈诗以观民风。"① 故而"王者之迹"直接的意思就是天子巡游天下以观民风之活动。

但如果联系儒家的话语建构工程来看,则"王者之迹"就有了更广泛的含义。在先秦儒家的心目中,"三代"之治是美好的社会政治形态。这种观念自然是激于现实社会的动荡不宁而产生的。他们依据往代遗留的一些歌功颂德的文字和有关典章制度的记载,按照自己的意愿将古代描绘成一种理想的社会形态,以此来寄托自己对现实的绝望与寻求超越的强烈愿望。他们以自己的价值观念来书写古代历史,同时也就将历史叙述为儒家价值理想的范型。例如,和孟子同时的燕国大夫郭隗在劝燕昭王招贤时对古代君主就有"帝者""王者""霸者"的区分②,这显然不是历史事实的叙述,而是一种价值层级的建构。越古的就越崇高,越近的就越卑下——这是儒家从自己的价值观出发进行历史叙事的基本原则之一。这样就建构起了一种混合了价值评判与历史事实的独特的历史叙事话语。在这种话语中,价值评判居于主导地位,它可以使历史事实成为表达政治观念的工具。在孔子和孟子的价值谱系中,尧、舜的地位高于"三王";"三王"的地位又高于"五霸";"五霸"的地位则高于任何现实的君主。孔子说:"大哉尧之为君也!巍巍乎!唯天为大,唯尧则之。荡荡乎,民无能名焉。巍巍乎其有成功也,焕乎其有文章!"这是说尧是直接效法于天的,其功业文章都是至大至伟,后人无法企及的。至于"舜有臣五人而天下治","禹,吾无间然矣。菲饮食而致孝乎鬼神;恶衣服而致美乎黻冕;卑宫室而尽力乎沟洫",则是有才德的好君主而已(《论语·泰伯》)。"三王"之所以值得称道,正在于他们承袭了尧舜之道。

然而尧舜尽管至善至美,他们究竟如何治理天下却是无从知晓的

---

① (元)陈澔:《礼记集说》,69页,上海,上海古籍出版社,1987。

② (汉)刘向:《战国策》,324页,郑州,中州古籍出版社,2007。

了。即使夏商二代的典章制度，由于文献不足之故，也已无法详知。唯有西周去今未远，文献足备，是今日君主效法的最好楷模。所以孟子所谓"王者之迹"实际上是指他心目中周文王、武王、周公所确立的美好政治制度。这种制度从基本精神上来说即"仁"，从政治措施上说则是"德治"或"仁政"，这才是孟子所言的根本之处。尧舜"三王"则不过是"仁"与"仁政"的象征符号而已。孟子尝言："尧、舜之道，不以仁政，不能平治天下。"又说："三代之得天下也以仁，其失天下也以不仁。"（《孟子·离娄上》）至于采诗观风则不过是"仁政"的一个更具体的措施而已。

　　"诗亡"之义诚如清儒所说，并不是说不再有人作诗，而是说不再有采诗之制。但清儒并未完全明了孟子的深层意思。先秦儒家，从孔子到孟子，一直全力以赴地致力于通过对西周遗留的文化典籍的重新阐释来建构完整的社会价值系统，从而达到恢复社会秩序的目的。"诗三百"恰恰是这些文化典籍中最具有阐释空间的一部分。事实上，从孔子开始，儒家思想家就已经开始借助整理、教授、引用、解释等方式对"诗三百"进行价值的赋予了。关于诗的言说始终是儒家进行话语建构的重要方面。由此观之，孟子所关心的并不是采诗制度本身的有无，而是诗作为一种独特的话语形式是否还能够发挥其应有的作用。所以"诗亡"的真正意思是诗失去了往昔在政治、伦理生活中所具有的重要功能。由于诗的功能与"仁政"直接相关，因而诗的功能的丧失就成为"仁政"毁坏的重要标志，这才是孟子痛心疾首的事情。"诗"在西周贵族阶层的政治文化生活中的重要性对后人来说甚至是难以想象的——它是沟通人与神、君与臣、卿大夫之间乃至夫妇之间极为重要的言说方式，是贵族身份的标志。"诗"的形式本身即带有某种神圣性。就"王者之迹"与"诗"的关系来看，前者可以说是后者产生、传播、实现其功能的现实必要条件，它是一种特殊的文化空间，只有在这种文化空间之中诗才是有意义的言说方式。否则诗也就会像那些大量的民间歌谣一样，自生自灭，只能宣泄某种情绪，根本不具有任何社会政治功能。反过来看，诗又是维护和巩固其赖以存在的文化空间的重要手段。故而，"王者之迹熄"则必然导致"诗亡"，而

"诗亡"也就成为"王者之迹熄"的象征。孟子此说给我们的重要启示是，在西周乃至春秋时期，诗这种言说方式之能够进入官方意识形态话语系统，以及诗的实际功能的演变，均与"王者之迹"这一特定的文化空间直接相关。由此观之，在孟子那里"诗亡"主要并不意味着一种特殊的文化文本的失去，而是意味着一种理想、和谐、上下一体、神人以和的政治文化空间的丧失。

当然，孟子的说法只是在儒家的话语建构工程这一语境中才具有某种真实性，它并不一定完全等同于历史的真实。诗究竟为何而作，西周乃至春秋时期诗究竟发挥了怎样的作用，都还是需要深入研究的问题。诗的兴灭与王政得失的关系问题，从不同的角度出发可以得出完全不同的结论来。例如，道家认为："王道缺而《诗》作，周室废、礼义坏而《春秋》作。《诗》《春秋》学之美者也，皆衰世之造也。儒者循之以教导于世，岂若三代之盛哉！"[1] 此与儒家之说恰好相反。盖以道家之学观之，真正尽善尽美之世并不需要有诗文之类来扬善抑恶、评判是非。一切都是自然而然，默默运作。只是到了大道缺失之时，才会产生这些人为的东西来弥补，而这种弥补实际上是无济于事的。道家的这种见解当然也不是历史的事实，同样是一种话语建构的产物。儒道两家这样迥然不同的说法恰可证明，同一历史现象完全可以成为不同话语建构的共同资源。所以对于这样的研究对象，我们不仅要指出其与历史事实的区别，而且应该揭示其何以会被如此建构的逻辑轨迹。

对于孟子"王者之迹熄而诗亡"之论，现代学者往往轻率否定，鲜有能够发掘其隐含意义者。例如，钱玄同就不明白《诗》与《春秋》究竟有什么关联，他说："'王者之迹熄而诗亡，诗亡然后《春秋》作'之说实在不通。《诗》和《春秋》的系统关系，无论如何说法，总是支离牵强的。"[2] 又顾颉刚批评孟子此说云："他只看见《诗经》是讲王道的，不看见《诗经》里乱离的诗比太平的诗多，东周的诗比西周的

---

① 何宁：《淮南子集释》，922 页，北京，中华书局，1998。
② 钱玄同：《答顾颉刚先生》，见顾颉刚编《古史辨》第一册，79 页，上海，上海古籍出版社，1982。

诗多。"① 以历史的事实观之，钱、顾二人的批评当然是不错的，但这是任何一个读过《诗经》和《春秋》的人都不难发现的事情。这里的关键不在于孟子所说与事实有明显的出入，而在于何以会有这种出入。以孟子对《诗》与《春秋》的熟知，他难道不知道"诗三百"中有许多刺世讽谏之作吗？他难道不知道"诗三百"作为歌咏之辞、言志之作，与《春秋》这样的历史叙事有着诸多的差异吗？他为什么还将二者联系起来呢？实际上对于学术研究来说，值得追问的正在于此。下面我们就依据话语建构和历史事实的联系与差异，考察一下孟子将《诗》与《春秋》联系起来究竟意味着什么。

二、"诗亡然后《春秋》作"何谓？

钱玄同先生对孟子之说的质疑是有道理的：诗与《春秋》有何必然的关联？为什么"诗亡然后《春秋》作"？如果从一般历史事实的角度来看这个问题，我们自然会感到孟子之说实在是"牵强"得很，甚至难以索解。即从今天的学科分类角度看，《诗经》是诗歌总集，内容以抒情为主；《春秋》乃史书之属，只是记事。二者亦如风马牛，难以凑泊一处。然而，我们只要联系先秦儒家的话语建构工程这一特定的言说语境，孟子言说的内在逻辑就清晰明了了。正是这种言说语境或云文化空间为孟子提供了言说的动力与规则，同样也为我们对孟子的阐释提供了恰当的视角。现代"新儒学"的重要人物徐复观先生尝论及"诗亡"与"《春秋》作"的关系，恰恰符合了孟子的逻辑。其云："我认为诗亡是指政治上的诗教之亡。……周室文武的遗风（迹）尚在时，诗还发生政治教育的作用，使王者能知民情而端刑赏。诗教既亡，统治者与被统治者之间，失掉了沟通的桥梁，与风谏的作用，统治者因无所鉴戒而刑赏混乱，被统治者因无所呼吁而倍受荼毒，极其至，乱臣贼子相循，使人类在黑暗中失掉行为的方向；于是孔子作《春

---

① 转引自赵制阳：《〈诗经〉名著评介》，280 页，台北，台湾学生书局，1984。

秋》，辨别是非，赏罚善恶，以史的审判，标示历史发展的大方向。"①
徐氏此论可以说完全符合孟子之说的本旨。这是儒家话语建构的内在
逻辑之显现。

今传《春秋》本为鲁国编年体史书。据史家研究，春秋之时各诸
侯国都有专门的史官记载本国和天下大事，也都有名为《春秋》的史
书。② 后来鲁国的《春秋》一枝独秀，其余各国的史书则湮没无闻。
这种情况的发生与儒家的话语建构工程直接相关，可以说是这一工程
的结果。古人自"《春秋》三传"和《孟子》以降大都以为《春秋》是
孔子所作，怀疑者，例如，刘知己和王安石，只是极个别的情况③；
时至今日依然有持此论者。④ 古人比较持平的观点是认为此书乃孔子
在鲁国史书基础上加工而成。例如，杜预的见解颇具代表性，其云：
"《春秋》者，鲁史记之名也。记事者，以事系日，以日系月，以月系
时，以时系年，所以纪远近、别同异也……周德既衰，官失其守，上
之人不能使春秋昭明，赴告册书，诸所记注，多违旧章。仲尼因鲁史
册书成文，考其真伪，而志其典礼，上以遵周公之遗志，下以明将来
之法。其教之所存，文之所害，删刊而正之，以示劝诫。其余则皆用
旧史。"⑤ 按杜氏之意，孔子尝依据鲁国原有史书删定为传世的《春
秋》一书。孔子所做的除了"考其真伪"之外，主要是按照周代礼制
而赋予历史的叙事以价值的评判，也就是孔子所说的所谓"正名"。从
今天的角度来看，杜氏的说法是比较符合事实的。

20 世纪二三十年代，有些学者，例如，所谓"古史辨派"，对此
书持否定态度，认为它的确是"断烂朝报"或"流水账簿"，钱玄同
说："实际上说，'六经'之中最不成东西的是《春秋》。但《春秋》因

---

① 徐复观：《两汉思想史》第三卷，155～156 页，上海，华东师范大学出
版社，2001。

② 例如，《墨子·明鬼》即有"周之《春秋》""燕之《春秋》""宋之《春
秋》""齐之《春秋》"之谓。

③ 徐复观：《两汉思想史》（三），256 页，台北，台湾学生书局，1979。

④ 参见蒋庆：《公羊学引论》，沈阳，辽宁教育出版社，1995。

⑤ （晋）杜预注，（唐）孔颖达疏：《春秋左传正义》，见（清）阮元校刻：
《十三经注疏》，1703 页，北京，中华书局，1980。

为经孟轲底特别表彰，所以二千年中，除了刘知幾外，没有人敢对它怀疑的。"① 但是现代学界大都持与杜预相近的看法，认为《春秋》本为鲁国史书，在孔子之前已经存在，后来经过孔子或孔门弟子的整理，成为儒家经典之一。例如，梅思平指出：《春秋》一书本是朝报（政府公报），其特点是严格依据传统形式，有尊王之名义，故孔子喜之，于是有所整理删削，以寄托其政治思想。② 冯友兰《孔子在中国历史中之地位》一文亦有相近的论述。这应该是比较有道理的观点。当然，未经孔子或其弟子整理过的《春秋》我们无法看到了，所以这种说法也只能是一种合理的推测判断。它之所以是合理的，最有力的证据便是孟子"孔子作《春秋》"的说法。孟子去孔子不过百年，他的说法当然不会毫无根据。盖《春秋》虽非孔子始作，却必定经过他很大程度的删削修饰，所以孟子才以"作"称之。孔子的"作"事实上乃是对《春秋》记载的史实按照自己的价值标准重新写过，从而使之成为表达儒家乌托邦精神的文本——这正是儒家话语建构工程的开始，也是其基本方式。《春秋》作为鲁国的史书原本就必然含有较多的西周意识形态，因为鲁国作为周公的封地一直是周代文化典籍与典章制度保存最为完善的诸侯国。③ 而西周的意识形态恰恰是儒家心向往之的。其核心便是"尊王攘夷"四字。孟子和后来的公羊家们之所以把《春秋》抬到至高无上的地位，原因也在这里。

孟子对《春秋》的意义是推崇备至的。他说："世衰道微，邪说暴行有作，臣弑其君者有之，子弑其父者有之。孔子惧，作《春秋》。《春秋》，天子之事也。是故孔子曰：'知我者其惟《春秋》乎！罪我者其惟《春秋》乎！'圣王不作诸侯放恣，处士横议……昔者禹抑洪水而天下平，周公兼夷狄、驱猛兽而百姓宁，孔子成《春秋》而乱臣贼子

---

① 钱玄同：《答顾颉刚先生》，见顾颉刚：《古史辨》第一册，78 页，北京，北京书局，1930。

② 梅思平：《春秋时代的政治和孔子的政治思想》，见顾颉刚：《古史辨》第二册，189～191 页，上海，上海古籍出版社，1982。

③ 《国语·楚语上》载申叔时云："教之《春秋》，而为之耸善而抑恶焉，以劝戒其心。"可见《春秋》必定含有道德评价的因素。

惧。……我亦欲正人心，息邪说，距诐行，放淫辞，以承三圣者，岂好辩哉，予不得已也。"赵岐注云："世衰道微，周衰之时也。孔子惧王道遂灭，故作春秋。因鲁史记，设素王之法，谓天子事也。知我者，谓我正王纲也；罪我者，谓时人见弹贬者。言孔子以春秋拨乱也。"[①]朱熹注引胡氏曰："仲尼作《春秋》以寓王法，惇典庸礼，命德讨罪，其大要皆天子之事也。知孔子者，谓此书之作遏人欲于横流，存天理于既灭，为后世虑至深远也。罪孔子者，以谓无其位而托二百四十二年南面之权，使乱臣贼子禁其欲而不得肆，则戚矣。"[②] 观孟子之论与后人的理解，我们可以对《春秋》作为先秦儒家话语建构工程之组成部分的重要作用进行扼要阐释了。

首先《春秋》被认为是孔子所作，这本身就有着非常重要的象征意义。儒者的心目中，在孔子之前并没有以布衣身份进行著述的事，凡是古代典籍无一例外都是那些圣人兼君主的"王者"创制的。例如，八卦为伏羲氏所创，《周易》为文王所作，礼乐制度为周公制作，等等。那实际上就是儒者最向往的"政文合一"的时代。孔子固然可能整理过古代遗留的典籍，并以之教授弟子，但这只能叫作"述"，而不能称为"作"。连孔子本人都说自己是"述而不作，信而好古"（《论语·述而》）。那么为什么孟子会坚称《春秋》乃孔子所"作"呢？对此我们只有联系先秦儒家的话语建构工程这一特定的言说语境方能找到答案。在这里我们有必要对所谓"话语建构工程"进行一点解释。所谓"话语"在我们这里并不完全等同于时下通行的"知识考古学"和"话语理论"意义上的用法，我们借用这个词语来指一套按照同一个生成规则构成的、有系统的言说，它往往体现了社会上某一类人或社会集团的共同的利益和想法。但是言说者本人对此并不一定有清醒的意识。话语内部也可以由于种种差异而分门别类。例如，相对于先秦士人阶层（指那个拥有文化知识，却没有固定政治地位与经济来源，以影响或改造社会现实为职志的知识阶层）来说，诸子百家可以统称为"士人话语"。而具体言之则又分为许多不同的话语系统——儒家话

---

① （清）焦循：《孟子正义》，266～272 页，上海，上海书店，1986。

② （宋）朱熹：《四书集注·孟子集注》，391 页，长沙，岳麓书社，1987。

语、道家话语等。所谓"话语建构工程"则是指在某种言说语境中，一批拥有言说能力和权力的人不约而同地为着相同或相近的目的，遵守相同或相近的话语生成规则，共同创造某种话语系统的过程。综观先秦士人的话语建构基本上都有两个共同的特征，一是在否定现实社会状况的基础上描绘一种社会乌托邦。就言说者的身份认同而言，他们无不以天下的拯救者和美好社会的设计者自任；就言说的话语资源而言，则或者试图在古代遗留的文化资料的基础上进行修补完善的工作，或者针对这些文化资料进行反向的建构，即在否定中有所树立；就言说者与现实政治权力的关系来看，他们都以制约、规范这种政治权力为指归，但是在具体策略上则或者站在权力的对立面以否定者的姿态言说，或者试图以替这种权力服务为代价来换取它的支持。二是都将自己政治理想的实现寄托于言说的有效性上——对现实权力的征服完全依靠这种权力的自觉认同。这一特征就构成了先秦士人话语建构工程与生俱来而又挥之不去的乌托邦性质：言说可以极尽想象与虚构，现实则完全按照自己的逻辑运作。所谓"政文合一"的理想，本质上不过是儒家士人干预现实之权力意识的反映而已。

总之，建构一套话语系统来干预社会现实，这就是先秦士人话语建构工程所遵循的基本生成规则。这种话语生成规则不是什么人有意识地制定的，它的产生乃是士人阶层的特殊社会境遇决定的，是士人与社会政治权力之间既相对立，又不可分离的张力关系造成的。士人阶层漂泊无依、缺乏归属感的境遇所造成的巨大焦虑为话语建构提供了足够强大的心理驱力；贵族政治体制的崩坏、政治的多元化以及社会的无序状态使士人的言说可以最充分地发挥自由想象；诸侯间的竞争所造成的对士人阶层的依赖则为言说者提供了以天下为己任，环顾宇内舍我其谁的大气魄、大自信。这种种因素加在一起，就造就了先秦文化领域波澜壮阔的宏大景观。

但是具体言之，则各家各派的话语建构活动又呈现出极不相同的情形。我们这里只看儒家的情况。孔子之时，士人阶层刚刚出现于世，西周的贵族意识形态在各诸侯国，特别是孔子生活的鲁国还有很大的势力。因此，"祖述尧舜，宪章文武"或曰"克己复礼"是孔子的奋斗目标。孔子的话语建构工作主要表现在对旧有典籍、礼仪的发掘、整理和传播方面。孔子一生颠沛流离，处处碰壁而百折不挠，就是因为他坚信只有修复那业已崩坏的周礼，恢复"尊王攘夷"的传统，才可以摆脱天下纷争的局面。孔子说："吾自卫反鲁，然后乐正，《雅》《颂》各得其所。"朱熹注云："鲁哀公十一年冬，孔子自卫反鲁。是时周礼在鲁，然《诗》、乐亦颇残阙失次。孔子周流四方，参互考订，以知其说。晚知道终不行，故归而正之。"① 这是孔子整理《诗》最有力的证据。故而即使司马迁的孔子"删诗"之说不尽可信，然他整理过《诗》的次序，考订过其文字应是无可怀疑的事。对于《春秋》亦应作如是观。这部史书原本非孔子始作，但确实经过了他的修改润色。老夫子满腹"礼崩乐坏"之愤与"克己复礼"之志在其整理《春秋》时自是难免流诸笔端，形诸文字。所以《春秋》之中的确含着褒贬，有其"微言大义"。这样一来，尽管《春秋》并非孔子所作，但这部史书却成为他的话语建构的重要方面。

根据前引《论语》和《孟子》的说法，《诗》与《春秋》都是经过孔子整理之后而成为儒家经典的，可以说它们是先秦儒家话语建构的最初文本形式。由此我们也就不难看出这两部书之间的一致性之所在了。观孟子之义，"诗亡然后《春秋》作"主要是从功能角度来说的——《诗》曾是有效发挥社会教化功能的文化文本，随着时代的变化，《诗》的功能渐渐失去，于是儒家又选择了《春秋》作为继续发挥社会教化功能的儒家话语系统。传达同样一种价值观念以达到赏善罚恶、稳定社会秩序的目的，这就是《诗》与《春秋》最根本的相通之处，是"诗亡然后《春秋》作"的基本逻辑根据之所在。然而二者之间毕竟又有很大的差异，除了文类性质方面的不同外，二者最大的差异是它们属于不同的文化空间的产物，这种差异背后则隐含着先秦士人阶层的主体精神特征与权力意识。对此我们有必要进行一些简要的分析。

从孔子开始，先秦儒家士人群体在现实中的实际身份才归于"游

① （宋）朱熹：《四书集注·论语集注》，163 页，长沙，岳麓书社，1987。

士"或"布衣之士"。尽管孔子和他的许多弟子都曾经做过诸侯的大夫或大夫们的家臣,但从总体上看他们这个群体并不属于当时的执政者阶层。然而在他们的意识中,即从身份认同的角度看,他们却从来都是以社会的管理者和社会价值准则拥有者的身份自居的。孔子时时呼唤"道"的实现。夫子之道主要是指一套合理、公正、有序的社会价值准则,准确地说就是经过美化润色之后的西周意识形态与典章制度。在孔子看来,只有他所代表的儒家士人才有能力实现这套价值准则。到了孟子,尽管实现儒家之道的可能性较之孔子之时更加渺茫,但孟子那种平治天下的信心与勇气却较之孔子有过之而无不及。在他看来,《诗》是"王者之迹"的产物,是自然而然地传达王道、维系既定社会秩序的有力手段。《春秋》虽然不再像《诗》那样是官方话语或国家意识形态,但是同样可以起到《诗》的作用。他说:"《春秋》,天子之事也。"这是什么意思?所谓"天子之事"是指在西周天下一统的贵族宗法制社会中,礼乐征伐之事只有天子可以决定。也就是说,只有天子有权决定社会的价值层级并赏善罚恶。那么之所以要由《春秋》承担起"天子之事"的重任,那是因为天子已经不能承担这种重任了。儒家士人要替天子行赏罚之权,意味着他们是以执政者,或社会管理者自居的——他们确信自己有责任和义务来改造这个陷于无序状态的动荡的社会。

《诗》曾经是官方话语,具体说是在贵族社会中维系和调和的人神关系、君臣关系、贵族之间关系的有效工具。《诗》无论是贵族们自己创制还是采自民间,一旦它们进入贵族的文化空间之后,就无可避免地成为官方意识形态的一部分,甚至转化为贵族制度的组成部分。《毛诗序》尝言:"故正得失,动天地,感鬼神,莫近于诗。先王以是经夫妇,成孝敬,厚人伦,美教化,移风俗。"① 这段话似乎将诗的作用过于夸大,看上去令人难以置信。实际上如果联系西周时期的文化空间,即贵族的生活方式、交往方式、言说方式等,我们就会发现,这种说

---

① (汉)毛公传,(汉)郑玄笺,(唐)孔颖达等正义:《毛诗正义》,16~17页,上海,上海古籍出版社,1990。

法并非汉儒的夸大其词，而是诗在当时被赋予的实际社会功能。① 可以说，《诗》在西周乃至春秋的贵族社会中具有后世诗歌根本无法企及的巨大社会功能。它根本就不是后世的所谓"诗文"，更不是今天的所谓"文学"。它是古代宗教仪式的新形式，是彼时意识形态的主要形式，是贵族的身份标志，是君臣之间、贵族之间独特的沟通方式。我们只要打开《左传》《国语》看看就知道，《诗》在春秋时期的贵族生活中是不可缺少的东西。在祭祀、外交、朝会、筵饮乃至贵族间的私人交往中，"赋诗""引诗"的现象随处可见，这说明在当时《诗》是整个贵族阶层普遍尊崇并深刻了解的文化文本。从具体的"赋诗""引诗"的情况看，尽管断章取义是普遍存在的方式，但是这都是基于一个预设的前提，那就是《诗》是一种具有神圣性、权威性的言说，完全可以用来做某种行为或言谈的最终依据。所以孔子才会有"不学诗，无以言"的提法，在他那里是不存在"诗亡"问题的。

孔子整理诗乐并以之教授弟子，这是与其"克己复礼"的政治理想直接相关的。孔子之时尽管已出现"礼崩乐坏"的普遍情况，但是在各诸侯国，西周的礼乐文化依然勉强延续着，贵族身份与贵族意识依然受到社会普遍的认同，在贵族阶层中那种不娴于诗的应对或错用礼仪的现象依然会受到鄙视和嘲笑。② 在这样的文化空间中，孔子在话语建构上的一切努力都是力求使遭到破坏的传统得以修复，使行将逝去的东西能够重新获得生命力。所以不管他的实际身份是什么，他都是站在官方的立场上有所言说的，只不过他不是站在某个诸侯国的

---

① 《诗》的功能也是一个历史问题，随着社会文化空间的变化，《诗》的功能也在不断被调整。《诗》作为一种通行于贵族社会文化空间的文化文本，随着其社会功能的演变而有所增删。《诗》的创制、采集、入乐、成为仪式的一部分，以及赋诗、引诗成为普遍现象，都与历史的演进和文化空间的转换密切相关。对此我们将有专文探讨，这里暂不展开。

② 例如，据《左传·襄公二十七年》载，齐国秉政的大夫庆封出使鲁国，鲁国贤大夫叔孙豹招待他，庆封于饮食间失礼，叔孙豹遂为之赋《相鼠》之诗，讥其无耻。而庆封竟浑然不觉。庆封席间失礼在贵族中是受到鄙视的，而其对于主人的赋诗相讥居然懵懂不知，更令贵族轻视。这说明在春秋之时，西周以来重礼仪、荣誉和贵族身份的传统并未失去，只是开始受到破坏而已。

官方立场上，而是站在整个贵族阶层的立场上，或者说是站在行将退出历史舞台的官方文化的立场上。他整理《诗》《春秋》等文化典籍本质上是一种"正名"的工作——告诉世人传统的价值准则落实到伦常日用之中应该是怎样的，人应该遵循怎样的规则活着。所以孔子的话语建构活动的确是要代替已经没有权威性的周天子行使维护原有价值秩序的权力。

到了孟子的时代，政治权力与文化话语权力更进一步分为二橛，西周时期的主流意识形态已经化为纯粹的古代遗迹。那个作为当然的统治者的古老的贵族阶层已经不复存在，代之而起的是能够适应兼并与反兼并之迫切需要的政治、外交、军事人才所组成的新的官僚阶层。政治生活与文化生活彻底分离为互不统属的两大领域。政治家们忙于"奖励耕战"的政策与"合纵""连横"的外交；士人阶层的思想家则充分享受着思想与想象的自由，建构着形形色色的社会乌托邦，统一的或近于统一的国家意识形态已不复存在，延绵已久的贵族精神也在功利主义的冲击下荡然无存。《诗》和其他的古代文化典籍已失去了普遍的权威性、神圣性。除了儒家之外，诸子百家基本上都可以随心所欲地对它们进行评说。"赋诗"之事已成为过去，"引诗"也只有儒家思想家或受他们影响之人偶有为之。① 《庄子》说《诗》《书》《礼》《乐》等古代遗留的文化典籍"邹鲁之士、搢绅先生多能明之"（《庄子·天下》）。这就等于说除了"邹鲁之士、搢绅先生"之外，很少再有人懂得这些典籍了。这意味着作为言说土壤的文化空间发生了空前的变化。孟子作为这个时期儒家思想的代表者，其话语建构行为当然是在孔子的基础上进行的。但是与孔子不同的是，他开始描画一个独立的话语统序来与现实的政治统序相对立了。如果说孔子的理想在恢复周礼，重建已然崩坏的贵族等级制度，那么孟子的"仁政""王道"则是更加美好，也更加无法实现的乌托邦；如果说孔子在对《春秋》进行加工、润色之时强化了它的褒贬色彩，暗含了凸显传统意识形态的动机，那么孟子明言孔子"作《春秋》"乃是

---

① 《老子》《庄子》均不引诗；法家、阴阳家亦不引诗；纵横家偶有引诗却是一种说话的技巧，根本没有任何的敬意；只有儒家是以严肃的态度引诗的。

"天子之事"，则大大彰显了儒家话语建构行为的政治性，明目张胆地高扬了那种压抑在士人阶层心中的权力意识。他的这种说法无异于宣布了全部现实政治权力的非法性，也宣布了儒家话语建构工程的神圣性与合法性。按照孟子的逻辑，尧、舜、禹、汤、文、武乃至周公，都是集"道"与"势"为一身的圣人；他们时代的社会形态因此也是最为理想的社会形态。到了孔子之时，则"道"与"势"相分离，无"道"之"势"成为"率野兽以食人"的暴君暴政；无"势"之"道"则成为纯粹的话语形式。他的雄心壮志就是要通过对个人人格修养的倡导（求放心、存心养性之类），通过对"仁政""王道"的政治思想的宣扬，坚持"道"的统序，强化话语建构，最终将现实的"势"纳入"道"的羁勒之下，重新实现"三代"时期"道""势"合一的理想境界。这是孟子的话语建构的伟大蓝图，也是其后两千余年中儒家士人念兹在兹的伟大夙愿。

三、"诗亡"与"《春秋》作"的象征意味

清人钱谦益尝云："孟子曰：'诗亡然后《春秋》作。'《春秋》未作以前之诗，皆国史也。人知夫子之删诗，不知其为定史；人知夫子之作《春秋》，不知其为续《诗》。《诗》也，《书》也，《春秋》也，首尾为一书，离而三之者也。"[①] 钱氏此言有两点值得注意，一是他将《诗》《书》《春秋》均以史目之，可以说是开了后来章学诚"六经皆史"之说的先河。二是强调了三书之间首尾一贯的密切联系，亦不为无见。如果从历史事实的角度来看，钱氏之论当然是荒谬的，因为这三部书无论从产生的角度，还是从功用的角度来说，都是迥然不同的。然而如果从自孔孟以来的儒家的话语建构工程的角度来看，则不独此三书，而"五经""九经"乃至宋儒编定的"十三经"无不可视为"首尾为一书"——它们都有一以贯之的价值指向，都被赋予了同样的功能意义。从先秦儒者到两汉经生，从汉学

---

① （清）钱谦益：《胡致果诗序》，见《牧斋有学集》，800 页，上海，上海古籍出版社，1996。

到宋学,儒家思想家都在做同一件事,就是将古代遗留的文化文本解读为上可以规范、制约执政,下可以引导、教化百姓,中可以自我砥砺、提升人格的具有现实功用的话语系统。他们孜孜以求的就是通过自己持之以恒的话语建构,使整个社会都纳入严密有序的价值规范之中,而自己也在现实生活和个体精神上最终找到安身立命之所。如此参与人数之众、延绵时间之长、指向同一目标的话语建构活动,在人类文化史上绝对是独一无二的。

儒家的理想当然是希望君主自觉地接受和推行他们的价值观念与行为规范,所以他们才塑造出尧、舜、禹、汤、文、武这样的古代圣王形象以为现实君主之楷模。① 但春秋战国之际像魏文侯这样自觉服膺儒术的君主毕竟罕见,故而儒家更多的是靠不遗余力地建构、宣传、教授,以便形成一种弥漫性的话语"力场",进而将执政者在不知不觉之中纳于这种话语"力场"的影响与控制之下。所以即使是一位乡间老儒在默默地传道授业,那也是在进行着政治权力的角逐,更不要说那些特立独行的饱学鸿儒的著书立说了。当然,儒家话语建构过程的权力运作是很复杂的现象。中国古代是"家天下"的君主政体,君主们唯一真正关心的事情就是政权的稳固。所以儒家欲使自己的话语建构活动得到实际的效果,一般都不得不以满足君主稳定政权的需要为诱饵,所以他们也就在很大程度上充当了官方意识形态的建构者角色。诸如"正统"观念、"君权神授"观念、君主至尊观念、忠臣观念等,都是儒家为了使君主接受诸如仁民爱物、正身修己、顺天应人、重生止杀等价值准则的交换条件。也就是,儒家思想家必须摆出为君主服务的姿态来言说才有可能是有效的言说。只有在像明末清初这样的改朝换代之际,才会产生黄宗羲《明夷待访录》那样放言儒家主体精神、

---

① 近人顾颉刚、钱玄同等所谓"古史辨"派于 20 世纪 20 年代提出"层累地造成古史"之说。经半个多世纪的考古发现和学术探讨,此派的"疑古"之论大都已被否定。但是如果从话语建构的角度来看,则"层累"之说却有很大的阐释学意义——对尧、舜、禹,孔子虽多有言及,但是其嘉言懿行却是孟子言之更多更详,汉唐儒者更多有附会,这说明,历史人物本身虽然不是凭空捏造出来,但其言行事迹毕竟渐增渐多起来,恰如"层累"一般。这都是话语建构的需要所导致的必然结果。

明言压制君权的言论来。因此儒家的话语建构必然具有内在的矛盾冲突，即从今天的言说立场来看，你既有理由说它是古代知识阶层制约君权、规范社会的乌托邦式的权力话语，也可以说它是巩固既定社会等级制、维护君主利益的官方意识形态话语。其鲜活的、人道的、具有现代意义的话语内涵与保守的、陈腐的、反个体性的价值指向是并存的。

　　让我们回过头来再看孟子的"诗亡"与"《春秋》作"之论。"诗"所象征的是儒家理想中的"政文一体"① 的政治、文化状况。此时官方意识形态与知识阶层的乌托邦话语合而为一。"诗"正是沟通君臣上下的有效方式。《春秋》所象征的则是民间的、知识阶层独立话语系统的确立。既然统一的官方意识形态已然不复存在，大一统的君权已分化为大大小小的权力集团，并且完全放弃了恢复统一的意识形态的努力，那么知识阶层就当仁不让地承担起在文化上重新统一天下的重任。以《春秋》作为赏罚手段虽然未必能起到实际的政治作用，却可以在观念上起到维护统一价值标准的作用，起到延续文化精神的作用。如果从更深的层次上看，即联系知识阶层的生存状况来看，则"诗亡"与"《春秋》作"之论还有更隐秘的含义。在孟子所处的战国中期，士人阶层已经成为一个很强大的社会阶层，这远非孔子的时代可以相比。春秋之时，各诸侯国的执政者主要是由贵族构成，贵族的子弟则成为后备的执政者。除楚国之外，各诸侯国还基本上都实行"世卿"制度。布衣之士而进入统治者行列的不是没有，但肯定不是主流。在这种情况下士人阶层② 的主要从政途径是到某个大贵族家里做陪臣。孔门弟子中凡从政者绝大部分是给有权势的大夫做小臣或邑宰，除宰我之外没有真正进入权力核心的。此时的士人阶层是刚刚出现的，无论在政治上还是在文化上都尚处于社会边缘。即使在文化上，贵族子弟有自

---

　　① 用牟宗三等海外"新儒家"们的话来说叫作"政统"与"道统"的合一。
　　② 士人阶层中间当然有贵族子弟，但是人数远较平民子弟少。据有的学者考察，孔门可以考之出身的弟子中只有司马牛是位真正的贵族。

己受教育的途径①，官方文化依然是主流文化，士人阶层的言说也同样是微不足道的。到了孟子之时情况完全不同了，此时贵族阶层已经分崩离析，执政者主要来自平民出身的士人。各诸侯国在政治、经济、军事、外交各方面激烈竞争的刺激下，对具有真才实学的士人的需求空前强烈，游荡于社会上的布衣之士成为执政者集团的真正后备大军。同样在文化上，由于官方的贵族文化随着贵族阶层的解体而失去主导地位，士人阶层的文化便成为社会文化的主流。这就是说，无论在政治上还是在文化上，士人阶层已经成为当时社会的主导力量。当时天下各国所面临的主要问题是如何消除战争、实现和平。而根据当时各方面情况，解决这一问题的唯一办法是实现天下的统一。面对如何实现统一的问题，士人阶层也出现了明显的分化：一部分人走务实之路，试图通过政治、外交、经济、军事的角逐来使某一诸侯国强大起来，从而兼并其他国家，实现统一。诸如纵横家们的"合纵""连横"，法家的"奖励耕战""富国强兵"就是走的这一条路。这是用政治的或现实的方法解决政治的或现实的问题的做法。另一部分人则走务虚之路，试图通过文化话语的建构形成统一的意识形态，再进而落实为政治上的统一。孟子便是这派士人的杰出代表。故而，"诗亡"代表着原有的统一的意识形态的被毁，"《春秋》作"则代表着重新统一意识形态的努力。试图通过历史叙事来影响甚至决定实际的历史进程，这正是士人乌托邦精神的核心所在。孟子奔走游说，到处宣扬"仁政""王道"，大讲"四端""求放心""存心养性"，又斥异端、辟邪说，都是在做着同样的努力。

既然"诗亡"代表一种意识形态的破坏，而"《春秋》作"代表一种意识形态的兴起，那么是不是意味着"诗"与"《春秋》"所代表的是

---

① 春秋时代教育体制的具体情况已难以确知，但从《左传》《国语》等史籍所载可知，凡贵族子弟无不受过很好的系统教育。据有限的材料来看，大约各诸侯国也有专为贵族弟子而设的"基础教育"，所学内容亦不外西周遗留的基本典籍，即《诗》《书》《礼》《乐》之属。在"基础教育"之后，那些大贵族，特别是宗室子弟还要聘请博学多能之士来做专门的老师，例如，鲍叔牙就尝为公子纠的师傅，而管仲尝为公子小白（即齐桓公）的师傅。

截然不同的两种意识形态呢？这个问题实际上是很复杂的。就历史的事实而言，在西周至春秋之时，"诗"作为贵族政治、文化生活中不可缺少的组成部分，意识形态性质主要表现在对贵族特权和贵族身份的确定、强化，以及贵族关系的协调上。就儒家的话语建构而言，则"诗"昭示着一种理想化的价值观——它是善恶的尺度，是维护社会公正与秩序的有力武器。儒家士人依靠"诗"所独有的多种阐释可能性来赋予其种种价值功能，力求使之成为负载儒家价值观的话语系统。以至于到了汉代不仅出现了以"美刺"说诗的普遍现象，而且还出现了"以'三百篇'当谏书"的情况。"诗"的实际功能与儒家所赋予它的功能之间是存在着很大区别的。《春秋》的情况则不同。就实际的历史而言，这部史书的意识形态作用可以说是微乎其微的。所谓"乱臣贼子惧"云云，不过是孟子的期望而已。春秋五霸、战国七雄们是不会因儒家的历史叙事而丝毫改变自己的政治、军事策略的。儒家遵循的是理想的文化逻辑，现实的执政者遵循的则是关系着生存的利益原则，二者是扞格不入的。至于儒家思想在后来的发展中渐渐弱化了乌托邦色彩，增加了现实的可操作性，以及大一统之后的统治者向着儒家文化寻求合法性支持，则是君权与士人阶层在权力层面上相互协商、彼此磨合的结果。

总之，"《诗》亡"与"《春秋》作"之论背后有着丰富的文化历史内涵，它既体现着春秋战国之际政治系统与文化系统由合而分的历史轨迹，又展示着儒家士人话语建构的乌托邦精神；既昭示了从孔子到孟子社会文化空间的嬗变，又彰显了儒家士人重新统一意识形态与现实政治的强烈愿望。自此之后，借助于对《诗》的阐释①来恢复"王者之迹"，以及依靠孔子"作《春秋》"的精神来以话语建构干预现实权力的努力，便成为儒家士人千百年中遵循的基本政治策略和文化策略。

---

① 当然不止于对诗的阐释，事实上，儒家对全部古代文化典籍的整理与阐发都基于同样一种理论的预设：既然西周的那些文化典籍是"王者之迹"的产物，体现了真正的"三代"之治，那么依靠宣扬这些典籍的价值，使之深入人心，特别是深入执政者之心自然也就可以重新恢复这种理想的社会状态。这种"逆推法"在逻辑上是错误的，在现实中行不通，但是儒家思想家们对此却是坚信不疑的。这也就是中国古代精英文化发生、演变的内在逻辑。

下篇

汉儒的意识形态建构与汉代
诗学的若干问题

第九章　士人与君权的共谋：儒学成为官方意识形态之轨迹

汉代是经学的时代。汉代诗学因此也就是经学语境中的诗学。儒学变为经学，这意味着先秦儒家从民间话语上升为官方话语，也可以说由在野知识阶层乌托邦转变为建立在君权与士人阶层合作、"共谋"基础上的主流意识形态。但是这一切都是如何发生的呢？是不是像通常的哲学史、思想史、文化史所讲的那样，董仲舒一建言，汉武帝一下诏，于是就"废黜百家，独尊儒术"了呢？在这里我们先考察一下儒家士人与统治集团达成"共谋"的具体过程，然后再考察汉代诗学的基本精神，以期寻觅出思想史、诗学史所经历过的一段历史的轨迹。

一、儒者的努力

尽管儒家士人似乎给人以夸夸其谈的印象，但是他们从来都不是空谈家，而且对不切实际的言说很厌恶。孔子就说过"刚毅木讷，近仁""巧言令色，鲜矣仁""巧言乱德""辞，达而已矣"（俱见《论语》）。孟子也说过："我亦欲正人心，息邪说，距诐行，放淫辞，以承三圣者；予岂好辩哉？予不得已也。"（《孟子·滕文公下》）孔、孟到处游说，宣讲自己的政治主张，这是政治行为而不是空谈；他们大讲忠信、慎独、窒欲、存心养性、求放心、尽心、养气，这都是行动、是践履，而不是空谈。而一部《荀子》，实际上只讲两件事：政治家（包括君与臣）如何治国，个人如何修身，都是实实在在的行为准则而不是空谈。他的两大弟子一个成为大政治家，一个成为大政治理论家，绝不是偶然的。在春秋战国之际，儒家士人大都投身于各种具体的政治活动之中，都力求使儒家思想成为社会政治的指导思想。他们时刻准备将自己的理论付诸实践。儒学根本上乃是一种实践的学问。儒者正是所谓"待时而动"者。史籍载："陈涉之王也，鲁诸儒持孔氏礼器往归之，于是孔甲为涉博士，卒与俱死。"（《汉书·儒林传》）孔甲即孔鲋，孔子的十世孙。尽管陈涉起于卒伍，儒者们还是响应景从，并与之同生死，可见他们实现政治抱负的决心是如何迫切而坚定。

秦始皇兼灭六国、统一天下，春秋战国时期数百年的战乱终于得以消弭。于是儒家士人也因之而欢呼雀跃，以为可以施展自己的抱负了。贾谊尝言："秦灭周祀，并海内，兼诸侯，南面称帝，以四海养，天下之士，斐然向风。"① 这似乎可以代表当时大多数读书人的心态。于是他们也积极参与了新王朝的建设。相当大的一批儒家士人进入到秦朝政治序列之中，叔孙通、淳于越只是其代表者而已。但是由于秦国自孝公时商鞅变法之后，百余年间都是法家执政，故而儒者的主张势必与秦国的主导思想相冲突。这种冲突最突出的表现就是秦始皇三十四年（前213）仆射周青臣与博士淳于越之间关于"郡县制"与"分封制"的著名争论。争论的结果是"焚书坑儒"——秦王朝完全选择了法家思想作为国家基本政治思想。尽管所"坑"者大都并非纯正的儒家学者，但儒家士人因此遭到沉重打击是无可怀疑的。

汉兴，儒家士人又感觉施展怀抱的机会来临了，他们采取了一系列的行动来实现儒学的价值。这一次他们似乎有制胜的把握——秦朝压制儒学独倡法术遭到灭顶之灾，这是他们说服汉统治者最有力的武器了。汉初儒家的努力主要表现在政治行为与话语建构两个方面。

试图在政治生活中影响汉初统治者的儒者可以叔孙通、陆贾、贾山、贾谊等人为代表。这几个人本来均非纯儒，但是他们在汉初基本上都主张用儒家的学说作为国家基本指导思想。原因其实很简单：法家的思想资源经过秦朝的过度使用之后已经产生了否定性的效果，秦的短祚已经证明了这种学说的巨大缺陷，新的统治者只有反其道而行之才能得到天下百姓，特别是六国遗民的拥护。而欲反其道而行之，则儒家学说便是最恰当的选择之一。

叔孙通本来是秦博士。据王国维《秦汉博士考》载，博士之官六国时已有，到秦朝时方有定员，始皇时有博士七十人。史籍载："博

---

① （汉）贾谊：《过秦论》，见《新书》，3页，上海，商务印书馆，1937。

士，秦官，掌通古今。"《汉书·百官公卿表》亦即负责管理文化典籍，以备君主顾问。叔孙通在仕秦时委曲求全，甚至受到弟子们的责问。①从中可以看出儒生在秦朝时处境的艰难。陈胜等举兵起义，叔孙通率诸生逃离秦廷，先是投靠楚将项梁，后又改投刘邦。叔孙通本来衣儒服，似乎是要以儒者的身份追随刘邦，不料受到刘邦的憎恶，于是改衣楚服。老谋深算的叔孙通知道正忙于打天下的刘邦是不会重用他这样的儒生的，于是就耐心等待。等到刘邦取得天下，登基称帝后，对于与之一同打天下的开国功臣们的粗野无理难以忍受时，叔孙通知道机会来临了。于是他向刘邦建言说："夫儒者难与进取，可与守成。臣愿征鲁诸生，与弟子共起朝仪。"② 这"难与进取，可与守成"八个字真是深谙儒学特点者方能道出，它恰好揭示了儒学那种潜在的意识形态性质。观叔孙通之意，大约是希望汉家帝王选择儒学作为官方意识形态。但是时机依然不够成熟。刘邦虽然采纳了叔孙通的建议，也从他和儒生们制定的朝仪中享受到贵为天子的荣耀，但在其他政治事务中却未能全面贯彻儒学精神。故而终其一生，叔孙通不过官至太常，其作用也不过是为朝廷制定了一系列礼仪而已。尽管如此，儒生在刘姓政权中毕竟已经获得了远远高于在秦廷中的地位。汉初的博士官中既有以百家之学而得立者，也有因儒家之学而得立者。例如，据说文帝时的博士有七十人左右③，其中既有属于阴阳家的公孙臣，也有治《诗》的博士申培和韩婴，还有治《尚书》的博士欧阳生。到了景帝之时，又增加了《诗》学博士辕固生，《春秋》博士董仲舒、胡毋生

---

① 据《汉书》本传载，秦二世时陈胜举兵反，消息传到秦廷，众博士诸生均建议二世亲自将军前往平叛，独叔孙通顺二世之意说此乃"鼠窃狗盗"之类，根本不是造反。诸生责问他说："何言之谀也？"他这样的儒生在秦廷之上连真话都不敢说，更遑论坚持儒家的治国之术了！

② （汉）班固：《汉书》，2126 页，北京，中华书局，1962。

③ 《太平御览》卷二百三十六引《汉官仪》云："孝文皇帝时博士七十余人，朝服玄端章甫冠。"又《史记·屈原贾生列传》云："廷尉乃言贾生年少，颇通诸子百家之书。文帝召以为博士。"

等①。可见，属于今文经学的三家诗学的代表人物都是在武帝"独尊儒术"之前就已经立为博士的，这都是儒者们不懈奋斗的结果。

陆贾本为楚人，客从高祖刘邦打天下，可以说是开国的功臣。原来大约也是饱读《诗》《书》之人，但他并不是只知诵读的书生，而是极有才能的政治家。刘邦初定天下，陆贾意识到是儒学发挥作用的时候了，于是常常有意在刘邦面前谈论《诗》《书》，目的自然是引起刘邦的注意。于是就引出了那段关于"马上得之，安能马上治之"的著名对话。刘邦绝非一介武夫，深知陆贾的话有理，便命其著书论秦所以失天下，汉所以得天下，以及自古以来成败兴亡的道理。这就是《新语》一书的来由。据说陆贾每奏上一篇，刘邦"未尝不称善，左右呼万岁"，可见此书是打动了刘邦的。今观《新语》一书，其中虽然也有一些老庄的色彩和纵横家的味道，但儒家思想无疑是居于主导地位的。我们来看看陆贾是如何极力引导刘邦接受儒家思想的：

> 《传》曰："天生万物，以地养之，圣人成之，功德参合，而道术生焉"。……故知天者仰观天文，知地者俯察地理。……于是先圣乃仰观天文，俯察地理，图画乾坤，以定人道，民始开悟，知有父子之亲、君臣之义、夫妇之别、长幼之序。于是百官立，王道乃生。②

这里从天地之法则说到人世之伦理，并以前者作为后者权威而神圣的根据，这种观点毫无疑问是从《易传》来的。由此可以看出，陆贾是要让儒家思想成为汉家天下根本人伦秩序的理论基础。其又云：

> 礼义独（不）行，纲纪不立，后世衰废。于是后圣乃定五经，明六艺，承天统地，穷事察微，原情立本，以绪人伦；宗诸天地，纂修篇章，垂诸来世，被诸鸟兽，以匡衰世；天人合策，原道悉备，智者达其心，百工穷起巧，乃调之以管弦丝竹之音，设钟鼓

---

① 参见顾颉刚：《秦汉的方士与儒生》，52～58页，上海，上海古籍出版社，1998。

② （汉）陆贾：《新语》，1页，沈阳，辽宁教育出版社，1998。

歌舞之乐，以节奢侈，正风俗，通文雅。①

这是要求统治者以儒家经典作为整个社会一以贯之的官方意识形态，从而使汉家天下成为处处可闻诵读之声、丝竹之音的礼仪之邦。这与后来董仲舒所上的"天人三策"的精神是完全一致的。也许正是由于这一点，后世才称陆贾为"秦之巨儒"。②

贾山的祖父尝为魏王时博士弟子，山受学于祖父，亦非纯儒。但是鉴于秦的灭亡，贾山在所著《至言》中，力劝文帝用三王之政，因此他也成为汉初鼓吹以儒学治国的重要人物之一。《至言》与陆贾的《新语》、贾谊的《新书》一样，都是在总结秦朝速亡的教训的基础上提出对文帝的警告及自己的政治主张的，其云：

> 今功业方就，名闻方昭，四方乡风，今从豪俊之臣，方正之士，直与之日日猎射，击兔伐狐，以伤大业，绝天下之望，臣窃悼之。《诗》曰："靡不有初，鲜克有终。"臣不胜大愿，愿少衰射猎，以夏岁二月，定明堂，造太学，修先王之道，风行俗成，万世之基定，然后唯陛下所幸耳。③

这里劝文帝少涉猎是寻常臣子的谏言，不足论。其"定明堂，造太学，修先王之道"的建议却是十分重要的。在儒者心目中"定明堂，造太学"实际上等于在政治制度上行儒家之道。孟子说："夫明堂者，王者之堂也。王欲行王政，则勿毁之矣。"（《孟子·梁惠王下》）《礼记·明堂位》云："昔者周公朝诸侯于明堂之位……明堂也者，明诸侯之尊卑也。"据蔡邕《明堂论》，所谓"明堂"与"清庙""太庙""太学""太室""辟雍"等"异名而同事"④，都是指天子进行诸如祭祀祖先、接见诸侯、选士任官等重大活动的场所。由于明堂始于西周，而儒家的政治主张又以西周为楷模，故而"明堂"也就成为儒家政治理想的象

---

① （汉）陆贾：《新语》，2 页，沈阳，辽宁教育出版社，1998。
② （元）马端临：《文献通考》，1502 页，北京，中华书局，1986。
③ （汉）班固：《汉书》，2336 页，北京，中华书局，1962。
④ （元）马端临：《文献通考》，385 页，北京，中华书局，1986。

征。主张"定明堂"也就意味着要行儒术。《白虎通·辟雍篇》云："天子立明堂者，所以通神灵，感天地，正四时，出教化，宗有德，重有道，显有能，襃有行者也。"可见汉代儒者对明堂的象征意义是何等重视。后汉应劭尝言："王臧儒者，欲立明堂、辟雍。太后素好黄老术，菲薄五经，因故绝奏事太后，太后怒，故令杀。"① 王臧、赵绾是景、武时的著名儒者，因积极支持当时丞相田蚡倡导的以儒术治国的主张而触怒热衷于黄老之术的窦太后，后被杀。可见彼时意识形态的斗争是何等激烈。

贾谊原本也不是纯正的儒家。《史记》本传说他"年十八，以能诵《诗》属书闻于郡中……廷尉乃言贾生年少，颇通诸子百家之书。文帝召以为博士"。可知他对包括儒家在内的诸子之学都很精通的。《汉书·儒林传》说他曾治《春秋左氏传》，并为之做训诂。今人徐复观先生尝认真考察过题为贾谊所著《新书》五十八篇的内容，认为确然出于贾谊之手，并非后人伪托，并判定贾谊的思想乃是儒、法、道三者的结合。② 今观《新书》，儒家思想无疑是居于主要的地位，此外也确有法家的冷峻严厉，还颇带纵横之气，道家思想似乎较弱。其书多称《诗》《书》《礼》《乐》《春秋》，于议论之中随处引《诗》，儒家色彩十分浓烈。我们看他的几段论述：

> 或称《春秋》而为之耸善而抑恶，以革劝其心。教之《礼》，俾知上下之则。或为之称《诗》，而广道显德，以驯明其志。教之《乐》，以疏其秽，而填其浮气。（《新书·傅职》）
>
> 六理（指道、德、性、神、明、命——引者）、六美（指道、仁、义、忠、信、密——引者）德之所以生阴阳、天地、人与万物也，固为所生者法也。故曰：道此之谓道，德此之谓德，行此之谓行。所谓行此者，德也。是故著此竹帛谓之《书》，《书》者，此之著者也；《诗》者，此之志者也；《易》者，此之占者也；《春

---

① （汉）司马迁：《史记》，452 页，北京，中华书局，1959。
② 徐复观：《两汉思想史》第二卷，115 页、120～122 页，台北，台湾学生书局，1985。

秋》者，此之纪者也；《礼》者，此之体者也；《乐》者，此之乐
者也。(《新书·道德说》)

夫立君臣，等上下，使父子有礼，六亲有纪，此非天之所为，
人之所设也。夫人之所设，不为不立，不植则僵，不修则坏。《管
子》曰："礼义廉耻，是谓四维；四维不张，国乃灭亡。"(《汉
书·贾谊传》)

从这些议论中不难看出，贾谊亦与陆贾、贾山等儒者一样，是要汉初
统治者将儒家之学确定为治国的基本指导思想，建立一个上下和睦、
百姓安居的仁政国家。

综上所述，叔孙通、陆贾、贾山、贾谊、赵绾、王臧等人代表着
西汉初期一批儒生在政治生活中力主确立儒家统治地位的努力，其中
有的人还因此而牺牲了性命。他们的执着精神是与孔、孟、荀等先秦
大儒一脉相承的。

除了在政治层面上力主实行儒术的努力之外，汉初还有一大批儒
者执着于纯粹的学术话语领域，不遗余力地传承、弘扬儒家学说，为
更多的士人接受儒学及使儒学最终成为主流意识形态做出了重要贡献。
其代表人物有故秦博士伏生，以一人之力使《尚书》(今文)得以传
承；有治《易》的丁宽，尝著《易说》三万言；有创立《易》京氏学
的京房、高氏学的高相；创立《书》欧阳氏学的欧阳生，大小夏侯氏
学的夏侯昌、夏侯胜；传《古文尚书》的孔安国；创立四家《诗》学
的申培、辕固、韩婴、毛亨；等等。这些人对于儒家经典的热衷并非
出于求取官位的目的，主要是出于一种价值观和学术上的自觉选择，
为了坚持这种选择，有时甚至要付出很大的代价。这与武帝立五经博
士并重用公孙弘等儒生之后出现的经学热潮是有根本区别的。现举一
例如下。

辕固，齐人，因治《诗》而被景帝召为博士。一次他与黄生在景
帝面前发生了一场争论。黄生不是儒生，是尊奉黄老之学的，他认为
商汤的放桀与周武王的伐纣均属篡逆行为，因为桀、纣尽管多行不义，
但毕竟是君主，臣子有匡正劝谏的责任，却无讨伐诛杀的权力。辕固
则认为夏商之民都归附了汤、武，所以是符合天命的正当行为。在这

里，黄生是要强调皇权的绝对神圣性，自然是要讨好君主；辕固则是要坚持儒家"汤武革命，顺乎天而应乎人"（《易传·革》），以及"闻诛一夫纣矣，未闻弑君也"（《孟子·梁惠王下》）的一贯主张，暗示帝王要行仁义之道，否则难免遭受桀、纣那样的命运。这是需要勇气和坚持儒家精神的执着信念的。听了辕固的议论，景帝很不高兴，但也无可奈何。有一次喜欢黄老之术的窦太后召辕固讲解《老子》，辕固毫不客气地说："此家人言矣。""家人"，据钱穆先生考证，即"庶人"的意思。[①]"家人言"意为这是平民百姓谈论的书，不是治国平天下的大经大法，不值得一讲。窦太后大怒，说"安得司空城旦书乎"，意为：难道只有刑法律令之书才有用吗？于是窦太后命辕固到关野兽的圈里刺杀野猪。景帝知道辕固只是固执，并无罪过，就给了他一把利刃，结果辕固一刀就将野猪杀死了。窦太后也只得罢休。后来武帝即位，以贤良方正征召辕固。后来做到丞相的公孙弘也在被征之列。辕固鄙视公孙弘之为人，警告他说："务正学以言，无曲学以阿世！"这句话在两千年间成为激励中国读书人坚持独立思考，不慕功名利禄，不畏权势的警策之言。从以上事例可以看出，辕固这样的儒生对儒家的政治观念及处世原则是何等认真地恪守！儒学在汉代的辉煌成就离不开他们的努力。辕固是齐《诗》的开创者，在经学的发展中起到了重要作用。

二、君权系统对儒学的接受过程

在武帝"独尊儒术"之前，汉统治者对儒学有一个由轻视、拒斥而渐渐接受的过程。通过对这一过程的描述，我们可以了解儒学由民间的士人话语最终成为官方意识形态的轨迹。而这也恰恰是儒家士人建构意识形态话语取得成效的过程。当然也是统治集团与士人阶层渐渐形成政治联盟的过程。

汉初的统治者并没有明确的意识形态建构意识。起于草莽的刘邦

---

① 钱穆：《两汉经学今古文平议》，201 页，北京，商务印书馆，2001。

和其所依靠的功臣集团本身，缺乏治理一个大一统国家所必需的政治经验。而且他们也没有可以效仿的楷模——春秋战国的数百年间并没有统一的意识形态，而作为汉朝前代的秦朝又是"以吏为师，以法为教"的，这等于放弃了意识形态的建构，因为"法"是属于制度层面的东西，并不是一种价值观念系统。所以汉朝尽管可以在国家制度上效法前朝，而在意识形态方面却无所适从。这也就是刘邦说出"乃公居马上而得之，安事《诗》《书》"这样愚蠢之言的原因。后世开国君主，无论如何无知少文，也不会说出这样的话了。所以在汉初——从高祖到景帝——汉家天下是没有统一意识形态的。也许有人说汉初诸帝不是都信奉黄老之术吗？这难道不是意识形态？黄老之学是战国晚期一批士人思想家托名黄帝、老子，实则杂糅道家、法家、儒家、阴阳家、纵横家的思想而形成的一种政治学说，本质上是一种统治方法。其主旨是"无为而治"和"以法断之"，意思是只要建立起严格的法律条文和赏罚制度，执政者去"循名责实"就可以了，别的事情都可以省略。这种学说可以说是用法家思想补充道家在政治上缺乏操作性的不足，而用道家弥补法家刻薄寡恩的缺点，基本上是一套治国御众的方法策略。所以这种学说在特定情况下用于一时可能会收到很好的效果，而作为可以确保长治久安的国家意识形态就远远不够了。

高祖刘邦在打天下时的确鄙视儒生，据说竟故意用儒冠为溺器。但是天下一统之后，大约在叔孙通、陆贾等儒者的说服下，渐渐改变了对儒学的态度。高祖十二年（前195）刘邦率兵平定淮南王英布的叛乱后返京，路过曲阜，"以太牢祀孔子"[①]，这是古代皇帝第一次祭孔。"太牢"，按古代礼制，是祭祀诸侯的规格，可见在刘邦心目中孔子还是有相当高的地位的。当然刘邦对后来儒学得以成为国家意识形态所起的作用，主要还在于接受了叔孙通所制定的礼仪，并部分接受了陆贾在《新语》里提出的儒家观点。

汉惠帝在位很短，又有吕后干政，基本上无所作为。但是他也有过一件对儒学发展有着重要作用的举措，那就是在惠帝四年（前191）

---

① （汉）荀悦：《汉记》卷四，《高祖皇帝纪》，见《两汉纪》，55 页，北京，中华书局，2002。

废除了秦朝颁布的"挟书律",即禁止私人藏书的法律,正式开放了书禁。这样民间的儒生方能毫无顾忌地传授遭秦火(包括始皇焚书和项羽火烧秦宫)而侥幸存留的儒家典籍。惠帝死后由吕后执政的十年间,由于帝党、后党争权成为一时的焦点,故在意识形态的方面可谓毫无建树。此期稍稍值得一提的是曹参。此人在刘邦平定天下论功行赏之时,仅次于萧何,列第二。史书说他"身被七十创""下国二,县百二十二",是典型的攻城略地的猛将。看其出身,也不过是县中的"豪吏",可以说也是起于草莽的人物,本无意识形态方面的意识。但是惠帝时他被任命为齐国悼惠王的丞相①,这一偶然事件对他本人和汉初的意识形态都产生了极为关键的影响。我们知道,齐国自战国以来就是人文荟萃之地,齐国著名的"稷下学宫"不仅是诸子百家聚集之所,而且也是黄老之学产生和传播的地方。曹参到齐国之后,为了安定百姓,恢复被战争严重破坏的生活秩序,曾广泛听取了齐国儒生们的建议,但是曹参深知儒家那套"兴礼乐、定名堂"之类的措施在当时的情况下是不会有什么实际效果的,于是就用重金请来了以治黄老之学而闻名的盖公。盖公向他讲了"治道贵清静而民自定"的道理,"参于是避正堂,舍盖公焉。其治要用黄、老之术,故相齐九年,齐国安集,大称贤相"。② 后来汉丞相萧何去世,曹参入为汉丞相,他将在齐国实行的一套又推广到全国,这便是所谓汉初行黄老之术的由来。观曹参施政,根本上就是什么都不做而已——让百姓自己发展、繁衍,不去干扰他们。在用人上专用那些"木讷于文辞"的"重厚长者",而排斥那些"言文刻深,欲务求声名者",这实际上也还是反秦之道而行之的策略。曹参为相三年,百姓歌颂他说:"萧何为法,较若画一。曹参代之,守而勿失;载其清净,民以宁壹。"③

汉文帝在位的二十三年,基本上是皇室宗亲集团与功臣集团共同执政的时期。这两个集团消灭了以吕后为代表的外戚集团,形成了皇

---

① 齐悼惠王是惠帝之庶兄,惠帝二年入朝时几乎为吕后鸩杀,大约是个有作为的人物,否则也不会遭到吕后嫉恨。他能重用曹参,也足见不是昏庸之辈。

② (汉)班固:《汉书》,2018页,北京,中华书局,1962。

③ (宋)司马光:《资治通鉴》第1册,413页,北京,中华书局,1956。

室与功臣合作的统治架构。文帝时相继为丞相的陈平、周勃、灌婴、张苍、申屠嘉均为从高祖打天下的功臣，他们起于草莽之间，即或有读书的兴趣，也都是读律历、法令一类的东西。他们都没有建构一体化意识形态的远见。儒家士人处于被排挤的境地，例如，贾谊就是在周勃、灌婴的压制下郁郁而终的。观文帝之政，基本上依然是清静无为、崇尚法术相结合的黄老之术。

　　尽管如此，文帝本人在接受儒学方面还是做了一些事情。他对于儒生的建议常能虚心听从，例如，贾山、贾谊的纳谏、重农、节用等建议都得到他的采纳。贾谊尝上书建议文帝不要严刑峻法，对臣下宜以礼待之，也得到文帝采纳："自是大臣有罪，不及刑狱。"① 又于公元前 13 年废除肉刑。对于贾谊等重儒学、行三王之道的建议，文帝在功臣集团的压力下不能实行，但他也的确动过心，受到一定影响。史书说他："专务以德化民，是以海内殷富，兴于礼义。"② 这不能不说是受到儒家思想影响的结果。

　　景帝时，好黄老之术的窦太后常常干预政事，景帝亦无法有所建树。但是此时儒学的势力经过儒生们数十年的努力得以大大加强，许多皇室宗亲与朝廷重臣都受到了它的影响。史书载：

　　　　魏其、武安俱好儒术，推毂赵绾为御史大夫，王臧为郎中令。迎鲁申公，欲设明堂，令列侯就国，除关，以礼为服制，以兴太平……太后好黄老之言，而魏其、武安赵绾、王臧务隆推儒术，贬道家言是以窦太后滋不悦魏其等。及建元二年，御史大夫赵绾请无奏事东宫。窦太后大怒，乃罢逐赵绾、王臧等，而免丞相、太尉，以柏至侯许昌为丞相，武疆侯庄青翟为御史大夫。魏其、武安由此以侯家居。③

魏其侯窦婴是窦太后的侄子，在平定七国之乱中立有大功。武安侯田蚡是景帝王皇后的弟弟，二人均为外戚，并都官至丞相，可谓位高权

---

① （汉）荀悦：《汉纪》，见《两汉纪》，107 页，北京，中华书局，2002。
② （汉）司马迁：《史记》，433 页，北京，中华书局，1959。
③ （汉）司马迁：《史记》，2843 页，北京，中华书局，1959。

重。他们都好儒术，足可见儒学于当时渗透之广，当然，他们好儒术只是受到儒生的影响，觉得儒术更利于治国而已，并不一定对儒学有什么深刻的体认与研究。赵绾、王臧则不同。二人都是申培的弟子，是治鲁《诗》的专家，故而他们推崇儒术纯粹是要用儒学来做汉家天下的国家意识形态。他们敢于公然与好黄老之言并握有最高权力的窦太后对抗，实在有一种义无反顾的气概。后来二人被杀，真正体现了儒家"志士仁人，无求生以害仁，有杀身以成仁"，"勇士不忘丧其元"的献身精神。

在景帝时还发生了一件重要的事情，对儒学最终获得统治地位具有很大作用，这就是七国的叛乱。公元前 3 年，因景帝采纳晁错的建议，实行"削藩"政策，致使吴、楚、胶西、赵、济南、淄川、胶东七个同姓王联合叛乱。叛乱虽然很快就被镇压下去，但是这在统治者心理上造成的冲击是巨大的。刘邦当初大封同姓王以巩固皇权的设想彻底破灭了，而形成一种统一的、深入人心的意识形态来进一步确证皇权与现存制度的合法性，就显得十分必要了。

景帝时儒学得到很快的发展，这还可以从其间所任用的博士官的情况看出。治《诗》的辕固，治《春秋》的董仲舒、胡毋生，以及鲁《诗》鼻祖申培的一批弟子都是在景帝时被召为博士的。从总体上看，景帝在位的十五年中，除赵绾位列三公之外，儒生出身的官吏大都未能受到重用，只是"具官待问"而已，但是，朝廷中儒生力量的扩大是毫无疑问的，这就为武帝时儒学的独尊提供了充分的可能性。

在皇室宗亲中也出现了一批儒学的信仰者，这对于汉代儒学的昌盛也具有积极作用。这里择其要者，略述之。

楚元王刘交，高祖刘邦的弟弟，与鲁国的穆生、白生、申公受《诗》于浮丘伯。浮丘伯是荀子的弟子，所以刘交等可以说是得到了儒学真传，是刘邦家族最早的一位自觉接受儒家学说的人物。这一方面说明儒学在秦汉之间传播之广；另一方面也证明汉朝统治集团与儒学早就有着复杂的联系，他们并没有有意地排斥儒术。高祖六年（前201）刘交被封为楚王后，即任命同窗穆生、白生、申公为太中大夫。吕后执政时，浮丘伯在长安，刘交又派自己的儿子郢客随申公前往求学。刘交对《诗》有很大的兴趣，他的几个儿子都善于诵《诗》。当时申培作《诗》传，即《鲁诗》，刘交也作《诗》传，号称《元王诗》①。刘交与申培同学于浮丘伯，二人作《诗》传，大约是各自整理从老师那里学来的东西，再加上自己的一定发挥而成，估计相去不会很远。这样，以对《诗》的共同爱好为纽带，在楚元王身边集聚了一批儒家士人，形成了一个小小的学术群体。刘交虽然贵为帝胄，位列藩王，但由于雅好儒术，对待身边的读书人可以说礼敬有加，丝毫不敢怠慢。例如，穆生不善饮酒，于是每逢宴饮，元王都命人为之设"醴"（今醪糟一类的东西），可见招待之周。后来楚王刘戊参加七国叛乱被诛，但元王对《诗》的爱好并没有因此断绝。元王的另一个儿子刘富在景帝时被封为休侯，后坐免。其子辟疆好《诗》，能属文。辟疆孙刘向，向子刘歆俱为一代饱学硕儒，对于汉代古文经学的兴盛起到至关重要的作用。

河间献王刘德，景帝之子，景帝前元二年（前155）立。此人极为好学，从民间广泛搜求各种书籍，其得书之多，堪比朝廷。史书载："献王所得书皆古文先秦旧书，《周官》《尚书》《礼》《礼记》《孟子》《老子》之属，皆经传说记，七十子之徒所论。其学举六艺，立《毛氏诗》《左氏春秋》博士。修礼乐，造次必于儒者。山东诸儒多从而游。"② 可见这位河间献王既是一位大藏书家，是儒学典籍的搜集者、整理者、收藏者，又是一位儒学精神的践履者。在他的身边也形成了一个儒学活动中心。武帝时他来朝，尝献雅乐，并以儒学来回答武帝

---

① 《元王诗》远不如"四家诗"那样传播广泛，长期湮没无闻。但是近年来对古代墓葬的考古发掘出土的一些《诗》简或《引》诗的简牍，与"四家诗"俱不相同，有的学者怀疑与楚国流传的《元王诗》有关。例如，1977年安徽阜阳双古堆汉初夏侯灶墓出土《诗经》残简一百七十余条就属此类，被称为"阜诗"。夏传才先生经过认真考证得出结论说："在夏侯灶墓中发现的《阜诗》，既不同于《毛诗》，又不同于三家，那么，通过以上的考证，只能是《元王诗》。"（夏传才：《思无邪斋〈诗经〉论稿》，174页，北京，学苑出版社，2000）这个结论是令人信服的。

② （汉）班固：《景十三王传》，见《汉书》，2410页，北京，中华书局，1962。

的策问。由此可以想见，刘德作为皇室宗亲、武帝的兄弟，如此热爱儒学，肯定对武帝的推崇儒术产生过较大的影响。

上述皇亲、重臣对儒学的偏好当然是秦汉间儒生努力的结果。看汉初士人，除儒学外，好黄老之学者有之，好法家之学者有之，好辞赋者亦有之；同样看汉初皇室子弟也各好其所好，并无一定之规。这说明当时的确没有形成一个统一的国家意识形态系统。儒学就是在士人与士人、帝王与帝王、士人与帝王等各种复杂的权力关系之中碰撞、磨合、选择、调整之后卓然秀出的。可以说，儒学的成功并不能仅仅看作统治者的主动选择，也不能看作儒家士人意愿的实现，而应该理解为统治者与以儒家为代表的士人阶层的一种协商、联合的结果，其深层原因是皇权集团在经过半个多世纪的政治实践之后，认定士人阶层才是其统治的真正社会基础——宗室、功臣、外戚等权力集团都只能在一定时期、一定范围内成为君权的支撑，他们都无法取代士人阶层在巩固统治方面，特别是在全国范围内实施有效的社会控制方面所能起到的巨大作用。当然，也可以反过来说，这是士人阶层在寻求实现自己的社会乌托邦时必然要达到的结果——只有在一个强大而开明的君权的支持下，士人阶层才有机会成为一种现实的政治力量，离开了君权系统的合作与依赖，士人阶层就不会有任何政治上的建树。

三、君权系统与士人阶层的结盟及儒学主导地位 最终确立

如果说自汉兴以来儒家士人与君权之间一直在彼此了解、接触，寻求合作的可能性，那么到了董仲舒、公孙弘与汉武帝这里才算是真正达成了协议。下面让我们看看他们是如何在讨价还价中达成这一协议的。经过半个多世纪的冲突与整合，此时的儒学已经不是先秦的儒学，而是融合了诸子百家之学，特别是法家、道家、阴阳家思想的庞大体系；同样，此时的儒家士人也不再是先秦"七十子之徒"或汉初伏生那样的少数学者，而成了整个士人阶层的代表，它的队伍越来越庞大了。一句话，在汉武帝之时，儒家士人与君权系统间的"商讨"

已经到了"签定协议"的时候了。这当然还是双方共同努力的结果。

先看儒家士人的一面。董仲舒本来是景帝时的博士，但一直无所作为。汉武帝元光元年（前 134）诏令"贤良"对策，董仲舒作了三篇对策，这便是思想史上著名的"天人三策"。在这些对策中董仲舒比较系统而充分地向汉武帝陈述了自己对儒家治国之道的理解。择其要者有三：其一，上天对人君的所作所为有监督、警告之责："臣谨按《春秋》之中，视前世已行之事，以观天人相与之际，甚可畏也。国家将有失道之败，而天乃先出灾害以谴告之，不知自省，又出怪异以警惧之，尚不知变，而伤败乃至。"① ——这是对武帝的"恫吓"。那么如何才能避免伤败呢？那就是要"强勉学问""强勉行道"，也就是要君主自觉地学习圣贤之道，严格规范自己的行为。一句话，只要依据儒家"仁义礼乐"的规定做人做事就可以避免灾祸，达到长治久安。这实际上是告诉汉武帝："天命"不可以恃，即使得到天命眷顾，倘不能明德修身、仁民爱物，也会遭到灭亡。唯一真正可以依靠的只能是儒家"任德教而不任刑"的治国之道。

其二，养士任贤。在第二篇策问中，武帝本来是要问同为上古圣贤之君，为什么有人可以"垂拱无为"而天下太平，有的人就"日昃不暇食"才得以治平宇内呢？董仲舒的回答却拐弯抹角引到了重用士人上来。他说："夫不素养士而欲求贤，譬犹不琢玉而求文采也。故养士之大者，莫大乎太学；太学者，贤士之所关也，教化之本原也。今以一郡一国之众，对亡应书者，是王道往往而绝也。臣愿陛下兴太学，置明师，以养天下之士，数考问以尽其材，则英俊宜可得矣。"这是为士人的进身大声疾呼了。除了养士之外更有选士：他建议命列侯、郡守、二千石都有责任选举自己治内之贤者，并根据其所举的贤与不肖而考核赏罚之。"夫如是，诸侯、吏二千石皆尽心于求贤，天下之士可得而官使也。遍得天下之贤人，则三王之盛易为，而尧、舜之名可及也。"——这是对武帝的"利诱"。儒家士人从孔孟开始孜孜以求的正是进入君权系统以实现自己的政治理想，董仲舒的建议可谓道出了他

① （汉）班固：《董仲舒传》，见《汉书》，2512 页，北京，中华书局，1962。

们最普遍的心声。

其三，确立以儒学为主体的统一意识形态。在第三篇对策中，董仲舒指出："天令之谓命，命非圣人不行；质朴之谓性，性非教化不成；人欲之谓情，情非度制不节。是故王者上谨于承天意，以顺命也；下务明教化民，以成性也；正法度之宜，别上下之序，以防欲也：修此三者，而大本举矣。"这是说王者要上顺天命、下道民情，使社会井然有序，就必须接受圣人之道。也就是说要建立统一的国家意识形态——独尊儒术。他说："《春秋》大一统者，天地之常经，古今之通谊也。今师异道，人异论，百家殊方，指意不同，是以上亡以持一统；法制数变，下不知所守。臣愚以为诸不在六艺之科孔子之术者，皆绝其道，勿使并进。邪辟之说灭息，然后统纪可一而法度可明，民知所从矣。"在这里"大一统"是指观念上而非政治上的，也就是建立统一的意识形态的意思。这是儒学在汉初经过半个世纪的发展之后，在渐渐为统治者接受、为越来越多的士人所尊奉的特定语境中必然产生的呼声，这标志着儒家士人已经成为一股足以令统治者借重的政治势力，也标志着儒家士人已经有足够资本代表整个士人阶层来向君权言说了。

董仲舒在政治上基本没有值得称道的建树，他的主要精力都用于将儒学从民间的话语系统向国家意识形态的转换上了。我们知道，儒学作为先秦诸子百家中的一种，原本是在野士人乌托邦精神的一种表现形式。其中虽然包含着诸多意识形态的因素，却并不能算是完整的意识形态体系。所以它要成为国家"大一统"的指导思想，就必须进行相当程度的调整与补充。董仲舒在这方面做了大量工作。一部《春秋繁露》就是在大量吸收先秦子学，特别是阴阳五行与法家之说，并融会三代以来的历史经验的基础上建构起来的内容恢宏、体系完备的意识形态话语系统。作为一位儒学大师，董仲舒完全继承了先秦儒学的基本价值取向——在肯定统治者与被统治者等级关系的前提下，强调上下和谐、相互依存的重要性，继续突出儒学作为意识形态"中间人"的功能。他说：

> 故道同则不能相先，情同则不能相使，此其教也。由此观之，未有去人君之权，能制其势者也。未有贵贱无差，能全其位者也。

故君子慎之。①

> 故圣人之治国也，因天地之性情，孔窍之所利（"义证"："孔
> 窍所利，谓顺民欲"），以立尊卑之制，以等贵贱之差。②

这是讲上下等差、贵贱有别的重要性。在董仲舒看来，这是一个国家
得以有序运转最基本的条件，也是一个国家最基本的政治结构。但是
这只是问题的一个方面。另一方面统治者和被统治者双方都要受到限
制，而且双方要消除对立，和睦相处。他说：

> 故屈民而伸君，屈君而伸天，《春秋》之大义也。③
> 国之所以为国者德也，君之所以为君者威也。故德不可共，
> 威不可分。德共则失恩，威分则失权。失权则君贱，失恩则民散。
> 民散则国乱，君贱则臣叛。是故为人君者，固守其德，以附其民；
> 固执其权，以正其臣。④

董仲舒的意思是，作为民要无条件遵奉君主的意志；作为君则要无条
件尊奉天的意志。天不能言，它的意志如何表现呢？这就要靠儒家士
人的解释了。而他本人就是一位解释者。他说：

> 天之道，春暖以生，夏暑以养，秋清以杀……圣人副天之所行
> 以为政，故以庆副暖而当春，以赏副暑而当夏，以罚副清而当秋，
> 以刑副寒而当冬。庆赏罚刑，异事而同功，皆王者之所以成德也。⑤
> 天之生民，非为王也，而天立王以为民也。故其德足以安乐
> 民者，天予之；其恶足以贼害民者，天夺之。⑥

如此看来，"天"的意志根本上是以"民"的利益为鹄的，亦即使民生
生化育、安居乐业。这样所谓"屈民而伸君，屈君而伸天"就构成一

① （清）苏舆：《春秋繁露义证》，131～132 页，北京，中华书局，1992。
② （清）苏舆：《春秋繁露义证》，173 页，北京，中华书局，1992。
③ （清）苏舆：《春秋繁露义证》，32 页，北京，中华书局，1992。
④ （清）苏舆：《春秋繁露义证》，174～175 页，北京，中华书局，1992。
⑤ （清）苏舆：《春秋繁露义证》，353 页，北京，中华书局，1992。
⑥ （清）苏舆：《春秋繁露义证》，220 页，北京，中华书局，1992。

个有趣的循环——民要以君的意志为意志，君则要以民的利益为利益。究其根本，还是要君主与民众相互依赖、和谐共存，这就充分显示了儒家意识形态的"中间人"特色。董仲舒在这里依然是遵循了孔孟以来为君主立法的路子——是为君主立法，还是为君主策划统治之术，这是儒家和法家根本区别之所在。

公孙弘在儒学由民间话语上升为占统治地位意识形态的过程中所起的作用大约并不亚于董仲舒，尽管他对儒学本身的贡献并不大。公孙弘前半生并不得志，甚至在海边放过猪。元光五年（前130），汉武帝下诏征贤良文学，公孙弘已经是六十老翁，被举，对策，受到武帝赏识，擢为第一，拜为博士。观此次对策，公孙弘主要讲了儒家的治国之道，对法家的厚赏重刑予以否定。他告诫武帝：要使国家长治久安，关键在于使统治获得合法性，也就是"必信而已矣。""信"就是获得人民的信任，获得信任，也就获得了合法性。获得合法性的措施有八项，即"因能任官""去无用之言""不作无用之器""不夺民时，不妨民力""有德者进，无德者退""有功者上，无功者下""罚当罪""赏当贤"。他认为这八项是"治民之本"，亦即取信于民之道。他认为最高的社会理想是"和"，其云：

> 臣闻之，气同则从，声比则应。今人主和德于上，百姓和合于下，故心和则气和，气和则形和，形和则声和，声和则天地之和应矣。故阴阳和，风雨时，甘露降，五谷登，六畜蕃，嘉禾兴，朱草生，山不童，泽不涸，此和之至也。①

这里的最根本的"和"还是上下之间的和谐一致——这正是儒家建构"中间人"式的意识形态的基本精神。另外在制度方面公孙弘也多有建树。他后来官至丞相，封平津侯，尝建议每位经学博士官置弟子五十人，复其身（免除徭役）。这就为儒生进身于以君权为核心的政治序列扩大了门径。所以在汉代，公孙弘是个象征性的人物——他象征着君权系统与士人阶层的结盟，也象征着士人阶层作为一个具有政治力量的、

① （汉）班固：《汉书》，2616页，北京，中华书局，1962。

在精神文化和价值观念方面具有独立性的社会阶层正式登上历史舞台。①

我们可以这样来概括这一现象：统治者接受儒学为国家意识形态与接受士人阶层为自己的政治同盟乃是一体两面的事情，因为只有儒学才可以代表士人阶层的根本利益，也只有士人阶层才可以成为统治者最稳定、最能沟通上下关系、使社会一体化的政治同盟军。统治者与士人阶层结盟不仅意味着他们从此找到了源源不断的后备大军，而且也意味着他们的统治找到了最稳定可靠的社会基础。从表面上看，儒家士人说服统治者接受儒学是依靠秦朝灭亡的眼前事实为强有力理由，而实际上真正迫使其接受儒学的根本原因，是他们要想使自己的统治稳固就必须和士人阶层结成巩固的联盟，而欲达成此一目的，他们就必须接受这个阶层最有代表性的思想意识。遍观当时的诸子百家之学，就只有儒学可以说具有这种代表性，于是重用士人和崇尚儒学就成为一种不可分拆的"共生现象"了。君权系统与士人阶层的这种结盟具有重大历史意义：一方面古代知识阶层被牢牢吸引到了以君权为核心的政治序列周围，连带着古代知识形态也只是围绕政治、伦理的焦点展开；另一方面君权被知识阶层的话语建构所笼罩，权力被有效地纳入意识形态的监督之下。这样一来，政治统治的合法性得到有力的、深入人心的确证，而民众的好恶又成为限制权力膨胀的有效因素，其中的确具有某种历史的合理性。这或许正是中国古代政治体制千百年无大变的根本原因。

实际上，汉武帝对儒学的接受可以说是水到渠成的事情，因为在他即位之后儒学的势力已经足以影响政治生活了。而武帝似乎也意识到统一意识形态的重要性。武帝即位的第一年就下诏丞相、御史、列侯、中二千石、二千石、诸侯相举贤良方正直言极谏之士。丞相卫绾奏曰："所举贤良，或治申、商、韩非、苏秦、张仪之言，乱国政，请

----

① 在先秦时期士人在各国的政治舞台上也一直发挥着重要作用，但是由于缺乏像汉代的博士官和博士弟子这样制度化的用人选士途径，故而士人从来都不是作为一个社会阶层受到重用的。汉武帝对公孙弘的封侯及对博士制度的进一步完善与改进，表明汉代统治者在对功臣、外戚、宗室集团相继失望之后，对士人阶层开始倚重。此后虽然终两汉之世外戚、宦官窃取最高统治权的情况屡见不鲜，但是真正稳定并日益强大的官僚队伍却是士大夫阶层。

皆罢。"武帝同意了他的意见。卫绾并非儒家,而是一位老练的官僚,尝仕文、景、武三朝。他的意见已经含有用儒学统一意识形态的意思,这说明即使在窦太后在世时,儒学的势力也是日益扩大,且已经深入人心。几年之后,即建元五年(前136),汉武帝置《五经》博士,又过了一年,崇尚黄老之学的窦太后去世。武帝立即起用好儒术的外戚武安侯为丞相,进一步推动了儒学获得统治地位的进程。到了董仲舒、公孙弘对策之后,儒学已经在形式上成了汉朝大一统的官方意识形态。当然,武帝及其后的昭帝、宣帝对儒学的接受都是有限度的。在实际的政治生活中,法家的因素始终占有重要的比重。对于帝王们来说,儒家的主要作用是用来确证汉家统治的合法性并统一天下百姓的思想,以及获得士人阶层的倾力支持。所以一旦士人要求统治者真正依照儒家信条行事并因此而触动统治者的根本利益时,他们就毫不客气地露出狰狞的本来面目。这里有两个例子可以说明这一点。

> 昭帝元凤三年,符节令鲁国人眭弘上书言灾异事,提出昭帝"当求贤人禅帝位,退自封百里,以顺天命"。① (结果以"妖言惑众"被诛。)
>
> 宣帝神爵二年,司吏校尉盖宽饶上书谓:"方今圣道浸微,儒术不行,以刑余为周、召,以法律为《诗》《书》。"又云:"五帝官天下,三王家天下。家以传子孙,官以传圣贤。"② (宣帝以为其中含有令其禅位让贤之意,于是将其下狱诛杀。)

这两位士大夫都是因为触动了帝王的根本利益而惨遭诛戮的。他们不过是按照当时那套带上了神学目的论色彩的儒家思想来要求帝王而已,可见在绝对权力面前,意识形态是不起作用的。意识形态对权力的限制的确是有限度的,这也是中国古代常常上演"暴君—忠臣"悲剧的根本原因。如果意识形态可以解决一切问题,中国古代早就达到"小康",甚至"大同"社会了。

---

① (宋) 司马光:《资治通鉴》,767 页,北京,中华书局,1956。
② (宋) 司马光:《资治通鉴》,857 页,北京,中华书局,1956。

第十章　作为意识形态建构工程之重要部分的汉代诗学

汉代的诗学始终是作为儒家意识形态建构工程的一部分而存在的。后人（例如，宋儒及现代"古史辨"派诸家乃至今日许多论者）不理解汉儒的良苦用心，极力从求真求实的立场对汉儒大加贬损，这并不是一种可取的态度。对于前人的学术，应该抱着平实客观的态度来看待。首先要追问他们何以如此这般地言说，然后再看其言说是否可取。先让我们看看在"古史辨"派眼中，汉代诗学是如何不值一哂，这可以说是反汉代诗学的代表：

> 汉儒愚笨到了极点，以为"政治盛衰""道德优劣""时代早晚""诗篇先后"这四件事情是完全一致的。他们翻开《诗经》，看到《周南》《召南》的"周召"二字，以为这是了不得的两个圣相，这风一定是"正风"。《邶》《鄘》《卫》以下，没有什么名人，就断定为"变风"。他们翻开《小雅》看见《鹿鸣》等篇蔼皇典丽，心想这一定是文王时作的，是"正小雅"。一直翻到《六月》，忽然看见"文武吉甫"一语，想起尹吉甫是宣王时人，那么从这一篇起，一定是宣王以后的诗了，宣王居西周之末，时代已晚，政治必衰，道德必劣，当然是"变小雅"了……但《四月》以下很有些颂扬称美的诗，和《鹿鸣》等篇的意味是相同的，这怎么办呢？于是"复古""伤今思古""思见君子""美宣王因以箴之"等话都加上去了。……翻到《民劳》，看见里面有"无良""惽怓""寂虐"等许多坏字眼，心想从此以后一定是"变大雅"了①。

这样的批评当然并非全无道理，也可以说的确揭示了汉代诗学的某些

---

① 顾颉刚：《论〈诗经〉所录全为乐歌》，见《古史辨》第三册，654 页，上海，上海古籍出版社，1982。

弊端。但是这种批评却遮蔽了汉儒说诗的思想逻辑，是完全离开了历史语境与文化语境的评判。按照这样的批评，好像汉儒真的都是一班闭门造车、任意胡说的浅陋狂悖之徒，这显然是割裂了文化演变脉络的片面之见。现在我们已经有足够的证据说明，汉儒的说诗是有所依据的，是从孔子即已开始形成的儒家诗学言说系统的一个环节，是某种文化逻辑的必然产物。如果按照"古史辨"派的解释，就只好说在汉代四百年间突然连续不断地生出了一大批妄人，不约而同地大放厥词。如果真是如此，那就成了人类文化史上最可笑可怪的奇异景观了。儒家的诗学是其整体话语建构工程的一个重要组成部分，因此我们只有联系着儒家话语建构的特定语境，方能对其诗学有客观而公允的评说。作为现代的阐释者，我们所应该做的主要不在于指出古人的谬误之处，而是要揭示古人不得不如此言说的原因以及言说背后隐含的价值指向之所在。皮锡瑞尝言："后世说经有二弊：一以世俗之见测古圣贤；一以民间之事律古天子诸侯。各经皆有然，而《诗》为尤甚……后儒不知诗人作诗之意、圣人编诗之旨，每以后世委巷之见，推测古事，妄议古人。故于近人情而实非者，误信所不当信；不近人情而实是者，误疑所不当疑。"① 这是很有道理的批评。假如今人自谓可以确知《诗经》作品之本义，大可直接予以阐释，不必非大批古人不可。倘若要对古人之阐释进行阐释，那就要切实了解古人言说之语境，冷静梳理古人知识话语所遵循之逻辑，力求给出合乎文化史、思想史之演变轨迹的解释。痛骂古人是最无意义的做法。今人刘光义指出：

> 而如谓西汉之儒，其解诗也，去诗之本义甚远，即纯为汉儒有心为之，亦决非至公持平之论……当其解经之时有二种不可抗拒之力……其一，即春秋与战国时期，儒家之圣者、贤者，于诗所作之宏论高言；其二，即春秋迄乎战国各阶层于诗之应用。②

这样将汉儒的诗学置于特定的文化历史语境中予以考察，才是我们所

---

① （清）皮锡瑞：《经学通论·诗经》，19～20 页，北京，中华书局，1954。
② 刘光义：《汉武帝之用儒及汉儒之说诗》，57 页，台北，台湾商务印书馆，1968。

应采取的态度。

　　汉代诗学作为一种解释系统可以说源远流长。从现存的文献资料看，对诗的实际功用的记载显然早于对这种功用的解释。诗歌的最初功能总是与音乐或舞蹈相伴随的。在关于"周礼"——西周时期的政治制度和礼仪形式——的种种记载中，从来就没有诗歌单独实现其功能的例子。这至少说明诗歌最初是为了一种综合性的礼仪形式而被收集或专门创作的。例如，史籍说周公"制礼作乐"，这其中就包含着创制诗歌。现存《诗经》中的不少作品就是周公本人或按照他的指示创作的。诗歌就是礼仪的一部分。礼仪是西周政治生活的主要组成方面，故而《诗经》中那些最早的作品肯定是与"志"，即个人的思想感情无关的。它们是政治的产物，是某种集体意识的表现。即使后来那些采集的诗歌许多原本是个人情绪的产物，但是一旦纳入官方礼仪文化系统就必然得到完全不同的阐释，从而成为官方话语。所以当时诗歌的主要功能就是政治或意识形态的功能。

　　儒家正是看重诗歌这种政治的或意识形态的功能。孔子说"兴于诗，立于礼，成于乐"，实际上就是讲"礼乐"，即西周官方文化对一个君子人格形成的重要性。只是由于孔子所接受的已经不是完整的、作为活生生的政治生活内容的礼乐本身，而是作为文献记载的《诗》《书》《礼》《乐》，是"礼乐"的文本形式，而且在孔子的时代诗歌也的确越来越脱离音乐而获得独立的意义，所以他才会将"诗"与"乐"分开来讲。我们可以设想，如果西周的诗歌亦如唐宋以后那些专门抒发个人情怀的作品一样，孔子还会那样看重它们吗？肯定不会。因为儒家的全副精神都用于在往代遗留的文化资源中搜寻建构新的意识形态的材料，根本无暇顾及纯粹个人化的言说，如果真有这样的材料，儒家也一定会将它们"阐释"成为具有政治文化功能的话语。儒家对《诗经》的解释系统的形成过程，同时也就是儒学意识形态建构工程的重要组成部分，这种解释系统从一开始就着眼于诗歌作为官方话语的政治的或意识形态的功能。但是由于《诗经》作品在西周乃至春秋时期的贵族政治生活中曾经渐次产生了不尽相同的功能，所以孔子等的儒家诗学对诗歌也就具有多种维度的功能诉求。

汉儒所做的事情不过是在先秦儒家的基础上进一步强化《诗经》的政治的或意识形态的功能。下面我们就从不同的方面来考察儒家诗学从先秦到两汉的形成与演变的脉络。

一、关于《诗序》传承与演变的逻辑轨迹

汉儒的诗学本来是丰富多彩、头绪繁多的，除了人们常说的"四家诗"之外还有一些没有形成大规模传承系统的诗学，例如，楚元王刘交的"元王诗"，但是完整地流传至今的却只有"毛诗"。所以我们所说的《诗序》也主要是指《毛诗序》（包括"大序"与"小序"）。关于《诗序》的作者历来众说纷纭。今天我们如果认同某家说法或者提出一种新的说法来确定《诗序》为某某人所作恐怕是毫无意义的，因为我们并没有足够的理由来支撑这些说法。我们所能做的只是根据我们的阐释思路以及学界新发现的若干材料来梳理《诗序》形成的逻辑轨迹。

《诗序》是对《诗经》作品之作诗意旨的简要概括，因此也是关于诗歌功能的最直接的解释。按照一些宋代《诗经》论者和"古史辨"派的见解，《诗序》似乎完全是汉儒的臆断。① 这种评判是十分武断的。他们立论的主要根据无非是从诗歌文本的字面上读出来的意思与《诗序》所指出的意思相差甚远。这难道就可以证明《诗序》所言都是无根游谈吗？汉儒是那样讲"师法""家法"，凭空臆断的东西如何可以立足呢？我们并不是说《诗序》的解说都是符合作诗本意的，而是说这种解说绝不是凭空臆断。它或者是对某种前人成说的继承和发挥，或者是依据某种史籍对诗旨的理解，基本上可以说都是对诗在某个历史时期所具有的功能的准确把握。对于那些史籍中从未记载、诗文本

---

① 宋儒郑樵《诗辨妄》认为《毛诗序》是"村野妄人所作"。朱熹受到郑樵的影响，亦认为《毛诗序》不可信，他说："《诗序》，东汉《儒林传》分明说道是卫宏作，后来经意不明，都是被他坏了。"（《朱子语类》卷八十）"古史辨"派则云："《毛诗序》是没有根据的，是后汉人杂采经传，以附会《诗》文的。"（郑振铎《读毛诗序》）此类论述甚多。

中亦未透露有关信息的诗作，特别是《国风》中的作品，作诗的本意究竟如何，那是一个永远无法解开的谜，因此是不可以追问的问题。从我们的阐释角度来看，对于这类作品来说，有追问价值的不是谁是作者，他为什么作此诗的问题，而是这首诗在传承过程中是如何被人们解释和使用的，它的功能是怎样的问题。如果非要跳出历史语境与文化语境来进行解释也无不可，那就要采用类似英美"新批评"的方法，专注于诗歌文本，分析其文本意义，至于作者与作诗之意则是悬置不谈的问题。现在看来，对于《诗经》的阐释只有采用这种文本分析的方法和我们的"文化诗学"思路比较具有合理性。

《诗序》是汉儒所作，这是毫无疑问的，但是其根源却是先秦儒家。我们知道，孔子是在西周时期具有仪式性、政治性的用诗传统，以及春秋时期"赋诗言志"这种对诗歌的独特使用的基础上对诗进行言说的。他的言说可以说概括了诗歌自西周之初到春秋之末五百多年间所发挥的各项功能，这集中表现在他的"兴、观、群、怨"等关于诗歌功能的论述中。基于这样的解释立场，孔子说诗就严格地恪守着政治和伦理道德的价值评判与价值赋予的原则。孔子对具体诗篇意旨的看法在《论语》中有不多的记载。《学而》有云：

> 子贡曰："贫而无谄，富而无骄，何如？"子曰："可也，未若贫而乐，富而好礼也。"子贡曰："《诗》云'如切如磋，如琢如磨'。其斯之谓欤？"子曰："赐也，始可与言诗已矣，告诸往而知来者。"

看孔子的意思，是赞扬子贡有举一反三的能力，故子贡引的那两句诗肯定与"贫而乐，富而好礼"的君子人格有密切的关联。但是仅这两句诗是看不出这种关联的，所以必须联系整首诗的语境来看才行。这两句诗出于《卫风·淇奥》。其第一节是这样的："瞻彼淇奥，绿竹猗猗。有匪君子，如切如磋，如琢如磨。瑟兮僩兮，赫兮咺兮，有匪君子，终不可谖兮。"看诗的字面意，无疑是赞美一位有文采而又品德高尚的君子的。《诗序》云："《淇奥》，美武公之德也。有文章，又能听其规谏，以礼自防，故能入相于周，美而作是诗也。"如此看来，孔子说的"贫而乐，富而好礼"与《诗序》的"以礼自防"是相通的。对于这首诗的解释我们可以说汉儒与孔子是一脉相承的。

关于《关雎》，《论语·八佾》说是"乐而不淫，哀而不伤"。《毛诗序》说："是以《关雎》乐得淑女，以配君子，忧在进贤，不淫其色；哀窈窕，思贤才，而无伤善之心焉。是《关雎》之义也。"这里明显是在套用孔子的话，从中可以看出汉儒说诗是严格遵守孔子说诗的基本原则的。这至少可以说明汉儒的说诗并非闭门造车，而是有自己自觉恪守的标准。但是《论语》所载关于具体《诗经》作品的论述实在太少，而《左传》《国语》等书所记载的孔子引诗又不可信从，所以从孔子到汉儒的说诗究竟发生了怎样的变化实难索解。然而近年来的考古成就却为我们提供了极为珍贵的材料。2002 年上海书店出版的《上博馆藏战国楚竹书研究》一书有关文章将竹书中大量关于《诗经》作品的论述定名为《孔子诗论》，并确定竹书成书年代不晚于战国中叶，这就为我们考察孔子对具体《诗经》作品的解释提供了极有价值的材料。从考古学家和古文字学家整理出的释文看，《孔子诗论》涉及《诗经》具体作品的论述有五十余条，其言说方式与《诗序》接近，都是用简洁的语句概括诗旨。据此江林昌在《上博竹简〈诗论〉的作者及其与今传本〈毛诗〉序的关系》一文中得出如下结论：

其一，竹简《诗论》的基本观点大多为《毛诗》序所继承，竹简《诗论》很可能是学术史上所传说的子夏《诗》序，是目前所知的《毛诗》序的最早祖本；其二，《毛诗》序很可能传自子夏，汉魏学者如陆玑、徐整所说的《诗》序的承传由子夏而李克、而荀子、而毛公的几代人的师徒世系是有根据的，《毛诗》序的初创权应归于子夏，而荀子、毛亨、毛苌等人则作了润色加工，甚至于编排调整的的工作；其三，所谓"卫宏受学于谢曼卿作大小《诗》序""国史作《诗》序""村野妄人作《诗》序""诗人自作《诗》序"，等等不同说法，均因竹简子夏《诗论》的出现而失去其依据。鉴于以上认识，我们建议将竹简《诗论》改称为"竹简子夏《诗》序"。①

这几条结论大体上应该是可以成立的。这篇《诗论》可能是子夏根据孔子的讲授整理成文的，所以称为《孔子诗论》亦无不可。但是如果据此而否定卫宏作《诗序》，则有失武断，因为现存《毛诗序》与《孔子诗论》的区别依然很大，换言之，汉儒在先秦诗学的基础上依然做了许多工作。下面我们就根据《诗论》所言，再参照孟子和荀子说诗、引诗来考察一下汉儒的《诗序》究竟做了哪些工作。

《诗论》：

> 孔子曰：吾以《葛覃》得氏初之诗。民性固然，见其美必欲反其［本］，夫葛之见歌也，则以叶萋之故也；后稷之见贵也，则以文武之德也。②

《诗序》：

> 《葛覃》，后妃之本也。后妃在父母家，则志在于女功之事；躬俭节用，服浣濯之衣；尊敬师傅；则可以归安父母，化天下以妇道也。

按《诗论》"得氏初之诗"的"氏"字，有的学者认为应该读为"是"。③ 这里只是说这首诗说明了人有"见其美必欲反其［本］"的本性；葛之所以见之于诗歌之中，是因为其枝叶之"萋萋"；后稷之所以受到推崇，是因为他的后裔文王、武王的美好品德。因诗中所言乃妇

---

① 上海大学古代文明研究中心、清华大学思想文化研究所：《上博馆藏战国楚竹书研究》，117 页，上海，上海书店，2002。李学勤在《〈诗论〉的体裁和作者》一文中也认为《孔子诗论》的作者是子夏，见同书第 57 页。

② 上海大学古代文明研究中心、清华大学思想文化研究所：《上博馆藏战国楚竹书研究》，58 页，上海，上海书店，2002。

③ 周凤五：《〈孔子诗论〉新释文及注解》，见上海大学古代文明研究中心、清华大学思想文化研究所：《上博馆藏战国楚竹书研究》，161 页，上海，上海书店，2002。

人归宁之事，所以是"反其本"。《诗序》则具体到关于后妃的品德。今人则大多以为此诗为归宁父母的贵族妇人的自咏之作。《诗论》与《诗序》相同的地方是都试图从道德的角度解释，但前者并无一语言及"后妃"，可知《诗序》的"独创性"是很大的。

《诗论》：

> 《雨无正》《节南山》皆言上之衰也，王公耻之。

《诗序》：

> 《雨无政》，大夫刺幽王也。雨自上下者也，众多如雨，而非所以为政也。
> 《节南山》，家父刺幽王也。

二者大的意旨完全相同，只是《诗论》不明言所指，《诗序》则指出是刺幽王。《郑笺》又不同于《诗序》，以为是刺厉王。这就说明《序》与《笺》都没有确切的证据，只是根据史实猜度而已。

《诗论》：

> 《小旻》多疑矣，言不中志者也。……《小弁》《巧言》则言谗人之害也。

《诗序》：

> 《小旻》，大夫刺幽王也。
> 《小弁》，刺幽王也。太子之傅作焉。
> 《巧言》，刺幽王也。大夫伤于谗，故作是诗也。

二者的区别依然在于一是概述诗义，一是言其确指。

《诗论》：

> 《关雎》之改，《樛木》之时，《汉广》之知，《鹊巢》之归，《甘棠》之保（报），《绿衣》之思，《燕燕》之情，曷？曰：童而皆贤于其初者也。……《关雎》之改，则其思賹（益）矣。《樛

木》之时，则以其禄也。《汉广》之知，则知不可得也。……《绿衣》之忧，思古人也。《燕燕》之情，以其独也。

《诗序》：

《关雎》，后妃之德也，风之始也，所以风天下而正夫妇也。

《樛木》，后妃逮下也。言能逮下而无嫉妒之心焉。

《汉广》，德之所及也。文王之道被于南国，美化行乎江汉之域，无思犯礼，求而不可得也。

《鹊巢》，夫人之德也。国君积行累功，以致爵位。夫人起家而居有之，德如鸤鸠，乃可以配焉。

《甘棠》，美召伯也。召伯之教，明于南国。

《绿衣》，卫庄姜伤己也。妾上僭，夫人失位而作是诗也。

《燕燕》，卫庄姜送归妾也。

观《诗论》之说诗皆依据诗之文本义略做发挥，绝无史实的附会。《诗序》则具体得多了。那么，从《诗序》与《诗论》的这种对比中我们可以得出怎样的结论呢？

第一，在孔子和子夏那里，对于《诗经》作品的确切所指是不明确的。他们只是根据诗的字面义尽量用道德的、政治的眼光来说诗。关于这一点我们还可以从其他的地方找到一些旁证。《孟子·公孙丑上》云：

仁则荣，不仁则辱。今恶辱而居不仁，是犹恶湿而居下也。如恶之，则莫如贵德而尊士。贤者在位，能者在职，国家闲暇，及是时明其政刑。虽大国必畏之矣。《诗》云："迨天之未阴雨，彻彼桑土，绸缪牖户。今此下民，或敢侮予？"孔子曰："为此诗者，其知道乎！能治其国家，谁敢侮之？"

这里孟子所引之诗出于《豳风·鸱鸮》，此诗古人皆以为是周公写给成王的。盖因《周书·金滕》明确记载："周公居东二年，则罪人斯得。于后，公乃为诗以贻王，名之曰《鸱鸮》。"然而看孟子所引孔子之论，却是明显不知道此诗的作者为谁。孔子是研究、传承《诗》《书》的专家，他何以竟会不知道《金縢》的这段记载呢？如果我们确信孟子的引证不会有误的话，那么即孔子的时代或者《尚书》根本没有《金縢》之篇，或者有此篇而无关于《鸱鸮》的记载——这记载是孔子之后的儒者加进去的。如此说成立，则孔子关于《鸱鸮》的言说也同样是根据文本义而做出的发挥。又《孟子·告子上》云：

> 《诗》曰："天生蒸民，有物有则，民之秉彝，好是懿德。"孔子曰："为此诗者，其知道乎！故有物必有则，民之秉彝也，故好是懿德。"

此处所引之诗出于《大雅·烝民》。《诗序》云："《烝民》，尹吉甫美宣王也，任贤使能，周室中兴焉。"言之凿凿，似乎有绝对把握。但是看这里引孔子之言，显然同样不知道此诗是何人所作，只是根据诗的文本义予以评说的。又《荀子·宥坐》云：

> 《诗》曰："瞻彼日月，悠悠我思。道之云远，曷云能来。"子曰："伊稽首，不其有来乎？"

此处所引诗句出于《邶风·雄雉》。《诗序》云："《雄雉》，刺卫宣公也。淫乱不恤国事，军旅数起，大夫久役，男女怨旷，国人患之而作是诗。"今人则多以为是："此疑官吏被放逐，其妻念之，而作是诗。"① 关于所引孔子之言，杨倞注云："稽首，恭敬之至。有所不来者，为上失其道而人散也。若施德化，使下人稽首归向，虽道远能无来乎？"这种解释显然是受了《诗序》的影响，可以说是不通的。俞樾认为"伊"是语词，"稽首"应该为"同道"的假借字，故此句意为"道苟同则虽远而亦来"。② 这种解释比较符合孔子说诗的特点。显而易见，孔子的解释肯定与诗歌文本义相去甚远：诗中说道路遥远，不知所思念之人何时能回来，情意是很真挚而强烈的，并没有什么"道

---

① 屈万里：《诗经诠释》，58 页，台北，联经出版事业公司，1983。
② （清）王先谦：《荀子集解》，344 页，上海，上海书店影印本。

同"与否的问题。但是孔子显然也并不认为此诗乃是为刺卫宣公淫乱
而作的，否则也就不会说什么"虽远而亦来"这样无的放矢的话了。
孔子只是依据诗中"道远"这样的词语用"偷换概念"的手法借题发
挥而已，这与《论语》所记载的孔子和子夏谈论"绘事后素"而及于
"礼后乎"是一样的情形。总而言之，我们认为，尽管孔子在说诗时极
力用儒家道德政治的观点去曲解诗旨，但是他并没有完全脱离诗的文
本义而任意附会，这与汉儒的做法是有很人差异的。这里有一个问题：
孔子、子夏等先秦儒家用政治、道德的观点说诗是完全出于他们建构
儒家话语系统的目的，还是有某些历史的依据，例如，《诗经》作品在
某个时期的确具有政治或道德的特殊功能？这是一个大问题，我们准
备在另外的地方专门探讨，这里暂不展开了。

　　第二，汉儒说诗必有所本。事实上，《孔子诗论》的存在本身就已
经证明了汉儒说诗的渊源所在。据史籍记载，汉初今文的三家诗与古
文的毛诗都有师承，并没有哪家是某人自纂出来的。对于这种师承过
去人们常常将信将疑，以为有可能是汉儒为了夸耀自己一派的学术，
以便在激烈竞争中获得有利地位而编造的。以往我们只看到《论语》
《孟子》《荀子》等先秦儒家典籍中的引诗与为数不多的说诗，难以断
定汉儒说诗是如何在其基础上发展的。今看《孔子诗论》，我们就清晰
地知道了，原来儒家从孔子、子夏的时候开始，在《诗经》的传授过
程就是用类似《诗序》的形式用一两句简洁扼要的语句来概括每首诗
的主旨的。而且先秦的儒家早已经将说诗的基本路向牢牢确定在政治、
道德的框架之中了——无论诗的文本义如何，都要"发掘"出它所隐
含的政治、道德的意义来。在这一点上汉儒是严格遵循先师们的路子
行进的。这也有力地证明了汉儒说诗必有所本，并非向壁臆造。即便
史籍记载的诸家师承的线索可能有错误之处，但是对于师承本身是不
应该再怀疑了。

　　第三，汉儒说诗的确有附会史实之嫌。通过比较《孔子诗论》与
《毛诗序》我们不难看出，先秦儒家留给汉儒可资参考的说诗资料是有
限的。特别是那些从文本义来看是关于男女情爱的风诗，孔子、子夏
等先秦儒家只是做了初步的价值赋予工作——指出其具有政治、道德

方面的意义，并没有落实其所言何事、所指何人。汉儒的《诗序》则一一指实其为某人某事所作。因此，汉儒说诗固然有所本，并非凭空杜撰，但是他们的"创造性"也是很大的。

关于汉儒说诗的"创造性"我们有必要进一步做一些证明。除了上述《诗论》与《诗序》的比较之外，可以证明汉儒说诗有"创造性"发挥的最有力证据，是"四家诗"均言之凿凿却又各有异词。现根据近人何定生先生《诗经今论》一书所辑三家诗题解举数例如下：

关于《关雎》：

> 康王晏出朝，《关雎》预见。（刘向《列女传》）（鲁诗）
>
> 人主不正，应门失守，故歌《关雎》以感之。（《春秋说题词》，《太平御览·学部三引》）（齐诗）
>
> 《关雎》，后妃之德也。（《毛诗序》）（毛诗）
>
> 应门失守，《关雎》刺世。（《后汉书·明帝纪》）（韩诗）

关于《葛覃》：

> 《葛覃》恐其失时。（蔡邕《协和婚赋》）（鲁诗）
>
> 《葛覃》，大夫妻归宁。（何休《公羊传解诂》）（齐诗）
>
> 《葛覃》，后妃之本也。（《毛诗序》）（毛诗）

关于《黍离》：

> 卫宣公子寿悯其兄伋而作。（《新序·节士篇》）（鲁诗）
>
> 《黍离》，伯封作也。（《王氏诗考》引）（韩诗）
>
> 《黍离》，悯宗周也。（《毛诗序》）（毛诗）伋

从这简单的对比中可以看出，"四家诗"在说诗的基本价值指向上是完全一致的：都遵循了先秦儒家的既定思路，从道德的和政治的角度看待《诗经》作品的意旨。他们的区别仅在于各自对诗歌具体指涉的人和事的认定有所不同。这说明什么？这只能说明汉儒说诗虽然是出于同一个解释系统，却又都不肯严格按照师承说诗，都不约而同地来了个"别子为宗"。这才会导致同源而异流的现象出现。否则他们怎么能

够开宗立派呢？从这个角度来看，有些批评者对《诗序》的指责就有
其意义了。清人崔述云：

> 世儒皆谓《诗序》近古，其说必有所传。十二国之中，称为
> 美某公、刺某公者，必某公之事无疑也。虽然，余细核之矣。邶、
> 鄘、卫风三十九篇，直指为某君者十有七。《王风》十篇，直指为
> 某王者五。《郑风》二十一篇而直指者十有一。《齐》则十一篇而
> 直指者六。《唐》则十二篇而直指者九。《陈》则十篇而直指者七。
> 乃至《秦》止十篇而得九，《曹》止四篇而得三。惟其事与君无涉
> 则已耳，苟事涉于其君，不举其谥，则称其名与字，徒称君者百
> 不得三四焉。可谓言之凿凿也已。而独《魏风》七篇、《桧风》四
> 篇，则无一篇直指为某君者。……此何以说焉？既果真有所传，
> 何以此二国独不知其为某公？况桧亡于鲁惠之世，魏亡于鲁闵之
> 世，且在齐哀、陈幽之后二百年，何以远者知之历历，而近者反
> 皆不之知乎？盖周、齐、秦、晋、郑、卫、陈、曹之君之谥，皆
> 载于《春秋传》及《史记》世家、年表，故得以采而附会之。此
> 二国者，《春秋》《史记》之所不载，故无从凭空撰为某君耳。然
> 则彼八国者，亦非果有所传，而但就诗词揣度言之，因取《春秋
> 传》之事附会之也，彰彰明矣。①

崔东壁这段话可以说是痛快淋漓，非常有力地指出了汉儒说诗的普遍
问题。附会史实恰恰是《诗序》，包括齐、鲁、韩三家《诗序》说诗的
共同特征。我们知道，有些诗的创作原因在某些史书中是有明确记载
的，例如，《卫风·硕人》，《左传·隐公三年》明确记载："卫庄公娶
于齐东宫得臣之妹，曰庄姜，美而无子，卫人所为赋《硕人》也。"又
如《秦风·黄鸟》，《左传·文公六年》载："秦伯任好卒。以子车氏之
三子奄息、仲行、鍼虎为殉，皆秦之良也。国人哀之，为之赋《黄
鸟》。"再如《大雅·抑》，《国语·楚语上》载："左史倚相曰：'……
昔卫武公年数九十有五，犹箴警于国……史不失书，矇不失诵，以训

---

① （清）崔述：《读风偶识》，35～36 页，北京，中华书局，1985。

御之，于是乎作《懿》戒，以自警也。'"（按"懿"即"抑"也）此类史籍上明言作诗之旨的作品当然是便于解释的，但是可惜这种情况太少了，在《诗经》中只是个别情况而已。那么多无从找到根据的作品如何解释呢？就只好附会史书了。

那么这种附会是从什么时候开始的呢，可以肯定地说，在荀子那里这种附会还没有发生。何以见得呢？我们可以从荀子的引诗中看出来，可以试举几例如下：

> 故先王既陈之以道，上先服之。若不可，尚贤以綦之；若不可，废不能以单之。綦三年而百姓从风矣。邪民不从，然后俟之以刑，则民知罪矣。《诗》曰："尹氏大师，维周之氏，秉国之均，四方是维，天子是庳，卑民不迷。"是以威厉而不试，刑错而不用，此之谓也。（《荀子·宥坐》）

这里荀子是讲帝王如何治民的道理：先是以身作则和以表彰贤者来引导，然后是罢黜不贤者以警诫之，如果还有不守礼法的奸邪之人，那就只好用刑罚来惩罚了。总之荀子在这里是提倡"威厉而不试，刑错而不用"的礼治。他所引的诗句出于《小雅·节南山》。《诗序》云："《节南山》，家父刺幽王也。"董仲舒则云："及至周室之衰，其卿大夫缓于谊而急于利，亡推让之风而有争田之讼。故诗人疾而刺之，曰：'节彼南山，惟石岩岩，赫赫师尹，民具尔瞻。'"[1]《诗序》以为是刺幽王，董仲舒以为是刺卿大夫（即师尹）[2]，近就诗的文本义言之，董说近是。然而荀子却完全是从正面来引此诗，似乎并不知道这是讽刺师尹的话。这至少说明在荀子的心目中这首诗并不像汉儒所理解的那样。又如：

> 诸侯召其臣，臣不俟驾，颠倒衣裳而走，礼也。《诗》曰："颠之倒之，自公召之。"（《荀子·大略》）

---

[1] （汉）班固：《汉书》，2521 页，北京，中华书局，1962。

[2] 董仲舒的解诗与《毛诗序》不同，应是出于三家诗。有人认为是出于《齐诗》。

此处所引诗句出于《齐诗·东方未明》。《诗序》云："《东方未明》，刺无节也。朝廷兴居无节，号令不时，挈壶氏不能掌其职焉。"荀子说"颠倒衣裳而走，礼也"，显然并不认为这里有什么讥刺之意。近观诗之文本义，似乎也看不出是旨在讽刺。也就是说，对此诗的理解汉儒与荀子是不一样的。再如：

> 君子之言，涉然而精，俛然而类，差差然而齐。彼正其名，当其辞，以务白其志义者也。……故名足以指实，辞足以见极，则舍之矣。外是者谓之讱，是君子之所弃，而愚者拾以为己宝。故愚者之言，芴然而粗，啧然而不类，誻誻然而沸。彼诱其名，眩其辞，而无深于其志义者也。故穷籍而无极，甚牢而无功，贪而无名。故知者之言也，虑之易知也，行之易安也，持之易立也；成则必得其所好而不遇其所恶焉。而愚者反是。《诗》曰："为鬼为蜮，则不可得；有腆面目，视人罔极。作此好歌，以极反侧。"此之谓也。（《荀子·正名》）

这段话是讲"辨说"的道理——君子或智者之言逻辑畅通、道理明白、名实相符，并且切于实用，多余的话一律摒弃。愚者之言却是啰唆艰涩、逻辑不通、炫耀文辞，毫无用处。此处引诗出于《小雅·何人斯》。《诗序》云："《何人斯》，苏公刺暴公也。暴公为卿士，而谮苏公焉。故苏公作是诗而绝之。"就文本义来看，尽管不能断定具体作诗者与被刺者，但的确像是朋友绝交之诗。观荀子之意，似乎并不知道这首诗的具体所指。

也许有人会说，古人引诗本来就是断章取义，与诗的原义相去很远并非鲜见之事。此话对于春秋时期那些引诗、赋诗的贵族来说自然是毫无疑问的，但对荀子来说却不可以以此论之。因为在荀子心目中，《诗三百》已经不是一部一般的古代文化典籍了，它们都是圣人之志的表现。所谓"《诗》言是，其志也"（《荀子·儒效》），即是说《诗》乃是圣人之志。因此他将《诗》与《书》《礼》均称为"经"。正是由于《诗》在他的眼中有这样神圣的地位，所以在他多达六十余次的引诗中从来没有像春秋的贵族们那样断章取义。他的引诗与全诗的大旨绝无相悖或无关的情形。他的引诗有与《诗序》相左之处，那只能说是因为他与汉儒对诗旨的理解有所不同。

通过以上的例子我们可以看出，在荀子的心目中，诗虽然都具有政治或道德的意义，但并不确定这首诗是刺某公，那首诗是刺某王。这与《孔子诗论》的说诗是基本一致的——根据诗的文本义适当赋予其某种道德的或政治的价值。如果这个结论可以成立，那么四家"诗序"那样指实某诗为某人作，乃美某人或刺某人的说诗方法就是汉儒的发明了。对此"古史辨"派曾经进行过激烈的批判和无情的嘲笑。例如，顾颉刚在《论诗序附会史实的方法书》中认为汉儒是用"无中生有"的方法随意解释诗意。他讽刺说，假如唐诗没有标出题目和作者，用汉儒的方法来解释就会出现这样的情形：《海上》（即"海上生明月"一诗），杨妃思禄山也。禄山辞归范阳，杨妃念而作是诗也。《吾爱》（即"吾爱孟夫子"一诗），时人美孟柯也。梁襄王不似人君，孟子不肯仕于其朝，弃轩冕如敝屣也。不能不承认，顾先生的确抓住了汉儒用史实比附诗意的症结所在。那么汉儒为什么要这样做呢？郑振铎在《读〈毛诗序〉》一文中曾这样来解释汉儒的动机：

> 《毛诗序》……几乎百分之九十以上是附会的，是与诗意相违背的……大概做《诗序》的人，误认《诗经》是一部谏书，误认《诗经》里许多诗都是对帝王而发的，所以他所解说的诗意不是美某王，便是刺某公！①

这无疑是极为合理的解释，因为我们在孔、孟、荀等先秦儒家的说诗、引诗中实在发现不了可以支撑《诗序》的证据。但是，汉儒为什么会别出心裁地将《诗经》当作一部谏书呢？这个问题从来没有人提出过，而这又是要真正理解汉代诗学的文化逻辑无论如何也绕不过去的关节。下面我们就对这个问题进行力所能及的探讨。

---

① 顾颉刚：《古史辨》第三册，388～389 页，上海，上海古籍出版社，1982。

二、汉儒"讽谏"观念的生成

汉儒从实际的政治目的出发看待学术问题，按照所谓"通经致用"的原则理解先秦儒家典籍。皮锡瑞《经学历史》说汉儒"以《禹贡》治河，以《春秋》决狱，以三百篇当谏书"，这是有史实根据的说法。《汉书·儒林传》载：

> 式为昌邑王师。昭帝崩，昌邑王嗣立，以行淫乱废，昌邑群臣皆下狱诛，唯中尉王吉、郎中令龚遂以数谏减死论。式系狱当死，治事使者责问曰："师何以无谏书？"式对曰："臣以《诗》三百五篇朝夕授王，至于忠臣孝子之篇，未尝不为王反复诵之也。至于危亡失道之君，未尝不流涕为王深陈之也。臣以三百五篇谏，是以亡谏书。"使者以闻，亦得减死论，归家不教授。

这段记载就是皮氏"以三百篇当谏书"说的由来。这里昌邑王的老师王式是以巧妙的对答逃得一死，但其"谏书"之说却反映了当时《诗经》在士大夫心目中的功能与意义。换言之，在汉儒眼中，的确像郑振铎先生所言，是将《诗经》当作一部谏书来看的。这种观念一方面使汉儒在向君主建言时大量引用诗句，或者像王式那样在给帝王们讲解《诗经》时极力贯穿讽谏之意，使诗在实际上起到"谏书"的作用；另一方面则是在说诗时处处扣住"美刺"二字，使那些即使在文本义上根本看不出"谏"之意味的作品也被解释成谏书。那么，汉儒为什么如此强调诗的讽谏作用呢？这大约有两个方面的原因：一个来自历时性的文化传统，另一个来自当下的文化历史语境。

从文化传统来看，《诗经》在产生和传承过程中的确曾经充当过"谏书"的角色。有些诗的作者自己就明确表达了这种动机：

> 民亦劳止，汔可小安。惠此中国，国无有残。无纵诡随，以谨缱绻。式遏寇虐，无俾正反。王欲玉女，是用大谏。（《大雅·民劳》）

> 民之未戾，职盗为寇。凉曰不可，覆背善詈。虽曰匪予，既

作尔歌。(《大雅·桑柔》)

上帝板板，下民卒瘅。出话不然，为犹不远。靡圣管管，不实于亶。犹之未远，是用大谏。(《大雅·板》)

家父作诵，以究王讻。式讹尔心，以畜万邦。(《小雅·节南山》)

好人提提，宛然左辟，佩其象揥。维是褊心，是以为刺。(《魏风·葛屦》)

此外，在《诗经》中还有许多没有明言讽刺，却在文本义中明显地透露出讽刺意味的作品。如《硕鼠》《伐檀》《相鼠》之类。这些例子说明《诗经》中的确有相当的一部分作品是专门为了讽谏而作的。汉儒看到这些诗作，也就认为自己有理由将那些没有明确表示讽谏的，甚至在文本义上丝毫也看不出讽谏意味的作品也作如是观了。

除了某些《诗经》作品本身的确具有讽谏义外，先秦典籍中也有不少关于诗歌讽谏作用的记载。如：

昔穆王欲肆其心，周行天下，将皆必有车辙马迹焉。祭公谋父作《祈招》之诗，以正王心。(《左传·昭公十二年》)

瞽矇：……讽诵诗，世奠系，鼓琴瑟。(《周礼·春官·瞽矇》)

大司乐：……以乐语教国子：兴，道，讽，诵，言，语。(《周礼·春官·大司乐》)

故天子听政，使公卿至于列士献诗，瞽献曲，史献书，师箴，瞍赋，矇诵，百工谏，庶人传语，近臣尽规，亲戚补察，瞽、史教诲，耆、艾修之，而后王斟酌焉，是以事行而不悖。(《国语·周语上》)

吾闻古之言王者，政德既成，又听于民，于是乎使工诵谏于朝，在列者献诗使勿兜，风听胪言于市，辨袄祥于谣，考百事于朝，问谤誉于路，有邪而正之，尽戒之术也。(《国语·晋语六》)

懿王之时，王室遂衰，诗人作刺。(《史记·周本纪》)

这些例子都说明在先秦时期，用诗来进行讽谏乃是一种普遍的意识，至少人们认为讽谏是诗歌的功能之一。这种意识对于汉儒理解诗歌功能当然会产生很大的影响。实际上,不仅是关于《诗经》的阐释,汉儒的一切文化话语的建构与对古代典籍的解读无不贯穿这种讽谏意识。司马相如、东方朔等人的辞赋创作如此,司马迁、班固的历史叙事亦如此,经学家的解经更是如此。在这样的文化语境中,汉儒很有理由将《诗经》解读为一部谏书。

从汉儒所处具体文化历史语境来看,他们将《诗经》当作谏书来看待也具有某种必然性。毫无疑问,汉儒所遭遇的是一个很特殊的历史情境——大一统的政治局面与推崇儒学的文化氛围。大一统的政治局面激发了汉儒建功立业、一展宏图的进取精神,他们在战国时期被功利主义时代需求所压制的乌托邦精神得以伸展。何定生先生的见解是很有道理的:

> 汉儒"谏书"思想最直接的酵素,仍在于炎汉大一统的局面所给予汉儒的憧憬。他们要借六艺的思想系统来塑造一个汉世的尧舜时代,诗自然是最重要的一环。这是前此二千年没有过的环境。夏商是个未成形的时代,那时儒也还未起来;周确乎很像了,但东周的走下坡,连孔子自己都无能为力;战国是无望的——所以孟子也只能作个唯心论的政论家,(孟子的求放心和操存哲学和养气功夫都是他的心学)连最崇信他,也最具野心和热心的齐宣王、梁惠王都不免"以为迂远而阔于事情"。秦的统一,到是儒者的好对象,偏偏秦始皇对儒的成见那么深——当然也是李斯搞出来的——所以造成了一段诗的真空时代。现在汉兴起来了,这才道道地地是个"普天之下,莫非王土,率土之滨,莫非王臣"的真时代!拿这个时代来作汉儒"大学"理想的实验场合,还有一个环境比这个更叫人见猎心喜的么?①

这真是极为精辟的见解,对于儒家士人欲建构社会乌托邦,以及在不同历史境遇中屡遭挫折而又矢志不移的文化心理状态把握得很是准确。尽管汉初的统治者们对儒学并不十分青睐,但是儒生们还是觉得自己

---

① 何定生:《诗经今论》,63 页,台北,台湾商务印书馆,1968。

找到了一个施展抱负的难得机会；到了武帝之后，他们的政治热情就更加高涨了。但是汉儒却处身于一个十分矛盾的现实条件之中——大一统的政治局面最突出的表现就是君权的空前集中与膨胀，先秦士人那种择主而事的自由彻底失去了。所以统治者虽然在理论上认可了儒学在国家意识形态中的主导地位，但是由于政治的统一与权力的集中，士人在君主面前再也不像春秋战国时期那样受到礼遇了。汉武帝一方面推崇儒学，一方面又实行高压政策，士大夫动辄得咎，常常惨遭屠戮，他在位时期的那些士大夫出身的丞相很少有得到善终的。在这样的情况下儒家士人如何坚持自己的政治立场，实现自己远大的理想呢？这就需要采取迂回的策略了。郑玄《六艺论》尝言：

> 诗者，弦歌讽喻之声也。自书契之兴，朴略尚质。面称不为谄，目谏不为谤，君臣之接，如朋友然，在于恳诚而已。斯道稍衰，奸伪以生，上下相犯。及其制礼，尊君卑臣。君道刚严，臣道柔顺。于是箴谏者稀，情志不通。故作诗者以诵其美而讥其过。

这表面上是说作诗之由，指西周时的事情，实际上却是针对汉代的政治状况来说的。根据这种观点，诗是臣下专门作出来针对君主的，这大约是汉儒的普遍看法。《毛诗序》云：

> 上以风化下，下以风刺上，主文而谲谏，言之者无罪，闻之者足以戒，故曰风。至于王道衰，礼义废，政教失，国异政，家殊俗，而变风、变雅作矣。国史明乎得失之迹，伤人伦之废，哀刑政之苛，吟咏情性，以风其上，达于事变而怀其旧俗者也。

可见汉儒将《诗经》当作谏书来看完全是出于不得已的政治考虑。经生们通过对《诗》《书》《礼》《易》《春秋》的传注来讽谏；史家们用《史记》《汉书》来讽谏，辞赋家们用《上林赋》《长门赋》来讽谏——都是借助迂回的方式达到限制君权，迫使君权为实现儒家理想而服务的目的。实际上这是一场士人阶层与君权系统的权力争夺战。先秦遗留下来的儒家文化文本都被当作这场战争的有效武器来使用了。在这样的历史语境中，《诗经》就理所当然地成为一部谏书了。

　　我们可以这样来看问题：汉儒对于先秦儒学的一切改造都是基于
当时历史语境（政治上的专制与权力的高度集中）与文化语境（儒家
典籍获得空前推崇）的深刻冲突而发生的。这实际上使君主与儒生都
处于一种目的与手段的冲突之中。对君主而言，推崇儒学的根本目的
本来是希望获得士人阶层的支持与合作，使之成为专制统治的工具从
而巩固专制统治，立五经博士、置弟子员等弘扬儒学的举措不过是手
段而已。但是儒学的精髓却恰恰是用自己的价值规范改造君主、为之
立法①，对君权进行限制，是要建立君主与士人之间近乎平等的亲密
关系②，是要君主将权力交给士人阶层。③ 这样，汉代君主要想得到
士人阶层的支持与合作，就必须做出相当大的让步：接受儒学的规范。
事实上，包括汉武帝在内的汉代君主，都处于行使"乾纲独断"式的
绝对专制与接受儒学信条，向"尧舜"看齐的两难选择之中。对于士
人阶层而言，弘扬儒学本来是希望为社会确立一套合理的价值秩序，
从而建立理想的社会形态。然而统治者接受儒学的前提条件却是士人
阶层进入君权系统，成为其统治的工具。因此儒家士人就被迫做出相
应的让步：认可君权的至高无上并心甘情愿地做"循吏"，部分地放弃
自己的乌托邦精神，为确立专制统治的合法性而努力。

　　儒学成为汉代居于主导地位的国家意识形态的过程，就是在这种
君权与士人阶层的艰苦磨合中完成的。一部《诗经》之被作为谏书来
使用和阐释，也是在这一过程中才得以形成的。所以，汉代诗学实在
具有某种象征的意义——象征着士人阶层在大一统的君主专制政体下

---

　　① 　儒学的主要任务之一就是教导君主如何先做一个道德完善的人，然后做
一个仁义明达的统治者。儒家塑造了尧、舜、禹、汤、文、武、周公等一大批圣
哲帝王形象，就是要为现实的君主树立典范，为之确立行为准则。"出为帝王师，
处为万世师"乃是儒者最高的人生理想。

　　② 　在儒家看来，从现实的政治地位来看，君主高于自己；从道德人格来看，
自己高于君主，故而实际上是平等的关系。这就是孟子所说的："君之视臣如手
足，则臣视君如腹心；君之视臣如犬马，则臣视君如国人；君之视臣如土芥，则
臣视君如寇仇。"（《孟子·离娄下》）

　　③ 　儒家是提倡积极进取的、有为的，但是历代儒家又都坚持君主无为的
思想。

的艰难处境，也象征着成为官方意识形态之后的儒学所具有的种种策略性的特征。从先秦儒家的直接以道德观念说诗，到汉儒的比附史实说诗，正如从先秦儒家直接以帝王师的姿态教导君主，到汉儒的借助于阴阳五行、天人感应来警告君主一样，都是儒家调整政治策略的直接产物。孔、孟生于汉代也会成为董仲舒或司马迁，反之亦然。特定的文化历史语境规定着言说的方式。汉代政体是先秦诸侯君主政体，特别是秦朝政体在儒学的羁绊渗透之下的变形，同样，汉代儒学也是先秦儒学在专制君权的压迫之下的异体。此后，这种变形和异体就渐渐成为古代政治结构与意识形态的基本形态。

因此以《诗序》为代表的汉儒的诗学，绝不是简单的认识迷误或知识浅薄可以定论的，其中蕴含了他们伟大的抱负与艰难的境遇之间的矛盾，蕴含了极为丰富的意识形态和政治的内容。后世论者，离开了具体的历史语境与文化语境对汉儒妄加贬损，是有失公允的。其实，宋儒、清儒乃至"古史辨"派之类的现代阐释者们，又何尝不是受了自己的言说语境的限制与召唤，提出各自不同的观点呢？没有人可以超越自己的范围来言说。

三、关于《诗大序》

（一）关于《诗大序》的作者

关于《诗大序》的作者，一直没有定论，有子夏说（郑玄），卫宏说（范晔），孔子说（程颐）等。我们认为《诗大序》的作者应为汉儒，具体理由如下。

第一，经学语境。我们阐释某种古代文化文本应该结合其言说语境来进行，因为离开了具体的文化历史语境就难以了解文本具体的言说指向，从而流于臆断。但是有些文本却因为种种原因而难以确知其作者与产生年代，因此也无从知晓其产生语境。面对这样的问题，我们可以尝试重建其文化语境——根据文本提供的一切线索，寻觅其来源，进而确定其赖以产生的文化语境。这是一种"倒推法"，虽然是不得已而为之，却也并非毫无根据，因为文本自身毕竟带有许多文化与时代的印记。

在《诗大序》中，《诗》显然是作为"经"而被言说的，迥异于通常意义的诗学或后世的诗文评。孔子重视《诗》，以其作为教授弟子的基本教材之一，但绝对没有赋予其"经"的地位，也就是说《诗》在孔子的心目中并没有神圣的性质。对孔子来说，《诗》一是应对诸侯之工具；二是修身之手段。他所论及的各种诗的功能都是很具体的，可行的，如"不学诗，无以言"，"授之以政，不达，使于四方，不能专对"，以及"兴、观、群、怨"之类。孟子将《诗三百》当作古代贤哲的经验，其引诗均作为论说的例证和根据，亦从无把它神化的倾向。他提出"知人论世"的观点，乃是为了"尚友"，即与古人交朋友，可见是以平等的姿态对待古人的；他提出"以意逆志"的说诗原则，也是以对阐释主体的重视为前提的。只是到了荀子才开始将《诗三百》经学化，认为这是圣人之志的体现。而《诗大序》对《诗》之功能的推崇又远远高于荀子。例如，"故正得失，动天地，感鬼神，莫近于诗。先王以是经夫妇，成孝敬，厚人伦，美教化，移风俗"。这样的夸张说法不仅孔、孟不可能说出，即使荀子也说不出来。所以，《毛诗序》不可能是战国之前的人所写。

第二，经学语境赋予《诗三百》以特殊的价值功能：经学是治天下的根本准则，所谓"通经致用"是也。所以《毛诗序》基本言说指向乃是用《诗三百》来治国平天下。这种言说指向不是个体言说者的价值选择，而是言说的文化语境规定的。具体而言，《诗大序》的"主文而谲谏"及"上以风化下，下以风刺上"之说不是先秦儒者的提法。我们看《论语》和近年发现的楚竹书《孔子诗论》在论及诗的功能时都是只提到"怨"，而无一语及于"谏"和"刺"。《孟子》中也同样只提到"怨"而不及于"谏"和"刺"。到了荀子，不仅无一语及于"谏""刺"，而且无一语及于"怨"。盖在先秦之时君权的力量并不像汉代那样强大，尚未能形成后来那样高度集中的君主专制政体，君主与臣下之间的距离还没有后来那样大，故而先秦儒家对某些诗歌原本具有的"讽谏""讥刺"方面的功能，还未有足够的注意。这也证明《诗大序》肯定不是先秦的作品。

第三，但是经学，特别是古文经学，又的确有求真的一面，所以《毛诗序》也不能全然视为一种主观的话语建构，其中也有客观认知成分。也就是说，其中有基于经验而对诗歌创作及功能的归纳、总结。从这方面我们也可以看出《诗大序》是后起的文本。例如，《诗大序》说："诗者，志之所之也，在心为志，发言为诗。情动于中而形于言……"将诗与"志"联系起来是孔、孟、荀及《尚书》均有的，乃先秦之成说。但是将诗与"情"联系起来却是先秦古籍中从来未有的。先秦古籍中有将"乐"与"情"相连的例子，在《孔子诗论》和《荀子·乐论》中都有。《诗大序》显然是受了《荀子·乐论》和《礼记·乐记》的影响。另外"变风""变雅"之说、"吟咏情性"之说也只是汉儒才有的，并不见于先秦典籍。

第四，从《诗大序》各种提法的来源看，这一文本应该是西汉后期或东汉时期儒者杂取各家说法综合而成。

> 《关雎》，后妃之德也，风之始也，所以风天下而正夫妇也。

这种对《关雎》的解释不同于"三家诗"，应是《毛诗》作者自己的见解。假如他有先秦儒家典籍，例如，子夏或荀子的论述为根据，"三家诗"的作者不可能都没有看到。

> 情发于声，声成文，谓之音。治世之音安以乐，其政和；乱世之音怨以怒，其政乖；亡国之音哀以思，其民困。

相近的说法有三。一是《荀子·乐论》："凡奸声感人而逆气应之，逆气应成象而乱生焉。正声感人而顺气应之，顺气成象而治生焉。唱和有应，善恶相象，故君子慎其所去就也。"二是《史记·乐书》："凡音者，生人心者也。情动于中，故形于声，声成文，谓之音。故治世之音安以乐，其政和；乱世之音怨以怒，其政乖；亡国之音哀以思，其民困。声音之道，与政通矣。"三是《礼记·乐记》，其言与《乐书》完全相同。那么这几种说法究竟孰先孰后呢？根据史书的记载，应该是《荀子·乐论》最早，《礼记·乐记》次之，《史记·乐书》又次之，《诗大序》最迟。何以见得呢？《荀子》成书于战国之末是学术界的共识。《礼记》据《汉书》记载乃是河间献王刘德在民间搜寻的先秦古籍，如此则应该在《荀子》之前或至少与之同时。但是《汉书·艺文志》又说："武帝时河间献王好儒，与毛生等共采《周官》及诸子言乐事者，以作《乐记》。"如此看来，刘德在民间搜集到的《礼记》一书原来并没有《乐记》一篇，或有之而仅为简单记述，故刘德与毛生（即传《毛诗》的毛苌）等人广泛参考先秦以来论及音乐的著述，特地写成一篇完整的《乐记》。这就是说，今天我们看到的《乐记》就是刘德和毛生等人编写的。至于《史记·乐书》则肯定晚于《乐记》，因为司马迁开始写作的时候，刘德已经去世三十年了。《乐书》无疑是在《乐记》的基础上写成的。这样，《诗大序》则是吸收了《乐书》和《乐记》的观点，将前人对乐的论述用之于诗了。《后汉书·儒林传》认为《毛诗序》是东汉的卫宏所作，或许有一定根据。

> 故诗有六义焉，一曰风，二曰赋，三曰比，四曰兴，五曰雅，六曰颂。

"六艺"之说出于《周礼·春官·大师》，不称"六义"而称"六诗"。《周礼》一书本是河间献王在民间搜集到的先秦古籍之一，《汉书》有明确记载，应该是没有问题的。但是由于此书只有古文而无今文，而且是经过刘歆在秘阁发现、整理并奏请立于学官的，遂成为今文学家攻击的对象。他们认为《周礼》所记有许多与西周制度不合者，可能是伪书。两千年间，聚讼纷纭，莫衷一是。从现今学界比较普遍的观点看，《周礼》（原名《周官》）是记载西周官制的书。周公制礼作乐，进行过大规模的文化与制度的建设工作，于其时修一部记载官制的书可以说是当然之理，甚至是必然之举。至于书中所载与其他史书所载不合之处，大约有两个原因：一是《周官》所记乃是一种计划或蓝图，并没有完全实行，这一点古人已经有所言及；二是有后人增删，已非原貌，这一点《四库全书总目提要》也已有所论证。《周礼》最早是河间献王发现的，很有可能这位热爱儒学的皇室宗亲和他那一群博学的儒生们在搜集到先秦古籍之后为了某种现实政治的原因动了一番手脚，正如他们动手编撰《乐记》一样。① 但是"六诗"之说却应该是先秦就有的。楚竹书《孔子诗论》中是按《颂》《雅》《风》的顺序说诗的。而有关"兴""赋"与诗的密切关系的论述也多见于先秦的典籍。所以《诗大序》的"六义"之说可以说渊源有自。只是其言"六义"而非"六诗"，恰好透露了汉儒的痕迹——"六诗"之说由于年代久远，其义难解，故以"六义"代之，则词义显明。如果"六义"在前，被改为"六诗"就不符合逻辑了。

> 上以风化下，下以风刺上，主文而谲谏，言之者无罪，闻之者足以戒，故曰风。

各国之诗为何以"风"名之？《礼记·王制》云："天子五年一巡狩……命太师陈诗，以观民风。"《孔子诗论》说："《邦风》其纳物也博，观人俗焉。"根据这种说法，似乎是因为各国之诗反映了各国的民风，故以风名其诗。这看来也是近理的解释。然而宋人郑樵云："风土之音曰风，朝廷之音曰雅，宗庙之音曰颂。"（郑樵：《通志·昆虫草木略》）这是从音调角度来解释"风"的含义。现代学者自顾颉刚以来大都持此音调之说。如果从《诗经》的最初分类言之，则此说亦通，或许更有道理。但是汉儒显然不赞成这种说法。"上以风化下"，是说"风"有教化之义；"下以风刺上"是说"风"有"讽刺"义；"故曰风"则是说各国之诗所以以风名之乃是因为其有"教化"与"讽刺"的双重含义。这种对"风"的解释显然有着明显的意识形态色彩。但

---

① 汪春泓《关于〈毛诗大序〉的重新解读》［载《北京大学学报》，1999 (6)］一文说："《汉书·景帝十三王传》说河间献王'修学好古'，搜集善书……从中可以知道……刘德为学有其主脑，那就是与汉武帝大一统政治分庭抗礼……"又说："《乐记》明确礼乐巨大的社会功能，然在很大程度上是要使统治者的礼乐建设，发挥其健康的社会效应，其前提是统治者本身去甚去泰；因此，虽然可能渗透了些许齐地黄老道德之学，但在遏止君权膨胀这一点上，与孔门七十子之徒如子夏辈还是相去不远的……"我以为这一见解是可以成立的。景帝之时刚刚发生过七国的叛乱，藩王们人人自危。但是他们与中央政权的抵触情绪并没有消失。很可能像淮南王与河间献王这类专心向学者，其实大有深意存焉。如此则刘德根据自己的政治需要对这部《周官》加以改造增删也是很有可能的。

是这也不能说这是汉儒的凭空杜撰，因为"风"这个词在先秦就已经具有了伦理教化的意义。《论语·颜渊》记云：

> 季康子问政于孔子，曰："如杀无道，以就有道，何如？"孔子对曰："子为政，焉用杀？子欲善，而民善矣。君子之德风，小人之德草。草上风，必偃。"

这是说君子之德像风，小人之德像草，风行于草上则草必然倒伏，而君子之德加于民则民必受其教化。这大约是最早将"风"比喻为教化的例子，后来的"风化""风教"等词就是从孔子这里引申而成的用语，《诗大序》也正是在这个意义上来解释《国风》之"风"的含义的。至于"讽刺"之义，"风"与"讽"本就意义相通，指以委婉言辞来进谏。① 如此看来，《诗大序》的"上以风化下，下以风刺上，主文而谲谏"之说是有语义学上的根据的。然而这种解释是不是符合《诗经》原始分类的本意呢？我们的回答是否定的。至于理由，古今论者已有大量论述，这里不再赘言。汉儒如此解释"风"的含义，可以说明两点。

其一，汉儒较之先秦儒家更加强调《诗经》沟通君臣上下关系的功能。诗的这种功能，孔子在"兴、观、群、怨"之说中已经有所涉及，但是并没有过于强调。孔子更加注重的还是诗歌修身（"兴于诗"）与交流（"不学诗，无以言"）的功能。孟子、荀子等先秦儒家思想家虽然时时引诗、说诗来作为自己言说的有力论据，但是由于所处语境不同，他们没有像汉儒那样过于看重诗在沟通君臣关系中的作用。

其二，这种对诗歌沟通君臣上下关系功能的特别强调，恰恰证明《诗序》的作者绝对不可能是先秦儒者，必定是汉儒无疑。原因并不费解：先秦的历史语境是君臣之间的沟通并不困难，那些稍有作为的君主都把礼贤下士和纳谏看作富国强兵的首要条件。这并不是因为他们更聪明，而是当时的诸侯竞争使之不得不如此。汉代大一统的君主专制则不同，不知有多少士大夫因为直言敢谏而获罪。赵绾、王臧只是

---

① 明儒季本《诗说解颐·总论》卷一："风者，讽也。"又清儒陈迁鹤《风雅颂辨》："风者，讽也。援物剀事而不直言也。"（《皇清文类》卷二十二）

建议窦太后不要再干政就获死罪;司马迁不过为李陵辩护几句即遭宫刑。诸如此类的例子多不胜数。然而统治者又不仅仅采取高压与杀戮的政策,他们(在汉武帝之后)对士人阶层的确寄予很大希望,并最终建立了君权系统与士大夫系统合作治理天下的政治格局。统治者对士人阶层一方面是严格控制,动辄得咎;另一方面又倚重之,给予高官厚禄。这就在士大夫们的心理上造成一种内在的紧张关系。他们对君主或执政的功臣、外戚、宗室、宦官等权力集团既怀有深深的恐惧,又怀着紧张、兴奋的心情试图去控制、引导、教育、规范他们。其心境恰如驯兽师一般,对那些狮虎猛兽既有恐惧之感,又有驯化控制之意。这便构成了汉代特定的文化历史语境,士人们的一切言说都应该在这样的语境中进行阐释。只有在这样的语境之中,士大夫才会把诗"主文而谲谏"的功能看得那么重要,才会对"言之者无罪,闻之者足以戒"的君臣关系那样心向往之。实际上不独诗学,在整个经学中都深含着汉代士人这种对理想化的君臣关系的憧憬与不懈追求。在中国古代的任何话语建构行为中,言说者的现实境遇都构成直接决定着言说价值指向的具体语境,所以离开了对具体语境的充分把握,任何阐释都只能是一种凭空臆断。

> 是以《关雎》乐得淑女,以配君子,忧在进贤,不淫其色;
> 哀窈窕,思贤才,而无伤善之心焉。

此语的最初来源当然是孔子的"《关雎》乐而不淫,哀而不伤"。《孔子诗论》亦有"《关雎》以色喻于礼"①之说。荀子亦云:"《国风》之好色也,《传》曰:'盈其欲而不愆其止。其诚可比于金石,其声可内于宗庙。'"(《荀子·大略》)这意思都是说《关雎》虽然涉及男女相爱之事,但情感的表现并不过分,是合于礼的。也就是"发乎情,止乎礼义"的意思。儒家并不否认个人情感对诗歌创作的重要意义,但是认为个人情感的表达必须符合社会伦理规范。

---

① 李学勤:《〈诗论〉的体裁和作者》释文,见上海大学古代文明研究中心、清华大学思想文化所:《上博馆藏战国楚竹书研究》,58 页,上海,上海书店,2002。

通过以上对《诗大序》主要观点渊源的分析可知，这篇诗学文献既非凭空杜撰，亦非先秦儒者所为，是汉儒杂采先秦乃至秦汉间儒家论述而成。

（二）对文本可疑之处的追问

诗如何能够成为治国平天下的手段？谁会相信诗能够"正得失，动天地，感鬼神"，"经夫妇，成孝敬，厚人伦，美教化，移风俗"呢？汉儒相信。在以马上得天下的权力集团面前，儒生有什么资格与资本去要求分权呢？或者说，知识阶层靠什么去实现自己从先秦士人那里继承下来的社会责任感与历史使命感呢？只有靠他们独有的东西，即《诗》《书》《礼》《易》《春秋》等文化典籍。于是儒学经学化的过程就是儒家典籍神圣化的过程，也就是知识阶层争取分权共治的过程。儒家典籍的神圣化乃是知识阶层自我神圣化（以天下为己任，治国平天下，施大道于天下）的象征形式。士人阶层无拳无勇，只有将他们手中的那点文化资本无限夸大，方能造成一定的实际效应，于是"以《春秋》决狱，以《禹贡》治河，以《三百篇》当谏书"这样奇怪的现象才会出现。汉代经学的发达最根本的动因并不是君主的提倡与推崇，而是士人阶层与君权系统分权的政治动机。士人阶层要实现他们压抑了几百年的治国平天下的宏图大志，又遇到了天下一统的政治局面，自然不肯沉默静处。他们一定要尽全力来表现，其结果在话语建构的层面就是经学的繁荣，在政治格局层面就是士大夫与皇室宗亲共同执政的局面的形成。在这种情况下，诗学直接就是政治学。

过于强烈的政治目的必然造成言说过程中学理上的毛病，在《诗大序》的文本中就有着明显的逻辑矛盾。从"治世之音安以乐，其政和……"如何能够推导出"故正得失，动天地，感鬼神，莫近于诗"的结论呢？音乐可以看作是社会政治状况的表征，故而政通人和之时会有平和安详的乐调，这完全是合乎逻辑的。但是这里原因与结果的关系是不可逆的：政通人和可以导致平和安详的音乐，平和安详的音乐却无法导致政通人和。前者可以在历史经验中找到根据，后者是不可能有根据的，是纯粹的主观意愿。这种文本中明显的逻辑矛盾说明了什么呢？

其一，这是儒家士人所固有的目的与手段之间的矛盾所导致的必然结果。就根本目的而言，儒家并不是要建立学理圆融的知识话语系统，而是要确立合理的社会价值秩序，也就是说是要确立一种伟大的政治理想，属于社会实践的范畴。然而就手段而言，他们却没有任何政治实践的有效方式，而只能进行话语建构，所以试图用话语的方式达到政治的目的就成了儒家士人唯一的选择。从孔子、孟子到汉儒，他们都是在进行着同样一种努力。这里具有悲剧意味的是，儒家士人坚信自己的话语建构完全可以达到政治目的，因为他们认为只要能够改造君主的人格，一切就都迎刃而解了。正是基于这样的考虑，《诗大序》的作者才会认为平和安详的音乐必然带来政通人和的社会现实。

其二，儒家自思孟开始，滋长了一种天人相通的意识，有的哲学史家称之为神秘主义。① 例如，《孟子》说："万物皆备于我，反身而诚，乐莫大焉。"《中庸》说："喜怒哀乐之未发，谓之中；发而皆中节，谓之和。中也者，天下之大本也；和也者，天下之达道也。致中和，天地位焉，万物育焉。"看《孟子》之论，"万物"如何能够"皆备于我"呢？看《中庸》之论，"中和"本来是讲"喜怒哀乐"的"未发"与"已发"状态，何以后来竟有了"天地位焉，万物育焉"的神奇效果呢？这样的言说都是建立在"合外内之道"的预设前提之下的，显然是说人与天地万物具有某种相通性，故而天可以影响人，人也同样可以影响天。按照这样的逻辑，音乐是天地万物之和的象征，反过来平和的音乐也可以导致天地万物之和。这是秦汉间儒家音乐理论的基本观点。《诗大序》所说，正是从彼时的音乐理论中搬过来的。

（三）关于"主文而谲谏"

这句话的字面意思是：重视文辞，或在文辞上下功夫，为的是达到迂回进谏之目的。如何理解呢？首先，这种说法是出于汉儒从自己的阐释思路说诗的需要：劝谏君主是政治话语，《诗三百》却多为男欢女爱、鸟兽草木之属，如何将二者联系起来呢？只能通过一个"符码转换"作为中介才能做到。凡是从诗歌的字面意义上看不出政治意义

① 参见冯友兰：《中国哲学史》第六章、第十四章，北京，中华书局，1961。

的一律加之以"文"来为"过度阐释"确立合法性。"比兴"是"文"的主要手段，所以，用"比兴"之说作为一种阐释策略是非常有效的。当然，"比兴"之说是很复杂的问题，在《诗经》作品中的确存在着可以称之为"比兴"的表现手法，这是古人文学智慧的表现。问题在于汉儒将这种手法泛化了，把它变成了一种阐释策略，这就不仅仅是一个理解方式的问题，而成了意识形态问题了。其次，这一提法也恰好暴露了汉代知识阶层与君权之间的紧张关系，透露出以乌托邦精神支撑的话语建构在强大的现实权力面前的软弱无力。在不触怒执政者的情况下对之有所规劝，即在保住性命的前提下有所作为，亦即"天下有道则见，无道则隐"式的明哲保身。这正是中国古代知识阶层的基本特性之显现。

（四）文本包含的内在冲突

通过以上分析，我们已经看出《诗大序》文本中存在着不同层面的冲突与对立。这主要表现在下列方面。

第一，乌托邦与意识形态。如前所述，这个文本所蕴含的内在精神毫无疑问主要是一种政治价值关怀。从言说者角度看，这种关于《诗三百》的宏大叙事可以理解为先秦儒家乌托邦精神的呈现形式。在这里关于诗的议论不是真正意义上的诗学，而是一种乌托邦话语。用诗歌来治国平天下，这种设想本身就具有乌托邦性质。但是在儒家这种乌托邦精神背后却又蕴含着对符合统治者利益的社会价值秩序的呼唤，客观上具有强化君主专制的作用，所以，这种议论同时也是一种意识形态话语。将乌托邦与意识形态这两种相冲突的价值取向融为一体，正是儒家思想的特点之一。例如，孟子的社会理想是"仁政""王道"，这里面当然存在着明显的乌托邦精神——那种"五亩之宅，树之以桑""百亩之田，勿夺其时"的"制民之产"的经济思想，和"与民同乐""民贵君轻"的政治理想，都是难能可贵的乌托邦精神。但在根本上，孟子还是要确定上下有序、"劳心者治人，劳力者治于人"的等级关系，因而其思想又具有意识形态话语的特点。这一特点恰恰表征着古代知识阶层与君权之间既互相对立又互相依赖的复杂关系。

第二，认知性与价值介入。乌托邦精神也罢，意识形态也罢，都是一种价值介入，而且还成为文本的基本言说指向。这恰恰证明了语境对于阐释行为的决定性作用。诗学文本成为经学文本，这可以看作是乌托邦精神或意识形态在诗学领域的成功"殖民"。儒家诗学本来试图确立一种独立的阐释目的与方法，例如，孟子的"知人论世"与"以意逆志"就不失为真正意义上诗学原则。但在文化历史语境的强大制约下，诗学文本异化为经学文本，放弃了自己独立言说的权利。但是，《诗三百》毕竟是作为诗歌而存在的，它的存在本身就要求着客观的阐释。诗歌本身的这一要求决定着阐释的认知性内涵。所以，即使是作为经学文本的《毛诗序》也包含着对诗歌的认知性阐释。"诗者，志之所之也……情动于中而形于言"云云即此类阐释。这是对诗歌产生原因的客观理解。只不过这种客观理解必须是以不破坏阐释过程整体上的价值介入为前提的。

第三，个体经验主体的私人化言说与集体主体的话语建构。前言所谓价值介入，即乌托邦与意识形态话语，乃是古代知识阶层这一集体主体的话语建构，是他们达到与君权系统分权共治之目的的手段。而认知性阐释则是私人话语，是基于个体经验而对对象做出的判断。这是经学文本中暗含的诗学文本。所以可以说《诗大序》是经学文本与诗学文本的复合体。这意味着，即使在汉代经学的文化语境中，在经学文本中，体现着个体经验的私人话语也还是存在的，只是不居于主导地位而已。在这类既指涉乌托邦与意识形态等外在价值观念，又指涉诗歌自性的文本中，这种基于个体经验的私人话语所占比重的大小是以言说者与君权系统之间距离的远近为前提的。也就是说，这类文本是否能够成为真正的诗学文本取决于言说者精神的独立程度。主要指涉诗歌自性的诗学文本的产生就成为知识阶层个体精神空间生成的标志，也成为知识阶层那种与百姓日常生活空间及社会政治生活空间都保持距离的公共文化空间得以形成的标志。从精神文化的整体倾向来看，汉代固然是经学的时代，也就是意识形态话语居于主导地位的时代。然而，这一时期那种孕育着私人话语的士人文化空间也悄悄地开始形成。这一点可以从下面关于"作者"的观念演变的分析中看出来。

四、汉代诗学的另一种声音

在中国古代亦如西方古代一样，作者并非从来都是作为作者而存在的。这里有一个从非作者到作者，或者从"实际作者"到"话语作者"的编码过程（我们用"实际作者"指称那些创作了诗文作品，但已然隐匿于历史之中的人；用"话语作者"指称作为文论话语中核心概念的作者）。而这一过程又是与人类自我意识的历史进程紧密相关的：人们怎样看待自身，他们也就赋予作者以怎样的含义。至于人们为什么会如此这般地看待自己则是由特定文化历史语境来制约的。下面就让我们来考察一下作者的生成轨迹。

在中国上古时期，实际作者即诗乐的创作者被赋予如下含义：其一，沟通人神关系的"典乐"者。《尚书·尧典》云："帝曰：夔！命汝典乐，教胄子。直而温，宽而栗，刚而无虐，简而无傲。诗言志，歌永言，声依永，律和声，八音克谐，无相夺伦，神人以和。"先秦史籍《世本·作篇》则载："夔作乐。"夔是大舜时掌管音乐的官。在这里，创制诗乐乃是专职官员的职责，教育子弟是直接的目的，协调人神关系，使之和谐融洽乃是根本目的。所以像夔这样制作诗乐的人在彼时不是作为个体主体而存在的，因而不是现代语境中的"作者"，而是一种职务，是官方意识形态的直接体现者。古代儒家话语系统中亦有周公"制礼作乐"的记载，同样是如此。其二，能够将自然情感形诸言辞之人。例如，《诗经》中诸如"君子作歌，维以告哀"（《小雅·四月》），"夫也不良，歌以讯之"（《陈风·墓门》），"作此好歌，以极反侧"（《小雅·何人斯》）等，都是诗的创作者自己讲述作诗的缘由。因为在当时的知识话语中并没有"诗人"或"作者"这样专门化的命名，故而诗人自己并没有诗人或作者的身份认同。同理，后人也不将他们视为一种文化身份的诗人或作者。例如，东汉经学家何休在言及上古时代的诗歌创作时说："男女有所怨恨，相从而歌。饥者歌其食，劳者歌其事。"① 在这种"在心为志，发言为诗，情动于中而形于言"② 的"诗歌自然生成论"中，诗歌文本的言说特点与诗人的角色特征都是不在场的，它们统统被彼时的言说方式遮蔽了。换言之，在这种观点看来，重要的是诗歌的生成原因与功能，而不是诗歌的特征与作者的独特身份。春秋战国时代虽然一流学者都纷纷著书立说，但他们这种行为完全不同于后代的吟诗作赋、舞文弄墨，更不同于现代汉语语境中的文学创作。而且当时的文化观念中也没有"作者"这样的文化身份。盖先秦的知识阶层，即士人，主要是将提供恰当的救世方略作为最高追求，虽然是百家争鸣，却不以有所著述为目的。虽有"文学之士"（见《韩非子·六反》）的称谓，却是指那些精通礼乐制度的儒家士人③，他们都是"述而不作"的。孟子有"孔子作《春秋》，乱臣贼子惧"之说，但他并不是将孔子当作作者来看的，在他看来，孔子是以布衣身份行天子征伐之事——只不过是口诛笔伐而已。这个"作"依然不是个人的创作。

两汉乃至六朝时期那种古老的诗歌自然生成论依然居于重要的地位。例如，刘勰就说："心生而言立，言立而文明，自然之道也。"（《文心雕龙·原道》）实际上，观刘勰文心之论，他是深知作者对于作诗为文的首要意义的。他之所以强调诗文生成的自然性，根本目的亦与汉儒一样，乃是为了赋予诗歌文本以某种神圣性。因为在当时的言说语境中，世上最神圣的东西必定是本然自在的，天地即是最高楷模。这一信念，无论儒道，概莫能外。凡人为之物，即荀子所谓"伪"，都是第二义的，它们只是因为象征着或效法着天地自然，才获得意义的。比如儒家格外看重的"乐"（秦汉时的"乐"是包含着"诗"在内的）就是因为象征着天地之和（中和）并在人的心理上或社会中培育着这种"和"才具有重要性的。因此，从《荀子·乐论》《礼记·乐记》到

---

① （汉）何休解诂，（唐）徐彦疏：《春秋公羊传注疏》，见（清）阮元校刻：《十三经注疏》，2287 页，北京，中华书局，1980。

② （汉）毛公传，（汉）郑玄笺，（唐）孔颖达等正义：《毛诗正义》，15 页，上海，上海古籍出版社，1990。

③ 《论语·先进》有"文学：子游、子夏"之谓。

《毛诗序》及《文心雕龙·原道》等之所以强调诗歌自然生成论都是为了突出诗歌文本的价值。

但是这里还有一个问题：秦汉论者为什么要以隐匿作者的方式来突出文本价值呢？这就涉及言说者即士人阶层乃是作为"集体主体"而不是"个体主体"来言说的。而这种身份的选择又与特定的社会政治结构及士人阶层的自我意识水平密切相关。秦汉之时，主流话语中并无作为个人的言说者的声音。也就是说，存在论意义上的个人体验、情感、趣味、思绪不在主流话语的言说范围。

然而，在边缘话语中，主体的个体性毕竟开始受到关注。所以，对作者的命名过程也就悄悄开始了。从现有的材料看，始作俑者是儒生兼辞赋家的扬雄。在扬雄的时代，经学话语是主流话语，而谈论辞赋乃是一般经学家耻于言及的边缘性话语，所以连扬雄自己都说辞赋乃是"壮夫不为"的"小道"。然而，扬雄的可贵之处在于：终于对这种不足挂齿的"小道"有所言说了。其《法言·吾子》云："诗人之赋丽以则，辞人之赋丽以淫。"这里将赋的作者做"诗人"与"辞人"之分实在具有重大意义，这标志着人们开始注意到作者之于文本的某种决定性——他不再仅仅是某种普遍性的怨愤疾苦或赞美颂扬之情的传声筒了。作者的内在精神品格会决定文本的好丑美恶。这毫无疑问标志着作者意识的觉醒。从言说者个人的角度来看，这大约得益于扬雄儒生兼辞赋家的双重身份。从言说的文化语境来看，则主要是因为以"丽"为主要特征的辞赋在当时已然成为一种合法性的文本形式，而且还成为文人们较量高下、争夺荣誉的重要方式。而对辞赋优劣高下的评判必然会导致对作者品格与才情的关注，于是作者就正式作为一个言说的话题而进入知识阶层的话语系统之中。

但是，扬雄毕竟还是在经学话语的基础上对作者问题有所言说的，所以还不能视为作者的真正生成。在扬雄之后对于作者话题加以阐扬从而使之在文论话语中最终确立合法性地位的，是东汉的著名思想家王充。在《论衡·书解》中王充专门探讨了"文儒"与"世儒"的区别，认为前者是"著作者"，后者是"说经者"，即前者独立著述，自出机杼，后者阐述"五经"之义，弘扬圣人之言。按照经学话语的标准，"说经者"是圣人意旨的传承者，对于安邦定国、教化天下有着至关重要的意义："著作者"则"为华淫之说，于世无补"。王充却不以为然，他指出："世儒业易为，故世人学之多；非事可析第，故官廷设其位。文儒之业，卓绝不循人，寡其书，业虽不讲，门虽无人，书文奇伟，世人亦传。彼虚说，此实篇。折累二者，孰者为贤？案古俊，著作辞说，自用其业，自明于世。世儒当时虽尊，不遭文儒之书，其迹不传。"显然王充认为"文儒"更高于"世儒"。另外，在《论衡·超奇》中王充还有儒生、通人、文人、鸿儒之分，其中后二者即是"文儒"的分而言之。对此后面还将谈及。

王充与经学家（虽为设论，实能代表经学家观点）关于"文儒"与"世儒"之争论的意义非同小可。这一方面体现了士人阶层内部边缘话语对官方主流话语的挑战及颠覆企图，表征着士人阶层个体意识的觉醒：他们不再满足于仅仅充当某种"集体主体"的社会角色了，而是要求成为独立的言说者，对一切都从个人立场出发予以评说。王充撰写《论衡》正是以其实践呼唤着这种言说的权利。我们知道在王充的时代，经学话语乃是居于绝对主导地位的主流话语。《论衡》正是对经学话语的反叛。经学话语是"代圣人立言"的，是"述"而非"作"，所以根本不需要且不允许有"作者"存在；王充高扬"作者"当然是为了获得一种与主流话语相抗衡的言说权利。

所以可以说，在中国古代，作为话语的"作者"乃是作为对经学话语的疏离与拒斥而进入学术话语系统的。它指涉的是那些长期被压制的、处于社会边缘的在野的文人。

如此看来，汉代经学之所以恪守"述而不作"的古老圣训根本上是主流话语对边缘话语的一种压制策略：只承认士人们传述儒家经典的合法性而不承认他们个人言说的合法性。也就是只允许他们做工具而不允许他们成为独立思考的人。从这个意义上看，汉代的辞赋家是发挥了某种革命的作用的：他们借助于为统治者提供赏心悦目的艺术文本而暗中使自己成为实际上的作者（或著作者），从而不知不觉地培养起一种独立言说的习惯并实际上获得一种传述者之外的言说身份。在经学话语居于绝对主导地位的文化语境中，辞赋（还有为数不多的

诗歌创作）便成为唯一能够保留、培育独立言说能力的方式。这当然
应该归功于先秦楚国独特的辞赋传统的影响。到了《古诗十九首》的
时代，这种发轫于辞赋的言说的个体性就蔚为大观了。而到汉末魏
晋之时，个体性言说终于成为主流话语。至此，作为古代知识系统中
一个合法性话语的"作者"才真正确立起来。在这里，曹丕的《典
论·论文》具有典范性。

鲁迅曾说曹丕的时代是一个"文学自觉的时代"，这是一种很准确
的说法。但是人们对于这种"自觉"的理解却往往局限于作品意识的
自觉，如文体分类意识（所谓四科八类之分）、作品的审美特性（诗赋
欲丽）、作品风格（文气说）等方面，而对于作者的自觉未能给予足够
的注意。其实这里的所谓"自觉"首先应该是作者的自觉。如果说扬
雄的"诗人""辞人"之分已经从作品的内在规范与价值取向的角度将
作者大体上进行了分类，表现了一种作者意识的萌芽，那么，曹丕从
"气"即个性与气质的角度对"建安七子"诗文优劣的评价则体现了作
者意识的成熟——从朦胧的自我觉察升华为清醒的自我意识。让我们
来考察一下《典论·论文》中"文人"一词的含义，进而揭示曹丕及
魏晋六朝文论中作者意识所达到的程度。

"文人"是一个很古老的称谓。《尚书·周书·文侯之命》有
"追孝于前文人"之句；《诗经·大雅·江汉》有"告于文人"之句，
古注"文人"即"先祖有文德之人"。此距作者之义甚远。只是到了
汉代，随着私人著述的日益增多与文章的审美特征日益为人们普遍
关注，这个词才被用来指称那些擅长撰写文章之人。例如，王充在
《论衡·超奇》中说："杼其义旨，损益其文句，而以上书奏记，或
兴论立说，接连篇章者，文人、鸿儒也。"盖王充将彼时知识阶层分
为四类：儒生、通人、文人、鸿儒。儒生就是"能说一经者"；通人
是"博览古今者"；文人是能引经据典撰写官方文书者；鸿儒则是能
够自出机杼，著书立说者。他们在王充心目中的地位以鸿儒最高，
文人次之，通人又次之，儒生最低。观其同篇所云："唐勒、宋玉，
亦楚文人也。"可知这里的文人亦包括辞赋家在内。不独如此，通观
全篇，我们又可知王充的"文人"虽较今日之文学家的外延宽泛得

多，但其对文人之作却有着明确的审美方面的要求。王充所用于形容"文"的语词如"奇伟""奇巧""美丽""华茂""斐然""美润"等，都足以表明审美标准在其心目中的重要性。这在当时应是普遍的情况，如傅毅《舞赋》："文人不能怀其藻兮，武毅不能隐其刚"句，也是将"文人"与"藻"即文采联系在一起的。所以，可以说西汉之季的扬雄和东汉中叶的王充，是使得中国古代文论史上"作者"（或著作者、文人、文章之士、文士等）进入文论话语系统，并渐渐成为核心范畴之过程的两个关键人物。

曹丕之《论文》完全是在汉人基础上的更进一步。王充虽然对当时的知识阶层做了较之扬雄更具体的分类，而且也注意到审美特性在这种分类中的重要性，但他毕竟依然是与扬雄在同一个层面上言说——他们所说的作者还不是作为个人而存在的个体性主体，而是某种类型。曹丕的作者论之所以具有重要性，恰恰在于他着眼于作者的个性特征，并且指出这种特征对于诗文风格具有怎样的决定作用。《论文》的开篇曹丕就抓住了一个虽然是普遍的，但却是基于文人个性的现象：文人相轻。这一现象至少显示出如下意义：第一，文人已然具有了强烈的身份自觉意识。他们之所以"各以所长，相轻所短"就是基于对自身文人身份的极度看重。由于他们是凭借其产品而获得这种身份的，所以十分重视自己作品的高下，甚至不惜以己之长轻人之短。第二，一种相对独立的"美文"言说空间（近似于哈贝马斯所说的"文学公共空间"和布尔迪厄所说的"文化场域"）已经成熟。在这里我们之所以说"美文"而不说文学，乃是因为在曹丕所代表的言说者看来，在这个言说空间具有合法性的绝不仅仅是那些在今天看来属于文学范围的东西，例如，"奏议""书论"之类实用性很强的作品，以今天的标准观之就算不得是文学作品。这里顺便说一句，这种泛文学观并不意味着中国古人审美能力低下，恰恰相反，这标志着古人审美意识的丰富与品味的高雅（这当然与贵族化的文人生活方式密切相关）。只是我们这些被快节奏的生活方式压得喘不过气来的现代人才丧失了这种审美意识的丰富性。试问，在电信如此发达的今天，谁还有耐心坐下来给朋友写一封起承转合、情文兼至的信呢？现代生活方式毫无疑问挤压了人们的精神空间。古人的许多政论文、书信、说明文乃至科学论文都具有审美特性，同时又是真正意义上的文学作品。我们之所以说曹丕的"文人相轻"之论标志着文学言说空间的成熟，是因为它包含着一个明显的前提，即文章的高下美丑已经形成了统一的价值标准。而且这种价值标准还具有了某种权威性：它能够给这个领域那些合要求的成员以很高的荣誉，也能使那些不合要求的成员名誉扫地。第三，"文人相轻"的动因与目的都是纯粹私人性的。就动因而言，这是一种自恋意识的自然表露；就目的而言，则是为了使自己在这个言说空间受到肯定，获得优越地位。

所以，从曹丕对于"文人相轻"现象的提出来看，我们可以知道当时的作者意识已经完全成熟了。而且"文人"就是创造审美性精神产品的人，在这一点上他们与现代语境中的"文学家"是完全一致的，不同之处是，除此之外"文人"还有其他的含义。

接下去曹丕对"建安七子"的分别评论以及"文以气为主"的结论证明了此时的"作者"这个称谓所指涉的已经是一个完整的精神个体与生命个体，而不再是空无内涵的"集体主体"了。这毫无疑问是作者意识的空前深化，标志着对"作者"的符码化过程的最终完成。此后的文论话语关于"作者"的言说基本上就是在同一深度上进行的，最多是更细致具体一些而已。

在中国古代，"作者"亦如其他文论话语一样并没有走出符码化过程而进入解码阶段，也就是说，"作者"一直没有"死"去。甚至直到现代，人们还在不遗余力地将"作者"加以神圣化，始终不能将"作者"与"读者"置于平等的位置来看待。只是到了近几年，随着许多作家们自动放弃建构"宏大叙事"转向描述"凡人琐事"，并且有人自我解构式地将自己的作家职业称为"码字儿的"，这才透露出一点作者快"死"的征兆。

这里还有必要补充几句，我们究竟为什么将"作者"话题的演变看作是话语建构过程而不是一个实际的历史过程呢？这个问题的实质是将"作者"当作一种话语建构究竟意味着什么？这样思考较之以往的思考方式究竟有什么优越之处？

首先，我们要解决的问题是，实际的作者与作为话语的作者是否真的存在着差距，我们的反思是否有必要将二者区分开来？对这个问题我们必须这样来思考，即"实际的作者"只能出于我们的想象和推测，对于作者话语的建构者和我们这些反思者而言他们是不在场的。正如一切发生过的事情本身都已经失去当下性而成为永远的不在场一样，它们只能作为一种记忆存在于人的头脑之中，对于事件的亲历者来说，这种记忆当然会带有直观的性质——它可以以知觉表象的形式出现（这种知觉表象受到的感官限制常常是零碎的、片面的），就像放映电影一样。而对于非亲历者而言，这种记忆就只能是以语言的方式存在了。作为语言的存在，它们必然是被组织起来的，就是说是经过形式化、抽象化的。如果要用理论的态度对发生过的事情进行思考，那么这些事情就进入了话语建构的过程：它们变成了话语。这就意味着，我们今天谈论古代的诗歌作者，实际上并不是在谈论"实际的作者"，而是在谈论"作为话语的作者"。我们十分清楚，"实际的作者"的确曾经存在过，只不过我们没有办法将这种"存在"还原而已。我们所能做的仅仅是对"作为话语的作者"进行考察或重构。我们的反思与以往的作者论的区别在于：以往人们不在两种作者之间进行区分，不承认"实际的作者"不在场的事实，简单地认为自己的研究就是对作者的直接研究。而在我们的反思中，首先就得承认自己的言说所受到的无法避免的限制。所以我们明确地承认根本无法完全接近"实际的作者"，于是就将研究定位于"作为话语的作者"。在这种定位的基础上我们的反思文艺学将做两件事情：一是借助于话语的中介尽可能地接近"实际的作者"，将追求客观性作为研究的目标；二是清醒地知道自己的研究因受到中介因素的阻隔无法真正实现客观性，因此就同时对作为中介的话语进行考察，弄清楚它们是如何被建构的。也就是说，的确存在着两种不同的作者，我们只能通过"作为话语的作者"去接近"实际的作者"，而且这种区分本身对于研究的深入是决然不可缺少的。

其次，弄清楚两种作者间的关系也是十分必要的。"话语作者"虽然是被建构起来的，但绝不是任意的。对这种建构来说，"实际的作者"永远是"不在场的原因"。例如，《关雎》的"实际作者"对于历代的研究者来说都是不在场的，在不同时代人们会对其进行不同的建构。但是，的确有这样一个作者是毫无疑问的，他的真实性部分地存在于诗歌文本之中。所以研究者所建构起来的话语作者尽管受到其认识局限与价值观念偏差的影响而与实际作者有一定差距，但是由于诗歌文本对他的建构有着很大的召唤与规范作用，就使得这种话语建构不会成为远离实际作者的任意言说。

从另一个角度看，"话语作者"对"实际的作者"同样有着实际上的规范作用。"话语作者"的建构者是在接受了言说语境的影响与限制的情况下展开话语建构活动的，而同一语境的"实际的作者"也同样接受着这种影响与限制。这样在二者之间就存在着某种内在的一致性。于是，言说者所建构起来的"话语作者"就会得到"实际作者"的身份认同，从而成为前者的模仿者。这就是说，言说者对作者的话语建构不仅是认知性的，而且是规范性的。

还是让我们举例来说。王充分别用"文儒""文人""作者""著作者"等语词对"话语作者"进行着建构。当时言说语境的特点是：传经的儒生与以阐扬经学大义为招牌的纬书的作者处于主导地位，而桓谭、王充、王符、仲长统这样独立著书立说者与张衡、班固之流的辞赋家虽然也有了一定声势，但其言说却属于非主流话语。所以王充在《论衡·书解》《论衡·超奇》等篇中高扬"文儒"而贬抑"儒生"的做法实际上乃是为了给非主流话语确立合法性，也就是为处于边缘地位的读书人争取言说的权利。因此，他所建构起来的作者形象就包含着自己的价值观念，并不完全是客观的归纳。但是这种被他赋予了合法性甚至某种神圣性的作者形象作为榜样，对实际的作者具有强烈的"认同召唤"，而后者就会主动回应这种召唤从而努力成为前者的样子。简言之，两种作者总是彼此渗透、相互交织，有时甚至是真假难辨的。

《诗大序》就是在这样一种主流的经学话语与非主流话语之间的对立冲突之中产生的。从基本倾向来看，《诗大序》毫无疑问属于前者，但后者的影响也毋庸置疑地显现于其文本之中的。诸如"情动于中而形于言""吟咏情性"之类的提法中，隐含着对个人化诗歌创作的客观理解。所以这类提法实际上与《诗大序》中居于主导地位的意识形态言说存在着深刻的内在冲突：诗歌创作既然是纯粹的自然情感的流露，凭什么认为它一定具有那样伟大的教化、讽谏功能呢？逻辑上是不通的。唯其不通，才体现了汉儒文化心理的真实矛盾。

第十一章 郑玄诗学

在汉代包括诗学在内的儒学话语建构工程中，郑玄可以说是一个极为重要的人物，这不仅仅是因为他遍注群经，融会古文、今文，为后世儒学研究打下了坚实的基础，而且还在于他在对儒家经典的研究中贯穿的意识形态内容，深刻体现了东汉时期渐趋成熟的士大夫阶层强烈的进取精神与政治干预意识。自古及今，历代论者，无论是宗郑还是反郑，都旨在辨其学术的真伪对错，很少有人从儒家意识形态话语建构的角度考察郑学的学理逻辑，这不能不说郑学研究中的一大缺陷。对郑玄的误读，清人最为明显，清儒号称远绍汉学，其汉学所指主要即郑氏之学。但是他们理解的郑氏之学却仅仅是考据、训诂之学，似乎郑玄的学问仅限于此，这实在是不够公允的。事实上正如钱穆、徐复观等前辈学人所指出的，汉学与以乾嘉学派为代表的清代学术的根本区别在于前者具有强烈的现实政治关怀，后者则拒斥这种关怀；前者是一种积极进取的学术，后者则是消极逃避的学术①；前者是一种意识形态话语系统，后者

---

① 在《清代学术衡论》一文中，徐复观先生极力批判清代汉学的门户之见，缺乏主体精神的浅薄与支离，认为其远不足与汉代学术比肩。他认为汉代学术既重训诂，又重义理，清代学术则不知义理为何物。如果就读经的目的而言，反而是被清人极力诋毁的宋儒更接近汉学，因为他们都是针对现实政治的。在分析了清代学术的种种弊端之后，徐先生感慨道："凡是专以考据相标榜的人，多是非常主观、顽固，到死不肯认错的人。我们应该想到，由没有思想的人所作的考据工作，到底会得到什么样的结果呢？"（徐复观：《两汉思想史》第三卷，620页，台北，台湾学生书局，1979）钱穆则认为清代学术"虽于古经典之训释考订上，不无多少发明；但是自宋以来那种以天下为己任的'秀才教'精神，却渐渐消沉了。至少他们只能消极的不昧良心，不能积极的出头担当，自任天下之重"。（钱穆：《国史大纲》下册，860页，北京，中华书局，1996）这些都是十分公允的评价。清代学术之所以失却汉宋儒者的主体精神，固然有其历史语境的限制，但是并不能因此而像梁启超、胡适等人那样对这种学术予以过高的评价。

则仅仅是一种知识话语。所以我们今天重新审视郑玄的学术，最主要的任务就是恢复其作为意识形态话语建构的本来面目。

一、郑玄的价值取向

郑玄生活的东汉末年在政治生活中最值得注意的是，士大夫阶层与君权之间的矛盾空前激化。纵观两汉四百年的历史，在政治生活领域始终贯穿着士大夫阶层与君权系统的合作与冲突。西汉武帝时的"罢黜百家，独尊儒术"、立五经博士是一个具有象征意义的重要政治举措，这标志着士人阶层通过半个多世纪的努力，终于在与功臣、外戚、宗室等权力集团的斗争中取得初步胜利，获得了进入以君权为核心的政治序列的合法途径，从而部分地占有了政治权力，也标志着渐渐成熟的统治阶层意识到与士人阶层合作的重要政治意义。汉代经学的展开表明士人阶层在意识形态领域获得了话语权力，开始将孔、孟、荀等先秦儒者戛戛独造的观念形态的价值秩序落实为现实的社会政治秩序。这正是先秦儒家梦寐以求的。因此，终西汉之世，士人阶层在精神生活领域的活动主要是进行意识形态话语的建构——确立一套向上可以规范、引导君权，向下可以为全社会确定价值秩序的政治、伦理观念体系。西汉经学为什么以春秋公羊学为核心？就是因为公羊学最集中地体现了士人阶层作为"中间人"的意识形态话语建构，最集中地体现了士人阶层的政治理想，同时也最能够为统治者所信从。

在汉代儒学的发展演变中，王莽是一个极有象征意义的历史人物。① 如果从客观的历史主义立场来看，可以说，不是个人野心使之

---

① 王莽实在是一个很独特的历史人物。从其身份地位来看，他是个不折不扣的外戚，这正是他仕途一帆风顺的主要原因之一。但是他又绝对不是一般意义上的外戚——就其经历和学养而言，他又是一位不折不扣的士大夫。他将外戚的身份与士大夫的身份合二为一了。正是这种难得的双重身份，使他拥有了别人所难以得到的优势：作为外戚，他做到了在士林中享有崇高威望，甚至堪称众望所归；作为士大夫，他做到了使自己的权力无限扩展，一直达到可以废立、可以受禅的地步，这也是前无古人的。权力欲望与儒家乌托邦精神在王莽身上得到很奇妙的结合。

成为一个篡位者，而是士人阶层的意识形态话语建构使之成为一个悲剧性的历史人物。从后世儒者的眼光看他是一个丑角，是路易·波拿巴一类的笑剧人物，但是从西汉时期儒家的话语逻辑来看，他乃是儒家精神的伟大实践者——他将儒家那套"天下者非一人之天下也，天下之天下也"，"有德者居之"，"天命圣人"，"天命靡常"，"禅位让贤"之类的政治理想落实为具体行动了。徐复观先生认为，王莽早先既被认为是儒家思想的代表人物，则汉室德衰，由王莽取而代之，乃是儒家"天下为公"思想之体现，这并不是没有根据的。① 所以王莽的失败根本上乃是儒家乌托邦精神的破灭，是君权的胜利。② 两汉儒学的发展呈现一个由激进的乌托邦精神向保守的国家意识形态转变的过程，王莽的失败则是这一过程的转捩点。

东汉虽然依然是经学的时代，但是由于王莽的失败，儒家士人那种理想化的、乌托邦性质的政治热情大大降低了，君权系统对士大夫阶层也不再给予完全的信任。东汉开国皇帝刘秀原本也是读书人出身，在王莽改制前后曾是一名太学生。对于儒学他不仅有相当的造诣，而且原本有着深刻的认同。但是做了皇帝之后，他的政治身份与儒学旨趣有着某种内在紧张关系。所以，他一方面继续弘扬儒学，重开太学，重用士大夫；另一方面又在外戚、宦官和士大夫三者之间搞平衡，甚至重用酷吏，搞外儒内法。事实上，整个东汉，外戚与宦官始终是君主用来制约士大夫势力的权力集团。因此经常出现这样的情况：真正代表君权的并不是君主本人与皇室宗亲，而是掌握大权的外戚和宦官，

---

① 　徐复观：《扬雄论究》，见《两汉思想史》第二卷，458 页，台北，台湾学生书局，1985。

② 　历代骂王莽最厉害的都是儒家士人。唐宋以后，汉代士人那种在政治制度层面表现出来的乌托邦精神大大削弱了。只是在明末清初这样特殊的历史时期，才会出现黄宗羲的《明夷待访录》这样涉及政治制度改革的著述。宋明儒者所关心的重点在于如何提升个人的人格境界，以便在现实生活中尽量获得最大的幸福感，对于君权的权威性是很少有人敢于提出质疑的。史学家们喜欢说宋以后再无篡位之臣，以为是宋明理学的作用，实际上这是士人阶层与君权的合作关系进一步巩固的结果：君主集团将士人阶层视为自己实现社会控制的最主要的合作伙伴和社会基础；士人阶层则对君权的绝对权威性不再存有任何怀疑。在这样的历史语境中，王莽的行为当然是不可容忍的了。

于是士人阶层与君权的矛盾冲突常常表现为"外廷"与"内廷","清流"与"浊流"的斗争。这种斗争最集中的表现就是发生于桓帝延熹九年（166）和灵帝熹平五年（176）的两次"党锢之祸"。当时数万太学生齐集京师，清流大臣互相联络，向窃取大权的宦官集团发起进攻，结果遭到残酷镇压。这可以说是汉代士人阶层在政治上的最后一次杰出表现了。

在意识形态方面，东汉君主对学术的控制较之西汉更加严厉。他们极力消解儒学的乌托邦色彩，使之越来越倾向于现实规范的一面，成为纯粹的统治工具。这一点可以在章帝亲自主持的"白虎观议奏"及其成果《白虎通义》中看出来。章帝生活在经学昌盛的时代，耳濡目染，自幼喜欢儒术，继位后深感经学的支离琐碎、章句繁多，大大影响了"通经致用"的儒学本旨，于是召集当时的经学大师在白虎观讨论经义，统一诸经大旨，并亲自审定。最后编成的《白虎通义》一书，颇有"国家哲学"的意味，故被史家称为"国宪"。① 今观《白虎通义》一书的内容，涉及政治、军事、教育、礼仪、风俗、心理、灾异等诸多方面，的确是一部管理国家的根本大法。其核心则是所谓"三纲六纪"之说——建立在"天人相应"基础上的关于社会等级关系的理论依据。在这部书中，不仅先秦儒学那种为天下立法、为万世定规则的乌托邦精神消失殆尽，就是西汉儒学那种"屈君伸天"的规范意识也大打折扣了。除了那些具有神学色彩的谶纬内容之外，这部书所讲的都是实实在在的社会人伦规范，绝对是符合统治者利益的意识形态。所以《白虎通义》真可以看作儒学官方化过程最终完成的标志。

郑玄正是在这样的历史语境与文化语境中开始自己的学术活动的。他生活在桓、灵之世，尝在太学受业，后师从经学大师马融，与清流领袖卢植等交往。党锢祸起，遭禁锢十四年之久。后屡征不起，潜心研读、著述、授学。这样的经历不难让人们了解到他的政治倾向。他是将满腔的政治热情全部转移到经学之中了。他尝自述心志云：

---

① 《曹褒传论》云："孝章永言前王，明发兴作，专命礼臣，撰定国宪，洋洋乎盛德之事焉。"[（南朝宋）范晔：《后汉书》，1205 页，北京，中华书局，1965]

吾家旧贫，（不）为父母兄弟所容，去厮役之吏，游学周、秦之都，往来幽、并、兖、豫之域，获觐乎在位通人，处逸大儒，得意者咸从捧手，有所受焉。遂博稽《六艺》，粗览传记，时睹秘书纬术之奥。年过四十，乃归供养，假田播殖，以娱朝夕。遇阉尹擅执，坐党禁锢，十有四年，而蒙赦令，举贤良方正有道，辟大将军三司府。公车再召，比牒并名，早为宰相。惟彼数公，懿德大雅，克堪王臣，故宜式序。吾自忖度，无任于此，但念述先圣之元意，思整百家之不齐，亦庶几以竭吾才，故闻命罔从。……自乐以论赞之功，庶不遗后人之羞。①

从郑玄的这段自述中我们可以看出，他的崇高志向乃是做“出为帝王师，处为万世师”的大儒、鸿儒，一般的官吏他是不屑为的。因此他自觉选择了献身经学这条人生之路。他有许多次的机会可以跻身高位、驰骋仕途，但他都坚决放弃了。这原因当然不是他所说的“无任于此”，而是认为“述先圣之玄意，整百家之不齐”较之做官是更加重要的事情。如果做官，那就辜负了自己满腹的经纶。从其“自乐以论赞之功，庶不遗后人之羞”之谓来看，他对自己的学问是充满了自信的。他决定全力投身于学术，其志向是十分高远的——“述先圣之玄意，整百家之不齐”的意思是：发掘出圣人寓于典籍之中的根本意旨；统一天下纷纭不齐的学术观点。也就是说，要以一己之力打通古文、今文之间的森严壁垒，将儒家经学熔于一炉。这真可以说是千秋的功业！这是卑陋小儒不能为、利禄之辈不肯为的宏图大志。在今天看来这也许算不得什么，但是在当时儒学一方面沦为支离琐碎的训诂章句之学，另一方面异化为纯粹的统治工具的情况下，这种志向就极为难能可贵了。对此，即使宋儒也不能真正理解。在朱熹眼中，郑玄也不过是学养深厚，在整理传承儒家经典方面有所贡献的经师而已。其实他对儒家精神的弘扬可以说是与宋代儒家一般无二的，至于经学方面的成就更是值得称道了。范晔赞扬他说：

---

① （南朝宋）范晔：《后汉书》，1209～1210 页，北京，中华书局，1965。

> 自秦焚《六经》，圣文埃灭。汉兴，诸儒颇修艺文；及东京，学者亦各名家。而守文之徒，滞固所禀，异端纷纭，互相诡激，遂令经有数家，家有数说，章句多者或乃百余万言，学徒劳而少功，后生疑而莫正。郑玄囊括大典，网罗众家，删裁繁诬，刊改漏失，自是学者略知所归。①

由此可知郑玄对经学的贡献是如何重大。汉代经学，无论古文、今文，就其初衷而言都是要建构儒学意识形态话语系统。二者的分歧本来主要是对儒家典籍的传承、理解以及阐释方式方面的，属于纯粹的学术之争。例如，《毛诗》《左传》及《周官》之学，其意识形态色彩丝毫不亚于"三家诗"、春秋公羊学等今文学。但是由于统治者对各家经学的态度（主要是能否立学官）直接涉及经师们的切身利益，故而使二者的争论演变为一种权力与利益的争夺，因此日趋激烈了。平心而论，今、古二派在建构儒家意识形态的基础上又的确各有侧重：今文学比较重视意义的发挥，不大关注纯粹学理层面的知识系统，其意识形态色彩相对更加浓厚；古文学则比较注重知识话语的真实性、可信性，不大愿意任意发挥，更不喜带有神秘色彩的玄学味道。所以二者又有治学态度与方法的分歧。但是由于经学研究与研究者们的政治、经济利益紧密相关，故这种研究难免渐渐偏离了原来的方向，甚至一些经生囿于家法、师法与探赜索隐而不能自拔，使这种本来具有深刻政治蕴涵与明确价值指向的学术沦落为或荒诞不经或琐碎支离的话语游戏，与先儒的初衷大相径庭。面对这种情形，士人阶层中的有识之士就不能视而不见了。来自经学外部的批评，以那些摆脱了经学藩篱的著书立说之人如桓谭、王充、仲长统等为代表，来自经学内部的改革与整合则以郑玄为代表。

郑玄对自己的时代士大夫阶层的现实处境有着十分清醒的体认。他的诗学观点就是在这种体认的基础上形成的。他说：

> 诗者，弦歌讽喻之声也。自书契之兴，朴略尚质，面称不为

---

① （南朝宋）范晔：《后汉书》，1212～1213 页，北京，中华书局，1965。

谄，目谏不为谤，君臣之接如朋友然，在于恳诚而已。斯道稍衰，奸伪以生，上下相犯。及其制礼，尊君卑臣，君道刚严，臣道柔顺，于是箴谏者希，情志不通，故作诗者以诵其美而讥其过。

这段话表面上是讲诗歌发生之由，实际上也体现了他对现实政治状况的理解。按儒家的政治理想，君臣之间应该是一种比较平等的合作关系。道德高尚、博学多能的士人应该以"王者之师"的身份与君主交往，或至少也应该是近似朋友一样的关系：对于君主的是非善恶可以直言相告。颂美也罢，规谏也罢，都是出于诚心诚意，并不掺杂一丝谄谀或毁谤的念头。但是现实的情况却不是这样，君臣关系越来越疏离，越来越紧张，国家的礼乐制度乃本着"尊君卑臣"的原则制定，君主越来越高高在上，臣子的地位越来越卑下，因此直言敢谏之人越来越少了。在这种情况下，出于不得已的考虑，人们才开始用诗这种特殊的方式迂回、含蓄、委婉地来向君主表达自己的意见。作诗者的动机如此，说诗者以至一切的经学阐释何尝不是如此呢？不都是为了表达对现实政治的意见吗？这实际上正是汉代经学发生的根本原因。只是那些仅仅看到功名利禄的浅陋小儒们见不及此，而将经学仅仅看成跻身仕途的敲门砖。只有像郑玄这样自觉放弃仕途的人，才能够平心静气地对待经学，才能够重新发现经学中蕴含的政治内涵。所以可以说郑玄乃是倾全力恢复经学本来面貌的人，他是整个汉代最后一位一心一意致力于儒家意识形态建构的人。

郑玄的诗学研究完全是出于这种意识形态建构的考虑，他说：

周自后稷播种百谷，黎民阻饥，兹时乃粒，自传于此名也。陶唐之末中叶，公刘亦世修其业，以明民共财。至于大王、王季，克堪顾天。文武之德，光熙前绪，以集大命于厥身，遂为天下父母，使民有政有居。其时诗，《风》有《周南》《召南》，《雅》有《鹿鸣》《文王》之属。及成王、周公致大平，制礼作乐，而有《颂》声兴焉，盛之至也。本之由此《风》《雅》而来，故皆录之，谓之诗之正经。

后王稍更陵迟，懿王始受谮亨齐哀公，夷身失礼之后，邶不

> 尊贤。自是而下，厉也，幽也，政教尤衰，周室大坏。《十月之
> 交》《民劳》《板》《荡》，勃尔俱作，众国纷然，刺怨相寻。五霸
> 之末，上无天子，下无方伯，善者谁赏，恶者谁罚，纪纲绝矣。
> 故孔子录懿王、夷王时诗，讫于陈灵公淫乱之事，谓之《变风》
> 《变雅》。以为勤民恤功，昭事上帝，则受颂声，弘福如彼；若违
> 而弗用，则被劫杀，大祸如此。吉凶之所由，忧娱之萌渐，昭昭
> 在斯，足作后王之鉴，于是止矣。

这是郑玄对《诗经》编辑意旨的理解，亦是他的诗学研究的基本价值
取向。编诗、说诗的目的都不在于诗歌作品本身，而在于为现实的君
主提供警示与借鉴。"以为勤民恤功，昭事上帝，则受颂声，弘福如
彼；若违而弗用，则被劫杀，大祸如此。吉凶之所由，忧娱之萌渐，
昭昭在斯，足作后王之鉴，于是止矣。"这是何等明确的警告！《颂》
及《正风》《正雅》歌颂先王之美德，为后世君主树立榜样；《变风》
《变雅》怨刺帝王之荒淫，为后世君主提供反面教材。这都是悬在君主
面前的镜子，是对他们的警诫。① 这也正是古为今用之意。总而言之，
借助经学研究来影响现实政治，努力完成儒家意识形态话语系统的建
构，或者至少重新恢复儒学积极主动的政治干预意识，乃是郑学的根
本目的所在。

　　与西汉初期儒者如伏生、叔孙通、陆贾、申培、董仲舒等所处的
言说语境所不同，郑玄的时代不再是欣欣向荣又百废待举的时代，桓、
灵之时汉代王朝已经走向没落，儒家意识形态对君权的规范作用也由
于日渐激化的争权夺利而荡然无存。当时的政治与社会情形，一方面
在朝廷之上，宦官、外戚、清流之间权力的角逐达到白热化程度，朝
政一片混乱；另一方面在民间，由于儒家思想数百年的浸润、熏陶，
士人阶层的道德意识空前强烈，甚至过于自我束缚以至于不近情理的
程度。这也就是史学家所说的"政荒于上，风清于下"的独特景观。
由于这种语境的差异，郑玄的意识形态话语建构与汉初诸大儒就有所

---

① （汉）毛公传：（汉）郑玄笺，（唐）孔颖达等正义：《毛诗正义》，4～5
页，上海，上海古籍出版社，1990。

不同。这主要表现于下列几个方面。

第一，汉初儒家可以比较自由地，甚至是以伪托古人的方式表达自己的意见，郑玄则必须在业已形成的经学框架中言说。汉初由于刚刚遭逢始皇焚书与"楚人一炬"之巨祸，文献资料极为缺乏，儒者们在整理、传授、阐释先秦儒家经典时有较多的主观发挥的空间。许多文献都是先秦旧籍文本与汉儒杂取别书甚至个人制作的混合体。经常的情况恐怕是整理、编辑古籍的过程也就是创作的过程。例如，《周礼》《礼记》，鲁、齐、韩、毛四家《诗》学，诸家易学都是如此。董仲舒更在《春秋公羊传》的基础上借助阴阳五行之学创作出《春秋繁露》这样的皇皇巨制。郑玄则没有这样主观发挥的自由空间。摆在他面前的文献资料不是太少，而是太多，他不得不面对卷帙浩繁、汗牛充栋的经学文本。尽管这些经学文本也许大多并无很高价值，但是郑玄却不能不认真对待它们，因为在数百年的传承演变之中，其中很多东西早已深入人心。这样郑玄就必须从纯粹知识学的角度入手，首先辨别真伪是非。他在这方面的贡献是汉初儒者无法比拟的。他不仅继承了古文经学的章句训诂的全部技能与学养，而且还创造出借助声韵寻求字义的方法。张舜徽先生说：

> 郑玄在古声韵学方面，也有他的创造发明。他在注述工作的过程中，经常通过"声类""音类"相同、相近的关系，进行文字通假的分析和说明。……后来刘熙作《释名》，专从声类以推求万物得名之原；孙炎作《尔雅音义》，用反语定一切音，都是从郑氏绪论中得到启发、加以发展而成的。①

这说明郑玄治经的本意虽然高远，但为了使自己的言说具有说服力，他又不得不在基本知识学层面上下大力气，以至于后世学者往往买椟还珠式地将郑玄仅仅看作是文献学、训诂学大师，而对他蕴含于经学中的意识形态内涵反而忽视了。事实上郑玄才真正做到了"致广大而尽精微"。这一点是郑氏之学不同于汉初儒学的地方。

① 张舜徽：《郑学叙录》，见《郑学丛著》，33～34页，济南，齐鲁书社，1984。

第二，汉初儒家面对的是如何战胜百家之学，特别是曾一度受到统治者信奉的黄老之学，而获得主导地位，所以他们极力将儒学有利于为君权提供合法性的一方面突出出来。例如，董仲舒的《春秋繁露》就一方面从天地运演、五行变化的历时性角度证明汉家天下乃天命所归，另一方面又从天尊地卑、天人相应的共时性角度证明三纲五常的神圣性。总之，他们虽然根本目的是用儒家伦理为君主制定规范、为社会制定秩序，但是其之所以受到君主的青睐，毕竟是因为顺应了统治者为其统治寻求合法性依据的迫切需要。郑玄所面对的情形则迥然不同。此时汉朝已历三百余年，早已不存在儒学与百家之学争胜的问题。君权专制政体已经成了当然之理，也不需要特别的论证来证明其合法性了。所以郑玄所面对的问题是如何综合经学内部各家各派的观点，重新强化儒学向上规范君权，向下教化百姓的主流意识形态功能。由于儒学的基本道德原则在民间早已成为日用伦常的行为准则，所以郑玄的经学的价值取向主要是针对统治者而言说的。他囊括古今，遍注群经，敉平儒学内部的纷争，目的是为因权力之争而已然失范的统治者重新确定权威的价值规范，从而实现那些清流领袖、莘莘学子用生命的代价呼唤的风清弊绝的理想社会。所以，极力强化经学中业已消失殆尽的儒学规范、约束君权之功能，而不是证明这种功能的合法性，乃是郑氏之学不同于汉初儒学的另一个关键之点。

历史文化语境的变化所造成的郑氏之学的上述特征在诗学方面表现得尤为突出。一方面，郑玄的《诗经》阐释力求处处落到实处，尽量将《诗序》不够详尽、不合情理之处予以矫正，尽量凭借其掌握的大量历史材料来附会诗意，将历史叙事与诗学话语熔为一炉，以便使阐释能够自圆其说；另一方面，又处处贯穿意识形态的内涵，在前人的基础上进一步将《诗经》阐释为一种非美即刺的评价系统，以便达到警诫时王的目的。在下面关于"正""变"的分析中我们将深入探讨这一点。

二、郑玄的"正变"论

根据现存的文献看，"变风""变雅"的说法最早是《诗大序》提出来的：

> 上以风化下，下以风刺上，主文而谲谏，言之者无罪，闻之者足以戒，故曰风。至于王道衰，礼义废，政教失，国异政，家殊俗，而变风、变雅作矣。国史明乎得失之迹，伤人伦之废，哀刑政之苛，吟咏情性，以风其上，达于事变而怀其旧俗者也。故变风发乎情，止乎礼义。发乎情，民之性也；止乎礼义，先王之泽也。是以一国之事，系一人之本，为之风；言天下之事，形四方之风，谓之雅。雅者正也，言王政之所由兴废也。政有大小，故有小雅焉，有大雅焉。

这段论述在逻辑上似乎是很贯通的，道理也讲得很透彻，应该说是极有见地之论。按照这里的逻辑，诗歌本来就是君主与臣下之间沟通的重要方式。这种言说方式因具有某种独特性而获得合法性：由于言说者并不是直接表达自己的意见，而是采取委婉、迂回的形式，故而即使说错了也会得到谅解，不至于因此而获罪。但是到了"礼义废，政教失"的衰世情况就不同了：此时的诗歌已经不是正常情况下的沟通方式，不再是臣民对某种具体事件表达意见，而变成了对于衰乱之世的谴责。所谓"达于事变而怀其旧俗"是说"变风""变雅"的作者对所发生的一切都有清醒的认识，并在诗歌中予以表现，而其评价时事的标准则是过去美好的风俗。"发乎情，止乎礼义"是说"变风""变雅"之作是诗人对动乱之世怨望之情的表现，但是即使是怨望之情，在表现出来时也是符合礼义规范的，这是由于先王的制度虽然遭到破坏，但是先王的教化遗泽还依然发挥着作用。

郑玄的"风雅正变"论是在《诗大序》基础上的进一步发展。其《诗谱序》云：

> 文武之德，光熙前绪……其时《诗》，风有《周南》《召南》，雅有《鹿鸣》《文王》之属……由此风、雅而来，故皆录之，谓之《诗》之正经。后王稍更陵迟，懿王始受谮亨齐哀公。夷身失礼之后，邶不尊贤。自是而下，厉也幽也，政教犹衰……故孔子录懿王、夷王时诗，讫于陈灵公淫乱之事，谓之变风、变雅。

这里郑玄所言较之《诗大序》更加具体了。《诗大序》并没有具体指出哪些诗属于"变风",哪些诗属于"变雅",郑玄则明确指出了;《诗大序》并没有提到《诗》之"正经",讲变风、变雅产生的时间也只是比较笼统地说"政教衰,礼义废……"云云,郑玄则指出了属于"正风"的《周南》《召南》与属于"正雅"的《鹿鸣》《文王》等诗是产生于文王、武王之时,属于《颂》的诗产生于成王、周公之时,属于"变风""变雅"的诗则产生于懿、夷二王之后。而且他具体指出了各类诗产生的原因。这样就将诗的产生次序与历史的进程进一步联系了起来。我们看先秦儒者说诗,包括新发现的《孔子诗论》,除个别情况外,基本上没有将具体作品与具体历史事件、人物挂钩的情形,都是在大体上指出某诗之或美或刺。汉儒,尤其是《毛诗序》的作者开始极力指实某诗美某王、刺某公。郑玄所做的则是在比前人掌握更多的历史材料的基础上,进一步论证诗作与史实之间的确切关系,尽量使之看上去更有说服力。这样将作诗之旨与历史事实相联系的说诗方法在清代以来的论者直到"古史辨"派那里,常常遭到讥笑,他们当然是有道理的。因为郑玄等人并无足够的证据证明他们的说法。但是如果说《诗序》《郑笺》都是臆断,则也未免太过。例如,这里郑玄认为"变风""变雅"产生于懿、夷二王之后,就并非毫无历史根据。《史记·周本纪》就说过:"懿王之时,王室遂衰,诗人作刺。"而且《左传》《国语》等史籍也有一些"诗人作刺"的记载。这说明郑玄是有一些历史依据的。

通过以上分析,"正变"之说乃是《诗序》的作者与郑玄解诗的一种思路,但由于历史的材料毕竟不多,故而历代存疑者甚多。

盖毛、郑以时代先后定美刺,本来就缺乏充分的史实依据,因为正如以往论者早已指出的,即使盛世亦有当刺之事,即使衰世复有当美之人。再根据时代先后和美刺来定正变,就更显出臆断之弊。实际上,被郑玄列为"变风""变雅"的许多作品,《诗序》都认为是"美"诗,而非"刺"诗。例如,《凯风》《定之方中》《干旄》《淇奥》《缁衣》等,《诗序》均以为是"美"而非"刺"。此外还有许多既不属于"美",又不属于"刺"的作品。可见郑玄《诗谱序》的说法与《诗序》

就很难统一起来，更不用说与"三家诗"的差异了。那么《诗大序》
和《诗谱序》为什么非要以正变论诗呢？在我看来这大约有如下原因。

第一，《诗经》作品的确有美有刺。看三百篇，除了那些男女相悦
之类的情歌之外，大都是颂美先王、时王、贤大夫、武士与各种怨刺之
作，至少有半数以上与美刺相关。所以用美刺说诗并非空穴来风，而是
有相当的根据的。只是那些男女相悦的，或《采蘋》《采蘩》之类没有
明确指涉社会生活或人事的诗，其文本义是中性的，即所谓"价值中
立"，究竟最初的作意如何很难判断。这类诗是不是像《诗序》和《郑
笺》所说的那样都隐含着很深的价值意义，是值得怀疑的，但是也不可
遽然否定这种说法。因为这类诗在创作、采集、传承、使用过程中究竟
曾经具有过怎样的功能和意义不是可以轻易判定的。也许在特殊的语境
中，这类诗就曾经表现出后人很难想象得到的意义也未可知。总之对这
类诗的含义，我们只可以了解其文本义，其特殊功能或文本背后的隐含
义则需要搜集历史材料来理解。如果找不到有关材料，就只好存疑。

第二，前人有以美刺说诗的传统。实际上先秦儒家已经是用美刺
来说诗了。我们在《孔子诗论》中可以看到这样的句子：

> 吾以《甘棠》得宗庙之敬，民性固然。甚贵其人，必敬其位。
> 悦其人，必好其所为。
> 《文王》吾美之。
> 《祈父》之刺亦有以也。
> 《十月》善諀言，《雨无正》《节南山》皆言上之衰也，王公
> 耻之。①

而且在《左传》《国语》等先秦史籍中也多有关于以诗讽谏的记载。所
以郑玄等以美刺说诗不能说毫无根据。但他们进一步由美刺而言正变，
则是自己的发明了。

第三，现实的需要。尽管郑玄等以美刺说诗，以正变划分诗的类

---

① 此处所引均为王志平先生《〈诗论〉笺疏》释文，见上海大学古代文明研
究中心、清华大学思想文化研究所编：《上博馆藏楚竹书研究》，224、222、214、
213 页，上海，上海书店，2002。

型，是在前人的基础上的发挥，但归根结底还是现实需要决定的。今人屈万里先生认为，汉儒用美刺说诗，乃是出自"说服皇帝"的政治教化目的。他们并非自我作古，而是于古有据的，只是较前人变本加厉罢了。① 这是很符合实际的说法。汉儒本欲在大一统的社会中发挥价值观念上的主导作用，故于经典的传述中极力蕴含意识形态内容。郑玄正是秉承汉儒的这一传统而以正变论诗的。

联系不同历史时期政治状况说诗，在汉代与《诗大序》《诗谱序》相近而不同的，还有班固的"成、康没而颂声寝，王泽竭而诗不作"②之说。《汉书·礼乐志》也说：

> 周道始缺，怨刺之诗起。王泽既竭，而诗不能作。王官失业，《雅》《颂》相错，孔子论而定之……

班固生活的时代较之郑玄约早百十年，他的说法对于极为重视借史实说诗的郑玄来说不能不产生影响。应该说郑玄是接受了班固的观点的。也许正是这个原因，他的观点与《诗大序》才会并不完全一致。《诗大序》只是说"周道衰，礼义废"然后"变风、变雅作矣"，以及"止乎礼义，先王之泽也"，并没有说"王泽竭而诗不作"。从学理逻辑或文义上看，班固之说应该是对《诗序》之说的进一步发挥。③ 即使《诗大序》乃卫宏所作，宏为光武时人，早班固约二三十年，所以如果《诗大序》为卫宏所作，班固也有可能读到过。如果《诗大序》为西汉人所作，这种可能就更大了。至于郑玄则肯定是同时接受了《诗序》和班固的影响。其《诗谱序》讲完"变风""变雅"产生之后说"五霸

---

① 参见屈万里：《先秦说诗的风尚和汉儒以诗说教之迁曲》，见林庆彰编：《诗经研究论集》，383～407 页，台北，台湾学生书局，1983。

② （汉）班固：《两都赋序》，见（南朝梁）萧统：《文选》，1 页，上海，商务印书馆，1936。

③ 其实班固受《诗序》影响的例子还不止于此。《汉书·礼乐志》云："天禀其性而不能节也，圣人为之节而不能绝也，故象天地而制礼乐，所以通神明，立人伦，正情性，节万事者也……乐者……其感人深，其移风易俗，故先王著其教焉……故乐者，圣人之所以感天地，通神明，安万民，成性类者也。"其用语都与《诗序》极为接近。

之末，上无天子，下无方伯，善者谁赏，恶者谁罚，纪纲绝矣"，这段话显然是从"王泽竭而诗不作"来的。春秋之末乃至战国之时的确无诗可言，二人的观点是符合史实的。班固、郑玄的这层意思并非来自《诗大序》，究其根源，应该是孟子"王者之迹熄而诗亡"之说的翻版。那么，为什么会出现"成、康没而颂声寝，王泽竭而诗不作"的情况呢？孔颖达的解释是：

> "变风""变雅"必王道衰而作者，夫天下有道，则庶人不议；治平累世，则美刺不兴。何则？未识不善则不知善为善，未见不恶则不知恶为恶。太平则无所更美，道绝则无所复讥，人情之常理也，故初变恶俗则民歌之，风、雅正经是也；始得太平则民颂之，《周颂》诸篇是也。若其王纲绝纽，礼义消亡，民皆逃死，政尽纷乱，《易》称"天地闭，贤人隐"。于此时也，虽有智者，无复讥刺。成王太平之后，其美不异于前，故颂声止也。陈灵公淫乱之后，其恶不复可言，故"变风"息也。班固云："成康没而颂声寝，王泽竭而诗不作。"此之谓也。①

这是对"正变"之说合理性的一种论证，未必符合《诗序》与《诗谱序》的本意。因为按照《诗序》的分期，颂诗均为成、康之前所作。这样人们就难免会有疑问：昭、穆之后何以没有颂诗呢？要知道，根据郑玄的观点，周王室是在懿、夷二王之后才开始陵迟的。《诗序》《诗谱序》对此都没有说明。于是就有了孔颖达的解释：原来是因为"太平则无所更美"，就是说，后王在功业上没有超出先王的地方，也就不需要新的"颂声"了。那么为什么在陈灵之后连讥刺之诗都不见了呢？孔颖达按照郑玄的思路解释说，这是因为当政事初坏之时，贤者思有以救之，于是产生大量讽谏之诗，希望君主有所改悔。后来看到衰颓之势已无法阻止，已经没有可以倾听讽谏之人，于是贤者连作诗讥刺的激情也没有了。这便是"王泽竭而诗不作"了。可见这种解释完全是顺着班固、郑玄的思路来的。在今天看来，这些理由都是站

---

① （汉）毛公传，（汉）郑玄笺，（唐）孔颖达等正义：《毛诗正义》，18～19页，上海，上海古籍出版社，1990。

不住脚的，因为按照人情之常，有可歌颂之人，就应有赞美之作；有不合情理之事，就会有讥刺之诗。至于历史上颂诗究竟止于何时，春秋之末、战国之时何以没有诗歌，则是另外一个问题，肯定有另外的原因。但是孔颖达的解释也并非毫无用处，它可以使我们对班固、郑玄的说诗原则有更清楚的认识，这就是：始终在言说者（贤者）与倾听者（君主）的关系中来看待诗歌创作的动机与诗歌的实际功能。他们从来都没有想过，《诗经》中的大量作品也许是某人偶然兴之所至的结果，也许就只是为了配合乐曲的演奏，并没有蕴含那样多的政治意义。这说明汉儒在意识形态话语建构方面是何等的用心良苦。

对于正变之说现代学人自"古史辨"派开始就基本上持否定或怀疑态度，但是也有人试图对此进行新的解释。

从音乐的角度论正变之分。此说本来古已有之，如朱熹说：

> 雅者，正也，正乐之歌也。其篇本有大小之殊，而先儒说又各有正变之别。以今考之，正小雅，燕飨之乐也。正大雅，会朝之乐，受釐陈戒之辞也。故或欢欣和说，以尽群下之情；或恭敬齐庄，以发先王之德。辞气不同，音节亦异，多周公制作时所定也。及其变也，则事未必同，而各以其声附之。其次序时世，则有不可考者矣①。

这似乎是认为"正变"之"正"乃是"正乐之歌"，是从音乐的角度划分的。但是他却没有讲"变"的含义。大约是继承了朱熹的观点，顾炎武说：

> 夫二南也，豳之《七月》也，小雅正十六篇，大雅正十八篇，颂也，诗之入乐者也。邶以下十二国之附于二南之后，而谓之风；《鸱鸮》以下六篇之附于豳，而亦谓之豳；《六月》以下五十八篇之附于小雅，《民劳》以下十三篇之附于大雅，而谓之变雅；《诗》

---

① （宋）朱熹：《诗集传》，129 页，北京，中华书局，2011。

之不入乐者也。①

　　这是说入乐者为"正风""正雅"，不入乐者为"变风""变雅"。这种说法显然并不是《诗序》的作者与郑玄提出"正变"之说的本意。唯一勉强可以为说的是：或许郑玄等提出此说时另有所本，是按照入乐与否来分正变的，只是郑玄等根据自己的需要进行了重新阐释，不采此说。但是现代以来的学者经过大量研究证明，三百篇都是入乐的。如此则顾炎武之说就不能成立了。

　　今人何定生则又另辟蹊径，但依然坚持从音乐的角度解释"正变"，其云：

　　　　《诗经》在春秋以前，原只是典礼上的乐章，用途始终离不了礼乐，这是可征之于《仪礼》《周礼》《礼记》《左传》《国语》而若何符节的。故就礼乐的观点看来，《诗经》可分为两大类：（一）正歌正乐，即典礼上主要的节次（如祭祀和飨礼）之所歌。（二）散歌散乐，如燕饮时的，"无算乐"或"房中乐"，矇瞍常乐，或国子之所弦歌。前者是专为典礼制作的乐章，内容与礼仪相表里；后者是采录入乐的诗歌，与仪节原无直接关系。这类诗歌的来源有二：（1）出于诗人吟咏之作。（2）民间歌谣。这是《诗经》的原始分类。可以解释三百篇中为什么那么多无关礼节的诗篇（可相当于汉人所谓"变诗"）的原因——尤其所谓"淫诗"的问题——因为这不过是"无算乐"一类的散歌散乐，既不关仪节，但取娱宾，如今日的余兴节目一样，自不能用礼仪的尺度来加以衡量：这是散歌散乐的用途，也是诗人吟咏和民间歌谣所以能采录入乐的理由。周乐亡后，乐章失其凭借，汉人对于原来用于"无算乐"的诗篇，既无法获得义礼上的根据，乃不得不用所谓"正、变"的曲说，来虚衍诗文，以附会其"修身及家，平均天下"的思想系统。②

---

　　①　（清）顾炎武著，（清）黄汝成集释：《日知录集释》，78 页，长沙，岳麓书社，1994。

　　②　何定生：《诗经今论》，73 页，台北，台湾商务印书馆，1968。

这里的道理讲得很透彻，可以说是比较有说服力的。从用途角度考察诗歌的分类，又因为诗歌在用途上都与礼乐相关，故而从乐章使用的不同场合来将诗歌分为两大部分。汉儒面对这两部分诗歌无法做出合理的解释，于是就根据自己的需要以"正变"释之。这样在汉儒手里，《诗经》作品在使用上的差异就演变为价值评价上的区别了。然而《诗经》作品究竟有没有随历史语境的变化而出现的不同价值倾向呢？除了从礼乐仪节角度将诗歌分为"正歌正乐"与"散歌散乐""无算乐"的分类方法之外，还可不可以从诗歌另外的功能角度对其进行分类呢？在这里，钱穆先生的观点是极有启发性的：

> 窃谓诗之正变，若就诗体言，则美者其正，而刺者其变；然就诗之年代先后言，则凡诗之在前者皆正，而继起在后者皆变。诗之先起，本为颂美先德，故美者诗之正也。及其后，时移世易，诗之所为作者变，而刺多于颂，故曰诗之变，而虽其时颂美之诗，亦列变中也。故所谓诗之正变者，乃指诗之产生年代及其编制之年代先后言。凡西周成、康以前之诗皆正，其时则有美无刺；厉、宣以下继起之诗皆谓之变，其时则刺多于美云尔。①

这里钱穆先生是从正面讨论"正变"问题的。根据这一见解，汉儒以"正变"论诗即使并无所本，也是合理的。因为从《诗经》作品的原始功能的角度看，最初的诗歌只是用来歌颂周人先祖的，并无"怨刺"功能。只是到了后来，社会发生了变化，诗歌的功能也有所扩展：除了继续保持颂美贤德这一传统功能之外，人们渐渐开始也用诗歌来表达对不合理事情的怨刺之情了。增加新功能之前的作品是原始义，是固有的，故谓之"正"；增加新功能之后的作品是对传统的改变、发展，故谓之"变"。这种见解应该是极有见地的。

我们如果将何、钱二人的观点结合起来或许可以对"正变"之说做出更合理的解释：《诗经》中那些可以称为"正经"的风、雅之作产生的时代都比较早。这些作品有些是周王室派人到民间采集来的，有

---

① 钱穆：《读〈诗经〉》，见《中国学术思想史论丛》，120页，台北，东大图书有限公司，1976。

些则是贵族们作出来献上去的。就功能而言，这些诗与"颂"一样，都是用来歌功颂德或体现美好民风、民俗的。周王室搜集这类诗并以之入乐，目的有二：其一配合各种正式的礼仪活动，使之成为仪式的组成部分；其二以此来加强周王室统治的合法性。也就是说，颂美才是周王室赋予诗歌的最初价值意义。赞美先王、时王之功德、渲染民风民俗淳朴美好的歌词，配以平和肃穆的音律，在祭祀先王、燕享诸侯、大臣朝会、大小庆典中演唱起来，王室的神圣庄严也就充分表现出来了。此时的臣民百姓并不是对统治者毫无怨言，而是还没有用诗来表达怨愤之情的习惯和意识。即使有之，王室的专责官员也不会收集、使用、保留它们，故它们也就湮没无闻了。

《诗经》中那些可以称为"变风""变雅"的作品产生得都比较晚。那些用于各种礼仪活动的"颂"诗与"正风""正雅"，记载仪式详情的《礼》，记载周民族历史上重大事件的《书》，记载音乐曲调的《乐》等一同很快就成为贵族子弟学习的主要内容。贵族的身份性标志就是完全不同于平民百姓的繁文缛礼，所以学习礼仪也就成了贵族子弟学为贵族的必修课。在贵族们熟练地掌握了"诗"这种歌词之后，久而久之就自然把它看成是一种言说方式，而不是必然地伴随音乐而存在的东西。这样"诗"就自然会进入贵族的交往之中，成为一种符合高贵身份的、高雅的沟通手段。在这种情况下，一旦君臣关系出现紧张，臣下对君主的所作所为有所不满，或者君主的神圣光环渐渐剥离之后，有教养的贵族就难免会扩展"诗"的功能——用它来表达自己的怨愤与不平了。这样的诗歌渐渐得到普遍认可，有关部门也就开始收集入乐，用之于正式礼仪活动之外的各种场合，例如，正式礼仪结束后的"无算乐"就是如此。这类诗本来是含有讽刺目的的，但是成为乐章之后，就主要发挥娱乐的功能了。这也就是那些怨愤之作可以得到长久保留、传播的主要原因。同时，乐师等专责官员为了满足贵族们娱乐的需求，也就开始在民间采集那些很有情趣的民歌民谣来入乐，以便在各种私人的、非正式场合演奏歌唱，于是那些被宋儒斥为"淫诗"的作品也堂而皇之地进入贵族的文化生活领域，并且被编辑保存下来。

面对这类作品，汉儒无法将其与那些旨在颂美的"正经"之作相提并论，须给个名目来解释，于是便借用当时在论及天文历律时常用的"正变"之说①，想出了"变风""变雅"的称谓。并且又从自己的意识形态建构目的出发，将时代的盛衰兴废与诗歌的美刺直接挂钩，将一部《诗经》解释为历史演变的晴雨表。总之，从今天的角度看，郑玄等以"正变"为《诗经》分类，应该说并非毫无历史依据，但是其中更多是出于意识形态话语建构的目的，虽然解释的是古代典籍，着眼点却在现实的政治状况。

---

① 例如，《史记》卷二十六引武帝云："自是以后，气复正，羽声复清，名复正变，以至子日当冬至，则阴阳离合之道行焉。"

参考书目

古籍

1.（清）阮元编：《三家诗补遗》，清刻《崇惠堂丛书》本。

2.（清）陈寿祺撰，（清）陈乔枞述：《三家诗遗说考》，清刻左海续集本。

3.（清）皮锡瑞：《经学通论·诗经通论》，北京，中华书局，1954。

4.（宋）徐天麟：《两汉会要》，北京，中华书局，1955。

5.（汉）司马迁：《史记》，北京，中华书局，1959。

6.（清）劳孝舆：《春秋诗话》，台北，广文书局，1961。

7.（汉）班固：《汉书》，北京，中华书局，1962。

8.（清）崔述：《考信录》，台北，世界书局，1963。

9.（南朝宋）范晔：《后汉书》，北京，中华书局，1965。

10.（汉）孔安国传，（唐）孔颖达等正义：《尚书正义》，（清）阮元校刻：《十三经注疏》，北京，中华书局，1980。

11.（汉）郑玄注，（唐）贾公彦疏：《周礼注疏》，（清）阮元校刻：《十三经注疏》，北京，中华书局，1980。

12.（汉）郑玄注，（唐）贾公彦疏：《仪礼注疏》，（清）阮元校刻：《十三经注疏》，北京，中华书局，1980。

13.（汉）郑玄注，（唐）贾公彦疏：《礼记正义》，（清）阮元校刻：《十三经注疏》，北京，中华书局，1980。

14.（汉）何休解诂，（唐）徐彦疏：《春秋公羊传注疏》，（清）阮元校刻：《十二经注疏》，北京，中华书局，1980。

15.（魏）何晏等集解，（宋）邢昺疏：《论语注疏》，（清）阮元校刻：《十三经注疏》，北京，中华书局，1980。

16.（汉）赵歧注，（宋）孙奭疏：《孟子注疏》，（清）阮元校刻：《十三经注疏》，北京，中华书局，1980。

17.（汉）毛亨传，（汉）郑玄笺，（唐）孔颖达等正义：《毛诗正义》（清）阮元校刻：《十三经注疏》，北京，中华书局，1980。

18.（清）王聘珍，王文锦点校：《大戴礼记解诂》，北京，中华书局，1983。

19.（汉）韩婴：《韩诗外传》，北京，中华书局，1985。

20.（清）崔述：《读风偶识》，《丛书集成》初编本。

21.（清）方玉润：《诗经原始》，北京，中华书局，1986。

22.（清）刘宝楠：《论语正义》，《诸子集成》，上海，上海书店，1986。

23.（清）焦循：《孟子正义》，《诸子集成》，上海，上海书店，1986。

24.（清）王先谦：《荀子集解》，《诸子集成》，上海，上海书店，1986。

25.（魏）王弼：《老子注》，《诸子集成》，上海，上海书店，1986。

26.（清）魏源：《老子本义》，《诸子集成》，上海，上海书店，1986。

27.（清）郭庆藩：《庄子集释》，《诸子集成》，上海，上海书店，1986。

28.（清）王先慎：《韩非子集解》，《诸子集成》，上海，上海书店，1986。

29.（汉）高诱注：《吕氏春秋》，《诸子集成》，上海，上海书店，1986。

30.（汉）高诱注：《淮南子》，《诸子集成》，上海，上海书店，1986。

31.（清）王先谦：《诗三家义集疏》，北京，中华书局，1987。

32.（晋）杜预：《春秋经传集解》，上海，上海古籍出版社，1988。

33.《国语·战国策》，长沙，岳麓书社，1988。

34.（汉）陆贾：《新语》，上海，上海古籍出版社，1990。

35.（汉）刘向：《新序》，上海，上海古籍出版社，1990。

36.（汉）刘向：《说苑》，上海，上海古籍出版社，1990。

37.（汉）应劭：《风俗通义》，上海，上海古籍出版社，1990。

38.（清）苏舆：《春秋繁露义证》，北京，中华书局，1992。

39.（宋）朱熹：《四书集注》，长沙，岳麓书社，1993。

40. 元人注：《春秋三传》，北京，中国书店，1994。

41.（宋）朱熹：《诗集传》，北京，中国书店，1994。

42.（宋）蔡沈：《书集传》，北京，中国书店，1994。

43.（宋）陈澔：《礼记集说》，北京，中国书店，1994。

44.（清）陈立撰，吴则虞点校：《白虎通疏证》，北京，中华书局，1994。

45.（清）顾炎武著，（清）黄汝成集释：《日知录集释》，长沙，岳麓书社，1994。

46.（清）朱右曾辑，（清）王国维校：《古本竹书纪年辑校》，沈阳，辽宁教育出版社，1997。

47.《逸周书》，沈阳，辽宁教育出版社，1997。

48.（晋）皇甫谧撰，（清）宋翔凤、钱宝塘辑：《帝王世纪》，沈阳，辽宁教育出版社，1997。

49.（汉）荀悦、（晋）袁宏：《两汉纪》，北京，中华书局，2002。

近人著述

1. 顾颉刚：《古史辨》第一册，北京，北京书局，1930。

2. 顾颉刚：《古史辨》第二册，北京，北京书局，1930。

3. 顾颉刚：《古史辨》第四册，北京，景山书社，1933。

4. 郭沫若：《先秦学说述林》，东南出版社，1945。

5. 侯外庐、赵纪彬、杜国庠：《中国思想通史》，北京，人民出版社，1957。

6. 冯友兰：《中国哲学史》，北京，中华书局，1961。

7. 何定生：《诗经今论》，台北，台湾商务印书馆，1968。

8. 刘光义：《汉武帝之用儒及汉儒之说诗》台北，台湾商务印书馆，1968。

9. 童书业：《春秋史》，台北，台湾开明书店，1969。

10. 徐复观：《中国人性论史》，台北，台湾商务印书馆，1969。

11. 杨鸿烈：《中国诗学大纲》，台北，台湾商务印书馆，1970。

12. 傅斯年：《诗经讲义稿》，《傅斯年全集》第一册，台北，联经出版事业公司，1970。

13. 钱穆：《中国学术通义》，台北，台湾学生书局，1976。

14. 钱穆：《中国学术思想史论丛》（1—4册），台北，台湾东大图书有限公司，1976。

15. 张其昀：《中华五千年史》（2—6册），台北，台湾华岗出版有限公司，1976。

16. 何定生：《诗经与孔学研究》，台北，台湾幼狮文化事业公司，1978。

17.《高明经学论丛》，台北，黎明文化事业公司，1978。

18. 高明：《群经述要》，台北，黎明文化事业公司，1979。

19.《诗经研究论集》，台北，黎明文化事业公司，1981。

20. 于省吾：《泽螺居诗经新证》，北京，中华书局，1982。

21. 屈万里：《诗经诠释》，台北，联经出版事业公司，1983。

22. 林庆彰：《诗经研究论集》（一），台北，台湾学生书局，1983。

23. 张舜徽：《郑学丛著》，济南，齐鲁书社，1984。

24. 赵制阳：《诗经名著评介》，台北，台湾学生书局，1984。

25. 徐复观：《两汉思想史》，台北，台湾学生书局，1985。

26. 余英时：《士与中国文化》，上海，上海人民出版社，1987。

27. 林庆彰：《诗经研究论集》（二），台北，台湾学生书局，1987。

28. 柳诒征：《中国文化史》，上海，东方出版中心，1988。

29. 孟世杰：《先秦文化史》，上海，上海书店，1989。

30. 顾颉刚：《古史辨》（第三册），上海，上海书店，1989。

31.《张岱年文集》（二），北京，清华大学出版社，1990。

32. 钱杭：《周代宗法制度史研究》，北京，学林出版社，1991。

33. 刘起釪：《古史续辨》，北京，中国社会科学出版社，1991。

34. 钱穆：《中国文化史导论》，北京，商务印书馆，1994。

35. 蒙文通：《经史抉要》，成都，巴蜀书社，1995。

36. 阎步克：《士大夫政治衍生史稿》，北京，北京大学出版社，1996。

37.《周予同经学史论著选集》，上海，上海人民出版社，1996。

38. 陈来：《古代宗教与伦理》，北京，生活·读书·新知三联书店，1996。

39. 朱自清：《诗言志辨》，上海，华东师范大学出版社，1996。

40. 闻一多：《诗经通义》，长春，时代文艺出版社，1996。

41. 陆侃如、冯沅君：《中国诗史》，济南，山东大学出版社，1996。

42.（德）马克斯·韦伯，洪天富译：《儒教与道教》，南京，江苏人民出版社，1997。

43. 杨向奎：《宗周社会与礼乐文明》，北京，人民出版社，1997。

44.《王国维论学集》，北京，中国社会科学出版社，1997。

45. 蒋伯潜、蒋祖怡：《经与经学》，上海，上海书店，1997。

46. 李山：《诗经的文化精神》，北京，东方出版社，1997。

47. 顾颉刚：《秦汉的方士与儒生》，上海，上海古籍出版社，1998。

48. 杨宽：《西周史》，上海，上海人民出版社，1999。

49. 翦伯赞：《秦汉史》，北京，北京大学出版社，1999。

50. 沈文倬：《宗周礼乐文明考论》，杭州，浙江大学出版社，1999。

51. 于迎春：《秦汉士史》，北京，北京大学出版社，2000。

52. 王晖：《殷周文化比较研究》，北京，人民出版社，2000。

53. 陈梦家：《尚书通论》，石家庄，河北教育出版社，2000。

54.《郭店简与儒学研究》（论文集），沈阳，辽宁教育出版社，2000。

55. 扬之水：《诗经名物新证》，北京，北京古籍出版社，2000。

56. 许倬云：《西周史》，北京，生活·读书·新知三联书店，2001。

57. 顾德融、朱顺龙：《春秋史》，上海，上海人民出版社，2001。

58. 杨宽：《战国史》，上海，上海人民出版社，2001。

59. 晁福林：《先秦民俗史》，上海，上海人民出版社，2001。

60. 季旭升：《诗经古义新证》，北京，学苑出版社，2001。

61. 钱穆：《两汉经今古文平议》，北京，商务印书馆，2001。

62. 李零：《郭店楚简校读记》，北京，北京大学出版社，2002。

63.《上博馆藏战国楚竹书研究》（论文集），上海，上海书店出版社，2002。

64. 夏传才：《思无邪斋诗经论稿》，北京，学苑出版社，2000。

65. 洪湛侯：《诗经学史》，北京，中华书局，2002。

66. 李山：《诗经析读》，海口，南海出版公司，2003。

后 记

我在阅读先秦两汉典籍时常常会产生各种各样的问题或疑惑，例如，诗在周人的文化与政治生活中究竟有怎样的地位？从西周至汉代，诗歌的功能为什么会发生那么大的变化？儒家思想是怎样吸收和改造西周的官方文化的？儒学究竟为什么会在诸子百家中脱颖而出最终成为主流意识形态？汉儒对《诗经》的阐释路向究竟是如何形成的？"正变"之说是否真的如"古史辨"派所言纯然是汉儒的臆说？几年来我也积累了相当多的资料，只是一直未能将自己的想法系统整理，更不用说形诸文字了。

2002 年我有机会到韩国高丽大学任教一年，课余尚有不少闲暇时间，且高丽大学的大学院图书馆藏有大量中国古籍，于是利用这个机会我将多年来的思考进行了系统整理，又阅读或重读了许多文献，一边读书，一边思考，一边写作，渐渐完成了本书"上篇"的文字。回国后不久恰逢"非典"肆虐，整天足不出户，又有大量时间可资利用，于是埋头半年，又完成了"中篇""下篇"的文字。

对于中国古代诗学观念究竟应该采用怎样的阐释路向，也是我一直思考并不断探寻的问题，近年来总算是有了一些心得。在"导论"中我对这种心得进行了系统阐述，而在各章节中都力求使其得到贯彻。这种暂可以称为"文化诗学"的阐释思路并不是我个人的独创，我们北京师范大学文艺学研究中心，如童庆炳教授、王一川教授多年来一直致力于方法论的探讨和尝试，都有很多创获，我本人不过是借助师友们的智慧对一个特殊问题进行实验而已。

在这里我要特别感谢北京大学出版社文史哲出版事业部主任张凤珠女士，承蒙她的支持与惠顾，这本小书才能够如此之快地面世。张女士及其同事们对事业的强烈责任感以及对文化学术的高度重视令人感佩，他们的热情更令人难忘。

2003 年 12 月 16 日

再版附记

　　这本书出版已经十余年了，面世后学界反馈的信息是很好的，当时印了四千册，很快就卖光了，并曾获得北京市哲学社会科学优秀成果一等奖，教育部哲学社会科学成果三等奖。这次承蒙北京师范大学出版社谭徐锋先生将此书纳入他主持的"中华学人丛书"之中，对此本人表示由衷感谢！

　　此次修订一是在"导论"中加进了关于"古史辨"派《诗经》研究之反思一节；二是对全书文字做了一些润色，总体上保持了初版的样貌，基本观点没有改变。

2016 年 11 月 6 日

中华学人丛书

第三辑

第四辑

第五辑

第六辑

图书在版编目（CIP）数据

诗与意识形态：从西周至两汉诗歌功能的演变与中国古代诗学观念的生成 / 李春青著. —北京：北京师范大学出版社，2019.1

（中华学人丛书）

ISBN 978-7-303-23352-6

Ⅰ. ①诗… Ⅱ. ①李… Ⅲ. ①古典诗歌－诗歌研究－中国 Ⅳ. ①I207.22

中国版本图书馆 CIP 数据核字（2018）第 008734 号

营 销 中 心 电 话　010-58805072　58807651
北师大出版社谭徐锋工作室　http://xueda.bnup.com

SHI YU YISHI XINGTAI

出版发行：北京师范大学出版社　www.bnup.com
　　　　　北京市海淀区新街口外大街 19 号
　　　　　邮政编码：100875

印　　　刷：北京京师印务有限公司
经　　　销：全国新华书店
开　　　本：730 mm×980 mm　1/16
印　　　张：23.75
字　　　数：328 千字
版　　　次：2019 年 1 月第 1 版
印　　　次：2019 年 1 月第 1 次印刷
定　　　价：79.00 元

策划编辑：谭徐锋　周劲含　　　责任编辑：杨磊磊　刘文丽
美术编辑：王齐云　　　　　　　装帧设计：王齐云
责任校对：李云虎　　　　　　　责任印制：马　洁